순수純粹로
잇다

순수純粹로
잇다

송미아 아동문학 독서평론집

한그루

순수純水로 잇다. 여기서 순수란 때 묻지 않은 마음으로 삶을 바라보는 태도이다. 진심으로 귀 기울이고자 하는 마음의 결이며 생각을 잇기 위한 첫걸음이다.

우리는 사랑을 내어줄 수는 있지만 대신 생각해줄 수는 없다. 그렇다면 어떻게 그 길을 열어줄 수 있을까. 30여 년간 독서지도와 독서지도사 양성 현장을 오가며 필자는 절감해왔다. 청소년들이 어떤 생각을 품고 어떻게 자기 정체감을 형성하여 가느냐는 그들의 삶에 결정적인 영향을 미친다. 그리고 그 길을 열어주는 핵심은 바로, '깊이 읽기'를 통한 다양한 관점의 사고思考 과정이라는 사실을 몸소 확인하여왔다.

하지만 생각하는 일은 결코 쉽지 않다. 그것은 삶의 체험과 스스로에게 던지는 물음 속에서 천천히 자라난다. 오늘날 우리는 '포노 사피엔스'로 살아간다. 스마트폰이 신체처럼 밀착된 시대, 정보는 넘쳐나지만 사유의 깊이는 점점 옅어지기 쉽다. 생성형 AI를 비롯한 다매체 환경은 사고의 지평을 넓혀주기도 하지만, 알고리즘에 익숙해질수록 자율적 판단력은 차츰 흐려진다. 특히 아동과 청소년은 디지털 자극과 과잉 학습 환경 속에서 곱씹고 되새기는 시간을 점점 빼앗기고 있다. 그래서 필자는 다독보다 '깊이 읽기'의 가치를 꾸준히 강조해왔다. 또한 가정 내 문식성 환경을 위해 온 가족이 함께 책을 읽는 실천과, 부모가 모범 독자가 되는 독서 문화의 정착을 위한 '온가족 맛있는 책 읽기' 시민캠페인과 부모교육에도 힘써왔다.

본 독서평론은 이 과정에서 만난 학부모들에게 '깊이 읽기'의 실제를 보여주기 위해 독서칼럼으로 쓰기 시작한 글이다. 처음엔 누군가의 읽기를 돕기 위해 썼지만 어느 순간부터 그 글들이 나 자신을 읽어내는 성찰의 기능으로 작용하고 있었다. 따라서 타인의 독서를 비추던 언어는 점차 나의 내면을 비추는 거울이 되었고, 그 여정은 결국 내 안의 침묵과 마주할 수 있는 힘으로 돌아왔다. 독서평론은 그렇게 내면으로 향하는 귀로가 되었다.

읽기의 본질은 어디에 있는가. 우리가 어떤 작품을 읽고 생각한다는 것은 그 작품에 대한 일정한 이해를 전제로 한다. 이 이해는 작품의 주제나 형식과 친숙해지는 과정을 포함하며 자신만의 감정과 해석을 통해 작품을 수용하게 된다. 결국 문학 작품은 고정된 의미를 지닌 절대적 실체가 아니라 독자의 반응과 해석을 통해 비로소 완성되는 유동적인 구조물이다.

볼프강 이서(W. Iser)는 문학 작품이 작가의 텍스트인 '예술적 극'
과 독자에 의해 현실화되는 '심미적 극' 사이에서 성립한다고 보았
다. 작품은 텍스트 자체로는 완결되지 않으며, 독자의 상상과 수
용이라는 외적 요소가 더해질 때 비로소 작품으로서의 의미를 획
득한다는 것이다. 그리고 이 과정에서 독자의 상상력이 깊어질수
록 사고의 폭도 넓어지고 더욱 유연해질 수 있다.

필자의 독서 평론은 '작품과 독자' 사이의 소통을 돕는 역할에
무게를 두고 있다. 작품의 가치를 다양한 시각에서 조명하고 그 의
미를 드러내어, 독자가 자신의 삶과 연결 지으며 내면화할 수 있도
록 길을 여는 해석 중심의 비평 글이다.

이 글은 책을 사랑하는 모든 이가 작가의 세계를 거울 삼아 자
신의 감상을 확장해 나갈 수 있도록 독서 여정에 동행하는 마음으
로 쓰였다. 세대와 독서경험의 경계를 넘어 책 속 이야기와 그 바
깥의 삶을 함께 바라보게 하려는 것이다. 그래서 곳곳에는 다소 주
관적일 수 있는 필자의 생각을 풀어 놓았고, 그 속에 목소리도 담
았다. 또한 이 평론이 탄생하게 된 계기이자 밑거름이 되었던 「온
가족 맛있는 책 읽기」 캠페인의 흐름을 담은 칼럼 세 편도 함께 실
어 글의 뿌리와 맥락을 함께 전하고 있다.

어느덧 차곡차곡 쌓인 원고가 두 권 분량이 되었다. 하나는 아
동문학을 중심으로 한 『순수純水로 잇다』, 다른 하나는 제주 서사
를 담은 『바람에 발효된 섬의 사유』다. 애초에는 이 두 책을 한 권
에 담으려 했지만 성격도 다르고 취향도 서로 다를 뿐만 아니라 분
량까지 만만치 않아 한 책으로 묶기엔 무거웠다. 결국 한 계절 간

격을 두고 차례로 내놓기로 했다.

삶의 소란은 책장을 넘기는 순간 잠잠해진다. 그리고 그 고요 속에서 나는 늘 내 마음의 진짜 목소리를 가늠해본다.

유년 시절부터 책 읽는 기쁨을 알려주신 구순에 가까우신 아버님, 늘 곁에서 지지해주시는 남편과 어머님 그리고 가족들. 엄격한 작가 철학을 심어주신 고정국 시인님, 책 읽는 기쁨을 나누는 한우리 동행인들, 평론의 길을 터 주신 손영순, 장영주, 조형민 작가님 그리고 평론 연재의 기회를 주신 《미디어제주》, 《소년문학》, 《아동문학예술》 식구들에게 감사드린다.

무엇보다 저를 작가의 길로 이끌어주셨고 이제 별이 되신 故 고봉선 시인님께 이 책을 올리며, 그 따뜻한 가르침과 사랑을 오래도록 기억하고자 한다.

2025. 8.

송미아

순수純粹로
잇다

차
례

동시와 동시조

너를 불러본다_박희순의 생태동시집과 제주어 감각의 복원력

- 박희순 글, 신기영 그림, 『엥기리젠』, 도서출판 문화산책, 2024

- 박희순 글, 신기영 그림, 『쪼꼴락허고 아꼬운 생이』, 도서출판 문화산책, 2024

시詩와 회화繪畵의 결을 따라 흐르는 동심의 세계

- 민병도, 『구름 과자』, 목언예원, 2025

너를 불러본다
- 박희순의 생태동시집과 제주어 감각의 복원력

박희순 글, 신기영 그림, 『엥기리젠』, 도서출판 문화산책, 2024
박희순 글, 신기영 그림, 『쪼꼴락허고 아꼬운 생이』, 도서출판 문화산책, 2024

너를 불러본다. 솔직히 말하자면, 필자는 자연의 친구들과 꽤 가까운 사이라고 믿어왔다. 하지만 박희순 시인의 동시집을 읽고서야 그 믿음이 얼마나 빗나간 생각이었는지를 깨달았다. "아꼬운 아이들아, 정말로 미안하구나." 매일 스치듯 지나쳤던 아이들에게 이 말이 목울대까지 차올랐다. 들풀, 새, 벌레, 바다 생물처럼 눈을 두고 마음을 열면 보이는 생명들이었지만, 정작 이름조차 몰랐던 존재가 얼마나 많았던가. 박희순 시인의 동시집을 통해서야 그 얼굴들이, 목소리가, 정체성이 비로소 그려졌다. 그래서 더 간절히 다가가 부르고 싶고 그래서 더 그립다.

이름을 부르는 순간 존재는 깨어난다. 멈춘 명사의 자리를 벗어나 동사형 그리움으로 다가온다. 들리지 않던 목소리가 들리고 보이지 않던 숨결이 가까워진다. 박희순 시인의 뛰어난 시심詩心은 바로 그런 믿음을 가능하게 한다. 불현듯 양전형 시인의 시집 제목 '동사형 그리움'이 떠오른다. 그리움은 멈춰 있는 감정이 아니라 늘 살아 움직이는 실체로 존재한다는 이 메타포는 박희순 시인의 동시 속 존재들에게도 그대로 스며든다. 들꽃 한 송이, 돌담 위를 스치는 새 한 마리, 풀잎 끝을 기어가는 베렝이 그리고 여름 한복판을 뒤흔드는 매미의 울음까지. 이 작은 생명들은 동심의 언어를 타고 우리 가슴 한켠에 꼬물꼬물 뿌리 내린다.

이 동시집에는 독자의 감성을 톡톡 건드리는 또 하나의 협업이 있다. 음성의 말맛을 고스란히 살린 제주어 그리고 시각적 생기를 불어넣은 신기영 화가의 그림이다. 제주어는 바람이 빚은 진솔한 언어다. 바람의 세기와 방향, 계절에 따라 억양이 달라지고 말맛과 감정의 온도 또한 함끼 흔들린다. 화산섬 돌 틈을 스치며 다져진 입말은 부사 하나, 형용사 하나에도 땅의 감촉과 섬의 사유를 오롯이 품고 있다.

특히 박희순 시인이 동시로 형상화한 제주어는 정겹고도 아꼽다. 그 자체로 생명력 있는 숨결이 되어 아이들에게 말을 걸고, 잊혀가는 고유어를 놀이처럼 자연스럽게 녹여낸다. 이에 응답하듯 신기영 화가는 저주 전역을 돌며 작은 생명들을 직접 만나 관찰했고, 박희순 시인이 그 감응을 시로 길어 올렸듯 화가는 그것을 그림으로 되살려냈다. 구엇보다 아이들이 거부감 없이 친근하게 다가갈 수 있도록 벌레들의 표정 하나하나에 온기와 생동감을 불어넣은 점도 인상 깊다.

박희순 시인은 사라져가는 제주어와 황폐해지는 제주의 자연을 애정 어린 시선으로 바라보며, 지역과 나이의 경계를 넘어 모든 독자들에게 전할 선물로 특별한 동시집을 펴냈다. '제주어 생태 동시 컬러링북 시리즈'는 동시집이자 그림책이며, 동시에 컬러링북이자 필사노트로 구성된 총체적 언어 놀이책이다. 단순히 읽고 감상하는 데 그치지 않고, 생태 속 동식물이 되어 한순간 동시로 살아보게 하는 새로운 시적 실험이 담겼다. 특히 시와 그림이 동등한 비중으로 어우러지며 하나의 통합적 창작 성과를 이뤄낸 이 책은 동시의 문학성을 넘어 다양한 독자층의 참여와 실천을 이끄는 의미 있는 작업으로 자리매김한다.

박 시인은 '오늘'이란 살아 있는 모든 생명에게 주어지는 선물이라는 사실을 아이들에게 전하고 싶어 동시를 쓰기 시작했다고 한다. 그리고 당연하게 여겨질 수 있는 관계들을 소중하게 만드는 창작 활동을 통해, 우리가 만나는 모든 것을 새로운 눈으로 바라보게 된다고 말한다. 또한 그녀에게 동시 창작은 새벽을 여는 기도이자 삶의 중심이며 동심은 아이와 어른 모두에게 건네는 '치유의 언어'라고 덧붙인다.

필자가 만난 박희순 시인의 동시집에는 크게 세 갈래의 소명 의식이 흐르고 있었다. 첫째, 사라져가는 제주어에 새로운 숨결을 불어 넣어 언어를 되살리고자 하는 마음이다. 둘째, 지구 생태계의 작은 생명들을 품으며 자연과 더불어 살아가는 삶의 가치를 노래하고자 한다. 셋째, 그 모든 시선 속에서 아이들의 본모습을 따뜻하게 비추며 아이들 스스로가 자신의 존재를 긍정하고 자존감을 키워갈 수 있도록 돕는다.

이처럼 박 시인의 동시는 언어의 회복, 생명의 감수성, 어린이의 자아 인식을 하나로 아우르며 그녀만의 시적 실천으로 구체화하고 있다. 본 평론에서는 이러한 흐름을 따라 들풀과 제주어의 말맛을 담은『엥기리젠』, 새의 시선으로 전하는 생태적 경고『쪼꼴락 허고 아꼬운 생이』등 생태 동시집을 중심으로 박희순 시인의 예술 생태계를 조명해 보고자 한다.

1. 숨은 들꽃, 드러난 마음 -『엥기리젠』의 동심 생태 시학

자연을 바라보는 시선은 언제부터 아이들의 것이 되었을까. 어린이는 본능적으로 자연 가까이 다가가 풀꽃 하나 바람 한 줄기에도 마음을 연다. 그러나 자라면서 그 감수성은 점차 잊히고 자연은 삶의 배경으로 물러난다. 생태시와 아동문학이 다시 주목받는 까닭은 바로 이 생태적 시선을 되돌릴 가능성에 있다. 1990년대 이후 생태 문학 논의는 인간 중심주의를 벗어나 관계와 공존 돌봄과 감응의 윤리를 강조해 왔고, 아동문학 역시 자연과 감정이 만나는 지점에서 생명의 가치를 되살리고자 하는 흐름을 보여준다. 박희순 시인의 동시집『엥기리젠』은 이 흐름 속에서 빛난다. 이 시집은 작은 생명을 주체로 받아들이고 그들과 대화하며 동심의 언어로 세계를 다시 짜는 시적 실천으로 자리매김한다. 표준어와 제주어를 병기한 덕분에 독자는 두 언어를 번갈아 낭송하며 제주어의 깊은 맛을 체험하고 다양한 활동으로 잊혀가는 입말에 다시 스며들게 된다. 또한 도외 지역 독자들에게 감정언어인 제주어를 체험할 수 있는 소중한 기회를 제공하고 있다.

아홉 해를 건너 핀 애기똥풀 - 「참 오래 걸렸다」가 일깨운 느린 깨달음

가던 길 / 잠시 멈추는 것 / 어려운 것 아닌데 // 잠시 / 발 밑을 보는 것 / 시간 걸리는 게 아닌데 // 우리 집 마당에 자라는 / 애기똥풀 알아보는데 / 아홉 해 걸렸다

– 「참 오래 걸렸다」 전문

가던 질 / ᄒ쏠 멈추는 거 / 어려운게 아니어마는 // 아쏙 / 발밋듸 베리는 거 / 경 시간 걸리는 것도 아니여마는 // 우리집 마당에 자라는 / 애기똥풀 알아보는 디 / 아홉 해나 걸렷저

– 「잘도 오래 걸렷저」 전문

동시 「참 오래 걸렸다」는 존재론적 성찰을 내포한 동시이다. 이 시의 화자는 "가던 길 잠시 멈추는 것"조차 쉽지 않았던 시간을 담담히 고백한다. 우리 집 마당의 애기똥풀 하나를 알아보는 데 "아홉 해"나 걸렸다는 고백은 무심함과 바쁨이 쌓여 '자연'과 '자아' 사이에 놓인 거리를 또렷이 드러낸다. 애기똥풀은 한 포기 식물을 넘

어 오래 미뤄 두었던 소중한 과제 혹은 진실한 목표를 상징한다. 잠시 멈추어 발밑을 바라보는 행위는 곧 존재를 다시 발견하는 첫걸음이며 이해와 환대가 서서히 스미는 순간이 된다. 시는 그렇게 자연을 바라보는 시선을 출발점 삼아 자기 존재를 돌아보는 길로 이어진다. 이 지점에서 새삼 필자의 삶을 돌아보게 되었다.

반생을 훌쩍 넘긴 어느 날 필자에게도 우연처럼 꽃을 가꾸게 되는 시간이 찾아왔다. 처음으로 주체가 되어 손에 흙을 쥐고 땅을 고르고 뿌리를 만졌다. 손끝에 닿은 흙의 온도와 미세한 떨림이 낯설면서도 묘하게 반가웠다. 까무러치게 놀라서 거부했던 지렁이를 받아들이고서야 비로소 작은 생명들이 눈에 들어오기 시작했다. 그때부터 벌츠 길의 들꽃을 유심히 살폈고 숲길에서의 동식물 숨소리를 들었다. 보도블록 틈에 솟아난 민들레에게서는 꿋꿋이 자라는 아이의 ㅁ-음을 보았다. 그렇게 오랫동안 잊고 살았던 '펜'을 다시 꺼내 들게 되었다.

그 깨달음은 박희순 시인의 동시를 만나며 더욱 깊어졌다. 시인은 '가던 길 잠시 멈추라'고 청한다. 손가락 한 마디만 한 애기똥풀을 알아보는 데 "아홉 해 걸렸다"는 내면의 토로는 멈춤 없이는 소중한 것을 볼 수 없다는 사실을 일깨운다. 완두콩과 민들레, 베렝이와 매미 같은 작은 존재를 불러내 온 그의 작업 앞에서 시구는 시인이 자신에게 던진 질문이자 답이다. 아홉 해라는 시간의 두께는 겉으로는 생명을 바라보는 눈을 얻기까지의 여정이다. 그러나 그 안쪽에는 목표를 채워가며 내면이 단단해지기까지 견뎌야 했던 긴 호흡이 숨어 있다. 그것은 한 겹씩 쌓아올린 노력과 인내의 땀방울이 맺힌 시간일 것이다. 이 성찰은 이 동시를 감상하는 독자의 삶으로 이어지며, 연작 동시집 전체를 관통하는 철학적 심장으로 남는다.

제주어 말맛 '아쏙'(잠깐 사이)과 '발밋듸'(발밑)가 겹치며 '잠시'라는 시간이 삶의 태도로 확장된다. 시인은 "잘도 오래 걸렷저" 하고 툭 내뱉어 독자에게 속도를 늦추고 발밑을 살필 것을 권한다. 그렇게 우리는 작은 생명 앞에 고개를 숙이는 시인의 태도를 더욱 선명하게 마음에 새기게 된다. 이처럼 발밑의 애기똥풀은 표상을 넘어 '아홉 해'라는 시간성과 결합하며 개인의 인식전환을 표징한다. '잠시 멈춤'은 삶의 진정성을 회복하는 '의식 지향성'의 행위이며, 이를 통해 독자는 자신의 내면과 세계를 다시 연결하는 경험을 하게 된다. 결국 이 시는 자연에 대한 주의 깊은 시선이 곧 자기 존재를 재발견하는 문학적 울림임을 환기한다.

연과 노는 주문 - 말과 그림이 빚은 시적 생태 놀이터

꼭꼭 숨어라 / 머리카락 보일라 / 다 숨었니? // 쉿, / 완두콩 씨앗은 꼬투리 안에 숨었어 / 민들레 씨앗은 깃털 잡고 낙하산인 척해 / 도꼬마리는 검정소 다리에 철싹 붙었어 / 야자나무 씨앗은 껍질 속에 숨어 물속으로 들어가고 있어 // 단풍나무 씨앗이 술래야 / 헬리콥터 날개 달고 찾아다니고 있어 // 꼭꼭 숨어라

- 「씨앗들의 숨바꼭질」 전문

꼭꼭 곱으라 / 머리꺼럭 보염저 / 다 곱안? // 쉿, / 보리콩 씨앗은
각지 안네 곱앗저/ 민들레 씨앗은 갓털 잡앙 낙하산인 첵 ᄒ염쩌 /
도꼬마리는 검은쉐 가달러레 찰싹 붙엇저 / 야자나무 씨앗은 겁죽 소
곱에 곱앙 물속더레 들어감쩌 // 단풍낭 씨앗이 술래여 / 헬리콥터
늘개 돌앙 촛아뎅겸쩌 // 꼭꼭 곱으라

- 「씨앗덜 곱을락」 전문

이 동시는 천진한 아이들의 숨바꼭질 같다. "꼭꼭 곱으라 머리
꺼럭 보염저 다 곱안?" 같은 골목길 외침은 아이들을 단숨에 숨바
꼭질의 주인공으로 이끈다. 이처럼 "꼭꼭 숨어라 머리카락 보일라"
라는 익숙한 주문으로 문을 열어, 식물 씨앗 퍼뜨리기를 놀이 언어
로 생동감 있게 풀어낸다. 완두콩, 민들레, 도꼬마리, 야자나무, 단
풍나무까지 각기 다른 흩어짐은 숨고 도망치는 아이들처럼 재기
발랄하며, 시인은 이 움직임을 유쾌한 시적 상상력으로 풀며 자연
의 지혜를 놀이로 바꾼다.

"꼭꼭 숨어라"로 시작해 다시 "꼭꼭 숨어라"로 닫는 환형 구조
는 숨바꼭질의 긴장과 설렘을 반복시키며 읽는 이를 빠져들게 만
든다. "찰싹" 같은 의태어는 도꼬마리가 다리에 붙는 순간을 생생
히 살려내고, "헬리콥터 날개"라는 비유는 단풍 씨앗의 선회 낙하
를 한눈에 그리게 한다. 짧은 행과 현재형 동사는 씨앗을 살아 움
직이는 존재로 바꾸며 시적 생기를 더한다.

제주어는 이 시의 흥을 한층 끌어올린다. "꼭꼭 곱으라 머리꺼럭
보염저"라는 주문부터가 말맛 자체로 장난스러운 리듬을 튕기며 읽

는 순간 아이들의 웃음을 자아낸다. '곱으라'(숨어라), '머리꺼럭'(머리카락), '보염저'(보인다)는 혀끝에서 후두둑 튀어 오르듯 울려 퍼져 말놀이처럼 재미와 박진감을 더한다. 특히 '촛아뎅겸쩌'(찾아다니고 있어)처럼 호흡이 길게 이어지는 종결어미는 단풍 씨앗의 선회 움직임을 소리로 그려내며, 제주어 고유의 리듬감을 생생하게 전한다.

된소리와 장모음, 그리고 '-쩌', '-감쩌' 같은 어미는 표준어보다 더 역동적으로 숨바꼭질의 긴장과 들뜸을 전달한다. "찰싹 붙엇저"에서 터지는 음성적 리듬은 도꼬마리의 장난기 어린 접촉을 입체적으로 그려내며, 씨앗들을 각기 개성 있는 놀이 친구로 느끼게 만든다. 이러한 말맛은 어린 독자들이 읽는 것만으로도 자연과 노는 몸짓에 빠져들게 하며 제주어가 가진 말놀이적 특징이 놀이의 장벽을 허물고 생태 감수성을 가까이 끌어당긴다.

이처럼 제주어와 동시 그리고 신기영 화가의 그림이 어우러진 협업은 말과 시각, 놀이가 하나 되는 입체적 생태 체험을 선사한다. 그림 속 씨앗들은 색칠하기 활동으로 이어져 아이들이 손으로 자연을 만지게 하고, 말로는 주문을 외우듯 씨앗의 여정을 따라가게 한다.

별처럼 핀 개망초 - 낮고 흔한 존재에 마음을 기울이는 일

개밥바라기별이 하늘에 핀 꽃이라면 / 망울망울 개망초는 땅에 핀 별이야 // 초여름 들판이 아름다운 은하수 되어 / 반짝이는 것 좀 봐봐

– 「개망초」 전문

개밥바라기벨이 하늘에 핀 고장이렌 ᄒ민 / 망울망울 천상쿨은 땅
에 핀 벨이라 // 초여름 드르팟이 곱들락ᄒ 미리내 되엉 / 벨롱벨롱
ᄒ는 거 ᄒ꼼 봐봐

－「천상쿨」 전문

　작고 흔한 들꽃 하나를 통해 우리가 무심히 지나쳐온 생명을 되
묻는 동시 개망초. 시인은 "개밥바라기별이 하늘에 핀 꽃이라면 /
망울망울 개망초는 땅에 핀 별이야"라는 시구를 내보이며 이름조
차 평범한 풀꽃을 하늘의 별자리와 나란히 놓는다. 초여름 들판을
"은하수"에 비유한 시적 상상력이 기발하다. 아울러 박 시인은 개
망초의 번짐을 성가심이 아니라 흩뿌려진 생명의 반짝임으로 환
대했다.

　그래서 이 시에서는 동심이 더욱 반짝이는 것 같다. 별과 꽃을
연결하는 시인의 발상, '당울망울' 피어나는 꽃망울에 눈을 맞추는
따뜻한 시선, 성가시다ᄆ 뽑아버리는 대신 잔잔히 바라보며 말을
거는 마음이 참 곱다. 아이들이 이 동시를 읽는다면, 들판 한가운
데 피어난 개망초도 누군가에게는 소중한 꽃이 될 수 있다는 사실
을 알게 될 것이다. 눈에 띄지 않아도, 작고 흔해도, 심지어 누군가
에게 외면받는 존재일지라도 그 안에 깃든 생명의 빛은 결코 작지
않다는 것을. 시는 그렇게 아이들에게 속삭인다. 너도 누군가에게
는 땅에 핀 별이라고.

　이 동시는 개망초에 얽힌 웃픈 추억 하나를 떠올리게 한다. 꽃
을 심기 시작하던 어느 날, 벌초하던 산소 근처에서 눈부시게 피어

있던 개망초를 만났다. 그때만 해도 나는 꽃 이름도 꽃들의 속성도 잘 모르던 때였다. 너무 예뻐서 들에만 있기엔 아깝다는 생각에 한아름 뿌리째 캐 와 시댁 감나무 아래 정성스레 심었다. 아마도 그 순간, 박 시인이 노래한 "이 꽃이야말로 야생의 은하수!"라는 말을 들은 듯한 기분으로 들떠 있었던 것 같다. 그런데 개망초가 번식력 강한 귀화식물이라는 사실을 이미 알고 있던 어머님과 남편은 속으로 식은땀을 흘리고 있었다. '이걸 그냥 놔둬야 하나, 말려야 하나….' 고민하면서도 내가 꽃을 껴안고 흙을 다정히 덮는 모습을 보고는 차마 말리지 못하고 속만 끓였던 것이다.

결국 어머님은 "메누리가 곱댄 허멍 싱근 꽃인디 홀 수엇다게.", 며느리가 이쁘다면서 심은 꽃이라며 주변의 만류에도 아랑곳하지 않고 매일 물까지 주셨다. 하지만 꽃이 핀 채로 옮겨 심어진 개망초는 오래 버티지 못했다. 그럼에도 불구하고 그때 어머님의 정성과 남편의 말 없는 인내는 지금도 내 마음속에 사랑의 별처럼 반짝이고 있다. 잡초라 불리더라도 누군가의 애정이 깃든 순간 그 존재는 '땅에 핀 별'이 될 수 있다는 사실을 개망초가 가르쳐준 것이다.

이처럼 「개망초」는 낮고 흔한 존재에 마음을 기울이는 태도를 일러준다. "반짝이는 것 좀 봐봐"라는 마지막 구절은 자연의 빛을 넘어 우리가 놓치고 지나가는 귀한 순간을 일깨운다. 들풀 한 포기, 스쳐 가던 존재까지도 애정 어린 시선 속에서 별처럼 빛난다. 시가 비추는 것은 꽃을 피운 생명만이 아니라 그 꽃을 오래 바라보는 마음의 자리다. 주변을 둘러보면 개망초 같은 이들이 얼마나 많은가. 손을 내밀어 온기를 건네면 그들도 언젠가 누군가의 작은 별이 되어 줄 것이다. 시인은 평생 아이들을 바라보는 교직에 머물며 작은 생명을 품듯 아이들의 마음을 어루만지고 있다. 단 한 명도 소외됨이 없이 온기를 불어넣어 주고 싶어한다. 그 마음의 별이 반짝이는 동시이다.

"어떻게 그냥 가니" - 작은 생명에게 말을 거는 시

담벼락 아래서 뽀리뱅이가 부르면 / 걸음을 멈추어야지 / 어떻게 그냥 가니? // 소리쟁이가 노래하면 / 그 자리에 쪼그려 앉아 / 같이 들어야지, 어떻게 그냥 가니? // 돌단풍이 손 흔들 때 / 아기별꽃이 눈웃음을 칠 때 / 어떻게 그냥 가니? // 그 조그맣고 조그만 꽃잎이 / 그 조그맣고 조그만 풀잎이 / 손 흔들며 부르는데 어떻게 그냥 지나 가니?

— 「어떻게 그냥 가니?」 전문

담베락 아레서 뽀리뱅이가 불르민 / 걸음을 멈추어사주게 / 어떵 기냥 감시니? // 소리쟁이가 놀래ᄒ민 / 그 자리에 조침 앚앙 / ᄀ찌 들어사주, 어떵 기냥 가느니? // 돌단풍이 손 훙글 때 / 애기벨꽃이 눈웃음칠 때 / 어떵 기냥 가느니? // 그 ᄒ끌락ᄒ곡 혜끌락ᄒ 고장섭이 / 그 ᄒ끌락ᄒ곡 혜끌락ᄒ 쿨섭이 / 손 훙글멍 불르는디, 어떵 기냥 넘어가느니?

— 「어떵 기냥 감시니?」 전문

"어떻게 그냥 가니" 이 한 구절만으로도 발걸음이 멈춘다. 이 시구는 작고 연약한 생명들이 건네는 인사 앞에 잠시 멈추어 그들의 목소리에 귀 기울여 달라는 세상에서 가장 간절한 부탁인 것 같다. 담벼락 밑 뽀리뱅이와 소리쟁이, 돌단풍과 아기별꽃이 차례로 얼굴을 내밀 때마다 시인은 한 번 더 묻는다. "어떻게 그냥 가니?" 되풀이되는 이 물음은 바쁜 걸음에 브레이크를 거는 시적 멈춤이며 가만히 마음을 두드리는 속삭임이다. 또한 "어떻게 그냥 가니"라는 반복적 울림은 미하일 바흐친이 말한 '대화성'의 한 형식으로 해석할 수 있다. 같은 문장이 두 번 세 번 되풀이되는 순간마다 화자의 목소리는 독자와의 거리를 줄히고 독자의 내면 속 응답을 불러낸다. 이 반복장치는 듣는 이를 참여시키는 초대이며 발걸음을 멈추게 하는 시적 장치이다. 아울러 생명 앞에서 윤리적 응답을 촉구하는 문학적 행위로 확장된다.

이 시가 특별한 까닭은 생명에 대한 태도를 바꾸는 문학적 울림을 품고 있기 때문이다. 꽃잎 하나, 풀잎 하나도 삶의 주체로 바라보는 시인의 시선은 생태시가 지닌 깊은 철학을 드러낸다.

필자 역시 그 물음을 늦게나마 배웠다. 시댁 마당을 오가며 주말마다 손을 보태던 꽃삽이, 이제는 더 가까운 아파트 화단으로 옮겨졌다. 이곳에 씨를 뿌리고 매일 물을 주며 자라는 모습을 지켜본다. 손바닥만 한 열 평 남짓한 터전에도 수많은 숨결이 솟아오른다. 풀 한 포기, 꽃잎 한 장, 감나무와 칸나줄에 집을 튼 호랑거미, 가지를 오가는 참새, 꽃밭을 찾는 길고양이까지. 이 작은 꽃밭 속 생명체들이 하나하나 전혀 다르게 보이기 시작했다. 그들은 더 이상 배경이 아니라 마치 아이처럼 품고 싶은 존재가 되어가고 있었다.

그 기쁨을 혼자 누리기 아까워 주변 사람들에게도 꽃을 나누고 작은 공간을 만들어 함께 심어보자고 권하고 있다. 아마 그래서 박희순 시인의 동시가 더욱 애틋하게 가슴에 와닿는지도 모르겠다. 꽃을 나누는 이들에게 박희순 시인의 동시도 함께 나누고 싶은 마음이 자연스레 피어난다.

"그 조그맣고 조그만 꽃잎이/ 손 흔들며 부르는데 어떻게 그냥 지나가니?"라는 마지막에 반복되는 이 시구는 종지부의 힘을 지닌다. 문장을 닫으면서도 여운을 남기고, 그 여운 속에서 독자는 스스로 그 말을 되뇌게 된다. 이처럼 일상의 흐름 속에서 문득 멈춰 서는 순간 우리는 생명의 눈빛과 마주하게 된다. 박희순 시인은 말한다. 작고 여린 존재들이야말로 우리 삶을 다정하게 일깨우는 첫 친구라고. 이 대목에서 동시의 문학적 가치는 더욱 선명해진다. 그것은 자연의 묘사를 넘어 생명감수성을 회복하고 동심의 시선으로 타자를 긍정적으로 다시 바라보게 하는 인식의 전환으로 이어진다.

여기서 '타자'는 주변의 작은 생명들에서 교실의 아이들로 이어진다. 아무도 눈길 주지 않는 아이, 말이 느린 아이, 발표를 두려워해 자주 잊히는 아이들, 시인은 그 아이들을 그냥 지나칠 수 없다고 한다. 그리고 그가 만나는 아이들 또한 소외된 친구를 알아보는 따뜻한 시선을 품길 바란다. 그냥 지나치지 않는 누군가의 마음이 또 다른 누군가에게 빛나는 계기가 되어 아이는 스스로를 밝히며 자란다. 동시는 그 작고 보이지 않던 존재에게 다가가서 목소리를 내어주고 대상(타자)을 있는 그대로 품어 안는 포용력 있는 마음으로 감싸안을 때 세상은 더 아름다워질 것이라고 한다.

2. 부리 끝에 맺힌 봄 - 『쪼꼴락허고 아꼬운 생이』의 생태 경고

숲이 가까이 있어 좋다. 그곳에 들어서면 새들이 얼마나 반기는지 마치 나를 알아보는 것만 같다. 한때 필자와 가까웠던 길냥이 '토리'가 머물던 숲이기도 하다. 그래서 나는 그곳을 '토리 숲'이라 부른다. 우리 집에서 걸어서 오 분 거리, 규칙적이진 않지만 오며 가며 자주 들르는 아지트다. 때로는 머리를 식히러 때로는 그리움을 따라 그 길을 걷는다. 책 한 권 들고 들어가면 굳이 음악이 필요 없는 곳. 새들은 다양한 음률로 눈인사를 건네고, 나는 세상의 소음을 잠시 내려놓은 채 초록의 숨결 속으로 들어간다.

둘째 딸이 '고향 땅 밟기 프로젝트'를 하겠다며 엄마 품을 찾아왔다. 우리는 점심나절 함께 산책했다. 이렇게 가까운 곳에 숲이 있다는 것이 얼마나 축복인가. 이 계절이 되면 더 실감하게 된다. 들어서자마자 까치 한 마리가 돌담 위를 포득포득 뛰놀고 있었다.

조금 더 안쪽으로 들어가자, 직박구리인지 이름 모를 새들이 지저 귀고 있었다. 숲 전체가 숨을 쉬며 살아 있는 것 같았다.

새들의 소리 속에는 야꼬운 목소리의 주인공, 양서은 어린이의 제주어 동요 〈욕심꾸레기 곤줄베기〉가 섞여 싱그럽게 울려 퍼지는 것 같았다. 그러자 신기영 작가의 '생이' 그림들이 문득문득 떠올랐다. 박희순 시인의 동시들을 만나고 난 뒤, 숲은 이처럼 공감각적인 형상으로 훨씬 더 가까이 다가왔다.

박희순 시인의 생태 동시는 자연을 '보는' 데 머물지 않는다. 그는 언제나 그 안에 말을 걸고, 귀를 기울이며, 이름을 불러 관계의 온도를 살린다. 「개개비가 나르는 봄」, 「욕심꾸러기 곤줄박이」, 「동박새는 동백나무카라기야」, 「날아가버린 새들아」를 비롯해 시집 곳곳에 등장하는 새들은 그 대화의 주인공이다. 작고 여린 존재의 울음과 웃음 그리고 사라짐까지 계절이 바뀌듯 생명은 흐르고 그 안에 담긴 윤리와 책임을 동심의 언어로 노래한다. 특히 제주어로 표기된 동시는 말의 결에 자연의 결을 포갬으로써 생명의 목소리를 한층 또렷하게 들려준다. 부리 끝에 맺힌 봄, 나무 아래서 피어나는 웃음, 사라진 둥지 앞에서의 미안함 등 우리가 어떤 존재로 살아가야 하는지를 담담히 묻는다.

햇살을 쪼아 나르는 작은 부리 - 말맛의 기쁨

개개비가 갈대 잎 위에 앉아 / 봄을 쪼아 먹어요 // 그 작은 부리로 / 따스한 봄을 톡 터뜨리면 // 햇살이 / 또르르르 굴러오지요 // 개개비 입안 가득 차오르는 / 봄. 봄. 봄. // 봄을 먹은 개개비들이 / 오조리 갈대숲에 햇살을 퍼 나르고 있어요

- 「개개비가 나르는 봄」 전문

개개비가 갈대 섶 우티 앚앙 / 봄을 좃아 먹엄수다 // 그 쪼끌락흔 부리로 / 뜨뜻흔 봄을 톡 터주민 // 벳이 / 또르르르 굴르멍 오주마씸 // 개개비 입소곱이 ᄀ득 차오르는 / 봄. 봄. 봄. // 봄을 먹은 개개비덜이 / 오조리 갈대곳더레 벳을 펑 날람수다

- 「개개비가 날르는 봄」 전문

「개개비가 나르는 봄」은 봄의 감각을 가장 작고 사랑스러운 존재인 개개비를 통해 활짝 피워낸다. 시의 첫 구절에서 개개비는 갈댓잎 위에 앉아 봄을 마치 부리로 톡톡 쪼아 먹는 듯한 모습으로 등장하는데, 이 장면은 마치 동화의 문을 여는 주문처럼 상상력을 자극한다. 봄을 '쪼아 먹는다'는 표현은 동심 가득한 상상력의 결과이며, 그 자체로 생기와 따뜻함을 품고 있다.

특히 제주어 원문에서 개개비의 부리는 "쪼끌락흔 부리"로 표현되는데, 이 말맛은 작고 앙증맞은 부리의 생김새를 정겹게 떠올리게 한다. 이어지는 "뜨뜻흔 봄을 톡 터주민"이라는 구절은, 그 작은 부리가 겨우내 얼어붙은 계절을 깨뜨리고 마침내 봄볕을 터뜨리는 순간을 생생하게 전해준다. 마치 봄의 시작을 개개비가 알리는 듯한 장면이다.

봄의 기운이 개개비의 부리 끝에서 "또르르르" 굴러오는 장면

은 의성어 이상의 역할을 한다. 그것은 봄의 흐름과 감정을 부드럽게 리드미컬하게 밀어주는 언어이며, 봄이 새의 움직임을 따라 햇살이 되어 퍼져 나가는 순간을 눈앞에 그리게 만든다. "또르르"는 그래서 귀여운 소리를 넘어, 시 속 시간의 결을 따라 움직이는 봄의 기운 그 자체다.

이 시는 개개비가 봄을 '먹는' 존재에서 '나르는' 존재로 확장되며, 자연의 변화뿐 아니라 마음속에 스며드는 생명의 환희를 전한다. 입안 가득 "봄. 봄. 봄."이 차오른다는 표현은 봄의 감흥이 우리 안에 살아 숨 쉬는 희열로 와닿게 한다. 작은 생명의 움직임 안에 담긴 큰 기쁨 그것이 이 시가 전하고자 하는 메시지다. 박희순 시인의 시선은 언제나 그렇듯 낮고 여린 곳을 향하고 아이의 시선으로 자연을 읽는다. 이는 이 시를 읽는 아이들에게는 웃음이 되고 어른들에게는 잊고 지낸 봄의 마음을 되살리는 다정한 언어가 된다.

아이들의 교실에도 이런 개개비들이 있다. 쪼끌락하고 수줍은 표정으로 있지만 마음 안에 햇살 같은 봄을 가득 품고 있는 아이들. 친구에게 웃음을 건네고 화분에 물을 주며 새싹을 처음 발견한 날 들뜬 목소리로 "선생님, 봄이에요!" 하고 외치는 아이들 말이다. 그 아이들이 교실이라는 갈대숲을 지나며 나르는 봄은, 이 시처럼 뜨뜻흔 봄(따뜻한 봄)을 우리 곁에 살포시 내려앉게 만든다.

웃음으로 피어나는 제주어 감각 - 동시가 동요로 피어나다

곤줄박이가 나무 아래서 / 도토리를 주워 배시시 웃더니 // 두 손으로 도토리를 잡고 / 콕콕 까서 냠냠 먹으며 // 때죽나무 하얀 웃음도 먹고 싶은가 봐 / 찔레나무 빨강 웃음도 먹고 싶은가 봐 // 도토리 먹다가 때죽나무 보고 / 도토리 먹다가 찔레나무 보고

　　　　　　　　　　　　　　　－「욕심꾸러기 곤줄박이」 전문

곤줄베기가 낭 아레서 / 똥꼬릴 봉간 배시시 웃언게마는 // 두 손으로 똥꼬릴 심엉 / 콕콕 깡으네 옴막옴막 먹으멍 // 족낭 헤영흔 웃음도 먹구정흔 셍이라 / 새비낭 빨강 웃음도 먹구정흔 셍이라 // 똥꼬리 먹당 족낭 베리곡 / 똥고리 먹당 새비낭 베리곡

　　　　　　　　　　　　　　　－「욕심꾸레기 곤줄베기」 전문

　박희순 시인의 동시 「욕심꾸러기 곤줄박이」는 그야말로 아이 마음에 딱 붙을 것 같다. 도토리를 물고 배시시 웃는 곤줄박이의 모습은 장난기 가득한 아이 한 명을 떠올리게 한다. 곤줄박이는 사람을 잘 따르는 정겨운 텃새다. 사람을 두려워하지 않아 사람이 지어 준 새집에도 흔쾌히 둥지를 트는 다가섬이 자연스러운 새. 이 시 속 곤줄박이도 그런 친근함을 그대로 품고 있다. 시인은 여기서 언어를 장난스레 굴리는 익살꾼이다. 언어 하나로 웃음을 불러내고 짧은 행과 반복으로 리듬을 튕기며 동시 특유의 경쾌한 문학성을 빚어낸다.

그 익살이 제주어와 만나면 정겨움은 한층 깊어진다. "도토리" 가 "똥꼬리"가 되고, 주워 들었다는 뜻의 "봉간"까지 보태지면 교실은 금세 웃음바다가 될 것이다. 아이들은 '똥'이라는 단어 하나에 얼굴을 환히 밝히며 배꼽을 잡고 웃지 않을까. 부끄러움보다 호기심이 먼저인 아이들이기에, 그 솔직하고 원초적인 단어를 거리낌 없이 반긴다. 게다가 껍질을 까서 "옴막옴막" 먹는다는 표현까지 나오면 소리와 맛이 함께 살아나 입안 가득 생생한 장면이 펼쳐진다.

"똥꼬리 먹당 족낭 베리곡, 똥꼬리 먹당 새비낭 베리곡" 같은 대목은 그래서 동심이 한꺼번에 터져 나오는 순간이다. 이 한 편에는 말맛의 재미와 생명감수성, 웃음의 윤리 그리고 동시 문학이 지닌 운율·의성어·의태어의 힘까지 고스란히 담겨 있다. 웃음이 언어와 만나고 리듬이 제주어의 억양이 어우러지는 이 세계는 그 자체로 동심의 놀이터가 된다.

그 동심을 듬뿍 머금은 「욕심꾸레기 곤줄베기」 동시는 작곡가 양대엽에 의해 동요로 새롭게 태어났다. 음악은 동시가 지닌 장난기와 생기를 말하듯 풀어낸 선율에 얹었고, 밝은 다장즈 화성 속에 아꼬운 긴장과 변화를 섬세하게 녹여 넣었다. 이 익살닺은 곡은 아이들의 목소리와 만났을 때 비로소 완성된다.

특히 신제주초등학교 4학년 양서은 어린이의 노래는 이 동시에 또 다른 생명력을 불어넣는 중요한 역할을 한다. 여물지 않은 음색에서만 피어나는 투명한 설렘, 맑고 정직한 리듬 그리고 친구의 마음을 알아채는 착한 성품까지. 그 모든 것이 목소리에 고스란히 담겨 있다. 곤줄베기를 따라다니는 아이의 눈빛과 옴막옴막 먹어대는 모습이 소리 안에 숨어 있고 노랫말 하나하나에 생기가 깃들어 있다. '아꼬운'이라는 제주어처럼 서은 어린이의 목소리는 이 시가 지닌 다정한 정서를 마치 아기새 품듯 소중히 안고 있다. 그 따뜻한 음성은 시가 지닌 동심과 생명의 결을 고스란히 노래로 전하며 듣는 이의 마음까지 포근히 감싸안는다.

아이들은 이 동요를 따라 부르며 도토리와 때죽나무, 찔레나무를 친구처럼 부를 것이다. 말과 말 사이를 "배시시 웃언게마는" 하며 채워 갈 것이고, 교실 구석구석에도 따뜻흔 봄처럼 스며들 것이다. 제주어의 감흥은 그렇게 웃음과 함께 전해지고 노래는 아이들 마음에 살아 있는 언어로 피어난다. 곤줄베기 한 마리가 나무 아래서 배시시 웃는다. 그 웃음은 "똥꼬리" 하나 품은 동시 한 편에서 시작해 해맑은 동요를 부르며 아이들 마음을 활짝 열어 줄 것이다.

기억을 지키는 노래 - 결을 지키는 마음

> 벚꽃도 장미꽃도 아니아니요 / 동백꽃이 젤 이쁜 걸요 // 라벤더향 라일락향, 아니아니요 / 동백꽃 향기가 젤 좋은 걸요 // 동백나무 이파리가 되어 늘 곁에 있으려고 / 일 년 내내 초록색 옷만 입는 걸요 // 동백꽃 들으라고 매일매일 노래 부르는 걸요 / 누가 제 마음 전해 주실래요? // 제 이름은 동박새 / 동백바라기랍니다
>
> ─ 「동박새는 동백나무바라기야」 전문

사오기고장도 장미고장도 아니아니마씸 / 돔박고장이 젤루 고와마씸 // 라벤더향 라일락향 아니아니마씸 / 돔박고장 향기가 젤 좋아마씸 // 돔박낭 섭이 뒈엉 느량 ㅈ꼿디 잇젠 / 일 년 내낭 초록색 옷만 입엄수게 // 돔박고장 들으렌 맨날맨날 놀래 불럼수게 / 누게 나 ㅁ 심 전해주쿠과? // 나 일름은양 돔박생이 / 돔박낭바라기우다

- 「돔박생이는 돔박낭바라기라」 전문

박희순 시인의 동시 「동박새는 동백나무바라기야」는 새의 사랑 이야기를 넘어 우리가 지켜야 할 것들과 그 곁을 지키려는 마음을 들려준다. "동백꽃이 젤 디쁜 걸요"라며 수줍게 고백하는 동박새는 단지 귀여운 존재가 아니다. 동백만 바라보며 일 년 내내 초록 옷을 입고 꽃이 들을까 봐 매일 노래를 부르는 이 새는 순정이자 기다림이며, 끝까지 곁을 지키려는 의지다.

실제로 동박새는 사람을 잘 따르고 동백나무 곁을 자주 맴돈다. 필자도 언젠가 동백나무 하나 없는 사무실 2층의 작은 유리창 안에서 안절부절못하던 동박새를 만난 적이 있다. 눈가에 흰 아이라인을 두른 듯한 은은한 초록빛의 그 새는 옥상 계단 끝 박스 위를 푸다닥 날며 나를 똑바로 바라보았다. "이모, 살려주십서. 동박낭 어디 갓수과?"라고 말하는 듯했다. 옥상문을 열자 그는 망설임 없이 하늘로 날아올랐다. 아가도 그토록 찾던 동백나무를 향해 갔으리라. 그 눈빛은 오래도록 가슴에 남았다.

이 동시는 많은 이야기를 품고 있다. 시인은 명시하지 않았지만 우리는 제주의 아픔을 떠올릴 수 있다. 제주 사람에게 동백은

그냥 꽃이 아니다. 제주 4·3을 상징하며 말로 다 전하지 못하는 주름진 역사를 품은 붉은 꽃이다. 그 동백을 부르며 곁을 지키는 동박새는 "돔박낭 섭이 뒈엉 느량 ᄌᆞᆺ디 잇젠" 하는 모습처럼, 어쩌면 제주의 기억을 지켜내려는 존재의 표징일지 모른다. 시는 시인이 쓰지만 세상에 던져지고 나면 독자의 것이 된다. 어른인 필자는 동백꽃과 동박새를 통해 역사의 아픔을 떠올렸다. 어린이 독자들도 언젠가 이 시를 다시 읽으며 4·3의 아픔이 아픔으로만 머무르지 않고, 동박새가 곁을 지키듯 화해와 용서로 이어질 수 있음을 생각해 보았으면 한다. 그리고 돔박새의 몸짓처럼 서로의 곁에서 희망이 되는 존재가 되길 바란다.

동박새는 오늘도 노래한다. 마음이 흩어지지 않게 피어날 꽃을 기다리며 우리가 잊지 말아야 할 이야기를 기억하게 한다. 아울러 이 동시는 아이들에게 새와 나무의 우정을 전하는 동시에 오래 지킨다는 일이 얼마나 깊은 마음인지를 알려 준다. 제주 자연과 기억이 흐르듯 꿋꿋이 자리하며 제 몫을 다하려는 아이들의 마음도 그 노래 안에 함께 흐르고 있다.

사라진 둥지 앞에서 - 시대가 남긴 미안함의 풍경

포크레인이 입 벌려 으르렁거리고 / 불도저가 바퀴로 밟아버리던 날 // 산수국과 찔레꽃이 나뒹굴었어 / 여치와 찌르레기 사슴벌레도 나뒹굴었어 // 땅 속 개미집도 무너져버리고 / 잠 자던 풍뎅이 애벌레도 뒤집어져버렸지 // 구불구불 산길이 / 넓은 길이 되는 동안 /

도와달라고 소리쳤을 건데 / 살려달라고 외쳤을 건데 // 소리치다 지쳐서 날아가버린 새들아 / 어디론가 사라져버린 새들아 / 미안하다 / 정말 미안하다

- 「날아가버린 새들아」 전문

포크레인이 입 벌령 으르렁거리곡 / 불도저가 바퀴로 넓아분 날 // 도체비고장이영 찔레고장이 둥글어뎅겨라 / 여치영 찌르레기영 사슴베렝이도 둥글어뎅겨라 // 땅 소곱 개미집도 무너져불고 / 좀 자던 풍뎅이 베렝이도 뒈싸져불엇주 // 구불구불 산질이 / 넓은 질이 뒈는 동안 / 도와ᄃ렌 쉐울려실 건디 / 살려ᄃ렌 웨울려실 건디 // 쉐우르단 지천 놀아가분 생이덜아 / 어듸로산디 엇어져분 생이덜아 / 미안ᄒ다 / 춤말로 미안ᄒ다

- 「놀아가분 생이덜아」 전문

포클레인이 입을 벌려 으르렁거리고 불도저가 땅을 짓밟던 그 날 산수국과 찔레꽃이 나뒹굴었다. 박희순 시인의 동시 「날아가 버린 새들아」는 그렇게 무너진 생명들의 자리를 슬픔과 함께 새긴다. "도체비고장이영 찔레고장이 둥글어뎅겨라"는 제주어 한 구절만으로도 꽃들이 흙먼지 속에 뒹굴며 사라지는 풍경이 눈앞에 펼쳐진다. 여치와 찌르레기, 사슴벌레, 풍뎅이 애벌레, 개미까지. 작고 느린 생명들이 한꺼번에 자취를 감추는 그 현장을 시인은 목격자이자 당사자의 심정으로 바라본다. 시의 행간 너머 오래 누른 사랑과 슬픔이 잔잔히 번져온다.

"쉐우르단 지천 늘아가분 생이덜아" 하고 부르는 말에는 기다리다 떠나간 존재들에 대한 미안함이 깊이 배어 있다. 새들이 날아간 것은 우리가 놓쳐버린 서식지, 짓밟아버린 땅, 사라진 둥지와 먹이의 자리까지, 그 모든 것을 함께 잃은 것이다.

제주의 자연은 오랜 세월 수많은 생명을 품어 왔다. 그 속에는 봄마다 피어나는 도체비고장도, 기어다니는 개미도, 아이들의 호기심을 사로잡던 풍뎅이도 있다. 시인은 그 하나하나를 이름으로 불러내며 되살린다. 그 말에는 우리가 앞으로 이 땅을 어떻게 살아야 하는가에 대한 물음이 함께 담겨 있다.

이 동시는 아이들 마음에 잔잔한 여운을 남긴다. 처음엔 무심히 지나쳤던 작은 생명들의 존재감이 어느 순간 가까워지고, 무너진 둥지와 뒤집힌 애벌레의 모습이 마음속에 선명히 각인된다. "정말 미안하다"는 말이 불현듯 떠오를 때 그것은 단지 감정의 표현이 아니라 생명을 존중하는 마음의 시작이 된다.

생태학은 말한다. 서식지가 갑작스레 잘려 나가거나 토막 나듯 나뉘면 그 안에 살던 생명들은 고립되거나 점점 설 자리를 잃는다고. 이를 '서식지 파편화'라 하며 이 현상은 종 다양성의 급속한 감소로 이어진다. 박희순 시인의 이 동시는 그런 과학적 현실을 시인의 언어로 풀어낸 생태의 마음이다. 시는 아이들에게 말한다. 이름을 불러줄 때 비로소 존재가 시작된다고. 우리가 부르고 기억하고 지키지 않으면 그 생명들은 정말로 날아가 버릴지도 모른다고.

이처럼 박희순 시인의 생태 동시는 언제나 가장 낮고 여린 자리에서 이야기를 시작한다. 쪼끌락한 부리 끝에서 터지는 봄과 배시시 웃는 곤줄박이의 입꼬리, 꽃을 기다리며 초록 옷을 벗지 않는 동박새, 사라진 둥지 앞에 서 조용히 미안하다고 속삭이는 마음. 이 모든 순간은 아이의 눈으로 세상을 다시 바라보게 하고 자연과 제주말과 생명의 관계를 새롭게 배워가게 한다. 그 안에는 동심이 살아 있다. 그리고 그 동심은 단지 유년의 감정이 아니라 생명을 바라보는 가장 진실한 시선이 된다.

박희순 시인의 동시를 읽으며 우리는 묻게 된다. 지금 내가 지켜야 할 둥지는 어디인가. 내 안의 초록은 누구를 향해 또르르 굴러가고 있는가. 그렇게 詩는 진솔한 질문으로 다가와 우리 마음 가장 깊은 곳에 초록 숲을 틔운다.

3. 작은 존재, 큰 울림 – 박희순과 제주어 생태동시의 세계

박희순의 생태시리즈 동시집은 "너를 불러본다"는 낮은 목소리로 시작한다. 여기서 '너'는 아이일 수도, 풀꽃 한 송이일 수도, 잊혀 가는 제주어 한 단어일 수도 있다. 시인은 "잠시 발밑을 보라"는 다정한 손짓으로 어른들까지 자연의 목소리 앞에 불러 세운다. 짧은 동시 한 편이 누군가의 하루, 때로는 삶까지 흔들 수 있다는 믿음 아래, 작디작은 곤충·풀꽃·새들은 더 이상 주변부가 아니다. 우리는 그 작은 존재를 통해 우리 안의 연약한 자아를 함께 쓰다듬으며 하루의 기쁨을 누린다.

제주에서 태어난 박희순 시인. 그녀는 제주의 자연과 아이들을 온몸으로 사랑하는 동시 작가이다. 아이들의 눈높이로 체험하는 동시와 생태 동시, 제주어 동시를 쓰고 있으며 지속가능한 생태, 소멸위기 제주어를 살리기 위한 '동시콘서트'를 연속적으로 진행하며 동심의 소중함을 널리 알리고 있다. SBS교육대상과 제18회 대교눈높이 아동문학상을 수상하였으며, 5학년 국어교과서에 '벽 부수기' 동시가 수록되었다. 2024년 한국문화예술위원회 문학나눔도서로 『나는 꽃이야, 너는?』이 선정되었다. 동시집으로는 『바다가 튕겨낸 해님』, 『말처럼 달리고 싶은 양말』, 『엄마는 못 들었나?』, 『나는 꽃이야, 너는?』 등이 있으며, 경계존중 그림책 『똑똑똑, 선물 배달 왔어요』, 제주어 동시 컬러링북 『엉기리젠』, 『쪼꼴락 허고 아꼬운 생이』, 『꼬물꼬물 베렝이』, 제주신화 이야기 『신나락 만나락 춤추는 신화』 등을 펴냈다.

아울러 「욕심꾸레기 곤줄베기」 외 여러 동시들이 동요로 작곡되어 방송과 유튜브를 통해 널리 소개되었다. 특히 〈매기독딱〉은 제주어창작동요제 대상작으로 선정되어 제주어 예술의 생명력을 입증했다. 박희순 시인은 동시·그림·음악이 어우러진 북콘서트와 제주어 시 콘서트로 독자와 무대를 자연스럽게 연결해 왔다. 앞으로도 학교·도서관·해외 도시를 무대로 제주어 동시 콘서트와 생태 컬러링북 시리즈 콘서트를 이어갈 예정이라고 한다. 한결같이 '작은 존재, 큰 울림'을 노래해 온 그의 통합적 창작력은 제주어 문학의 새로운 지평을 넓히며 제주어보전 활동에도 크게 이바지하고 있다.

이번 평론의 대상이었던 제주 생태와 제주어 감수성을 아우르는 동시 컬러링북 시리즈는 총 4권으로 구성되어 있다. 현재까지 『엉기리젠』, 『생이』, 『베렝이』 편이 출간되었고, 마지막 권인 『와!

제주바다』는 출간 준비 증이다. 각 권에는 제주의 작은 동식물들이 주인공으로 등장하며, 박희순 시인의 동시와 신기영 화가의 세밀하고 감각적인 컬러링 그림이 함께 수록되어 있다. 독자는 책 속 QR코드를 통해 박희순 시인의 목소리로 동시를 들을 수 있으며, 따라 낭송해보는 즐거움도 누릴 수 있다. 또한 색연필이나 물감으로 그림을 채색할 수 있는 컬러링 워크지가 실려 있어 시와 그림을 자연스럽게 감상하며 참여할 수 있다.

독서지도 관점에서 대상층을 살펴보면, 『엥기리젠』은 고학년, 『생이』는 중학년, 『베렝이』는 저학년에게 특히 흥미롭게 다가올 수 있다. 하지만 이 시리즈는 굳이 학년 구분 없이 전 연령대 아이들이 함께 즐길 수 있는 통합형 생태 예술 도서라 할 수 있다. 자연관찰을 바탕으로 한 생태 정보와 감성적인 시어가 결합되어 있어, 시적 감수성과 과학적 호기심을 동시에 자극한다.

더불어 이 책은 온 가족이 함께 활동할 수 있는 다양한 가치를 담고 있으며, 양로원이나 요양원의 어르신들께도 제주어 동시 낭송과 색칠 활동을 통해 회상 치료와 감정 표현의 도구로 활용될 수 있다. 박희순 시인의 동시는 작은 곤충 한 마리, 들꽃 한 포기에서 출발해 아이에게서 가족으로 그리고 어르신에게로 파동을 넓히며, 세대와 세대를 잇는 따뜻한 독후 활동서로 자리매김하고 있다.

아울러 이 동시집들에서 제주어는 그 자체로 '숨결'이다. '흐쏠 멈추는 거'(잠깐 멈추기)처럼 토박이 어휘 하나를 살려 놓으면 읽는 이의 입안에서 리듬이 되살아난다. 이처럼 신기영 화가와 함께한 '동시+컬러링' 통합 작업은 아이들에게는 놀이가 된다. 온 가족에게는 함께하는 맛있는 독서가 되고, 어르신들에게는 회상치료의 매개 자료로 활용될 수 있다. 박희순 시인이 '사라져 가는 제주어 보존'을 위해 시와 그림을 동등한 비중으로 묶어낸 까닭이 여기에 있다.

결국 박희순의 문학적 가치는 '작은 존재가 품은 거대한 의미'를 누구보다 섬세하게 길어 올린 데 있다. 곤줄베기의 한 입, 매미 한 마리가 지구를 울리는 울음, 애기똥풀 한 포기를 통해 그는 한 사회가 돌보아야 할 생명의 윤리와 언어의 미래를 들려준다. 어린이는 그의 동시를 따라 웃고 노래하며 자존감을 얻고, 어른은 잊고 있던 감정과 생태 감수성을 회복한다. 시와 그림, 낭송이 어우러진 그의 통합적 작업은 제주어 문학의 지평을 넓히며 '작은 것들의 큰 울림'이란 진실을 오늘도 증명하고 있다.

시詩와 회화繪畵의 결을 따라 흐르는
동심의 세계

민병도, 『구름 과자』, 목언예원, 2025

1. 시와 그림의 결에서 흐르는 동심

시 곁에 그림이 있고, 그림 곁에 시가 있다. 그 결이 접점을 이루며 빛을 발하는 작품집. 민병도 작가의 작품을 마주할 때마다 우리는 시와 그림 사이에서 공명하는 감성을 만나게 된다. 그림과 시는 각각의 예술 언어이지만 민병도 시인의 손끝에서는 그 둘이 하나의 숨결처럼 엮인다. 동시조『구름 과자』는 시詩와 회화繪畵의 경계를 허물며 태어난 언어의 과일이다.

시와 그림의 예술적 흐름은 그의 화가로서의 창작에서도 일관되게 드러난다. 특히 그의 개인전『道法自然』은 그 사유의 정점이라 할 만하다. 이에 대해 권원순 미술평론가는 "깨달음과 삶, 생태를 하나로 버무려 끌어안는 전방위적 시도"라며, 그의 회화 세계가 인간과 자연의 경계를 허물고 화융和融의 경지로 나아가는 예술적 사유의 장임을 짚었다. 이처럼 자연과 존재를 관통하는 도가적 사유는 그가 펼쳐온 회화뿐 아니라 시조의 세계로도 이어진다.

작가의 회화 세계와 맞닿은 시적 감수성은 최근 출간된 두 권의 시조집에서도 뚜렷하게 드러난다. 어른을 위한 『새벽 물소리』에는 삶과 존재를 향한 깊은 성찰이, 동시조집 『구름 과자』에는 동심의 언어로 자연을 바라보는 상상력과 호기심이 차분히 스며 있다. 비록 독자층은 다르지만, 두 시집 모두 자연을 매개로 시인의 내면을 통과하는 사유의 흐름을 공유하며 하나의 예술적 줄기로 맞닿는다.

특히 『구름 과자』는 앞선 동시조집들과 마찬가지로 작가의 그림이 함께 실린 풀컬러 판형으로 구성되어 있다. 이는 어린이 독자들이 시와 그림을 동시에 감각하며 읽을 수 있도록 한 배려이자, "무한한 호기심과 상상력, 그리고 건강한 동심을 담아내고 싶었습니다"라는 작가의 고백이 하나의 예술책으로 구현된 결과다.

2. 시詩와 회화繪畵의 접점에서

민병도 시인의 동시조는 말보다 먼저 움직이는 몸의 언어를 담고 있다. 봄을 깨우는 꽃잎, 제때를 알고 움트는 꽃씨의 날숨, 풀잎마다 맺힌 이슬의 떨림까지 이 시편들에는 소리 없이 건네는 몸짓이 있다. 그 몸짓은 말보다 더 진실하고 가르침보다 더 깊은 울림을 전한다. 어린 화자는 그것을 본다. 말하지 않아도 느껴지는 세계의 징후들. 민병도 시인의 시는 그래서 설명하지 않고 그저 다가가 바라보고 몸으로 기억하게 한다. 이 글에서는 동시조와 더불어 작가의 한국화가 지닌 정서적 결도 함께 살펴보고자 한다. 비록 이번 지면에는 그림의 색조를 표현하지 못하는 사정으로 그림을 싣지 못했지만, 시와 그림이 공유하는 감각의 결은 글을 통해서도 충분히 읽히리라 믿는다. 여기 분석하는 세 편의 시조는 시조집의 그림과 함께 감상 분석하였다. (인터넷 신문《미디어제주》 '송미아의 독서평론' 코너에서 해당 그림이 수록된 평론을 만날 수 있습니다.)

> 스케치도 하지 않고 / 고친 흔적도 없이 // 언 살을 달래가며 / 가지마다 꽃을 피워요. // 바람을 목걸이하고 / 세상의 잠, 다 깨워요.
> - 「매화는」 전문

동시조 「매화는」과 같이 수록된 한국화 〈기쁨〉은 점묘처럼 톡톡 찍힌 점들이 화면 가득 매화를 피워 낸다. 보랏빛과 분홍빛이 뒤섞인 하늘을 두 마리 새가 가로지르며 몇몇 초록 사이에 깃든 봄기운을 깨운다. 언 손을 녹이며 제때를 알아차린 매화처럼 그림은 아이가 처음 맞닥뜨린 설렘을 새의 날갯짓으로 환기하고 그 설렘이 곧 기쁨으로 번져 간다.

동시조 「매화는」도 그 감각을 세 장의 호흡 안에 섬세하게 담는다. 초장에서는 매화가 어떤 꾸밈도 없이 스스로 피어나는 담백한 존재로, 중장에서는 겨울의 냉기를 품은 채 가지마다 꽃을 터뜨리는 인내와 긴장으로 드러난다. 그렇게 차곡히 쌓인 정서는 종장에서 극적인 전환을 맞아 바람과 하나 되어 세상의 잠을 모두 깨우는 역동으로 도약한다. 이 전환은 기쁨이 솟구치는 순간을 형식 안에 새겨 어린 독자에게도 형식미의 힘을 또렷하게 들려준다.

제주에서 온갖 바람을 겪어 온 필자는 그림 〈기쁨〉을 마주하자 꽃샘바람에 떨던 아네모네가 떠올랐다. 바람에 흔들리면서도 스스로를 지키며 더 많은 꽃잎을 터뜨리던 그 헌신의 몸짓이 얼마나 대견스러웠던지, 그 가녀린 꽃잎이 주는 기쁨을 혼자 누리기 아까워 오래도록 곁을 지켰던 기억이 새로이 떠올랐다.

그림 속 매화 또한 바람을 목걸이 삼아 하루하루 자신을 조금씩 피워 낸다. 한 잎 두 잎 깨어나는 이웃 꽃들의 모습은 몸짓으로 건네는 안부 같고, 그 모든 움직임은 봄의 왈츠처럼 들린다. 손바닥만 한 꽃밭의 생명을 마주하기 전에는 미처 알아차릴 수 없던 내밀한 선율이기에 시와 그림이 함께 들려주는 기쁨의 화음은 더욱 소중하게 다가온다.

시와 그림은 함께 말한다. 아이의 눈으로 바라볼 수 있을 때 봄은 피어나고 기쁨은 무르익는다고. 짧고 간결한 시조 형식 안에 봄의 떨림과 기쁨을 담아낸 이 작품은 동시조라는 장르의 힘을 온전히 보여준다.

빨간 꽃 파란 꽃의 / 온갖 놀림 참아가며 // 세상에 흔하디흔한 / 꽃

한 번 못 피워도 // 사르르 입에서 녹는 / 열매 주는 천사 나무

- 「무화과」 전문

　「무화과」의 시와 민병도 화백의 한국화 〈꽃의 마음〉을 마주하는 순간, 독일 화가 파울 클레의 그림 'Signs in Yellow'가 떠올랐다. 노란 바탕에 선과 점과 원이 기호처럼 흩뿌려진 그의 추상화는 설명보다 상상을 먼저 불러내며 끊긴 듯 이어가려 하는 내면을 동심의 감각으로 잇는다.

　그 노란 순수는 동시조 「무화과」와 그림 〈꽃의 마음〉에도 깃들어 있다. 시가 꽃 한번 못 피워도 열매를 내어주는 '속깊음'을 말한다면, 그림은 그 마음을 닮은 노란 형상으로 화면을 가득 채운다. 사탕처럼 찍힌 작은 붉은 점, 그 점을 따라 흐르는 하늘빛 줄기와 초록 잎사귀의 온유한 붓질로 푸근한 리듬을 만든다. 마치 아이들이 손잡고 둥글게 노는 모습처럼 색과 형은 서로를 끌어안아 언어 이전의 기호가 전하는 따뜻한 메시지를 전하고 있다.

　한국화 〈꽃의 마음〉이라는 제목은 이러한 정서를 응축한 한마디로 다가온다. 화려한 가화 대신 묵묵히 결실을 건네는 무화과처럼 그림 속 꽃도 목소리를 높이지 않고 주변을 살피며 잔잔한 결을 짓는다. 남보랏빛 배경은 피어나지 못해 끓어오르는 어린 마음 같기도, 그 마음을 부드럽게 감싸려는 품 같기도 하다.

　빨간 꽃과 파란 꽃이 온갖 놀림을 견디는 동안에도 무화과는 묵묵히 열매를 내어준다. 화면에 퍼진 노란 원은 초장의 인내가 중장을 지나 종장에서 사르르 녹아내리는 흐름을 닮았다. 한가운데

의 작은 붉은 점은 말없이 건네는 달콤한 이타의 마음처럼 우리의
숨은 헌신을 떠올리게 한다. 시와 그림은 서로를 비추며 독자의 마
음에 잔물결 같은 여운을 남긴다.

> 아빠와 강에 갔다가 / 돌멩이 하나 주워왔다. // 가만히 귀에 대면 /
> 물새들 울음소리 // 손으로 문질러보면 / 피라미도 폴짝 뛴다.
>
> — 「돌멩이 하나」 전문

민병도 화백의 한국화 〈道法自然 - 들풀〉과 동시조 「돌멩이 하
나」는 서로 다른 매체 속에서 같은 언어를 건넨다. 하나는 색과 형
으로, 다른 하나는 시어와 감각으로 자연을 전한다. 두 작품을 함
께 놓고 바라볼 때 우리는 '들풀'처럼 소외되고 작지만 살아 있는
것들과 '돌멩이 하나'가 품은 세계와 소통하게 된다.

무엇보다 이 만남을 관통하는 철학은 화백이 즐겨 쓰는 화두 '도
법자연道法自然'이다. 노자의 『도덕경』에서 온 이 말은 "도는 자연을 본
받는다."라는 뜻으로, 억지나 꾸밈없이 스스로 그러한 상태가 가장 큰
길임을 가리킨다. 민병도 화백은 이 이치를 예술의 근본으로 삼는다.
자연의 흐름을 거스르지 않고, 들풀 한 포기와 돌멩이 하나까지도
그 자체로 온전한 우주로 바라보며 화폭과 동시조의 행간에 담는다.

시조 속 아이는 강가에서 주운 작은 돌멩이를 통해 세계의 미
세한 신호를 듣는다. 귀에 대면 들려오는 물새들의 울음, 손으로
문지르면 튀어오르는 피라미의 생기. 이 돌멩이는 마음을 기울일
때 감각을 열어 주는 작은 우주다.

화백의 〈들풀〉 역시 화면 중심의 원형 안에 무수한 들풀 형상이 추상적 붓질로 교차되어 있다. 손바닥에 올린 돌 하나가 그 안에 강물과 하늘과 새와 물고기를 품듯, 이 원형의 장場을 무심히 지나칠 수 있는 생명들의 속삭임이 가득하다. 화면을 감싸는 수직의 선들은 그 생명들이 머무는 우주의 결을 이루며 보는 이로 하여금 귀 기울이게 한다.

두 작품을 관통하는 동심의 시선은 자연 하나하나를 결코 무심히 지나치지 않는다. 아이의 눈은 돌멩이 하나를 통해 생명의 신호를 듣고 화가는 들풀의 떨림을 화면 속 우주로 키워 낸다. 들풀 하나, 돌멩이 하나가 세상과 통로가 되는 순간 우리는 작은 것의 위대함과 삶의 감각을 다시 배운다. 이것이 민병도 화백이 말하는 도법자연의 예술이자 「돌멩이 하나」가 전하는 동심의 언어다.

3. 부름에서 시작된 관계 맺기

"존재는 언제부터 가치를 얻게 될까?"라는 물음은 오래된 철학의 주제이자 오랜 시간 '시'가 응답해온 질문이기도 하다. 그에 대한 시의 대답은 언제나 눈에 보이지 않는 자리에서 작동한다. 존재는 이름을 얻는 순간 혹은 누군가의 감각에 닿는 어떤 기적 속에서 비로소 모습을 드러낸다. 민병도 시인의 동시조에는 이처럼 '작고 연약한 존재의 감각'을 살뜰히 붙드는 시선이 깃들어 있다. 이 장에서 함께 들여다볼 「씨앗」, 「미미」, 「봉숭아 꽃」은 바로 그런 존재의 시학을 가장 섬세하게 보여주는 작품들이다.

하루에도 몇 차례씩 / 가슴이 콩닥콩닥 / 땅 한번 내려보고 / 하늘
한 번 쳐다보고 / 꽃잎이 지기도 전에 / 이사 갈 집 걱정이네.

- 「씨앗」 전문

「씨앗」은 아직 피어나지 않았지만 이미 세상에 발을 디딘 존재
의 설렘과 불안, 그리고 삶의 자리를 향해 조심스럽게 나아가려는
내면의 동요를 담고 있다.

왜일까. 이 짧은 시를 읽는 동안 자연스레 초등학교 입학식 풍
경이 떠오른다. 엄마 아빠 손을 꼭 잡고 낯선 줄에 선 아이들. 그
곁에서 함께 긴장한 마음으로 첫 아이를 입학시키는 부모의 모습
이 겹쳐진다. 하늘 한번, 땅 한번 바라보며 아이가 새로운 삶 속에
서 무사히 관계 맺고 자라날 수 있을까 조심스레 염려하는 마음. 이
제 막 싹이 튼 씨앗처럼 그 존재를 바라보는 이의 눈에는 어느덧
졸업식과 이후의 삶까지 담겨 있다. 자라날 존재를 믿고 응원하는
마음이 동시조의 행간 행간에 배어든다.

혹 누군가에겐 이런 해석이 엉뚱하게 느껴질지도 모른다. 그러
나 시는 시인이 썼지만, 독자와 만나는 순간 전혀 새로운 이야기가
된다. 독자는 각자의 시간과 감정 속에서 시를 받아들이고, 그 안
에 자신만의 씨앗 하나를 피워내기 때문이다.

이러한 정서적 풍경은 시의 마지막 연과도 깊이 맞닿아 있다.
"꽃잎이 지기도 전에 / 이사 갈 집 걱정이네"라는 시구는 아직 피
어나지 않은 존재 안에 이미 삶의 감각과 방향성이 움트고 있음을
상징한다. 삶은 언제나 피어나기 전부터 시작되고 존재는 다가올

미래를 향해 묵묵히 준비한다. "이사 갈 집"이라는 표현은, 존재가 시간과 관계의 경계에 서서 삶을 계획하고 있다는 은유처럼 다가온다. 그 집은 아직 지어지지 않았지만 씨앗 안에 미지의 설계도가 숨어 있다. 그러니 우리는 이 작은 떨림 앞에서 잠시 걸음을 멈추고 다가올 봄을 함께 기다리는 것이다.

> 봉숭아 씨를 받아 / 손바닥에 올려보면 // 쌔근쌔근 새록새록 / 숨소리가 들린다. // 손톱에 꽃물 들이는 / 잠꼬대도 들린다.
>
> - 「봉숭아 꽃」 전문

손바닥 위 작은 봉숭아 씨앗은 아직 꽃이 아니지만 두근두근 이야기 가득 품은 주머니 같다. 귀를 기울이면 쌔근쌔근 숨소리가 들려와 씨앗이 꿈틀거리며 눈을 뜨려 하는 순간이 손바닥 깊숙이 전해진다. 꽃은 처음부터 화려하게 피지 않는다. 소리와 촉감처럼 살금살금 신호로 먼저 다가와 우리 마음을 간질인다.

봉숭아는 벌써 고운 꽃물을 준비한다. 아직 피지 않았는데도 꽃물 기적이 잠꼬대처럼 번져 나와 누군가의 손끝을 살포시 물들일 꿈을 꾼다. 그 설렘은 어린 날 마당에서 놀다 물든 손톱 기억을 살며시 끌어올린다.

필자는 봉숭아 꽃에 얽힌 기억을 품고 있다. 꽃을 좋아해 동네 구석구석에서 꽃고를 모으던 코로나 시기, 시댁 마당은 어느새 작은 꽃동산이 되었다. 화려한 꽃들 사이 돌담을 지키고 선 봉숭아를 발견한 날, 남편과 나는 어린 시절을 떠올리며 서로에게 꽃물을 들여주었다. 으깬 꽃잎을 손톱에 얹고 비닐로 칭칭 감으며 첫눈이 올 때까지 지워지지 않기를 바라던 마음도 함께였다.

쌔근쌔근 새록새록 숨소리를 품고 있는 봉숭아 씨앗은 마침내 꽃이 될 것이고 사람들의 사랑도 그 꽃빛처럼 곱게 물들어 갈 것이다.

봉숭아 씨앗 하나가 가르쳐 준 것은 기다림과 설렘이다. 눈에 보이지 않는 숨결이 언젠가는 붉은빛으로 피어날 거라는 다정한 약속. 그래서 오늘도 우리는 손바닥 위 작은 씨앗을 바라보며, 마음속 어느 구석에 남아 있는 동심을 살포시 깨워 본다.

민병도 시인의 동시조는 침묵에 귀를 기울이며 존재를 부르고, 동심이라는 감각을 통해 자연 가까이에서 삶의 본질에 다가간다. 결국 「씨앗」이 전하는 설렘과 두려움, 「미미」의 다정한 부름과 응답, 「봉숭아 꽃」의 숨죽인 기다림은 모두 같은 지점을 가리킨다. 존재는 작고 연약해도 누군가의 마음에 닿는 순간 빛을 얻고, 이름을 통해 관계를 맺으며, 시간이 익히는 인내로 마침내 스스로를 꽃 피운다.

4. 물활론적 상상으로 포용하는 시학

사물은 말이 없지만 바라보는 눈과 느끼는 마음에 따라 이야기를 시작한다. 민병도 시인의 동시조에는 이러한 '움직이는 사물'들이 자주 등장한다. 말 없는 꽃씨는 누군가의 시선 앞에서 재빠르게 숨고, 밥그릇은 사랑의 크기를 헤아리는 도구가 되며, 길 잃은 바람은 꽃잎에 기대어 쉰다. 이 모든 풍경은 아이의 감각으로 바라볼 때 비로소 생명을 얻는다.

이처럼 시인은 정지된 사물에 내면을 부여하고 그 안에 감정과 의지를 숨겨둔다. 이는 '사물이 살아 움직인다'고 보는 물활론적(物活論的, animistic) 상상에 기반한 감응의 언어다. 동시조의 짧고 정갈한 형식은 이런 생명의 흔들림과 마음의 떨림을 더욱 정제된 리듬으로 담아낸다. 결국 이 시들 속에서 세계는 다시 살아나고 아이는 작은 것들과 교감하며 세상을 배운다.

> 바라만 보는 데도 꽃씨가 떨어진다 / 새들이 오기 전에 찬바람 불기 전에 / 서둘러 제 자리 찾아 재빠르게 숨는다
>
> - 「꽃씨」 전문

꽃씨는 재간둥이다. 올해 처음 겪은 일이다. 작년 수돗가 근처에 심었던 매발톱이 어느새 아파트 모서리 땅으로 이사를 갔고 올봄 그곳에서 다시 꽃을 피워냈다. 바람이 옮겼을까 나비가 데려갔을까 아니면 놀러온 고양이의 발끝에 살짝 묻어갔을까. 민병도 시인의 「꽃씨」를 읽다가 문득 그런 상상을 해보았다. 그제야 알게 되었다. 꽃들은 해마다 자기만의 방식으로 자리를 옮기며 새로운 곳에서 은근히 피어난다는 것을. 꽃밭을 가꾼 지는 오래되지 않았지만 이제 그 몸짓이 조금은 느껴진다.

이 동시조는 짧지만 유쾌한 상상력으로 가득하다. 꽃씨는 말도 없고 손발도 없지만 누군가 쳐다보기만 해도 툭 아래르 내려간다. "바라만 보는 데도"라는 표현에는 작은 생명체의 놀람과 기민한 반

웅이 깃들어 있다. 그 모습은 오히려 바라보는 이의 마음까지도 깜짝 놀라게 만든다. 시는 말보다 먼저 반응하는 몸의 언어이자 본능처럼 움직이는 존재들의 감각을 생동감 있게 포착해낸다.

이 작품의 문학적 힘은 '꽃씨'라는 사물에 생명과 의지를 부여하는 물활론적 시각에서 비롯된다. 시인은 정지된 자연물에 내면을 입히고 그 존재를 살아 움직이는 하나의 주체로 상상하게 한다. 이는 동심의 감각을 끌어안으며 자연과 인간의 경계를 허무는 감응의 언어로 작용한다. 꽃씨가 제 발로 땅을 찾아가고 스스로 숨는다는 상상은 단지 귀여운 이미지에 그치지 않고 생명 있는 세계에 대한 신뢰를 품은 문학의 본령을 드러낸다.

시를 읽고 있으면 마치 꽃씨들이 깡총깡총 작은 다리를 굴리며 땅속 어딘가로 들어가는 모습이 그려진다. 이 생생한 환상은 언어가 상징과 감각을 매개로 어린이의 세계를 열어주는 문학의 고유한 기능을 상기시킨다. 숨는다는 것 그 자체가 동심의 특권일 수 있다. 숨바꼭질하며 크는 아이들, 때로는 작아지는 몸짓 속에서 더 반짝이는 순간을 만난다. 꽃씨는 말없이 자신의 방식으로 움직이고 그 자리에 작은 웃음 하나를 남긴다. 그리고 시는 그 웃음 속에 삶의 리듬을 담아 전한다.

밥 그릇에서 밥 나오고 / 물 컵에서 물 나오지만 / 저마다 저울로 잰 듯한 / 그릇이고 한 잔인데 / 몰랐네 엄마라는 그릇 / 바다보다 크다는 걸.

- 「이상한 그릇」 전문

물컵엔 물이 담기고 밥그릇엔 밥이 담긴다. 너무도 익숙한 일상의 이치를 따라가던 시선은 마지막 줄에서 문득 멈춰 선다. "몰랐네 엄마라는 그릇 / 바다보다 크다는 걸."

이 짧은 두 줄의 울림은 깊고도 넓다. 어린 화자는 그제서야 알게 된다. 엄마라는 존재는 단지 무언가를 담아내는 평범한 그릇이 아니라, 그 안에 얼마나 많은 것이 숨어 있었는지를. 자신이 헤아리지 못했던 사랑의 크기를.

시의 화자는 어린이다. "저마다 저울로 잰 듯한 / 그릇이고 한 잔인데" 이 구절은 세상 모든 사물이 정해진 규칙과 분량을 따르고 있다고 믿는 아이의 인식을 보여준다. 이는 장 피아제의 인지 발달 이론처럼 아이의 세계가 일정한 법칙과 분량으로 정돈되어 있다고 여기는 질서 감각에서 비롯된다. 그러나 엄마라는 그릇은 그 법칙에서 벗어난다. 엄마는 따지지 않고 경계를 세우지 않는다. 시는 그 마음을 "바다보다 크다"는 이미지로 확장하며 아이가 상상할 수 있는 가장 거대하고도 깊은 세계로 우리를 이끈다. 그보다 더 넉넉한 것이 바로 "엄마라는 그릇"이다.

'이상한 그릇'이라는 제목은 동심의 눈으로 본 세상의 반전을 담고 있다. 겉으로 보기엔 작고 평범한 그릇이지만 그 안에 바다보다 큰 사랑이 담겨 있다는 이 시의 메시지는 '사랑'이라는 개념을 의미의 전복顚覆을 통해 드러낸다. 이는 겉과 속의 괴리를 통해 진실을 드러내는 역설적 표현이며, 동시에 아이의 고정관념이 깨지는 순간을 비추는 아이러니를 품고 있다. 그 깨달음은 유쾌하고도 엉뚱한 방식으로 드러나기에 위트가 살아 있다.

아이는 모든 사물이 제 역할과 용량을 가지고 있다고 믿지만 엄마라는 그릇은 그 질서에서 벗어난다. 이 낯선 반전은 놀라움에서 출발해 포근한 감정으로 이어지며, 동심은 종종 가장 순수한 방식으로 사랑의 진실에 도달한다. 결국 '이상한 그릇'은 아이가 세상을 이해하고 사랑을 배워가는 첫 질문이며 일상의 사물 속에 숨어 있던 감정을 발견하는 순간이다. 엄마는 담는 존재가 아니라 기꺼이 넘치도록 채워주는 존재라는 깨달음. 그 사실을 가장 단순한 사물의 이미지로 풀어낸 이 시는 그래서 더욱 감동적이다.

5. 기다림을 배우는 동심 철학

민병도 시인의 동시조에는 시간이 단순히 흘러가는 것이 아니라 마음의 태도와 감각의 변화를 이끄는 내면의 흐름으로 등장한다. 봄의 출발에서 겨울의 인내를 거치는 자연의 시간은 시 속에서 하나의 윤리적 여정이 된다. 그 여정은 어린 화자의 눈으로 바라보지만, 그 안에 담긴 기다림과 수용, 상처와 자람의 이야기는 어른의 마음에도 고요히 가닿는다.

머나먼 하늘 위에 / 꽃 한 송이 바치려고 // 이른 봄 길을 떠나 / 천둥 불볕 다 참았지 // 무서리 하늘 뜻 살펴 / 꽃다발을 바치려

- 「국화」 전문

동시조 「국화」는 한 송이 꽃을 피우기까지의 기다림을 아이의

눈으로 담담하게 그려낸다. 이 시의 화자는 이른 봄부터 길을 나선다. 천둥도 불볕도 다 견디고 마침내 무서리 내린 가을 아침 하늘 뜻을 살핀 뒤 꽃을 바치려 한다. 짧은 시 속에 담긴 시간의 흐름은 단순히 계절의 변화만이 아니라 묵묵히 견디는 마음의 자리를 보여준다.

동시조라는 장르의 특성상 이 시는 어렵거나 무겁지 않다. 오히려 '참는 마음'이라는 다소 깊은 주제를 아이의 말투처럼 간결하게 풀어낸다. "천둥 불볕 다 참았지"라는 대목을 떠올리면 방학 숙제를 끝낸 뒤 선생님께 자랑하듯 말하는 아이의 목소리가 들리는 듯하다. 그 순박한 어조 덕분에 인내라는 성숙한 감정이 부담 없이 스며든다. 천둥은 두려움, 불볕은 고단함일지라도 화자는 그 모든 순간을 놀라운 평정으로 통과해 간다. 시인이 어린 화자에게 맡긴 이 서술 방식은 독자로 하여금 힘든 시간을 견딘 일상을 자연스럽게 환기하도록 돕는다.

「국화」는 피어난 꽃을 바라보며 감탄하기보다는 그 꽃이 피어나기까지의 시간을 생각하게 하는 동시조다. 어린 독자에게는 봄부터 가을까지 기다리며 물을 주고 햇살을 쬐어 주는 마음을, 어른 독자에게는 오래 버틴 시간 끝에 찾아오는 작은 보상을 떠올리게 한다. '꽃'이라는 한 점의 이미지가 모든 시련을 한 호흡으로 아우르며 시가 끝날 때 남는 것은 풍성한 색과 향이 아니라 진득한 위로다. 짧은 시지만 한번 피어난 여운은 쉽게 스러지지 않는다.

해를 향해 팔 벌리던 / 여름은 꿈이었을까 // 칼을 든 바람 앞에 /

긁힌 상처 아프지만 // 어깨에 별이 점드는 / 하늘차지 내 차지.

- 「겨울나무」 전문

별은 마음의 빛이다. 민병도 시인의 「겨울나무」는 계절을 견뎌 낸 나무를 통해 존재의 성장을 비춘다. 그러나 그 시선은 어른의 관념이 아니라 아이의 눈빛에서 시작된다. "해를 향해 팔 벌리던 여름은 꿈이었을까"라는 첫 구절은 동심의 언어다. 해를 향해 팔을 벌린다는 말은 그저 몸짓이 아니다. 빛을 향해 마음을 활짝 내주던 여름날의 희망과 순정을 품은 기억이다.

하지만 그 여름은 지나고 계절은 차가운 전환을 맞는다. "칼을 든 바람"이 불고 가지마다 남은 긁힌 자국이 상처처럼 아리다. 시인은 그 아픔을 외면하지 않는다. 오히려 그 자리에 별이 하나씩 떠오르는 모습을 떠올린다. 하늘에만 있을 줄 알았던 별이 나무의 어깨에 내려앉는 순간 상처는 빛으로 바뀌고 고통은 희망의 모습으로 다가온다. 아이는 울음을 삼키는 대신 아픈 곳에 별을 붙인다. 이 상상 속 위로는 문학의 본래 힘을 떠올리게 한다.

이 시를 읽으며 나는 별이 된 내 친구를 떠올렸다. 처음엔 이별이 뼛속까지 스며드는 상처였지만 이제는 꽃잎처럼 웃고 있는 하얀 별 하나가 되어 어딘가에 떠 있는 듯하다. 동심은 아픔을 지우지 않는다. 다만 그 위에 빛을 얹을 줄 알고 슬픔의 자리에 노래를 놓는다.

「겨울나무」는 그런 마음을 기억하게 한다. 끝내 희망을 놓지 않는 순정의 힘. 삶의 상처 위에 별을 새겨 넣는 상상. 아이들이 세상을 향해 나아갈 수 있게 하는 진짜 힘이 바로 그 마음이다. 이 시는 동심의 감각이 문학이 될 때 어떤 빛을 지니는지를 보여준다.

> 파란 새싹 닮으려고 풀에게 물었어요 / 해를 이고 달을 지고 별마저 품은 뒤에 / 몸에서 풀냄새 나면 맨발로 오라네요.
>
> - 「파란 새싹 닮으려고」 전문

오늘 필자의 손바닥 꽃밭에서 파란 새싹 곁에 있는 또 다른 파란 새싹을 보았다. 서로 꼭 붙어 있으면서도 억지로 길거나 덮지 않고 자연스레 곁을 내어주고 있었다. 그러면서도 같은 빛을 품어내듯 닮은 색을 함께 만들어내며 나름의 풍성한 풀숲을 이루고 있었다. 아직 꽃은 피지 않았지만 그 풀숲에서 나는 향기가 풋풋해서 좋았다.

민병도 시인의 「파란 새싹 닮으려고」는 어린 화자가 풀에게 다가가 묻고 듣는 과정을 통해 '사람'의 비밀을 탐색하는 시다. 시는 조심스러운 질문으로 시작된다. "파란 새싹을 닮고 싶다"는 마음은 단순한 호기심을 넘어, 그리움에 가까운 동경이다. 이처럼 맑고 투명한 열망은 동심에서 비롯된다.

어른은 잘 묻지 않는다. 하지만 아이는 알고 싶으면 주저하지 않고 질문한다. 자라는 것이 무엇인지, 어떻게 그렇게 푸르게 자랄 수 있는지, 풀에게 다가가 묻는다. 시 속 아이의 물음은 생명의 비밀에 다가가려는 작은 용기이자, 배우고 싶은 마음의 표현이다.

풀의 대답은 뜻밖이다. 아이는 풀냄새 나는 몸이 되려면 '해'를 이고, '달'을 지고, '별'을 끌어안아야 한다는 말을 듣는다. 마치 풀이라는 스승이 전해주는 성장의 비밀 같다. 그것은 단지 자연의 시간이 아니라 온몸으로 계절을 통과해야 한다는 말이다.

그리고 그때가 되면 맨발로 오라고 한다. 맨발은 어떤 꾸밈도 없이 대지와 맞닿은 진짜 몸이다. 감추지 않은 존재, 있는 그대로의 나로 서야 비로소 풀냄새가 밴다. 성장도 그런 것 아닐까. 겉모습이 아니라 시간과 햇살과 바람을 품은 몸으로 땅 위에 맨발로 서보는 일.

그리고 이제 하나 더 알게 된다. 풀들이 초록빛으로 무성해지는 것은 서로 곁을 내어주기 때문이라는 걸. 억지로 앞서려 하지 않고 무리하게 혼자 빛나려 하지 않으며, 함께 햇살을 나누는 법을 배워간다는 걸. 이 시에서 동심은 가르침의 대상이 아니라 오히려 배우는 태도 그 자체다. "물었어요"라고 말할 수 있는 마음, 그리고 대답을 기다릴 줄 아는 마음. 아이는 그렇게 자란다. 파란 새싹은 그래서 색깔이 아니라 태도다. 곁을 내어주며 함께 자라는 마음, 풀에게 길을 묻는 마음, 그 마음이야말로 진짜 자람의 시작이 아닐까.

이 세 편의 시에서 민병도 시인은 시간을 견디는 방식에 대해 말한다. 꽃을 피우기까지 얼마나 오래 기다려야 하는지, 상처 위에 별이 떠오르기까지 얼마나 많은 바람을 지나야 하는지, 풀냄새 나는 마음이 되기 위해 얼마나 많은 낮과 밤을 품어야 하는지. 시 속 시간은 단순히 흘러가는 흐름이 아니라 살아내야 하는 하나의 태도다.

어린 화자들은 그 시간을 다그치지 않는다. 묻고 듣고 기다리는 법을 안다. 동심은 시간을 참는 것이 아니라 시간을 받아들이는 마음이다. 그 마음이야말로 시간 앞에서 우리가 어떻게 살아야하는지를 보여주는 윤리이다. 민병도 시의 계절들은 그래서 아름답다. 꽃이 피기까지, 별이 뜨기까지, 풀잎이 자라기까지의 모든 시간이 이미 충분히 빛나고 있기 때문이다.

6. 동심의 결, 시조의 숨결

민병도 작가는 오랜 세월 시와 그림 두 세계를 함께 건너온 예술인이다. 영남대학교 동양화과와 동 대학원에서 미술학을 전공한 화가이자 한국일보 신춘문예를 통해 시조에 첫발을 내디딘 시조 시인이다. 이후 『설잠의 버들피리』를 비롯한 다수의 시조집과 선집, 번역시조, 수필, 평론, 시화, 화집 등 다양한 장르의 책을 펴냈으며, 한국시조작품상, 정운시조문학상, 중앙시조대상, 동리상, 가람시조문학상, 김상옥시조문학상, 외솔시조문학상 등 주요 문학상을 수상했다.

그의 동시조는 동심의 맑은 정서를 따르면서도 시조 형식의 본질을 결코 놓치지 않는다. 작가는 "요즘 동시조가 동심만 좇다 보면 전통 율격의 질서를 잃기 쉽다."라 말하며 초장·중장·종장의 삼단 구조를 견고히 지키고자 했다. 형식이 단단해야 감정의 떨림도 오롯이 전달된다는 시적 신념이 그 바탕에 있다. 이러한 태도는 그의 시조에서 정제된 리듬과 단정한 울림으로 드러난다. 고전의 장단을 품되 그 울림은 경쾌하고 유연하여 어린이는 노래하듯 읊고 어른은 잊고 지냈던 정서의 골격을 되살릴 수 있다.

　나이가 들수록 마음속에 어린아이 하나쯤은 품고 살아야 한다면 민병도 시인은 그 숨결을 고요히 지켜온 작가다. 동시조집『구름 과자』는 바로 그런 마음으로 빚어낸 결실이다. 시와 그림을 함께 품은 이 작업에는 그가 오래 다듬어온 예술의 뿌리와 결이 고스란히 스며 있다. 시조의 언어와 시각적 상상력이 어우러진 이 동시집은 민병도 시인의 동심을 섬세하게 보여주는 작품이다.

성장동화

인생 고양이들과 함께한 공존 동행기

- 이상교, 『빵집 새끼 고양이』, 산하, 2021

- 송미아, 詩가 있는 관찰일기 『꼬마철학자』, 유페이퍼, 2025

고립의 행성에서 피어난 회복의 서사

- 어윤정, 『리보와 앤』, 문학동네, 2023

인생 고양이들과 함께한
공존 동행기

이상교, 『빵집 새끼 고양이』, 산하, 2021
송미아, 詩가 있는 관찰일기『꼬마철학자』, 유페이퍼, 2025

팬데믹의 끝자락 즈음 사회적 거
리두기가 완화되고 일상이 회복되어 가던 어느 날 두 고양이를 만
났다. 관계와 접촉이 제한되고 홀로 있는 시간이 많아지자 마음속
에 움튼 외로움이 세상과 나를 돌아보게 하는 공간을 만들어주었
다. 그 빈 공간에 들어온 두 고양이는 깊은 위로와 그리움을 동시
에 남기며 그들의 존재를 내게 아로새겼다.

『빵집 새끼 고양이』는 이상교 작가의 자전적 체험을 바탕으로
쓴 동화다. 한 소년과 새끼 고양이의 우연한 만남 그리고 이별의
과정은 생명체 간의 유기체적 교감을 담고 있다. 작가는 소년의 순
수한 마음과 새끼 고양이의 사랑스러움을 특유의 시선으로 그려
냄으로써 둘의 우정을 감각화했다. 새끼 고양이에 대한 소년의 마
음을 표현한 동시는 단출하고 소박하지만 그래서 더욱 투명하다.
마치 살아있는 새끼 고양이와 소년을 만나는 듯한 소설적 체험이

깊은 여운을 남기는 동화다. 사실 필자가 빵집 새끼 고양이에 이토록 마음이 동한 이유는 개인적 경험과 관련이 있다.

필자의 기록인 詩가 있는 관찰일기『꼬마철학자』길냥이 토리편은 시인 친구와의 갑작스러운 이별로 깊은 상실감을 겪고 있던 때 쓰여졌다. 동네 공원의 얼룩무늬 고양이인 토리와 함께한 시간을 통해 경험한 인간과 자연에 대한 진지한 애정을 기록한 것이다. 떠나보낸 친구에 대한 슬픔으로 고통스러웠던 그즈음 새 친구 토리는 투명한 눈빛으로 필자를 바라봐주었다. 말이 아닌 눈빛의 어루만짐이 그토록 큰 위로가 된 것은 필시 살아 숨 쉬는 존재들의 특별한 교감 때문이라고 지금도 믿고 있다.

소년의 마음을 열고 함께하다 불현듯 떠난 빵집 새끼 고양이도, 취준생 누나 집으로 입양 간 꼬마철학자 토리도 필자에겐 모두 소중하고도 그리운 추억이다. 두 고양이를 통해 알게 된 인간과 자연의 유기체적 교감이 이 글의 출발점이 되었다. 인간과 생태계를 바라보는 수직적 관점에서 벗어나 우리 모두가 자연계 안에서 수평적 존재임을 깨닫는 순간을 독자와 함께하고 싶다. 그것이 고양이를 매개로 두 이야기가 전하고자 한 인간과 자연에 대한 공생과 상생의 제안이자 전언으로 읽혔으면 좋겠다.

1.『빵집 새끼 고양이』와『꼬마철학자』길냥이 토리편 비교

두 작품은 고양이를 매개로 인간과 다른 생명체와의 교감을 형상화하고 있다는 점에서 맥을 같이한다. 또한 이종 간의 주체가 동등한 위치에서 관계를 맺는 전개, 즉 만남과 이별의 과정을 구성화했다. 뿐만 아니라 고양이들을 지속적으로 관찰하면서 느낀 애정과 순간의 성찰을 특유의 감수성을 살려 기록했다. 이러한 내용적 측면 외에도 형식적 측면에서 삽입시를 이용해 작품의 분위기와 주제를 부각하고 있다는 점에서도 상통한다. 『빵집 새끼 고양이』는 소년적 천진함을 살리기 위해 동시 형식을 활용했다면, 「꼬마 철학자 토리」는 쉼과 위로를 갈구하는 필자의 내면을 동시조로 표현했다. 이처럼 같고도 다른 두 작품을 비교독서함으로써 자연을 바라보는 시선의 변화와 그로부터 얻게 될 충만함에 대해 논하고자 한다.

2. 동시로 새긴 기억 『빵집 새끼 고양이』

이상교 작가는 1974년 《조선일보》 신춘문예 동시 부문에 입선, 1977년에는 《조선일보》와 《동아일보》 신춘문예 동화 부문에 당선되었다. 대표작으로는 『빵집 새끼 고양이』, 『우리 집 귀뚜라미』, 『좀이 쑤신다』, 『도깨비와 범벅 장수』 등이 있으며, 『예쁘다고 말해 줘』는 IBBY 어너리스트에, 『찰방찰방 밤을 건너』는 권정생문학상에 선정되었다. 자연과 생명에 대한 따뜻한 시선으로 어린이 마음을 어루만지는 그의 작품들은 한국 아동문학 발전에 기여해 왔다.

승온이는 "예쁜 강아지를 키우고 싶다"는 마음을 품고 있었지만 어느 날 어미를 잃은 고양이가 빵집 앞에서 새 주인을 기다린다는 안내문을 보고, 무심코 유리창 너머 고양이를 바라보게 된다.

작가는 이 장면을 어린이의 시선으로 그리며 승온이의 내면을 담은 동시를 함께 삽입해 인물의 감정에 더 깊이 다가가도록 한다.

동시라는 서정적 장치를 극 중에 자연스럽게 녹여낸 작가의 구성력은 작품에 생기와 감수성을 불어넣어주고 있다. 여기서는 예쁜 강아지를 키우고 싶었던 소년의 무심한 마음이 점차 책임감과 사랑으로, 새끼 고양이에게 마음을 열며 변화해가는 과정을 살펴보고자 한다.

운명 같은 만남

쓰레기장에서 울던 새끼 고양이는 빵집 주인의 호의로 따뜻한 공간에서 보살핌을 받게 된다. 주인은 고양이를 정성껏 돌보며 언젠가 새로운 주인이 나타나길 기다린다. 강아지를 키우고 싶었던 승온이는 우연히 빵집에서 고양이를 발견하고 일부러 무심한 척 지나친다. 겉으로는 '못생긴 고양이'라며 쌀쌀맞게 굴면서도 "눈은 왜 큰 거니? 입은 왜 큰 거니?"라는 동시 속 대화체에는 복잡한 심리가 스며 있다. 어미를 잃은 듯한 고양이의 눈빛에서 승온이는 외로움을 감지하고 작은 생명을 향한 연민의 싹을 틔운다. 차가운 말투 뒤에 숨겨진 따뜻한 시선은 자신도 모르게 고양이에게 마음을 여는 순간이었다.

다음 날, 유리창 너머 고양이가 보이지 않자 승온이는 '누가 데려갔나 보네'라고 생각한다. 홀가분한 마음과 함께 '어미를 못 찾겠구나…'라는 안쓰러움이 교차한다. 이 복합적인 감정은 승온이가 아직 고양이를 온전히 받아들이진 않았지만 마음 한켠에서 그 존재를 의식하고 있음을 보여준다.

> 눈하고 입만 큰 / 새끼 고양이. // 눈은 왜 큰 거니? / 입은 왜 큰 거니? // 엄마가 보고 싶은 거야? / 배가 고픈 거야? // 불쌍하지만 / 못생긴 새끼 고양이
>
> **- 「새끼 고양이」 전문**

그런데 집에 돌아온 승온이는 새끼 고양이가 집에 와 있다는 사실을 알게 된 순간 무심코 소리를 지른다. "앗, 이게 뭐야!"라는 외침은 놀람과 당혹 그리고 기대와는 다른 현실에 대한 서운함이 한꺼번에 터져 나온 반응이었다. 고양이 역시 그 소리에 놀라 털을 곤두세우고 몸을 부르르 떨며 경계했지만, 이는 서로가 아직 낯설고 어색했던 까닭이다.

"뭘 봐, 도둑고양이 새끼! 너 때문에 난 강아지 못 기르잖아!"라고 내뱉는 승온이의 말은 분노라기보다 억울함을 감추려는 아이다운 투정처럼 들린다. 겉으로는 투덜대고 짜증을 내면서도 이미 마음 깊은 곳에서는 고양이의 존재를 의식하고 있었던 것이다.

끌림과 교감

승온이의 마음속에는 저도 모르게 고양이에 대한 호감이 자라나고 있었던 것이다. 미웠다가 예뻤다가 얄밉다가도 귀여운 감정이 오락가락하는 걸 보면, 처음엔 받아들이기 힘들었지만 마음 한구석에선 서서히 가까워지고 있는 감정을 느끼고 있었다. 동시 「우리 집에 온 새끼 고양이」에는 그런 복잡하면서도 순수한 마음이 담겨 있다. "나도 모르겠다 / 내 마음"이라는 구절처럼 승온이의 마음은 혼란스럽지만 그 속에는 분명 다가가고 싶은 마음이 있다. 고양이를 향한 정서가 한 발짝씩 움직이고 있는 순간이다.

우리 집에 온 / 새끼 고양이 이름은 / 쭈꿈. // 미웠다가 예뻤다가 / 얄밉다가 귀엽다가 // 나도 모르겠다 / 내 마음 // 못 생긴 새끼 고양이
- 「우리 집에 온 새끼 고양이」 전문

어느날 쭈꿈이가 사라졌다. 택배 아저씨가 다녀간 틈을 타 어딘가로 가버린 것이다. 온 가족이 찾아 나섰고 그중에서도 승온이의 목소리는 유난히 애절했다. 주차장 아래 웅크린 쭈꿈이를 찾은 순간 승온이는 조심스럽게 말했다. "나야 승온이. 미안해. 이제 안 미워할게." 그 짧은 고백은 처음으로 생명을 향해 진심을 건네는 순간이었다. 추위에 떨던 쭈꿈이를 안아 점퍼로 감싸자 고양이는 조그맣게 울었다. 돌봄이 사랑으로 바뀐 두 존재 사이의 진실이 오가는 순간이었다.

이후 승온이는 쭈꿈이와 가까워졌고 목욕을 시키거나 함께 잠들기도 했다. 그러던 중 쭈꿈이는 간과 콩팥 기능 저하라는 병원 진단을 받게 된다. 쭈꿈이는 점점 잠이 늘고 침대에도 오르지 못한 채 바닥에서 승온이를 바라보곤 했다. 점점 어두운 구석으로 숨는 날이 많아졌고 손을 뻗으면 낯선 소리를 내며 멀어졌다. 쭈꿈이와의 이별은 그렇게 천천히 다가오고 있었다.

이별이 남겨준 선물, 사랑

평소 부모님께 혼나고 누나에게 놀림 받는 일이 많았던 승온이는 속상함을 쭈꿈이에게 분풀이하곤 했다. 이유 없이 짜증을 내거나 골탕을 먹이기도 했지만 쭈꿈이는 언제나 묵묵히 곁을 지켰다. 억지로 시키는 일도 잘 따라주었고 말없이 안겨 함께 숨을 고르는 그 시간들은 승온이에게 익숙한 일상이 되었다. 이제 그는 쭈꿈이의 존재를 너무도 당연하게 여기며 살아가게 되었다.

그러던 어느 날, 친구와 시골 할머니 집에 다녀온 사이 쭈꿈이는 베란다 흰 보자기에 싸인 채 상자 안에 누워 있었다. 이별은 그렇게 예고 없이 찾아왔다. 믿기지 않는 쭈꿈이의 죽음 앞에서 승온이는 상자를 가만히 어루만지며 눈물을 흘린다.

"왜 내가 없을 때 떠났어?"라는 속말은 짧지만 깊은 애틋함을 품고 있었다. 엄마가 조용히 말한다. "네가 너무 슬퍼할까 봐 네가 없는 사이에 간 것 같아." 그 한마디는 어떤 말보다 조심스럽고 따뜻한 위로였다.

생명을 떠나보내는 일은 어른에게도 어렵고 낯선 일이다. 승온이는 쭈꿈이의 죽음을 통해 처음으로 상실의 무게를 온몸으로 받아들이게 된다. 마지막 인사조차 남기지 못한 이별은 오히려 그 침묵 속에서 더 깊은 사랑으로 남는다.

> 엄마 아빠는 가끔 / 나를 호되게 혼내시지 // 누나는 걸핏하면 / 나를 속상하게 놀려 대지. // 나는 이랬다 저랬다 툭하면 / 너를 골탕 먹였어. / 그래도 너는 / 언제나 똑같이 / 좋아해 주었어. // 그걸 이제야 알았어. / 참 미안해!
>
> - 「참 미안해!」 전문

승온이의 이별은 '사랑을 돌아보는 마음'으로 피어올랐다. 「참 미안해!」라는 짧은 시 속에는 말로 다 하지 못한 감정이 고스란히 담겨 있었다.

쭈꿈이가 떠난 뒤 승온이는 처음으로 자신의 마음을 깊이 돌아보게 된다. 매일 곁에 있어 주던 고양이가 더 이상 보이지 않자 그제야 깨닫게 된다. 그 작고 가벼운 한 생명이 얼마나 소중한 위로였는지를. 어린아이가 처음 겪는 이별은 생각보다 훨씬 더 깊게 아려왔다. 그 감정은 제때 사랑하지 못했던 자신에 대한 미안함에서 비롯된 것이었다. 그렇게 승온이는 쭈꿈이와의 이별을 통해 사랑이란 곁에 있을 때 정성을 다해야 한다는 것도 배워 갔다. 그리고 그 배움에 대한 동심의 성찰은 진심 어린 시詩 한 편으로 세상에 건네졌다.

속으로 되뇌는 이름

가끔은 아무 말 없이 떠오르는 얼굴이 있다. 길을 걷다가, 예쁜 것을 마주하다가, 문득 마음이 뭉클해지는 순간을 말로는 다 담아내지 못하지만, 마음 한편에서 속삭여지는 이름이 있다. 승온이의 시 「속으로 말한다」는 그렇게 스며든 사랑이자, 말하지 못한 그리움을 어린아이 특유의 순수한 언어로 그려낸다.

> 작고 귀여운 것만 보면 / 우리 집 고양이 생각이 난다 // '우리 쭈꿈이만큼 예쁘네!' / 속으로 말한다 / 친구 집에 놀러 갔을 때 // "우리 강아지, 예쁘지?" / 하고 친구가 물으면 / 웃음이 난다. / 참으려고 해도 웃음이 난다. // '야, 우리 고양이와는 / 비교도 안 된다!' / 친구가 속상할까 봐 / 속으로 말한다. // 우리 쭈꿈이. 정말이지 예쁘다.
> - 「속으로 말한다」 전문

친구의 강아지를 보며 "우리 쭈꿈이만큼 예쁘네"라고 속으로 중얼거리는 장면은 누군가와 비교하거나 자랑하고픈 마음에서 비롯된 것이 아니다. 이미 가슴 깊이 새겨진 존재를 향한 애틋한 기억에서 피어난 속엣말이다.

겉으로 웃는다고 하지만 그 웃음 속엔 한때 곁을 지켜주던 쭈꿈이를 떠올리는 그리움이 스며 있다. "야, 우리 고양이와는 비교도 안 돼!"라며 말하지 못하고, 다만 부드러운 미소로 대신하는 승온이의 마음은 조심스럽다. 혹시 친구 마음이 상할까 봐서다. 그

미소 속엔 말로 다 풀어낼 수 없는 슬픔과 그리움이 숨어 있다.

「속으로 말한다」는 동심의 언어로 잃어버린 존재를 향한 그리움을 섬세하게 담아낸다. 이 시를 읽으면 독자 역시 자신만의 '말하지 못한 마음' 하나쯤을 떠올리게 될 것이다. 부재를 견디며 마음속으로 불러보는 그 이름, 그 눈빛, 그 기억. 아이의 순수한 말투 속에서 오히려 더 애틋하게 다가오는 슬픔의 무게를 느끼는 순간이다.

3. 詩가 있는 관찰일기『꼬마철학자』길냥이 토리편

　팬데믹의 긴 그림자 손에서 세상은 잠시 숨을 죽이며 멈춰 서 있었다. 누군가는 사랑하는 이를 예기치 않게 하늘로 떠나보내야 했고, 또 누군가는 마스크 너머로 자신의 감정을 감춘 채 하루하루를 견뎌야 했다. 그리고 그 시절 제주 근린 공원 한켠에서는 새끼 고양이 한 마리가 오가는 사람들을 애절하게 바라보고 있었다. 詩가 있는 관찰일기『꼬마철학자』길냥이 토리편의 기록은 바로 그 고양이와의 우연한 만남에서 이야기를 시작한다. 고양이를 두려워해 가까이 다가서지도 못하던 필자가 작은 생명 앞에서 서서히 마음을 열어가며, 친구 잃은 상실감을 회복해 가는 관찰일기다.

별이 된 친구와 새끼 고양이

까만 얼룩무늬를 지닌 새끼 고양이 한 마리. 도토리처럼 작고 단단한 몸을 웅크린 채 트랙 모퉁이에 앉아 매일 밤 누군가를 기다리는 듯했다. 그 눈빛은 낯설면서도 어딘가 익숙했다. 고양이를 스칠 때마다 별나라로 떠난 시인 친구가 떠올랐다. 그녀와의 이별은 청천벽력처럼 가슴을 내리쳤다.

일과를 마치고 늦은 밤마다 우리는 거의 한 시간씩 서로의 습작과 책, 노래에 관해 이야기 나누던 사이였다. 그러던 어느 날,

그녀는 교통사고 5분 전에 별똥별 사진 한 장을 내게 보내고 홀연히 떠나버렸다. 독자로서 책 읽는 기쁨에 머무르겠다던 나를 기어코 작가의 세계로 이끌어준 그녀. 그렇게 그녀는 나의 삶에 별빛 같은 흔적을 남기고 홀연히 떠나버렸다.

한동안 마음 한쪽이 므너져 제어할 수 없는 상실감에 잠겨 헤맸다. 네다섯 시쯤이면 방 안으로 내려앉던 오후 햇살조차 마음을 덮어주지 못했고 나날의 우울은 점점 더 짙어졌다. 저녁 어스름이 깔리면 나는 어딘가로 무작정 발걸음을 옮기지 않고는 견딜 수 없었다.

Donde Voy, Donde Voy…. 티시 히노호사의 곡조가 감정을 더 어둡게 고조시켰지만, 그 곡을 반복 재생하며 밤마다 동네 공원을 터벅터벅 걸었다. 정처 없이 저 너머에 무엇이 있는지도 모른 채 노래 끝자락에서 흘러나오는 물기 어린 선율에 잠기며 고양이를 스쳐 지나갔다.

- 상실의 날들, 2022년 4월 2일 관찰일기

'가족을 찾는 걸까', '누굴 기다리는 걸까' 무심히 던진 질문들 사이 나는 늘 같은 자리에서 고요히 앉아 있는 고양이를 무의식적인 두려움으로 바라봤다. 명탐정 셜록 홈즈의 으스스한 고양이, 밤길에서 마주쳤던 형광빛 눈동자, 소설 「검은 고양이」의 불안한 잔상까지. 처음에 그 작은 생명체는 고양이에 대한 편견과 공포감을 불러일으켰다. 날카로운 발톱, 차가운 눈빛, 언제든 할퀼 수 있다는 긴장감. 나는 피하기에 바빴다.

그러나 이 새끼 고양이와 매일 마주치면서 마음에 작은 틈이 생기기 시작했다. 처음에는 그저 스쳐 지나가듯 했지만 조심스레 눈을 맞추는 날들이 많아지면서 까만 눈동자에 깃든 따스한 빛이 나를 무장해제시켰다.

그 모든 편견은 내가 쌓아 올린 방어의 벽, 이성의 오작동에 지나지 않았다. 고양이에 대한 공포는 타인과의 거리처럼 나 자신조차 감히 다가가지 못하던 깊숙한 내면의 어둠이 투사된 그림자였는지도 모른다. 토리는 그 그림자를 부드럽게 비춰주는 아이였다.

- 고양이에 대한 두려움을 벗다, 2022년 4월 20일 관찰일기

마음의 틈으로 빛을 비추다

문득, 말을 건네고 싶어졌다.

까만 얼룩무늬를 지닌 그 아이는 눈빛이 초롱초롱했다. 토리의 사진을 본 둘째 딸이 너무 귀엽다며 말했다. "엄마, 이 새끼 고양이 꼭 도토리 닮았네! 그니까 성은 '도', 이름은 '토리'로 해요."

그렇게 이름이 붙고 나서였을까. 나는 자꾸 그 이름을 부르고 싶어졌다. 새끼 고양이에게 "토리야" 하고 자주 불렀고 어느새 토리도 "야옹" 하고 대답하는 사이가 되었다. 작지만 분명한 교감이 시작된 것이다.

이름을 부른다는 것은 토리를 있는 그대로 받아들이고 그와 나를 이어주는 다리를 놓는 일이었다. 나는 그를 멀리 두지 않고 나의 일부로 혹은 나와 같은 하나의 '생명'으로 바라보기 시작했다.

토리. 그 이름을 부를 때마다 마음 한켠이 따뜻하게 울렸다. 그 이름 속에는 생명의 온기와 나를 조금씩 이해해 가는 마음이 담겨 있었다. 토리의 따스함은 시인 친구를 잃은 상실감을 조금씩 덜어 주었다. 세네카- 그랬지, "자연과 조화를 이루며 살면 결코 가난하지 않다."라고.

- 비로소 호감으로 만나다, 2022년 4월 22일 관찰일기

길고양이 토릭는 / 생각 많은 꼬마 철학자 // 한참을 토라졌다 / 얼굴 비비며 다가와선 // 살며시 꼬리 세우고 / 세네카- 반긴다

- 「꼬마철학자 토리」 전문

토리를 만날 때마다 한 줌씩 들고 간 멸치 덕분에 토리는 낯선 나에게도 마음을 열었다. 이름을 부르면 트랙 한쪽에서 "야옹" 하며 벤치나 계단 의자로 나를 안내하듯 먼저 뛰어가 기다렸다. 때론 등을 돌린 채 웅크리다 다가와 꼬리를 세우기도 하고 무릎 위에 올라 골골대며 기대기도 했다.

그 몸짓들과 함께하면서 어느새 나는 시인 친구를 잃은 슬픔과 멀어지고 있었다. 돌아보면 위로받은 건 오히려 나였다. 토리는 저만의 방식으로 내 마음을 어루만지고 있었던 것이다.

가끔 먼 산을 바라보며 깊은 생각에 잠기는 토리는 마치 꼬마철학자 같았다. 나를 바라보는 눈빛은 내 마음을 다 알고 있는 듯했고, 그 시선은 한없는 안도감을 주었다.

동네의 '꼬마철학자', "야옹" 한마디로도 모든 감정을 전하던 토

리는 불쑥불쑥 다가와 곁을 내주곤 했다. 그렇게 함께한 순간들은 하나둘 내 안에 시詩가 되어 쌓여갔다.

- 동네의 꼬마철학자, 2022년 5월 15일 관찰일기

마스크 너머, 토리는 들었다

우리는 코로나19라는 전대미문前代未聞의 시간을 견뎌야 했다. 영화관과 커피숍을 운영하다 부도를 맞고 제주로 피난 온 이모, 취업이 되지 않아 도서관에서 머리를 싸매던 취준생, 퇴직 후 갑자기 갈 곳을 잃은 아저씨까지. 토리를 만나면서 알게 된 동네 이웃들이다. 나만 쓰라린 마음을 안고 있는 게 아니었다는 것을 나는 이들을 통해 알게 되었다. 이 팬데믹의 시대를 각자의 방식으로 견디고 있는 이웃들이 하나같이 토리를 찾고 있었던 것이다.

- 단절의 시대 사람들, 2022년 6월 20일 관찰일기

토리의 / 공원 집엔 / 낯선 얼굴이 찾아온다 // 살고 싶어 웃고 싶어 / 주름살도 펴고 싶어 // 마스크 / 3년 세월을 / 너랑같이 벗으려

- 「길고양이 상담소」 전문

뚱이, 퉁이, 공원이, 각자 부르는 사람마다 이름은 달랐지만 토리는 그 이름마다 "야옹~" 하고 자연스럽게 상호작용했다. 힘들지 않았던 사람이 어디 있으랴. 그 시절 사람들의 상처는 유독 더 심했던 것 같다. 그만큼 유례없는 정적과 거리두기로 더 캄캄했던 시기였다.

겉보기에는 이들이 토리를 챙겨주는 듯 보였지만 어쩌면 그들 또한 나처럼 토리를 통해 위로받고 있었는지도 모른다. 그렇게 단절과 침묵이 일상이 된 시절, 토리는 마스크로 얼굴을 가린 사람들 사이에서 말 없는 상담자가 되어주었다. 나는 그저 바라보았을 뿐인데, 그 몸짓은 말보다 큰 위로가 되어 고요하게 마음의 결을 따라와 주었다.

공원 한구석에 작은 체구로 자리를 지키며 다만 '존재함'으로 곁을 내어주고 아픈 마음을 감싸안아 주었다. 그렇게 토리는 사람들 사이에 끊어진 마음을 잇는 매개가 되어주었다. 그 모습은 마치 상처 입은 존재들끼리 서로의 틈을 바라보며 다가서는 연대처럼 느껴졌다.

- 토리에게 위로받는 사람들, 2022년 7월 20일 관찰일기

태풍과 함께 사라진 열흘, 바람 속에 남은 눈빛

뉴스마다 힌남노 태풍 소식으로 떠들썩했다. 바위도 날릴 만큼

강력하다는 예보에 마음이 무거웠다. 토리는 어떻게 견딜까. 작은 몸으로 태풍을 견딜 수 있을까. 내가 데려와야 할까. 끝까지 책임질 수 있을까. 수없이 망설이다가 결국 결심했다. 태풍이 지나갈 때까지만이라도 우리 집에서 지내게 하자고. 그 밤, 남편과 함께 고양이 캐리어를 들고 공원으로 향했다.

바위 위에서 오돌오돌 떨고 있는 토리를 발견한 순간, 나는 최대한 낮고 부드러운 목소리로 말을 건넸다. "이리 와. 잠깐만 우리 집에서 지내자." 토리는 한참 망설이다가 울음을 토해내며 천천히 다가왔다. 그러나 캐리어 안으로 들어선 그는 몸을 틀고 달아났다. 남편이 또 시도했지만 결과는 같았다. 결국 나는 울음을 삼키며 맨손으로 토리를 끌어안았다. 그러자 토리는 야생의 본능처럼 몸부림쳤다. 발톱이 스치고, 몸이 비틀리더니 이내 나를 밀쳐내고 숲 어귀 쪽으로 도망쳤다. 뛰기 직전, 토리는 힐끗 나를 바라보았다. 그 짧고 깊은 시선 속에 담긴 감정이 아직도 잊히지 않는다. 그리고 그는 어둠 속으로 바람 속으로 사라져갔다.

그 순간 나는 멍하니 서 있을 수밖에 없었다. 아무리 애타는 마음으로 다가가도 결코 모든 생명을 온전히 품을 수는 없다는 것을. 그것은 자연 속 생명으로서의 본능을 지키려는 작은 몸짓이었을지도 모른다. 나 또한 그 눈빛 앞에서 인간 욕망의 한계를 겸허히 받아들여야 했다.

- 힌남노 태풍 그날, 2022년 8월 28일 관찰일기

만난 지 백일쯤에 / 힌남노 태풍이 왔다 // 밤하늘 바람 앞에 / 벌벌

떠는 가로등 // 토리의 작은 정자에 / 빈 그릇만 뒹군다

- 「사라진 열흘」 전문

토리는 어느새 내 아이가 되어 있었다. 안타까움과 후회 그리고 묵직한 걱정으로 하루하루가 가슴을 짓눌렀다. 동네 숲길을 시작으로 자동차 밑, 인근 슈퍼의 테라스까지 발길 닿는 곳마다 "토리야, 토리야…" 부르며 찾아 헤맸다. 솔가지 사이로 바람이 스치기만 해도 "야옹, 야옹" 익숙한 울음소리가 들려오는 듯했지만 돌아보면 없곤 했다. 그때 알았다. 토리는 이미 보호와 책임 그리고 그리움으로 점철된 그 모든 사랑의 대명사였음을.

- 사라진 열흘, 2022년 9월 5일 관찰일기

토리가 돌아왔다

토리가 사라진 열흘 동안 토리를 찾다가 지치면 공원 정자로 돌아와서, 토리가 혹시 여기로 오지 않을까 기다렸다. 그러던 어느 날 우연히 마주친 취준생 누나에게서 뜻밖의 이야기를 들었다. 토리가 매일 자정이면 그 자리에 나타난다는 것이다.

"안심."

나는 혼잣말로 중얼거리며 길게 숨을 내쉬었다. 살아있다는 것만으로 고마웠다. 하지만 마음 한켠에 왠지 섭섭함이 스쳤다. 나의 관심이 오히려 위협이었을까. 캐리어를 들고 다가갔던 그 밤이 토리에게 공포로 남았을지도 모른다.

다시 만난 토리는 등을 돌리고 냉랭하게 굴었다. 취준생 누나의 품에는 스르륵 안기면서도 내게는 시선 한 번 주지 않고 그저 등을 보였다. 마치 토라진 듯한 토리의 뒷모습을 보며 집으로 돌아오는 길은 마음이 아려왔다.

사랑이란 나처럼 먼저 다가서려는 욕심일까. 그 욕심이 상대에게는 부담이 되었던 걸까. 그럼에도 초조하게 내 마음을 보내야 하는 걸까.

집에 돌아와 라흐마니노프 교향곡 2번 3악장으로 마음을 달래야 했다. 라흐마니노프의 선율은 마치 깊은 어둠 속을 헤치고 흐르는 빛줄기처럼 허전한 가슴을 감싸안아 주었다.

- 삐진 토리, 2022년 9월 6일 관찰일기

손모아 / 기다리면 / 사랑도 돌아온다 // 먼 산만 보던 등짝, / 열흘만에 다시 찾은 // 밤하늘 / 솔숲 사이로 / 잔별 둘이 떠 있다

- 「돌아온 토리」 전문

나는 포기하지 않았다. 멀찍이 떨어진 곳에 조심스레 음식을 놓고 토리가 먹는 동안엔 아무 말 없이 지켜보았다. 마주 보지도 다가가지도 않고 그저 묵묵히 기다렸다. 며칠 후 토리는 내 손에서 사료를 받아먹기 시작했다. 여전히 등을 돌린 채 새침했지만, 그것은 다시 열리는 마음의 신호였다. 마침내 토리는 예전처럼 골골대며 애교를 부리고 아침 햇살 아래 유연한 기지개를 켜는 모습으로 돌아왔다.

우리는 종종 솔숲 벤치에 나란히 앉아 먼 산을 바라보았다. 그럴 때면 나는 토리와 함께 그 산 너머 어딘가에 있을 시인 친구를 떠올렸다. 지독했던 슬픔을 편안한 그리움으로 받아들이게 된 것은 어쩌면 토리와의 시간들 덕분이었다.

토리는 말해주었다. 상처는 인간만의 것이 아니며 동물도 자신만의 속도로 아픔을 이겨내고 회복한다는 것을. 사랑도 회복도 그렇게 조급하지 않게 천천히 다가오는 것임을. 그동안 인간 중심의 관점에 갇혀 살았던 나에게 토리가 일깨워주었다. 삶은 자연과의 교감 속에서 완성된다는 것을. 이제 조금 더 자연 가까이서 생명과 함께 숨 쉬며 살아가는 삶을 그려본다.

- 자연과 마음을 잇다, 2022년 9월 9일 관찰일기

토리야, 예쁜 누나 따라갔구나

가을이 되자 토리와 숨바꼭질도 하며 가까워졌다. "토리야, 여기다!" 하고 풀숲에 숨으면 "야옹, 야옹" 소리가 들려왔고, 토리는 내 곁을 스치듯 지나 저만치 달려갔다. 공원 입구에서 부르면 저쪽에서 "야아옹!" 하며 달려오는 모습이 늘 반가웠다.

'이 아이도 나를 기다렸을까.'

작은 몸짓과 울음소리로도 토리는 내 마음을 알고 있는 듯했다. 그 눈빛 속에는 기대와 호기심, 그리고 작은 신뢰가 담겨 있었다.

토리를 부르며 숨바꼭질하던 그 순간 나는 문득 깨달았다. 토리가 내 삶의 장미가 되어가고 있음을. 다가가기 쉽지 않고 주저

하게 만드는 조심스러운 마음, 그 기다림 속에 싹트는 신뢰와 애정, 그렇게 토리는 내 마음속 외로운 구석을 다정하게 품어주고 있었다.

- 토리야 숨바꼭질하자, 2022년 11월 5일 관찰일기

날이 추워지고 눈 오는 날이 많아지자 토리를 챙기는 사람들이 늘었다. 퇴직한 아저씨는 스티로폼 집을 마련해 주었고, 취준생 누나는 담요를 깔고 놀아주었다. 서울 이모는 밥과 따뜻한 물을 챙겼고, 나는 한우리 핫팩을 토리 집에 두었다.

작고 똑똑한 토리는 우리를 기억하고, 나름대로 순서를 정한 듯했다. 1번은 취준생 누나, 2번은 서울 이모, 3번은 가끔 놀아주는 나. 나랑 놀다가도 취준생 누나가 나타나면 쪼르르 그 품으로 달려갔지만 미워할 수 없었다. 그렇게 토리와 함께한 삼백여 일 동안에 나는 시인 친구를 잃은 아픔을 서서히 잊어갔다. 고양이의 따뜻한 체온과 눈빛이 나의 상처를 덮어주고 있었다.

상처를 안은 채로도 서로의 곁을 지키는 일 또한 삶이라는 것을 나는 토리를 통해 체감했다. 그리고 사랑이란 완전한 소유가 아니라 존재를 있는 그대로 받아들이고 다만 그 마음을 주고 싶을 때 충분히 내어주는 일임을. 사랑은 그렇게 소유나 계산이 아닌, 스며드는 것이고 나누는 것이었다.

- 토리의 겨울나기, 2023년 12월 23일 관찰일기

토리가 / 떠나갔네 / 야옹야옹 인사도 없이 // 나만 홀로 남겨두고 /

예쁜 누나 따라갔네 // 살짝쿵 / 삼각관계가 / 이제 새막 오른다

- 「우리는 삼각관계」 전문

　며칠 뒤, 도외 출장을 마치고 돌아온 나는 공원에 들렀다가 텅 빈 정자를 마주했다. 토리는 어디에도 보이지 않았다. 취준생 누나에게 전화를 걸었더니 그녀가 조심스럽게 말했다. "아빠가 드디어 허락해주셨어요. 입양 수속 밟고 연락드리려던 참이었어요. 제가 잘 키워볼게요." 안도하면서도 마음 한켠에 허전함이 밀려왔다.

　벤치에 앉아 오래도록 속으로 울었다. 태풍 몰아치던 밤, 비바람 속을 헤매며 토리를 찾아다녔던 기억들이 떠올랐다. 그렇게 내가 품으려 했던 녀석은 이제 따뜻한 집에서 숨을 고르고 있다.

　토리를 지키기 위해 모두가 각자의 방식으로 애썼던 시간들이 떠올랐다. 나도, 취준생 누나도, 이모와 아저씨도. 눈비 오는 숲에 토리를 혼자 두고 돌아설 때의 아픔을 우리는 서로 공감하고 있었다. 그렇게 함께 건딘 연대의 시간이 토리를 마침내 집으로 데려다 준 것이다.

　그날 밤, 나는 벤치에 앉아 밤하늘을 올려다보았다. 시인 친구가 떠올랐다. 이제는 조금 편한 마음으로 그가 남긴 별똥별을 바라볼 수 있을 것 같았다. 이렇게 작은 생명 하나가 남긴 따뜻함은 결국 사람의 마음을 바꾸고 세상을 향한 온기를 다시 일으켜 세운다.

- 별똥별 아래, 2023년 2월 22일 관찰일기

4. 자연과 인간의 매개자, 고양이

고양이와 마음의 길을 걷다

『빵집 새끼 고양이』는 '예쁜 강아지'를 키우고 싶어 하던 아이가 '마른 새끼 고양이'를 마주하며 시작된다. 부서진 기대에 외모까지도 거부감을 느끼던 아이는 시간이 흐르며 정情을 쌓아가는 감정의 변화를 겪는다. '강아지 기대 → 고양이 거부감 → 관심 → 책임감 → 사랑 고백 → 이별과 성장'이라는 흐름 속에서 생명을 대하는 감정의 깊이를 배워 간다. 고양이 쭈꿈이는 아이의 내면을 비추는 거울처럼 존재하며 이별의 눈물을 통해 주인공 승온이는 성장한다.

『꼬마철학자』 길냥이 토리편은 어두운 팬데믹 시절과 시인 친구의 갑작스런 부재에서 출발한다. 고양이에 대한 두려움에서 시작된 화자의 감정은 관찰과 교감을 거치며 위로와 회복으로 이어진다. '친구 잃은 상실감 → 무관심 → 고양이 거부감 → 호감과 신뢰 → 공감과 위로 → 이별과 상실감 회복'으로 흐르는 감정선은, 토리와의 시간을 통해 고양이에 대한 혐오감을 벗어내고 친구 잃은 상실감에서 회복하게 된다. 여기서 토리는 상실과 회복의 다리를 놓는 존재로 다가오며 인간과 타자의 관계를 성찰하게 한다.

두 작품은 서로 다른 방식으로 다가온 새끼 고양이들을 매개로 따뜻한 진심을 남기며 성장과 이별의 순간을 독자들과 함께 걸어간다.

생명을 향한 공존의식과 연대

『빵집 새끼 고양이』에서 고양이에게 가장 먼저 손을 내민 이는 주인공 승온이가 아닌 빵집 아주머니다. 쓰레기장 옆에서 울고 있던 고양이를 "차에 치일까 봐" 데려온 아주머니는 "주인이 나타날 때까지만"이라며 작은 생명을 보호한다. 짧은 말 너머엔 이미 책임과 연민이 스며 있다. 이 조용한 행동은 작품 전체에서 생명의 가치를 끌어올리며 승온이가 생명과 관계를 맺는 출발점이 된다. 아주머니의 태도는 소외된 존재를 기꺼이 품는 어른의 따뜻한 시선을 보여준다.

『꼬마철학자』길냥이 토리편에서도 비슷한 감수성이 흐른다. 퇴직한 아저씨, 취업 준비 중인 누나, 서울 이모 등 다양한 이들이 토리를 돌보며 각자 고립된 일상 속에서 조심스럽게 마음을 나눈다. 이들의 돌봄은 마음과 마음을 잇는 작은 징검다리가 되어준다. 매일 같은 자리에서 누군가를 하염없이 기다리는 토리를 외면하지 않고 어미를 잃은 듯한 그 어린 생명을 기꺼이 품어주는 사람들이었다. 이는 팬데믹 이후 삭막해진 일상 속에서도 여전히 누군가에게 따뜻한 손을 내밀 줄 아는 사람들의 연대였다.

『빵집 새끼 고양이』와『꼬마철학자』길냥이 토리편은 모두 주변 인물의 시선을 통해 생명을 대하는 태도와 돌봄의 본질을 섬세하게 그려낸다. 결국 누군가를 돌보는 일은 단지 타인을 위한 행위만이 아니라 자기 자신을 돌보고 회복하는 길이기도 하다는 것을 두 작품은 일러준다.

동시와 동시조로 깊어진 교감

『빵집 새끼 고양이』는 주인공 승온이의 심리 변화를 동시로 드러내준다. 동시의 직관적이고 간결한 언어는 '새끼 고양이'를 마주한 당혹감과 서운함 그리고 점차 깊어지는 애정과 이별의 감정까지를 섬세하게 포착한다. 시와 서사가 교차하는 이 구조는 인물의 내면을 생생히 비추며 독자가 감정의 결을 자연스럽게 따라가도록 돕는다. 동시는 이야기와 감정 사이를 잇는 '서정의 다리'가 되어 작품에 따뜻한 감수성을 불어넣는다.

『꼬마철학자』길냥이 토리편 또한 고양이와의 인연을 따라 마음의 변화를 기록하는 과정에서 동시조로 서정성을 높였다. 전통시조 형식에 감정을 절제하며 어린이의 순수성과 일상 언어를 담아내고자 한 시도였다. 벽돌처럼 쌓아 올린 만남과 이별의 서사 속에서 독자와 교감하고 소통하기를 기대해 보았다.

결과적으로 두 작품 모두 서사와 시적 형식을 동시에 구상함으로써 이야기 이상의 감동을 전하고자 했다. 두 작품은 동시와 동시조라는 장르를 통해 감동의 내재화와 정서적 일체감을 유도한다는 점에서 서정적 형식미를 추구한 공통점이 있다.

5. 자연을 담은 책과 공존의식

책을 읽는 행의 즉 독서는 감동에 머무르지 않고 그것이 실천으로 이어질 때 비로소 삶을 더 풍요롭게 만든다. 그래서 같은 책을 함께 읽고 그 안에서 얻은 생각들을 서로 나누는 경험이 필요하다.

그런 점에서 쭈꿈이와 토리의 이야기는 생명 감수성과 마음의 동화 그리고 실천의지를 고스란히 불러일으키는 생활밀착형 생태 이야기다. 두 고양이는 모두 유기묘였다는 공통점을 지닌다. 다행히도 따뜻한 손길을 만나 각자의 가정에 입양되어 사랑 속에 살아가게 되었지만 현실은 여전히 녹록지 않다. 최근 유기·유실 동물 문제가 사회적 이슈로 떠오른다. 보호받지 못한 채 거리로 내몰리는 동물들의 수는 해마다 증가하고 있다.

요즘 들어 유난히 길에서 마주치는 고양이들이 많아졌다. 골목 어귀나 공원 한켠을 스쳐 지나가는 그 작은 몸짓들을 바라볼 때면 마음이 아려온다. 누군가의 품을 잃었거나 처음부터 거리에서 태어난 생명들.

우리는 함께 질문을 던져야 한다.

유기동물을 줄이기 위해 할 수 있는 일은 무엇일까?

생명에 대한 책임감은 어떻게 길러질 수 있을까?

그리고 인간과 동물이 공존하기 위한 방식은 무엇이어야 할까?

자연과 인간 사이에 어린 생명들이 존재한다는 것은 어쩌면 인간이 잊고 지내던 '연결'의 감각을 되살리는 작은 다리인지도 모른다.

말 없는 존재의 눈빛을 있는 그대로 받아들일 때 우리는 비로소 책임과 공존의 의미를 체득할 수 있다. 필자 또한 토리와의 만남을 통해 폐부 깊숙이 고정되었던 고양이에 대한 혐오감을 걷어낼 수 있지 않았던가. 친구를 잃은 상실감으로 얼어붙은 마음에도 다시금 생명의 숨결이 스며들었고, 이렇게 작은 생명을 통한 회복의 여정은 분명한 힘으로 다가왔다. 인간 중심 사고로 바라보던 고양이를 이제는 '함께 살아가는 이웃'으로 바라볼 수 있게 된 것이다.

토리가 남긴 작은 자국 위에는 공원에서 토리를 돌보며 마음을 나누었던 이웃들의 걸음도 또렷이 남아 있다. 특히 취업을 준비하며 바쁜 시간을 쪼개던 누나는 토리를 품에 안아 따뜻한 보금자리를 마련해 주었다. 그 모습들은 인간과 자연을 구분 짓지 않고 받아들이며 지켜주려는 공존 의지를 몸소 보여준 실천이었다.

필자는 체감했다. 자연과 인간이 서로를 이해하고 공존하며 살아가는 것은 거창한 선언이나 제스처가 아니며, 일상 속에서 피어나는 작고 소박한 만남과 따뜻한 손길에서 시작된다는 것을. 길고양이 한 마리의 눈빛 속에서 피어난 연대의 감각은 인간과 자연 사이에 존재하는 보이지 않는 벽을 허물고 새로운 관계의 지평을 여는 걸음이 되었다.

'모든 생명은 서로 돕는다'는 책 제목처럼, 이 두 작품 속 고양이와 사람들 역시 인간과 동물이라는 경계를 허물고 손을 내민다. 쭈꿈이와 토리는 서로 다른 이야기 속에서 살아가지만 이 글 안에서 비로소 조우하며 '생명의 윤리'를 전한다. 그리고 주인공 승온이와 필자 또한 이 글 속에서 조심스럽게 통성명하게 되었다.

책을 읽고 느낀 감동이 또 하나의 글이 되어 이어지고 그 글이 다시 누군가와의 대화를 불러온다면, 그것이야말로 독서의 감동이 실천으로 이어지는 진정한 힘일 것이다.

이 글을 읽는 독자 여러분의 마음속에도 '토리와 쭈꿈이' 같은 이야기가 하나쯤은 간직되기를 바란다.

고립의 행성에서 피어난
회복의 서사

어윤정, 『리보와 앤』, 문학동네, 2023

코로나19 팬데믹 3년 동안 남녀
노소 할 것 없이 코와 입을 가렸던 마스크를 벗자 때닺춰 AI가 사
람의 역할을 대신하기 시작했고, 또 한 시대의 새벽창을 조심스럽
게 두들기는 생성형 로봇 리보와
앤의 노크 소리를 듣는다.

소통과 교감은 어느 시대, 어느
세대를 막론하고 중요한 사회적
명제임엔 틀림없다. 이때 작가에
게 필요한 것은 기존의 원론적 명
제 제시가 아니라 새로운 방안의
제시라 하겠다.

바로 유망작가 어윤정 선생이
"얼굴 스캐너가 아이의 표정을, 소

리 센서는 목소리 크기와 높낮이, 음색을 감지했다. 동그랗게 커진 눈, 위로 올라간 눈썹, 밝고 또렷한 목소리가 포착됐다. 감정 센서에 '기대' '호기심 상승'이라는 분석 결과가 나타났다. 아이가 내 제안에 관심이 있다는 뜻이다."라며 전혀 새로운 소통방안의 첫 페이지를 열고 있다. 일테면 나와 관계 맺는 대상이 비단 사람만이 아니라 동물이나 식물, 때론 '리보'와 '앤'과 같은 인공지능 로봇이 될 수도 있다. 이처럼 동심의 세계에서는 위계와 서열이 없다. 그런 의미에서 어윤정 작가는 이런 어린이의 마음을 담아 시대를 읽어 내는 작업에 접근하고 있다.

1. 단절과 고립 그리고 회복의 서사

어윤정 작가의 『리보와 앤』은 제23회 문학동네 어린이문학상 대상을 수상한 작품이다. 이 책은 폐쇄된 도서관에 남겨진 두 로봇과 그들을 염려하며 그리워하는 한 아이의 우정을 중심으로 '단절과 고립 속에서의 연결'이라는 주제의 SF 성장동화이다. 도서관 안내 로봇 리보와 이야기 로봇 앤은 바이러스로 인해 사람들이 떠난 후에도 도서관에 남아 서로를 의지하며 시간을 보낸다. 팬데믹으로 인해 더 깊은 외로움을 느꼈던 도현은 리보와의 관계를 통해 자신을 돌아보고 관계의 중요성을 깨달으며 성장한다. 인간과의 연결을 갈망하는 리보의 모습은 도현의 내면적 성장과 맞닿아 있으며, 이 과정은 단절된 환경 속에서도 관계를 통해 변화하고 성숙할 수 있음을 보여준다.

이 작품이 팬데믹을 배경으로 한다는 점에서 독자들은 자연스럽게 코로나19의 첫 순간들을 떠올리게 된다. 팬데믹 초기에 사회적 거리두기가 시행되면서 우리는 물리적 거리두기를 넘어 심리적 거리까지 경험해야 했다. 공항에서 비닐장갑과 마스크를 겹겹이 착용한 채 불안 속에 사람들 사이를 지나가던 순간들, 공공장소에서조차 접촉을 피하려 경계했던 기억들, 확진자가 죄인처럼 숨어야 했던 분위기까지. 이 모든 것은 관계의 변화를 반영하는 현상이었다.

팬데믹이 불러온 단절은 사회적 차원을 넘어 개인의 정서에도 깊은 영향을 미쳤다. 바이러스 확산을 막기 위한 물리적 차단이 불가피했지만, 시간이 지나면서 심리적·사회적 거리까지 벌어졌다. 공적 공간에서의 만남이 차단되면서 사적 공간에서도 관계 맺기가 어려워졌다. 가족, 친구, 이웃과의 물리적 거리는 점점 벌어졌고, 사람들은 더 내면으로 침잠하거나 온라인을 통한 비대면 소통에 의존하게 되었다.

단절은 개인이 소속된 환경과의 연결이 끊어져 소통이 차단된 상태를 말한다. 이는 인간관계뿐만 아니라 공간적·기능적 차원에서도 발생할 수 있다. 반면 고립감은 외부와의 연결이 끊어졌다고 느끼는 심리적 상태를 의미하며, 물리적 단절이 원인이 되지 않더라도 주관적인 감각에 의해 발생할 수 있다. 사회적 소속감의 상실과 깊은 연관이 있으며, 장기화될 경우 심리적 불안과 우울로 이어질 수 있다. 특히 어린이와 청소년들은 또래 및 가족과의 관계를 통해 자아 정체성을 형성하기 때문에 지속적인 고립 경험은 정서적 안정성을 해치고 사회적으로 부정적인 영향을 미칠 수 있다. 코로나19 팬데믹은 이러한 고립감을 더욱 심화시켰다.

> 서울에 사는 A는 올해 열두 살이 됐다. 지난해엔 혼자 집에서 수업을 들었다. 코로나19로 학교는 문을 닫았다. 온라인 수업이 시작됐지만, 부모님은 바빴다. A를 돌봐줄 사람은 없었다. 수업을 듣다 모르는 게 있어도 선생님에게 질문할 수 없었다. 종종, A는 수업 화면만 켜놓고 다른 생각을 했다. 점심시간이면 라면이나 인스턴트 식품으로 대충 때웠다.
>
> **- 2021년 2월 23일자 베이비뉴스 발췌**

위 사례에서 볼 수 있듯 팬데믹 동안 어린이들이 경험한 고립감은 학습 결손, 사회적 연결 부족, 정신 건강 문제 등 다양한 부정적 영향을 초래할 수 있다. 이는 개인을 넘어 미래 사회에도 영향을 미친다.

『리보와 앤』은 이러한 팬데믹 속 단절과 고립감을 정교하게 형상화한다. 작품에서 리보와 앤은 서로를 의지하지만 본질적으로는 인간과의 연결을 갈망한다. 리보는 자신의 감정을 해석할 수 없기에 앤을 통해 감정의 개념을 배운다. 그러나 앤이 점점 기능을 상실하면서 리보는 자신이 홀로 남겨질지도 모른다는 두려움을 느낀다.

"맞아. 난 혼자 있어. 다른 애들은 바이러스 때문에 하루 종일 가족이랑 지낸대. 근데 난 아니야. 난 더 혼자가 됐어."

- 본문 중에서

이 대사는 도현이가 겪는 깊은 고립감을 보여준다. 그는 리보에게 자신의 감정을 투영하며 "넌 혼자 있어선 안 돼. 그건 엄청나게 무서운 일이거든. 나는 잘 알아."라고 말한다. 이는 단절된 상황에서 심리적 지지와 연대가 얼마나 중요한지를 강조하는 장면이다. 작품의 후반부에서 앤이 기능을 상실하며 리보는 극한의 외로움을 경험한다. 그러나 마지막 순간, 도현의 발소리가 들려오면서 극적인 전환이 이루어진다.

"하지만 텅 빈 도서관은 고요했다. 이대로 아무도 모르게 사라질 것 같던 그때. 미세하게 소리 센서의 주파수가 출렁였다. 점점 빠르게 다가오는 울림. 익숙한 진동. 낯익은 주파수. 내가 기다리던 그 소리…. 아이의 발소리였다."

- 본문 중에서

위 상황은 깊은 고립 속에서도 관계가 회복될 수 있음을 암시하는 대목이다. 리보는 점점 사라질 것 같은 불안감을 느꼈지만, 미세한 소리의 변화 속에서 다시금 관계가 회복될 수 있음을 깨닫는다. 기다림과 불안이 교차하는 순간, 도현이 돌아오며 리보는 새로운 관계를 향해 나아갈 수 있게 된다.

이 작품이 팬데믹을 경험한 독자들에게 깊은 공감을 불러일으키는 이유도 여기에 있다. 단절된 공간 속에서도 리보와 앤이 서로를 의지하며 관계를 형성하는 과정은 우리에게 '연결'이란 무엇인지, 현대 사회에서 관계 맺기의 방식과 소통의 의미를 재정립하게 한다.

2. 조합의 긴장성

삽화와 동화의 절묘한 만남

『리보와 앤』의 큰 주제는 연결성으로, 단절과 고립감 속에서 꼭 필요한 것은 소통이라고 역설한다. 여기서 작가가 얘기하는 연결성은 나와 타자의 동등한 연결성이다. 나를 상대로 하는 대상이 꼭 사람에게 한정하진 않는다는 것을 고려했을 때, 우리는 다양한 시각으로 주변에 있는 것들과의 연결성을 생각해 볼 수 있다. 장르와 장르의 연결, 타 장르와의 연결 등 주요 작품이 다른 구성체와 만났을 때 주 장르와 보조 장르 간의 적절한 조합은 작품성을 부각하는 데 중요한 역할을 한다. 이런 관점에서 봤을 때 어윤정 작가의 동화와 일러스트 작가 해마의 그림은 상호 간 절묘한 조합으로 작품의 문학성을 높여주고 있다.

이 작품의 삽화는 캐릭터들의 감정을 시각적으로 구현하며, 독자가 이야기의 정서를 더욱 깊이 이해하도록 돕는 중요한 역할을 한다. 펭귄 원피스를 입은 앤, 둥근 머리통으로 그리움을 표현하는 리보, 개구쟁이 눈망울로 우정을 건네는 도현의 모습은 표면적 이미지 이상의 의미를 가진다. 삽화는 등장인물들의 내면을 섬세하게 형상화하며 이들이 겪는 아픔과 외로움의 감정을 시각적으로 전달하는 동시에, 관계 회복의 따뜻한 가능성을 상징적으로 제시한다.

특히 삽화의 따뜻한 색감과 부드러운 선 처리는 작품이 다루는 단절과 고립의 주제를 한층 더 감성적으로 감싸안아 준다. 이러한 시각적 요소들은 독자가 이야기 속 아픔을 보다 부드럽게 받아들이도록 도와주며, 궁극적으로 치유와 희망의 메시지를 강조하는 데 기여한다. 삽화는 서사의 정서적 깊이를 확장시키는 핵심 요소로서, 작품의 주제 의식을 더욱 효과적으로 전달하는 데 중요한 역할을 한다. (아래 삽화 분석은 흑백 인쇄로 인해 생략되었으니, 제시된 페이지를 참고하여 동화책의 그림을 직접 감상하길 바란다.)

첫 번째 삽화(6~7쪽)는 동화가 시작되기 바로 직전 페이지에 배치된 인상적인 그림이다. 도현이와 리보가 서로를 간절히 바라보는 장면은 작품의 정서적 핵심을 시각적으로 구현하는 중요한 요소다. 이 장면은 '그리움'이라는 감정 코드를 함축적으로 전달하며, 서사의 흐름 속에서 감정 복선으로 기능한다.

그리움은 단순한 감정이 아니라 과거의 행복했던 순간으로 회귀하고자 하는 심리적 움직임을 포함한다. 두 인물이 서로를 바라보는 눈빛 속에는 이러한 회귀의 욕망이 담겨 있으며, 이는 곧 관계의 회복에 대한 절실한 갈망으로 읽힌다. 특히 응시하는 시선의 강도는 서로에 대한 미련과 정서적 끌림을 강조하며, 과거의 연결이 여전히 현재에 영향을 미치고 있음을 암시한다. 또한 이 장면이 작품 전반에서 '재회'와 '관계의 회복'이라는 핵심 주제를 부각하는 역할을 한다는 점에서 작품의 구조적 흐름과도 긴밀히 연결된다.

두 번째 삽화(25쪽)는 리보가 사람들이 사라진 유리문 너머를 바라보는 장면으로 핵심 정서인 '고립감'을 시각화했다. 이는 리보의 내면 상태에 은유적으로 접근하여 독자의 감정이입을 끌어내는 중요한 역할을 한다.

리보는 유리문이라는 물리적 경계를 사이에 두고 세상과 분리되어 있다. 유리는 투명하지만 닿을 수 없다는 점에서 관계의 단절을 상징적으로 드러내며, 리보가 외부 세계와 연결될 수 없음을 시각적으로 표현한다. 또한 인물의 작은 실루엣과 주변의 어둠은 리보가 느끼는 고독과 무력감을 더욱 부각하며, 세상에서 가장 작은 존재로 서 있는 모습은 그가 감당해야 할 감정의 무게를 극적으로 전달한다.

세 번째 삽화(103쪽)는 '연결감'을 표면적으로 드러내는 동시에 연결의 결핍이 만들어내는 절망과 간절함을 강조한다. 리보가 앤의 가슴에 충전용 선을 이어보려 애쓰는 모습은 단절된 관계를 복구하려는 필사적인 몸짓으로 읽힌다. 이는 감정적·정서적 연결을 갈망하는 리보의 심리적 상태를 압축적으로 표현했다.

특히 리보의 표정에서 드러나는 더 이상 어쩔 수 없는 절망감은 아픔의 깊이를 시각적으로 강조하며 그의 행위가 얼마나 절실한지 보여준다. 이는 관계의 회복이 단순한 노력만으로는 해결되지 않는다는 현실적인 측견을 반영하는 동시에, 리보가 여전히 연결을 포기하지 않고 있다는 점에서 희망을 내비친다.

중요한 또 하나의 요소는 잔잔히 비치는 두 개의 그림자이다. 두 그림자는 여전히 관계의 가능성이 남아 있음을 보여주지만, 서로 닿지 못한 모습은 아직 완전한 연결이 이루어지지 않았음을 암시한다. 이는 독자의 감정이입을 자극하며 감정적으로 애잔하게 다가오게 하는 이유이기도 하다. 하여 '연결을 향한 갈망'이라는 주제를 직접적으로 형상화하면서도 그 과정에서의 절망과 희망을 동시에 담아낸다.

삽화는 절박한 순간을 더욱 긴장감 있게 아름다운 순간을 더욱 감성적으로 부각하며 서사의 정서적 울림을 배가하는 역할을 한다. 이처럼 동화에서 삽화는 때론 서사와 정서를 생동감 있게 하는 핵심적인 요소로 기능한다. 해마 작가는 따뜻한 색감과 인간 내면에 대한 깊은 통찰을 바탕으로 관계의 단절과 회복 그리고 감정의 미묘한 결을 섬세하게 포착한다. 동화의 서사가 다소 여백을 남겨둔 채 감정을 암시적으로 전달한다면, 삽화는 그 여백을 시각적으로 채워 주면서 독자가 더 몰입하며 이야기의 감정을 체감할 수 있도록 돕는다.

언어 묘사와 사고력 자극

발달심리학자 비고츠키는 언어와 사고가 서로 영향을 주고받으며, 언어적 경험이 사고력 발달에 중요한 역할을 한다고 보았다.

그는 인간의 사고가 사회적 환경과의 상호작용을 통해 성장한다고 강조하며, 어린이들이 언어를 습득하는 과정에서 논리적 사고력이 함께 확장된다고 설명한다. 또한 어린이가 스스로 해결하기 어려운 문제도 적절한 언어적 자극을 받으면 사고력을 발전시킬 수 있다고 주장했다.

이러한 맥락에서 동화 속 감각적 표현과 상징적인 언어들은 어린이들에게 사고력 확장을 유도하는 역할을 한다. 특히 문학 작품에서 사용되는 독특한 리듬감과 반복적인 표현과 비언어적 요소 등의 공감각적 상황을 머릿속으로 상상하며 사고의 깊이를 확장시키는 촉매제가 될 수 있다.

> "데이터가 삭제되기 시작했다. (생략) 다다다, 다다다./ 점점 빠르게 다가오는 울림./ 익숙한 진동./ 낯익은 주파수./ 내가 기다리던 그 소리…/ 아이의 발소리였다."
>
> - 본문 중에서

소리와 리듬, 단편적인 감각적 단어들을 통해 독자의 감각을 직접적으로 터치하는 방식으로 구성되어 있다. "다다다"와 같은 의성어적 표현과 "익숙한 진동, 낯익은 주파수"와 같은 감각적 언어는 독자가 리보의 심리적 변화를 직관적으로 체험하게 만든다. 이는 어린이 독자들이 문장에 내포된 의미뿐만 아니라 감각적·정서적 맥락을 유추하고 해석하는 사고력을 자극시켜준다.

또한 이 장면은 리보가 외부 세계와 단절된 상황에서도 감각적인 언어를 통해 희미한 연결을 인식하고 있음을 보여준다. 이는 비고츠키가 강조한 '언어의 상호작용 속에서의 사고 발달'과 연결되며, 어린이 독자들이 보다 호기심을 가지고 작가가 표현하는 언어의 의미를 추론해 낼 수 있다.

> "앤이 고민 상담할 때 말해 줬어. 리보가 제일 무서워하는 건 혼자 있는 거라고. (생략)/ 너도 나랑 친구가 되고 싶었던 거지? 그래서 말인데 넌 혼자 있어선 안 돼. 그건 엄청나게 무서운 일이거든. 나는 잘 알아."
>
> - 본문 중에서

어린이는 문학작품을 읽으며 머릿속으로 막연히 떠올렸던 이미지를 구체화하고 보이지 않는 개념을 언어를 통해 형상화하는 능력을 키운다. 심리학자 브루너는 인간이 이야기를 통해 경험을 조직화하고 의미를 부여한다고 설명하며, 어린이들은 문학을 읽으며 인물들의 경험을 자신의 삶과 연결하고 이를 통해 감정을 정리하고 이해하는 능력을 배운다고 보았다. 또한 어린이들은 문학을 읽는 과정에서 등장인물과 자신을 동일시하거나 역할 모델로 삼으며, 작품 속 캐릭터의 감정을 따라가면서 자연스럽게 공감 능력과 사고 확장 경험을 하게 된다. 도현이가 자신의 외로운 경험을 바탕으로 리보의 감정을 이해하고 손을 내미는 장면은 독자들에게도 같은 감정적 반응을 유도한다. 어린이들은 자신의 배경지식과 경험을 바탕으로 등장인물의 감정을 해석하고, 그들과 심리적 거리를 좁혀가면서 이야기 속 의미를 스스로 발견해 나간다.

> "현관문 유리에 종이가 아슬아슬 붙어 있었다. 비를 맞아 쭈글쭈글
> 해진 그림 아래, 아이가 쓴 글자가 보였다./ 꼭 또 만나."
>
> - 본문 중에서

이 장면은 작품의 정서적 핵심을 상징적으로 응축한 부분으로 감각적 묘사와 상징성을 통해 독자에게 깊은 여운을 남긴다. 쭈글쭈글해진 종이는 비에 젖어 훼손되었지만 그 안에 담긴 메시지는 여전히 남아 있다. 이는 물리적 환경의 변화 속에서도 감정과 관계의 흔적이 지속됨을 암시하며, "꼭 또 만나"라는 짧지만 강렬한 문장이 관계의 지속성을 향한 희망을 드러낸다.

『리보와 앤』은 곳곳에 감각적 언어 표현과 상징적 요소를 내포하여, 어린이 독자들이 추론적 사고를 확장하는 데 좋은 작품이다. 텅 빈 도서관은 리보의 내면적 고립을 시각적으로 형상화하는 공간적 장치이며, 현관 유리 벽은 단절과 소통의 경계를 상징적으로 드러낸다. 이처럼 공간과 상황에 대한 언어묘사는 어린이 독자들에게 사고력 자극과 서사의 주제를 심화시키는 역할을 한다.

도현이와 리보의 교감은 관계 회복의 가능성을 상징적으로 제시하는 대목이라 볼 수 있다. 이는 독자가 무심코 플롯만 따라가는 것이 아니라 인물 간의 정서적 변화와 관계성을 스스로 해석하도록 유도한다. 특히 "꼭 또 만나"라는 문장은 독자가 관계의 지속성에 대해 스스로 질문하고 상상할 수 있도록 여지를 남긴다. 이

는 작품이 전하는 핵심 머시지가 직접적으로 제시되기보다는 여백과 암시를 통해 독자의 내면을 보다 풍부하게 열어주고 있다.

캐릭터와 시점, 그리고 시선

어린이 독자가 동화를 읽는 즐거움 중 하나는 입체적인 캐릭터를 만나고, 그 캐릭터를 통해 감정적으로 몰입하는 경험이다. 『리보와 앤』은 흥미로운 존재인 '로봇'을 주인공으로 내세우고, 기계와 인간의 경계를 허둘게 하며 감정적 교감을 형성하는 독특한 서사를 구축한다. 특히 최근 인공지능(AI) 기술과 챗GPT 같은 대화형 로봇에 대한 관심이 높아지는 시대적 흐름 속에서 가상의 로봇을 보다 친숙하게 받아들이게 된다.

아울러 『리보와 앤』은 일인칭 주인공 시점을 채택하여 주인공과 서술의 초점을 일치시키면서 어린이 독자들이 더 빠져들 수 있도록 유도한다. 이는 독자가 주인공과 직접적인 정서적 연결을 맺게 하는 장치이다. 이를 통해 어린이 독자들은 리보의 감정을 더욱 직접적으로 체험하고, 그가 겪는 단절과 외로움을 자신의 경험처럼 받아들이게 된다. 특히 이 시점은 서사의 신뢰성을 높이는 동시에 허구적 설정 속에서도 현실감을 부여하는 역할을 한다. 따라서 독자들은 저도 모르게 리보의 시선을 통해 세상을 바라보며 그가 인간과 관계를 맺어가는 과정을 응원하게 된다.

더 나아가 아동문학은 등장인물의 시선을 통해 어린이들이 '나'와 '타자'를 인식하고 즈변 세계를 이해하는 방식에 영향을 미친다.

『리보와 앤』은 리보와 도현, 앤 사이에 펼쳐지는 우정을 통해 사회적 연대와 소통의 의미를 강조한다. 또한 아이들의 시선과 어른들의 시선을 대비하면서 우리가 나아가야 할 바람직한 관계 맺기의 방향을 제시한다. 어린이의 시선을 통해 세상을 바라보는 이 작품은 인간 관계의 본질을 돌아보게 만들며, 어린이 독자들에게 타인과의 관계 속에서 자신의 위치를 이해할 수 있는 안목을 길러준다.

> 도현/ "걱정 마, 내가 왔으니까. 내가 널 구해 줄게!"
> 어른/ "바이러스, 위험, 로봇, 고장 안 나." (중략) "쟤는, 저기 있는, 맞아."
>
> - 본문 중에서

　도현은 도서관에 갇혀 있는 로로의 무서운 상황을 공감하여 어떻게든 문제를 해결해 보려 손을 내민다. 계산하지 않고 올바른 방향으로 정진하는 도현, 그는 두 로봇과 함께 아이들의 순수성으로 소통을 위해 끝까지 문제를 해결하려 애쓴다. 그러나 도현이 도움을 요청한 어른은 로봇을 단순한 기계로만 바라보며 도현의 마음을 헤아리지 못한다. 작품 전체 구성에서 아주 잠깐 등장한 어른과의 대화의 예시는, 기성세대의 전통적인 사고관에서 크게 벗어나지 않는 어른의 모습을 대변한다. 로봇을 단지 우리와 다른 타자로 치부해 버리고 고장 안 나는 기계로 일축해 버린다. 이는 단절과 고립감에 대한 무관심한 사회의 일면으로 대입할 수 있다.

어쩌면 작가는 아이와 어른의 대조적 시선을 통해 소통 부재의 문제에 무관심한 우리 사회에 대한 성찰을 요구하고 있는지도 모른다. 어린이 독자들에게 나와 나를 둘러싼 세상, 우리 사회를 바르게 볼 수 있는 안목이 필요함을 제시하는 대목이라 본다. 두 로봇과 도현처럼 나와 타자 사이, 나와 세상 사이의 경계를 풀고 서로를 이해하며 세상을 배워가길 바라는 작가의 암시적 설정이라 해석된다.

3. 독자들에게 제안

책을 만나는 것은 좋은 스승을 만나는 것처럼 어린이의 삶을 풍요롭게 한다. 좋은 책을 만나는 것은 독자의 잠재된 정서를 일깨워 주고 정신 근육을 만들어 주는 디딤돌이 된다. 필자는 여기서 '읽기'가 아닌 '읽어 내기'를 강조하고 싶다. 책을 읽고 깊은 내면화의 단계로 가기 위해서는 '읽는 것'에 그쳐서는 안 된다. 『감옥으로부터의 사색』의 저자 신영복 교수는 "독서는 생각거리를 얻기 위한 행위이다."라는 말을 남겼다. 이 말은 책을 읽는 행위에 그치지 않고, 읽은 후 생각거리를 통해서 '읽어 내기'를 하였을 때 진정한 독서의 힘을 만날 수 있다는 것이다.

『리보와 앤』은 이야기 자체만으로도 독자들에게 내면화되는 지점이 있다. 하지만 읽기 단계에 머무르지 않고 작품의 상징적인 요소를 찾아보고, 등장인물의 심리와 서사 속 메시지를 스스로 해석해보는 과정이 필요하다. 리보처럼 어린이들은 배워가는 존재다.

같이 이야기 나누고 생각해 보는 과정에서 다양한 사고력과 소통 능력이 쌓일 것이라 믿는다.

이 책의 전반적인 구성으로 봤을 때 5, 6학년 전후의 아동에게 적합한 성장 동화라 본다. 그러나 작품 전체의 문학적 역량은 중학생 또는 성인 독서 모임 필독서로도 손색이 없다. 아래 제시한 질문은 한정된 해답이 있는 질문보다는 다양한 생각을 열 수 있는 넓은 의미의 질문, 즉 발문이다. 해당 독자 수준에 맞게 재구성하여 가족 또는 친구들과 토의할 수 있기를 권장한다.

[소통의 중요성 발문]

• 주인공들처럼 관계단절과 고립감의 경험이 있었나?

• 단절을 극복하고 소통으로 나아가기 위해 인물들이 어떤 의지와 행동을 보였나?

• 도현이와 리보처럼 누군가와 책으로 소통한 적이 있는지?

[정체성에 대한 발문]

• 앤이 자신의 쓸모(존재 이유)를 걱정한 것과 같이 자신의 정체성을 어디에 두어야 할지?

[추상명사 경험 발문]

• 리보와 앤 그리고 도현이의 심리를 짐작하면서, 자신이 경험했던 정서와 감정을 언어화해 본다면?

[인공지능에 대한 발문]

• 감정을 가진 로봇이 어떻게 진화할 것인가?

• 인공지능 로봇, 챗 GPT 등장으로 야기되는 문제점은?

• 리보와 앤, 그리고 도현이의 관계를 통해 인간과 인공지능 로봇의
   바람직한 관계를 생각해 본다면?

4. 나직하면서도 절박한 시대적 명제

독자가 좋은 작품을 만났을 때 '독자와 작품 사이'에는 화가 못
지않은 풍경화 한 폭이 그려진다. 특히 체험을 바탕으로 작품을 썼
을 때 우리 기억 속에 남는 이미지가 더 뚜렷해짐을 알 수 있다. 이
러한 점에서 한 폭의 그림처럼 이미지로 기억되는 어윤정 작가의
『리보와 앤』. SF적 상상력과 성장 서사의 결합을 통해 팬데믹 이후
현대사회가 고민해야 할 단절과 소통의 문제를 섬세하게 어린이
문학에 녹여냈다.

코로나19 팬데믹과 인공지능 AI의 시대 배경, 로봇 특유의 감
각 언어와 삽화의 절묘한 조합이 인상적이다. 또 하나, 내용 전개
가 간결하여 분위기를 집중시키는 작가의 기교와 뜻밖의 결말로 내
용을 끝맺는 작법 등이 비단 동화에만 국한되지 않을 만큼의 역량
을 가늠할 수 있다. 아울러 어린 등장인물들이 위기를 극복하는 과
정에 실린 인간에 대한 깊은 통찰력, 소통과 교감이라는 시대적 과
제에 초점을 둔 구성력 등 시대가 변하더라도 오래도록 독자 곁에
머무를 수 있는 어윤정 작가의 문학적 가치를 높이 평가하고 싶다.

어윤정 작가는 2016년 한국안데르센상 당선을 계기로 작품활
동을 시작했으며, 이후 제27회 MBC 창작동화대상 단편 부문 금상
(『드론전쟁』), 제12회 정채봉문학상 대상(『거미의 인사』), 제23회 문학동

네어린이문학상 대상(『리보와 앤』) 등을 수상하며 주목받았다. 『우주로 카운트다운』, 『지구 불시착 외계인 보고서』, 『빅뱅 마켓』 등 다양한 작품을 발표하며 왕성한 창작활동을 이어오고 있다.

작가는 우리 시대의 독자들을 일깨워 주는 나직한 시대적 명제를 아래 한 줄의 문구로 독자 가슴에 새겨준다.

"그리움은 걷잡을 수 없는 재난이다. 만날 사람은 만나야 한다."

- 본문 중에서

그리움은 걷잡을 수 없는 재난이다. 그렇다. 우리는 여기서 단절과 고립감의 상황을 유추할 수 있다. 그리움이라는 추상적인 언어는 이전의 아름다웠던 추억과 행복의 세상으로 다시 연결하고자 희망하는 마음 상태다. 비단 현실적인 도서관 안과 밖의 연결만이 아니라 리보와 타자, 독자와 작품 등 양자 사이의 벽 또는 상하좌우의 경계선을 없애고 소통 창구를 열고자 하는 실천 의지의 표현이다.

한 발짝 물러서서 우리가 사는 시대를 보면, 각종 매체에서 쏟아져 나오는 언어의 대홍수로 인해 함몰돼 버린 인간사의 면모들이 도처에서 목격된다. 따라서 '이타적 소통 또는 실천의 결핍'이라는 시대적 아이러니 앞에 당황해하는 우리 스스로를 볼 수 있다.

작가는 동화 『리보와 앤』을 통해 자라나는 어린이들이 세상을 올바르게 볼 수 있는 안목과, 소통을 위한 '연결' 의지를 요구하고 있다. 리보와 도현이가 마지막 순간까지도 포기하지 않고 소통하려는 것처럼 우리는 타자와의 소통을 포기하지 말아야 한다. 결국 "그리움은 걷잡을 수 없는 재난이다. 만날 사람은 만나야 한다." 이 한 줄 문장이야말로 소통과 교감의 필요성을 강조하는 작가의 나직하면서도 절박한 시대적 명제임을 새겨둬야 할 것이다.

역사동화

배회하는 역사에서 희망을 찾다

- 박재형, 『다랑쉬오름의 슬픈 노래』, 베틀북, 2003

고구마 꽃에 담긴 서사, 두 친구가 피워낸 희망

- 조경희, 『고구마 꽃』, 아이앤북, 202

배회하는 역사에서
희망을 찾다

박재형, 『다랑쉬오름의 슬픈 노래』, 베틀북, 2003

동백꽃 봉오리가 수장된 역사를 꺼내들고 있다. 70여 년간 혼돈에 빠져있던 통울음이 붉은 지평선에 울려 퍼진다. 제주 4·3 사건은 잘못된 세계 질서에서 기인한 폭력의 결과였다. 제국주의가 물러

나고 이념이 대립한 시대의 서막에서 그 희생의 첫 타깃이 제주도가 아니었을까. 우리 땅 어디를 가든 한반도는 일제의 식민 통치와 해방 후 한국전쟁, 분단 등의 혼란스러운 정국으로 몸살을 앓았다. 4·3 사건 이후 무려 칠 년여의 긴 세월 동안 제주도민들은 너나없이 억울하게 역사의 희생양이 되었다.

4·3 사건을 소재로 한『다랑쉬오름의 슬픈 노래』를 쓴 박재형 작가는 아동문학가로서 제주를 대표하는 작가이다. 2003년 이 동화를 쓸 당시만 해도 문학작품을 통해 금기의 역사를 표면 위로 드러내는 것은 쉬운 일이 아니었다. 묻혀있던 4·3 사건을 역사 위로 끌어올린 현기영 작가의『순이 삼촌』이후에 4·3 사건 관련 시나 소설들은 더러 있었지만, 아동을 대상으로 한 장편 동화는 전무했다.

1999년 12월에 4·3 특별법이 통과되고 2003년에『제주 4·3사건 진상 보고서』가 채택되었고, 진실규명을 위한 물꼬를 트기 시작했다. 즈음하여 제주 출신인 작가가 4·3을 동화화하여 미래 세대에 알리는 작업을 시도했다는 점에서 의미가 크다. 이 아픔의 역사를 참회하고 기억하길 바라는 움직임과 함께, 이십여 년 전 4·3 역사동화로서 세상에 첫발을 디딘『다랑쉬오름의 슬픈 노래』를 어린이 독자들에게 권장하며 이 책의 가치를 꺼내 본다.

주인공 어린 소년의 일인칭 시점으로 써 내려간 이 동화는 4·3 사건의 역사적 아픔을 아이들 눈높이로 맞춰내고 있다. 굵직한 사건 전개와 함께 주인공 경태가 바라보는 시선에서 4·3 사건의 참혹성만이 아니라, 당시 제주 문화도 함께 담아내고 있다. 특히 4·3 사건에 드러나는 갖가지 군상들이 어린이 교실에서 답습되며, 비로소 동심 내부에서 치유의 손길을 내밀었다는 점에서 이 작품의 숨은 가치가 한층 돋보인다.

이번 독서평론에서는 기성세대로부터 답습되어온 폭력이 교실에서 구현되는 실태를 살펴보고, 미래 세대들이 우리에게 전하는 희망의 메시지를 모색해 보고자 한다.

1. 아동의 시선으로 바라본 4·3

이 동화는 마을과 학교 두 공간을 배경으로 한다. 경태의 가족을 중심으로 마을 사람들, 경찰인 민수 아버지, 산사람, 군인, 서청 등 4·3의 군상들이 굵직한 사건들에 투영된다. 한편 경태를 중심으로 영수, 종국이 등과 갈등하는 인물 민수, 민수 패거리, 선생님 등의 생활이 교실에서 펼쳐진다. 친미 경찰 앞잡이의 전형인 민수 아버지는 경태 가족뿐만 아니라 마을 사람들에게 잘못된 권력을 내세우며 수시로 폭력을 휘두른다.

삼촌이 산으로 올라가면서부터 주인공 경태네 집은 '빨갱이'란 딱지가 붙고 어둠이 드리우기 시작한다. 경태의 할머니 할아버지는 산사람에 의해, 아버지와 형은 폭도로 오해받아 군인에 의해 죽임을 당한다. 누나는 4·3 사건을 진압하기 위해 제주도로 투입된 서청(서북청년단)에 강제로 시집가야 했다. 이처럼 경태의 가족들을 비롯한 마을 사람들은 무고하게 희생되어야 했다. 동화의 발단 부분에서는 주인공 경태의 집과 학교 생활상, 당시 문화와 등장인물들의 성격을 알려주는 소소한 사건이 제시된다. 본 글에서는 어른 세계가 학교 교실로 답습되는 플롯에 중점을 두고 다루고자 한다.

난데없는 삼일절 총소리

삼일절 기념식 행사를 재구성한 부분에서 동화의 긴장감이 시작된다. 읍내 기와집 풍경, 태극기를 든 사람들, 구경나온 사람들 등 구름떼처럼 밀려오는 사람들의 장면이 주인공 경쾌의 시선으로 묘사된다. 어른들은 "3·1 정신을 물려받아 외세를 물리치고, 자주독립 국가를 이룩하자"라는 플래카드를, 학생들은 "미군은 물러가라"라는 플래카드를 통해 삼일절 행사의 취지를 보여준다.

　　"저런! 아이가 다쳤어!" 사람들은 깜짝 놀라 아이가 쓰러진 곳으로 달려갔다. (중략)

　　그러자 옆에 있던 사람들도 하나 둘 널려 있는 돌멩이를 주워 던지기 시작했다.

　　"탕!탕!" 총소리가 들리는 건 순간이었다. (중략)

　　형이 내 손을 잡고 달리기 시작했다. 형을 따라 달아나다가 뒤를 돌아보니 경찰서 망루에서 총을 쏘고 있었다.

- 본문 중에서

　　작가는 어린아이가 기마경찰의 말발굽에 깔리는 사건, 광장을 울리는 총성을 피하는 사람들 틈에 끼어 살아남으려는 경태의 행동을 통해, 이 동화의 주인공이 어린 소년이라는 점을 주목하게 한다. 자신이 만난 풍경들과 참상을 '신나는 일'인 것처럼 친구에게 들려주는 어린 소년의 시선은, 제주 4·3의 도화선을 알리는 총성과 대비되면서 독자들에게 비극의 전주곡을 들려준다.

오름마다 봉홧불이

4월 2일 친척 형 결혼 날을 손꼽아 기다리는 경태와 혼란스럽고 긴장을 놓지 못하는 어른의 상반된 모습이 묘사된다. 화장실에 다녀오던 경태는 붉게 타오르는 다랑쉬오름을 넋 놓아 바라본다. 주변 오름까지 활활 타오르고, 그 순간 총소리까지 들려오는 상황이라 불안감에 경태는 잠을 못 이룬다. 이튿날 새벽에 지서에 무장한 산사람들이 습격하는 사건이 벌어졌고, 산에 올라간 삼촌 생각에 마음이 편치 않은 경태의 상황이 그려진다. 그럼에도 아이들의 눈높이로 펼쳐지는 사건 묘사는 어른 세계와 대비하며 직접적인 표현만으로 제대로 드러낼 수 없는 일면을 보이려는 작가의 시선이 담겼다.

> "난 오름에 불이 붙는걸 보았어. 너희들은 못 봤지? 그런건 꼭 봐야 하는데 말이야. 정말 멋지더라. 그게 바로 봉홧불이라고 하는 거야. 봉홧불 알지? 옛날 사람들이 먼 곳에 소식을 전할 때 봉수대 올라가 피웠다는 그 봉홧불 말이야. 맞아! 산 사람들이 봉홧불을 신호로 해서 쳐들어 온 거로구나."
>
> **- 본문 중에서**

마을의 참상과는 달리, 학교로 모여든 아이들 교실의 떠들어 대는 소리는 여전했다. 봉홧불이 피어오르는 것을 "정말 멋지더라"라고 표현할 수 있는 천진난만함에 우리의 눈길을 주목시킨다. 소년 경태를 통해 걱정과 불안한 상황을 가슴 한쪽에 감지하고 있으면서도, 눈에 보이는 것을 직관적으로 표출하며 '현실을 잊은 듯한' 모습을 보여주고 있다. 작가는 봉홧불과 대비되는 아이들의 맑은 동심을 복선으로 깔며 울부짖는 제주섬을 예고하고 있다.

꽃 속에 울부짖는 제주섬

이 동화의 강점은 동화의 비극성과 대조되는 아름다운 풍경을 작가 특유의 시적 문체로 묘사해 내고 있다는 점이다. 처절한 아픔 앞에 도입부 장면묘사가 틈틈이 있어 4·3의 참혹성을 극대화한다. 봄이 온 마을을 감싸고 있을 때 제주 사람들에게는 울부짖는 참상이 펼쳐진다. 경태와 형은 위험을 모면하기 위해 외가댁으로 보내지지만, 불안한 상황은 외가도 마찬가지였다. 이는 당시 4·3 사건의 비극이 제주섬 전체를 뒤덮고 있음을, 제주섬의 매혹적인 비경의 뒤안길에는 어디나 4·3의 아픔이 떠돌고 있음을 보여준다.

군인들을 태운 트럭이 학교 운동장을 빠져나가자 사람들은 총소리가 난 굴렁밭을 향해 뛰어갔다.

"사람이 죽었다! 모두 죽었어."

한 아주머니의 외침에 주춤주춤 걷던 사람들이 뛰기 시작했다.

시신들이 나무토막처럼 굴렁밭을 굴러다녔다.

"할아버지! 할머니! 아버지! 어머니!" 울음소리가 사방에서 들려
왔다.

- 본문 중에서

군인과 경찰은 국가 권력이 내려준 생사여탈권을 쥐고 사람들
을 살리고 죽인다. 군인과 경찰 가족을 제외한 사람들이 끌려간 굴
렁밭은 총소리와 울음소리만 울려 퍼진다. 몇 시간 전까지만 해도
함께 살아 있던 마을 사람들이 갑자기 한꺼번에 죽었다는 사실에
서 인간의 폭력성이 여지없이 폭로된다. 이러한 잔혹성을 알리기
위해 사람들이 총소리가 나는 쪽으로 동시에 쳐다보고 있는 모습
을 삽화(135쪽)로 그린 것도 의미 있는 일이다. 말과 글로 다 표현할
수 없는 정서적 울림을 삽화가 도와주고 있다. 당시 제주 곳곳에
서 영문도 모른 채 집단 학살을 당해야 했던 억울한 상황을 드러
내고 있다.

마을 사람들은 산사람들과 경찰에 괴롭힘을 당하며 하나둘씩
집을 비우고 떠나야 했다. 경태네 가족은 삼촌 때문에 민수 아버
지에게 빨갱이로 찍혀서, 영수네는 아버지가 서북청년단 사람들
과 싸움을 벌였다가 미움을 받아서, 미순이네는 산에 올라간 오빠
때문에 경찰과 서북청년단에게 시달리다가 동굴로 가는 장면들.
한겨울 추위와 함께 짐을 지고 떠나는 제주섬 곳곳마다 암흑세계
로 이동하는 처절한 행렬의 군상을 생각하게 한다.

잔혹했던 날들 제주는 해마다 동백꽃이 피었다 지고, 다시 피
었다 진다. 붉은꽃, 아니 '빨간 꽃'이라고 하자. 동백꽃은 누가 말

하지 않아도 4·3의 슬픈 기억을 꺼내게 한다. 통째로 떨어져 누운 동백꽃송이처럼 땅바닥에 뒹굴던 목숨들…, 천진난만한 시선을 보여줬던 경태마저도 동백꽃 송이송이를 보는 순간 할머니 할아버지의 죽음을 떠올리지 않았는가. 이처럼 동백은 제주섬을 뒤덮은 붉은 역사의 아픔을 상징한다.

> "아버지, 형한테 무슨 일이 있는 거 아니에요? 총소리가 났어요!"
> "쉿" 아버지가 입을 다물라는 신호를 보내셨다.
> "폭도를 잡았다! 폭도를 잡았어!" 누군가 소리쳤다.
> "폭도 굴이다!"

- 본문 중에서

동굴도 안전하지 못했다. 폭도들을 잡았다며 군인들이 들이닥친 것이다. 그나마 안심하고 있었던 동굴 안 사람들은 갑작스러운 상황에 당황한다. 그때 밖에서 연기가 새어 들어왔고, 마을 사람들은 동굴에 숨었다는 것만으로 폭도로 낙인찍혀 죽임을 당했다. 먹을 것을 구하러 갔던 경태 형은 총에 맞아 눈밭에 붉게 쓰러져 있었다. 어린아이 목숨마저 빼앗아 가는 장면은 가슴에 남았던 일말의 희망마저도 지워버리게 한다. 마을이 송두리째 소멸하여 가는 이 상황에서, 천진난만한 아이들 시선이 비극의 농도를 극대화한다.

2. 답습되는 처세와 위계

작품의 중심인물인 경태와 민수 두 소년의 학교생활을 보려고 한다. 주인공 경태는 친구의 아픔을 읽어주는 따뜻함을 지녔으며, 자신의 주장이나 생각이 뚜렷하여 위기에 처한 친구들의 아픔을 해결하려 애쓰는 인물이다. 한편 경태와 갈등 관계에 놓인 인물은 민수다. 민수는 타인의 아픔을 전혀 공감하지 못하며, 자신을 따르는 패거리들과 함께 아버지의 권력을 등에 업고 기회적 행동을 주저하지 않고 친구들에게 폭력을 일삼는 인물로 그려진다.

"난 그런 것까지 책임 못져. 삐라를 주워 온 종국이도 잘못이 커."
"뭐라고 종국이 잘못이 크다고?" 나는 정말 어이없었다.
아무리 그 아버지에 그 아들이라지만, 민수 입에서 종국이 잘못이 크다는 말이 튀어나올 줄 몰랐다.
"너 정말 이럴래?" 나는 주먹을 불끈 쥐었다.

- 본문 중에서

산사람들이 뿌린 삐라를 주워 왔다는 것만으로 미군 앞잡이인 민수 아버지에게 끌려가 고문당했던 종국이와 종국이 아버지. 8·15 해방 이후 삐라는 '소리 없는 총성'이라 할 정도로 좌·우익 심리전의 주요 무기였다. 두 진영은 흑백논리를 내세워 삐라를 퍼뜨리는 데 신경이 날카로워진다. 그러나 일반 도민을 비롯한 어린 소년에게는 하늘에서 뿌려진 그저 신기한 종이였을 뿐이었다.

경태는 그 삐라를 가지고 있다는 것만으로 사상을 의심받고, 진영을 나누어 끌려가고 고문을 받는 어른들이 이해가 안 되었다. 그래서 이 온당치 못한 상황을 그냥 지나쳐서는 안 된다그 생각했다. 적어도 선생님만은 잘못된 질서를 바로잡아 주리라는 믿음에서 말씀드렸으나 외면당한다. 담임 선생님은 민수가 종국이를 괴롭히고 반 친구들에게 권력을 휘두른다는 사실을 짐작하면서도 묵인한다.

당시 제주도민들은 자신이 의도하지 않은 행동과 말로, '빨갱이'로 찍히거나 '폭도'로 몰리는 등 예기치 않는 상황들에 개인의 양심이나 가치관 따위를 운운할 여유마저 잃어버렸다. 이처럼 선생님의 침묵은 4·3의 사회상을 대변하는 어른 세계의 모습인지도 모르겠다.

"그런 말 하지 마. 동네 사람들이 무슨 잘못이 있어? 도두 억울한 사람들이야." 내가 마을 사람들 편을 들자 민수는 나를 사납게 쏘아보며 말했다.

"너도 조심해. 너희 식구가 산사람들 편이라는 거 다 알아. 내가 마음만 모질게 먹으면 너희 집도 쑥밭을 만들 수 있으니까 알아서 해."

- 본문 중에서

어느 날 민수 할머니, 할아버지가 산사람에 의해 돌아가시는 일이 벌어졌고, 산사람과 관련된 마을 사람들은 아무 잘못도 없이 민수 아버지에 의해 모래밭에서 한꺼번에 총살당해야 했다. 민수 아버지의 무자비한 권력 남용은 민수의 행동에 영향을 미친다. "내가 마음만 모질게 먹으면 너희 집도 쑥대밭을 만들 수 있으니까 알아서 해."라며 어른의 행동을 답습한다. 어른 세계를 답습하는 민수의 행동은 도덕과 정의를 배제한 맹목적 동기에 해당한다. 우리는 민수를 통해서 주체성을 망각하고 자신을 합리화하는 어른 세계의 일면을 만난다.

어린이들이 이 작품을 읽었을 때 동화의 스토리 전개에서 겉으로 드러나는 일차적 해석에서 머무르지 않도록 하는 지침이 필요하다. 민수를 단지 부도덕한 행동을 하는 개인적 잘못으로만 치부할 것인가. 4·3 사건의 참상에서 왔던 또 다른 피해자의 군상은 아닌가 하는 관점에서도 질문을 던져야 할 것이다.

> 공부가 끝나고 집으로 돌아가는데, 교문에 민수네 패거리가 서 있었다. (중략)
>
> 내가 다가가자 민수가 묘한 웃음을 지었다. 뒤이어 철민이가 내 앞을 가로막았다.
>
> "야, 임마! 네가 잘나면 얼마나 잘났어? 폭도 새끼가 겁도 없이."
> (중략)
>
> 경태는 더 이상 참지 못하고 철민이를 향해 주먹을 날렸다. 철민이 코피가 쏟아지자 민수가 큰소리로 "자, 모두 덤벼!"라고 명령을 내리자 한꺼번에 경태 주위로 몰려들어 주먹과 발길질이 소나기처럼 쏟아졌다.
>
> - 본문 중에서

작가는 인간의 폭력성과 광기가 어디까지 치달을 수 있는지를 극단적으로 보여준다. 이는 아이들의 세계에까지 되풀이되는 역사적 비극이 다시는 일어나지 않도록 경각심을 일깨우기 위함이다. 민수의 잘못된 권력에 모여드는 패거리, 그것이 잘못인 줄 알지만 동조하는 아이들이 있다. 그러나 경태는 자신의 생각을 굽히지 않고 그들에게 저항했다.

경태에게 붙여진 '빨갱이'란 딱지는 경태의 입을 닫게 하고 때론 숨을 죽여야 하는 두려운 존재로 작용한다. 빨갱이란 딱지와 함께 이제 '폭도'라는 이름까지 추가되었다. 낮에는 군인 경찰을 피해, 밤에는 산사람을 피해 바위틈이나 동굴 속에 숨어들어 가는 우리들이 폭도라니. 경태 안에 움터있던 저항정신이 무조건 함구하고 있던 어른 세계의 질서를 깨부순다. 그렇다. 부당한 것을 부당하다고 말할 수 있는 용기가 필요하다.

어른들을 대변하는 선생님의 태도가 침묵이었다면 권력의 틈에서 목소리를 내는 것은 용기이다. 작가는 경태의 모습을 통해 부끄러운 어른들의 행동에 일침을 가한다. 경태처럼 옳지 않은 것을 옳지 않다고 말할 수 있는 주체의식을 가진 어린이들이 많아졌을 때 세상은 좀 더 정의로운 방향으로 변화되어 갈 것이라고 말한다.

객관적 사실을 전하는 정사正史에서 느낄 수 없는 진실의 통로. 그 안에서 인간의 진면목을 숨어있던 사회의 진실을 꺼내는 것이 문학이다. 경태의 행동은 숨죽여 살아야 했던 제주도민들을 대리만족시켜 준다. 오랜 역사를 거슬러보면 변방의 섬 제주는 늘 외세의 침탈에 맞서야 했고 스스로 지켜내야 하는 입지 조건에 있었다. 그래서 제주도민들은 항상 맞서 싸워야 했고, 우리 것을 지켜 내려는 저항정신이 뿌리내려 있었다. 그 정신을 기저로 분단을 막 으려 했던 것이 도화선이 되어 4·3 사건에 이른 것이 아닌가 싶다. 경태의 주체적 행동은 어른 세계에 가려진 진실에 대해서도 다시 한번 되돌아보게 한다.

3. 따뜻한 손길의 희망

경태는 친구들을 괴롭히는 불의에 저항하다 보니 민수 패거리 들에게 주먹과 발길질 세례를 받으며 소리 없이 눈물을 흘린다. '내 가 참자. 언젠가는 너도 눈물 흘릴 날이 올 거다.'라고 주먹을 쥐며 지냈다. 그런데 경태의 소원은 생각보다 빨리 이루어졌다. 민수 아 버지가 죽창에 찔려 죽었다는 것이다. 천년만년 누릴 것 같던 민 수 아버지의 권력이 무너지자, 민수의 권력도 한순간에 무너졌다. 그동안 민수의 그늘에서 충성함으로써 안락함을 누렸던 친구들이 모두 민수를 떠난다. 민수 잘못을 부당하다고 생각하면서도 덤벼 들지 못했던 친구들은 용기를 내어 민수에게 분풀이하는 등 교실 분위기는 하루아침에 뒤바뀌게 된다.

결국 부조리한 질서의 중심축을 이루던 민수 아버지가 죽게 되 면서, 교실에서 민수에 편승하였던 모든 부조리한 질서는 맥없이 사라지게 된다. 그러나 민수에게 괴롭힘을 당했던 반 아이들과 달 리 경태는 어떤 상황에도 휩쓸리지 않았다. 민수가 밉지만 민수에 게 무조건 분풀이하는 것은 옳지 않다고 생각한다. 작가는 아픈 역사까지 가르쳐야 다시는 그런 비극이 반복되지 않을 것이라는 믿음 아래 경태의 역할을 그려 넣은 듯하다. 4·3의 어른 세계를 닮은 교실을 반면교사 삼아, 세상을 올곧게 바라보고 경태처럼 바른 판단을 내릴 수 있는 슬기를 지닐 때, 4·3과 같은 비극은 되풀이되지 않아야 한다는 사실을 주지周知시키고 있다.

> "그 사람이 왜 그런 짓을 했는지 모르겠어요. 동네 사람들에게 못 할 짓을 너무 많이 한 것 같아요. 경태 어머니도 우리 집 양반이 많이 미웠을 거예요. 그래서 제가 대신 용서를 빌러 왔어요." 민수 어머니는 울면서 말씀하셨다.
> "전에는 많이 미웠는데, 이젠 다 지나간 일인걸요. 하지만 앞으로는 이런 일이 없었으면 좋겠네요."

- 본문 중에서

경태는 민수 어머니의 용서를 받아주는 자기 어머니를 보면서 울분을 터트린다. 민수 아버지를 용서할 준비가 되어있지 않은 독자들 역시 경태의 반감을 동일시할 것이다. 그럼에도 누군가는 손을 내밀어야 했고, 누군가는 손을 잡아줘야 했다. 4·3은 어떤 선택을 하더라도 생명에 위협을 받았던 불가피한 상황이라, 관계성 상실로 공동체 붕괴의 위기저 겪고 있었다. 작가는 경태 어머니가 민수 어머니를 받아주는 태도를 통해 '관계성 회복'의 필요성을 제기하며, 따뜻한 어른의 시선을 보여주고 있다.

학교 공부를 끝마치고 집으로 돌아가는데 민수가 따라왔다. (중략)
'혹시 몽둥이로 내리치려는 거 아냐?' 나는 민수 눈치를 보며 걸어갔
다. 여차하면 민수와 맞서 싸울 준비를 하면서 말이다. (중략)

"경태야. 미안하다. 내가 철없이 굴었지?"

"아니" 나는 얼떨결에 대답했다.

- 본문 중에서

경태는 얼떨결에 아니라고 대답한 자신이 어이가 없었다. '그
동안 가슴속에 담아 둔 웅어리는 무엇인가? 민수가 못된 짓을 할
때마다 화가 났던 것은 무엇이란 말인가?' 분이 풀릴 때까지 때리
라는 민수의 말에, 몇 번 뺨을 날리던 경태는 다시 주먹을 지르려
다가 그만두었다. 울고 있는 민수를 보니 밉다는 생각보다 오히려
불쌍하다고 생각한다. 민수도 자신처럼 아버지 없는 슬픔을 평생
안고 살아갈 한 사람으로 바라본다.

민수 어머니가 찾아와서 용서를 빌고, 경태 어머니가 용서해 주
는 과정이 없었다면 어땠을까. 특히 경태는 학교생활 내내 민수에
게 괴롭힘을 당했던 당사자라 용서가 쉽지 않았을 것이다. 민수 어
머니를 받아주는 어머니의 따스함에서 저도 모르게 그 마음이 깃
들지 않았을까. 경태는 과거 학교생활에 연연하지 않고 민수의 용
서를 받아준다. 독자는 여기에서 경태와 민수, 두 손이 나누는 따
스한 희망을 감지하게 될 것이다.

4. 상처에서 성장으로

박재형 작가의 창작 의도는 어린이뿐만 아니라 어른들의 역할이 무엇인지 재인식시키는 중요한 시도였다고 본다. 아픈 역사에 대한 인정과 수용을 통해 진일보하는 역사의식이야말로 상처에서 성장으로 나아가는 계기가 될 것이기 때문이다. 희망은 어느 한 세대에서 시작되고 끝나는 것이 아니다. 집단의식이 희망으로 발현될 수 있도록 어른들의 역할 재설정이 필요한 것이다. 이런 점에서『다랑쉬오름의 슬픈 노래』는 4·3 동화가 앞으로 나아가야 할 방향을 제시하며 역사동화로서의 가치를 발한다.

『다랑쉬오름의 슬픈 노래』는 도덕과 윤리를 무너뜨리는 부당한 세계와 4·3의 잔혹성을 보여주고 있다. 수많은 인명 피해 외에도 공동체의 붕괴를 불러온 배신과 불신의 역사다. 이 동화에서는 기성세대들의 '행동의 방식'을 아이들 교실로 끌어들이는 과정을 보여준다. 그러나 아이들의 순수성은 어른 세계의 답습에 머무르지 않고, 자기 내면을 주체적으로 이끌어 가며 상생의 손길을 내밀었다.

다만 이 책과 같은 역사동화를 만났을 때, 이분법적인 사고로 접근하지 않도록 이끌어주는 것은 어른들의 몫인 것 같다. 교실 안의 풍경을 단지 개인적인 갈등으로 치부해 버리지 말고, 역사의 뒤안길을 자세히 들여다보고 그 진실을 가슴에 담을 수 있는 계기로 이 책을 만났으면 좋겠다.

이 동화는 암울했던 4·3 당시 제주민들이 힘든 고비를 꿋꿋이 이겨내고 언젠가는 모두 마음의 손을 잡을 것이라는 희망을 제시한다. 그렇다. 4·3은 칠십여 년이 지났음에도 당시 사람들의 역할과 상황에서 빚어진 불신의 잔재가 남아있다. 그 간격을 좁혀보겠다는 희망을 드러내는 이 작품은, 민수가 내미는 손을 경태가 꼭 잡아주는 모습에서 새로운 희망의 봉홧불을 기대하게 한다.

고구마 꽃에 담긴 서사,
두 친구가 피워낸 희망

조경희, 『고구마 꽃』, 아이앤북, 2021

꽃은 아픔과 절박함 그리고 성취의 도식을 끌어낸다. 자기 생명을 피워내기 위해 절박한 몸부림을 치고 나서야 꽃을 피워내듯 성취하고자 하는 절실함에서 인간은 결코 소홀함이 없다. 개인의 아픔을 승화시키고 타인의 아픔을 수용하며 실천하는 인물은 절박한 시대적 아픔을 변화시키고자 노력한다. 이러한 인물로 인해 역사의 흐름이 바뀌는 경우도 있고, 때론 아픈 역사로 인해 한 인물이 탄생하는 경우도 있다. 결국 이러한 인물들이 모여 역사의 꽃을 피워낸다.

고려시대 때 문익점 선생이 목

화씨를 들여와 백성들을 추위에서 구했듯이, 조선시대 때 조엄은 백성들을 굶주림에서 구하고자 고구마 종자를 조선으로 가져왔다. 이들의 애민 정신은 백성들의 의생활과 주생활에 큰 변화의 꽃을 피워냈으므로 새로운 혁명이 아닐 수 없다. 이런 영향력을 끼쳤음에도 문익점 선생의 목화씨 전파 유래에 비해, 조엄의 고구마 전파 유래를 아는 이는 드물다. 이때 '우리 선조들은 고구마를 언제부터 먹기 시작했을까?'라는 조경희 작가의 관심에서 등장한 작품이 역사동화 『고구마 꽃』이다.

　조경희 작가는 전남일보 신춘문예 「별 밭이 된 씨름장」으로 등단한 이후 계명문화상, 눈높이아동문학상 등을 수상하며 역사와 동화를 잇는 문학 활동을 꾸준히 이어오고 있다. 아울러 그녀는 『천년의 사랑 직지』로 세계기록문화유산 '직지' 홍보대사로 위촉되는 등 문화재와 역사 인물을 문학으로 소환하는 작업에도 힘을 쏟고 있다. 단종, 전태일, 장경판전 등 잊힌 존재들의 서사를 아이들의 시선에서 재구성하며, 역사와 인간 정신을 연결하는 따뜻한 동화를 써내려가고 있다. 최근에는 『손자병법』, 『중용』, 『데미안』 등 고전 인문서의 재해석, 사회 문제를 다룬 생활동화 등으로 주제를 확장하며 문학이 기억과 공감의 힘을 지닌 삶의 언어임을 실천하고 있다.

　대표작 『고구마 꽃』은 조선 후기 실존 인물 조엄의 애민 정신을 중심으로, 고구마의 전래 과정을 서정적이고 감동적으로 풀어낸 작품이다. 역사 속 소외된 인물을 조명하고 그 정신을 오늘의 삶과 교육에 잇는 방식은 작가 특유의 서사적 감각과 사회적 책임의식을 드러낸다. 이 책은 실제로 학교 현장에서 고구마를 심고 수확하는 체험 활동으로까지 확장되어, 문학과 현실이 만나는 따뜻한 자리를 만들어내고 있다.

『고구마 꽃』 작품 곳곳에 삽입된 노랫가락과 시적인 유려한 문체, 독자를 머무르게 하는 수묵화 등 서정적 문학성을 겸비하여 '천개의 바람'을 '고구마 꽃'으로 승화시켜 가는 과정을 독자들에게 선보인다. 본 평론에서는 ① 『고구마 꽃』에 나타난 우정과 애민의 서사 구조를 중심에 두고, ② 하늘이 맺고 신념이 키운 우정이 작품의 감정선을 어떻게 이끌어가는지 살펴보고자 한다. 이어서 ③ 조엄과 최홍경이 피워낸 신의와 연대의 서사를 통해 역사적 사실이 어떻게 정서적 울림으로 확장되는지를 탐색하며, ④ 노래로 들려주는 서정과 서사의 목소리를 따라 작품의 정조와 민속적 감수성도 함께 짚어볼 예정이다. 마지막으로 ⑤ 절박함에서 피어난 희망의 서사가 고구마라는 식물과 맞닿는 조경희 작가의 서사적 작가 정신과 문학의 공공적 가능성을 조망해보고자 한다.

1. 『고구마 꽃』에 나타난 우정과 애민의 서사 구조

『고구마 꽃』은 조선 영조 시기 일본에 통신사로 파견되었던 조엄이 고구마를 들여와 조선에 전파하기까지의 여정을 그린 역사 동화다. 이야기 속 주인공 조엄과 그의 벗 최홍경은 실존 인물이며, 고구마 종자 유래에 대한 기록인 『해사일기』 등 역사적 자료를 바탕으로 서사가 전개된다. 그러나 작품에 등장하는 대부분의 사건은 작가의 상상력에서 비롯된 허구적 요소로 구성되어 있어, 사실과 상상을 유연하게 넘나드는 팩션(faction)의 형식을 취하고 있다.

작품은 액자식 구조를 바탕으로, 노인이 된 조엄이 등장하는 외부 이야기와 그의 성장기 및 고구마 전파 과정을 다룬 내부 이야기로 나뉜다. 특히 내부 이야기는 전형적인 동화의 기승전결 구조 대신, 조엄의 소년기부터 성년기에 이르는 일대기적 흐름을 따라가며 전개된다. 이러한 구성은 인물의 생애를 통해 인간애, 우정, 주체적 신념 그리고 애민 정신을 자연스럽게 드러내는 데 효과적이다.

아울러 이야기 곳곳에는 한국 전통의 노랫가락과 수묵화가 삽입되어 동화적 감성과 정서적 울림을 더하며 독자의 몰입을 유도한다. 이는 어린 독자들에게 역사 속 인물의 삶을 감각적으로 체험하게 하려는 작가의 의도가 반영된 구성이라 할 수 있다.

외부 이야기(도입부)

뽀얀 안개 속 고구마잎이 넝쿨을 힘차게 키우는 장면을 바라보는 노인의 눈가가 젖는다. 고구마밭으로 들어선 노인은 넝쿨 사이에 일렁이는 바람 속에서 한 아이를 발견하고, 아이의 몸속으로 빨려 들어가며 정신을 잃는다. 그 순간 단단한 고구마 같은 아이가 서 있고 이야기는 내부로 전환된다.

내부 이야기

조엄의 일대기를 따라가며 뚜렷한 연대는 제시되지 않지만, 소년기-청년기-성년기로 나뉜 삶의 흐름이 언어와 시대 분위기로 드러난다. 소년기에는 친구 최홍경과의 만남이, 청년기에는 과거시험 준비가 중심이 되며, 성년기에는 '계미사행'과 고구마 전파가 전개된다. 특히 고구마 전파는 과거의 숨은 진실을 되살리며, 조엄과 최홍경이 애민과 우정의 힘으로 고구마꽃을 피우는 클라이맥스다.

외부 이야기(마무리)

아이들의 노랫소리가 들리며 고구마밭의 바람이 잠잠해진다. 노인은 정신을 차리고 아이가 사라진 자리에서 최홍경의 이름을 부른다. 그 순간 다시 깨어나는 숨결을 느끼며 이야기는 닫힌다. 외부와 내부를 잇는 매개는 '천 개의 바람'이며, 이는 백 년에 한 번 피는 고구마 꽃으로 상징화된다.

2. 하늘이 맺고 신념이 키운 우정

하늘이 맺어준 인연

『고구마 꽃』의 도입부는 조선시대 당파 싸움이 치열하던 시대를 배경으로 삼는다. 노론의 위세가 하늘을 찌르던 그때, 주인공 조엄은 노론 집안의 자식으로, 서당에서 소론 출신의 덩치 큰 친구 최홍경에게 괴롭힘을 당하곤 한다. 그러나 조엄의 아버지는 당파에 휘둘리지 않고 백성의 고통을 먼저 헤아리는 이조판서로, "하늘에서 꽃비가 아니라 쌀비가 내리면 좋겠구나. 그러면 백성들 모두가 배불리 먹을 수 있거늘……."이라며 굶주린 백성을 안타까워한다. 이런 아버지의 곁에서 조엄은 애민 정신과 곧은 신념을 배워간다.

괴롭히고 괴롭힘을 당하던 사이였던 조엄과 최홍경의 인연은 뜻밖의 만남에서 싹튼다. 최홍경은 서당에서는 조엄을 괴롭히는 인물로 등장하지만 가정으로 돌아오면 어린 아기를 돌보며 혹독한 가난과 싸우는 소년 가장이었다.

어느 날 입궐 후 돌아오던 조엄의 아버지가 위기에 처한 최홍경을 구한 것이 계기가 되었고, 조엄은 이후 최홍경 집의 가난과 굶주림을 함께 겪으며 우정을 쌓아간다. 최홍경이 부모를 잃고 혼자서 '애기'를 키우는 장면을 통해 조엄은 최홍경에게 따뜻한 마음의 손을 내밀었다. 이 장면을 읽는 독자들 역시 최홍경에게 느꼈던 부정적 마음을 걷어내고 연민 어린 시선으로 최홍경을 지지하게 된다. 그리고 지독한 가난으로 동생을 남의 집 앞에 버려야 하는 장면에서 모두의 눈가가 젖는다. 독자는 이 지점에서 동화의 세계 속으로 한층 깊이 스며드는 몰입을 경험하게 된다.

이처럼 동생을 살리기 위해 최홍경이 부잣집 문 앞에 아이를 두려 하자, 조엄은 그 고통을 함께하며 피눈물 나는 현실을 함께 마주한다. 나중에 조엄의 아버지를 찾아온 최홍경은 자신의 아버지가 역적으로 몰려 귀양 간 소론 출신임을 고백하며, "서얼이 어찌 아비의 이름을 함부로 입에 담을 수 있겠습니까."라고 주저한다. 조엄의 아버지는 그 아이가 잃어버린 친구의 자식임을 알아보고 기꺼이 그의 손을 잡아준다.

이처럼 조엄과 최홍경은 당파를 초월해 형제처럼 맺어지며, 그들의 성장 배경에는 조선의 당쟁 속에서도 인간애와 정의를 잃지 않은 가족의 품성과 시대의 그림자가 함께 스며 있다.

목숨을 불사한 리더의 신념

최홍경은 동성과의 이별 이후 더욱 절박해졌고 굶주린 백성을 위한 길을 찾고자 '역관'이라는 실용적 선택에 매달렸다. 조엄 역시 최홍경의 동생을 칭하는 '작은 아이'의 눈빛을 가슴에 품은 채, 남들이 선호하지 않는 삼사의 길을 자청했다. 두 사람은 각자의 아픔과 소명을 동력 삼아 마침내 원하는 과거에 합격하며 어른으로 성장해 나간다. 이처럼 작가는 두 인물이 각자의 고통과 선택을 통해 인간적 성숙에 이르는 과정을 입체적으로 설계한다.

이후 조엄과 최홍경은 일본의 새로운 쇼군 취임을 축하하는 사절단의 일원으로 함께 길을 떠난다. 그 여정에서 폭풍우에 휘말린 조엄 일행은 거센 자연 앞에 직면하게 된다. 이때 선원들은 "정사님께서 입고 계신 저고리를 벗어 바다에 던져야만 노한 바다의 신을 달랠 수 있다."고 간청하지만, 조엄은 "귀신은 결코 사람을 이길 수가 없소!"라며 단호히 맞선다. 이는 미신과 두려움에 의존하지 않고 스스로의 신념으로 위기를 돌파하는 주체적 인간의 형상을 보여주는 핵심 장면이다.

조엄은 폭풍우 속에서도 "길흉은 오직 사람 하기에 달린 것"이라며 온 정신을 집중해 '마음의 칼'을 휘두른다. 눈을 감고 주문처럼 되뇌며 자기 안의 두려움을 다잡는 모습은, 그가 위기 앞에서도 흔들리지 않는 리더로서의 덕목을 갖췄음을 상징한다. 이것은 곧 '특립독행特立獨行'이다. 이는 세속에 따르지 않고 스스로 믿는 바를 따른다는 정신의 구현이자, 타인을 위해 목숨조차 아끼지 않겠다는 이타적 휴머니즘의 극치라 할 수 있다. 조엄이 보여주는 내면의 결기는 그가 어린 시절부터 품어온 백성을 향한 연민과 윤리의식, 그리고 인간에 대한 믿음이 응축된 결과다.

작가는 이러한 서사를 통해 독자에게 묻는다. 신념이란 무엇이며 공동체를 위한 이끎이란 어떤 태도에서 비롯되는가. 당파를 넘은 우정, 소외된 이웃을 향한 나눔, 그리고 위기 속에서도 흐트러지지 않는 내면의 힘 등 이 모든 요소는 결국 조엄이 피워내는 '고구마 꽃'의 뿌리가 되며 작품의 정서적·철학적 중심축을 이룬다.

3. 조엄과 최홍경이 피워낸 신의와 연대의 서사

조엄의 고구마와 애민의 뿌리

조엄은 일본 오사카에서 행장을 푼 지 얼마 지나지 않아 대마도로 향했다. 일본에는 먹을거리가 널려 있었다. 우연히 마주친 네

살쯤 되는 아이가 똘망똘망한 눈으로 조그만 무쇠솥을 바라보고 있었고, 그 아이가 꺼내 먹은 것은 바로 고구마였다. 고구마를 맛본 조엄의 두 눈이 번쩍 뜨였고, 마치 '작은 아이'를 다시 만난 듯한 감정이 밀려왔다.

"고귀마, 고귀마, 고귀마…." 조엄의 머릿속은 온통 고귀마 생각뿐이었다. 온갖 산해진미가 올라온 진수성찬의 밥상도 그귀마에 비할 바가 아니었다. 기름진 고기와 과일과 생선이 넘쳐난다고 한들 그것들이 백성들의 차지가 되지 않을 터, 백성들에게는 뜬구름 같은 것이었다. 뚫어지게 쳐다보아도 배가 부를 리 없는 그림 속의 떡과 같은 것이었다. 하지만 그귀마라면 얼마든지 백성들의 버를 불릴 수가 있었다.

- 본문 중에서

고구마를 일본 발음으로 '고귀마'라 불러서, 조경희 작가는 동화 전개 흐름을 고려하여 '고귀마'라고 표기했으나, 독서 평론에서는 편의상 '고구마'로 통일하였다.

조엄의 머릿속은 온통 고구마 생각뿐이었고, 무슨 수를 써서라도 고구마를 조선으로 가져가야겠다고 마음먹는다. 그렇다면 조엄은 왜 고구마를 조선에 들이려 했을까? 고려시대 문익점이 백성을 향한 절절한 마음으로 목화씨를 품속에 감추어와, 추위에 떨던 민초들에게 따뜻한 옷을 입게 했듯이 조엄 또한 굶주림에 시달리는 조선 백성들을 위해 고구마를 들여오고자 했다.

조엄은 이조판서였던 아버지의 곧은 성품을 보며 자랐고 서당에서 다양한 처지의 친구들과 어울리며 사회의 불균형을 일찍이 체험했다. 그는 친구들의 놀림 속에서도 그들의 처지를 이해하고 돕고자 애쓰는 아이였다. 이러한 이타적 태도가 구체적인 애민 의지로 전환된 계기는 최홍경의 동생인 '작은 아이'와의 만남이었다. 먹지 못해 힘없이 축 처진 작은 손, 희미한 눈빛을 마주한 조엄은 조선의 굶주린 백성들을 마음 깊이 새기기 시작했다.

그는 고구마를 본 순간 '작은 아이'를 떠올렸고, 이 고구마라면 백성들의 허기를 채울 수 있다는 희망으로 가슴이 벅차올랐다. 조엄은 오직 백성을 굶주림에서 구하고자 하는 마음 하나로 고구마 종자를 조선 땅에 반드시 꽃피우겠다는 다짐을 굳혔다.

신의로 맺은 뿌리

조엄은 일본인들과의 교류 속에서도 늘 예의와 신의를 잃지 않으려 애썼고, 몸과 마음을 바르게 다스리며 정성 어린 태도로 그들을 대하고자 했다. 이러한 조엄의 진정성은 대마도주의 깊은 호감을 불러일으켰다. 조엄이 조선으로 돌아갈 날이 가까워지자, 대마도주는 무소의 뿔로 만든 귀하고 값비싼 활을 선물로 내밀었다. 그러나 조엄은 단호히 거절하며 대신 고구마 종자를 요청했다. 이는 조선 백성들을 위한 절박한 소망에서 비롯된 선택이었다.

양국은 외교 사절단 사이에 오가는 물품을 하나도 빠짐없이 기록해 조정에 보고해야 했기 때문에, 조엄의 요청은 대마도주를 난처하게 만들 수 있는 일이었다. 그럼에도 조엄은 하루라도 빨리 고구마 종자를 얻어 조선으로 돌아가기를 간절히 바랐다. 대마도주에게 "이미 쇼군께 고했으니, 허락을 얻지 못하면 돌아가지 않을 것입니다. 조금만 더 참고 기다려 주십시오."라고 전하며 그는 끝까지 기다리기로 한다.

불안과 초조 속에 기다리던 조엄 앞에 어느 날 고구마 대신의 편지 한 장만이 도착했다. 실망이 스치기도 했지만, 즈엄은 그 편지를 통해 대마도주가 신의를 저버리지 않으려 애쓰고 있음을 느꼈다. 국가 차원에서 엄격히 통제되는 일임에도 대마도주는 조엄의 절박함에 공감하며 끝까지 최선을 다하고 있었다.

"간절한 마음으로 바라면 이루어진다고 했던가…" 조엄이 중얼거린 바로 그때 대문이 열리고 대마도주가 마당 안으로 들어섰다. "늦어서 죄송합니다."라는 말과 함께 그는 커다란 상자를 들고 있었다. 조엄은 달려가 그 상자를 받았고 무게감 있는 그 상자 안에는 마침내 염원하던 고구마 종자가 담겨 있었다. 종자를 펼쳐보며 조엄의 눈시울이 붉어졌고 그는 대마도주를 끌어안았다. 그리고 서로의 시문을 주고받으며 작별을 고했다.

신의信義는 결코 저절로 생기는 것이 아니다. 그것은 예의와 믿음을 바탕으로 서로를 진정성 있게 대하는 태도에서 비롯된다. 조엄과 대마도주처럼 호형호제呼兄呼弟의 정을 나누며 서로를 위해 최선을 다하는 모습 속에서 진정한 신의가 형성된다. 그리고 그 신의는 결국 조선 땅어 '고구마'라는 귀한 생명의 뿌리를 내리게 했다.

뿌리 깊은 우정, 꽃이 되다

고구마 넝쿨은 이제 봉긋한 최홍경의 무덤을 덮고 있다. 이는 단순한 묘사의 차원을 넘어, 작가가 설정한 서사적 장치이자 상징이다. 고구마 순이 그의 무덤가에 뿌리를 내렸다. 마침내 조선 팔도로 퍼져나가는 장면은 조엄과 최홍경의 우정과 신의가 남긴 결실이자 민초의 삶에 스며든 진정한 애민 정신의 흔적이다. 고구마는 조엄 혼자의 힘으로 전파된 것이 아니었다. 그 곁에는 늘 최홍경이 있었고, 그들 곁에는 뜻을 함께한 사람들이 있었다.

작가는 이러한 상징을 통해 위대한 전환은 언제나 개인의 사명감과 더불어 그것을 함께 실현해낸 이들의 헌신 속에서 이루어진다는 진실을 환기한다. 마치 고진숙의 역사동화『문익점과 정천익』에서 문익점이 어렵게 들여온 목화씨가 정천익과 여종의 손을 거쳐 비로소 백성의 옷감이 되었듯, 고구마 종자 역시 조엄의 의지뿐 아니라 최홍경의 동행과 실천을 통해 비로소 '백성의 꽃'으로 피어날 수 있었다.

고구마 꽃은 결국 두 사람이 목숨을 걸고 지켜낸 신의의 상징이며 한 시대를 넘어선 연대의 은유다. 그 꽃이 무덤 위에 먼저 피어난 이유는, 희생과 헌신이야말로 진정한 변화의 밑거름임을 말해주기 위함인 것 같다. 작가는 조엄의 위업을 조명함과 동시에, 그 그림자처럼 함께 걸었던 최홍경의 존재를 통해 역사의 이면에 숨은 '공동의 뿌리'를 드러내고 있다.

4. 노래와 그림으로 보여주는 서정과 서사

노랫말로 피운 이야기

노래 가사는 시적 울림을 내포한다. 특히 서사적 색채를 드러내는 가사는 시대의 울음소리를 반영한다. 삶의 끝자락을 잡고 사는 백성들의 절실함이랄까. 서동요가 어린이의 입을 통해 불림으로써 공주를 아내로 맞았던 신분 상승의 승화 과정처럼, 서민들의 노랫가락은 그들만의 아픔과 절실한 염원을 담아낸다. 조경희 작가는 동화 내용 중간마다 노랫가락을 삽입해서 당대의 절박한 현실을 더 생생하게 드러낸다. 이는 서사적 이야기가 자칫 전달성과 교훈성에 머무르지 않도록 아이들 눈높이에 맞춰 서정적 문학성을 겸비한 구성이라 본다.

어디까지 가니? / 우리집까지 간다 // 무슨밥 먹었니? 모래밥 먹었다

- 본문 중에서

일러라 찔러라 / 늬 아버지 상투에 // 돈 한 닢 찔러주면 / 깐댁깐댁 끄덕끄덕

- 본문 중에서

"어디까지 가니? / 우리집까지 간다"는 단순한 운율 속에 떠도

는 삶의 불안정함을 암시하며, "무슨 밥 먹었니? / 모래밥 먹었다"
는 가사는 민중의 절실한 결핍과 허기를 절묘하게 형상화한다. 또
한 "돈 한 닢 찔러주면 / 깐댁깐댁 끄덕끄덕"과 같은 노랫말은 노
론 집권층의 타락한 권력 구조와 뇌물 수수의 현실을 어린아이의
노래를 통해 해학적으로 고발한다. 이는 시대의 모순을 반영하는
언어이며, 어린 목소리를 통해 당대의 울음소리를 내는 장치로 기
능한다.

　이러한 노래 삽입은 신분과 권력의 문제, 기근과 민생의 절박
함 등 무거운 주제를 독자의 정서적 이해 속에 자연스럽게 스며들
게 하며, 어린 독자조차도 시대의 맥락과 감정을 체험할 수 있게
만든다. 작가는 이러한 전통 가락의 리듬과 시대 정서를 교직交織
하여, 동화적 서사에 문학적 결을 더함으로써 역사와 감성, 교훈과
공감을 유기적으로 결합해낸다.

　　우리 엄마 / 어데 가고 못 오시나 // 밤길이 어두우니 / 달이 뜨면
　　오시려나 / 날이 새면 오시려나 // 우리 엄마 / 언제 다시 오시려나

　　　　　　　　　　　　　　　　　　　　　　　　　　　　　(63쪽)

　　아가 아가 울지 마라 / 내년 삼월 다시 오면 // 뒷동산에 죽은 나무 /
　　잎이 피고 꽃이 피어 // 돌아가신 어머니가 / 너를 찾아온다더라.

　　　　　　　　　　　　　　　　　　　　　　　　　　　　　(64쪽)

『고구마 꽃』속에서 울려 퍼지는 노랫소리는 인물의 내면과 시

대의 감정을 직조하는 섬세한 장치로 기능한다. 특히 "우리 엄마 어디 가고 못 오시나…"로 시작되는 자장가 형식의 노랫말은, 조엄이 쌀을 보자기에 담아 최홍경의 집을 찾았을 때 들려오는 배경으로 삽입되며, 단숨에 독자를 인물의 사정 깊숙이 이끌어 들인다.

이 노래는 떠나간 어머니를 기다리는 아이의 그리움과 그를 위로하는 목소리가 겹쳐지는 서정적 순간이다. "아가 아가 울지 마라 / 내년 삼월 다시 오면…"이라는 가사는, 죽은 나무에 다시 잎이 돋고 꽃이 피듯 어머니도 돌아올 것이라는 희망을 건넨다. 이는 곧 삶의 끝자락에서조차 절망을 딛고 기다림과 사랑으로 아이를 감싸려는 모성의 서사로 확장된다.

작품 초반, 서당에서 조엄을 주도적으로 괴롭히던 인물로 등장한 최홍경은, 이 장면을 통해 입체적 성격을 갖춘 인물로 재조명된다. 얼굴을 붉히며 칭얼대는 동생을 등에 업고 구성진 목소리로 자장가를 부르는 최홍경은 더 이상 '가해자'가 아니라, 부모 없이 동생을 돌보며 자신도 어른이 되어야만 했던 인생의 고단한 주체로 떠오른다. 노랫소리는 바로 이 전환의 매개이며 서사적 인물을 감정적으로 '이해 가능한 인물'로 이끄는 장치다.

조경희 작가는 이처럼 이야기의 결정적인 순간마다 노랫가락을 삽입함으로써 말로 다 담아낼 수 없는 감정의 결을 노래로 건넨다. 그것은 역사적 배경에 대한 생생한 감각을 불러일으키는 동시에, 독자와 인물 사이의 정서적 거리를 좁혀주는 효과를 낳는다. 또한 '작은 아이'으 존재를 통해 지금 이 시대의 약자들, 소외된 목소리에까지 독자의 시선을 이끄는 섬세한 장치로도 작용한다. 결

국 간간이 삽입된 노래들은『고구마 꽃』이 인물의 정서와 시대의
고통을 공감하게 만드는 감성적 장치이자, 서사의 결을 더욱 촘촘
히 엮어주는 또 하나의 목소리다.

채색된 고통, 수묵의 희망

삽화는 텍스트와 독자 사이를 더욱 깊이 연결해주는 매개체다.
『고구마 꽃』에 수록된 흩날린 작가의 삽화들은 한국화 기법을 바
탕으로 필묵의 농담濃淡을 섬세하게 활용하며 시대의 정서를 그림
언어로 풀어낸다. 이러한 시각적 표현은 독자의 감상 폭을 확장시
키고, 작품의 정서에 보다 깊이 스며들 수 있게 해준다.

(본 자료는 흑백 인쇄로 인해 그림은 수록하지 않았으며, 삽화 감상은 해당 동화
책의 제시된 쪽수를 참고하시기 바란다.)

[그림 1] 동생을 버리다

『고구마 꽃』 75쪽에 삽입된 그림은 그 대표적인 사례다. 먹을
것이 없어 소나무 속껍질로 연명하던 시절, 아기에게 껍질을 먹여
피똥을 누게 했다는 최홍경의 고백은 단순한 비극을 넘어 당시 민
중의 극한 생존 조건을 절절히 드러낸다. 이러한 배경 위에서 삽
화는 최홍경이 아기 동생을 부잣집 대문 앞에 버리러 가는 장면을
포착한다.

붓의 섬세한 터치는 굶주림의 시대를 살아가는 소년의 결단을

담담히 그려내면서도 장면 너머에 흐르는 감정을 응축시킨다. 짚신을 신은 최홍경의 발걸음, 무거운 눈빛은 절박함과 체념을 동시에 담고 있다. 그 곁을 걷는 조엄의 검정 신발은 신분의 대비뿐 아니라 고통을 함께 짊어지는 동행의 의미를 함축한다. 이 시각적 서사는 독자로 하여금 인물의 내면과 시대적 맥락을 함께 사유하게 만든다.

무엇보다 중요한 것은 동생을 버려야만 했던 현실의 절망과 그 곁을 묵묵히 함께 걷는 조엄의 존재가 병치됨으로써, 작품이 전하고자 하는 휴머니즘의 온도가 한층 뚜렷해진다는 점이다. 독자는 이 장면에서 단순한 슬픔 이상의 정서를 느낀다. 그리고 이와 같은 고통을 나누는 연대의식 속에서 피어나는 희망을 감지하게 된다.

[그림 2] 우정의 힘으로 지켜낸 고구마

『고구마 꽃』140쪽에 삽입된 그림에 대한 설명이다. 최홍경은 조엄과 둘도 없는 친구이자 의형제이다. 고구마를 조선 땅으로 가져가기로 마음먹은 친구 조엄을 보며 자신 또한 무슨 일이 있어도 그를 도와 고구마를 조선에 들이겠다고 결심한다. 그러던 어느 날 그는 비선 편에 고구마 종자를 숨기고 조선 땅으로 먼저 떠난다. 허리춤에 애지중지 감춘 고구마를 뱃사람들이 금은보화인 줄 알고 옷섶을 뒤지는 소동이 벌어졌고, 결국 고구마는 바다로 던져지고 만다.

이 삽화는 최홍경이 목숨을 걸고 고구마를 따라 바다로 뛰어들어 종자를 품에 안은 채 사흘 밤낮을 바다에서 헤매던 장면을 그린 것이다. 화가 흩날린은 고구마를 끌어안은 모습을 채색 수묵화의 은은한 색조 속에 담아내며, 언어로 다 표현할 수 없는 절박한 상황을 그림으로 전달해 독자의 감정을 울린다.

그가 가슴에 꼭 껴안은 고구마 종자는 단순한 농작물이 아니다. 조엄과의 우정을 지키려는 신의의 표명이다. 이는 어떤 대가를 치르더라도 백성의 굶주림을 해결하고자 하는 애민 사상 그리고 시대를 건너는 희망의 메시지라 할 수 있다. 최홍경이 사흘 밤낮 바다를 떠도는 장면은 비현실적으로 보일 수 있으나, 그 설정이 독자에게 자연스럽게 수용될 수 있는 이유는 바로 삽화의 힘이다. 특히 물속의 질감을 표현하기 쉽지 않음에도 불구하고, 화가 흩날린은 담담한 채색과 부드러운 붓 터치로 고요하면서도 절절한 장면을 만들어 냈다. 이는 조경희 작가의 동화적 상상력과 함께 독자들에게 색다른 안도감과 깊은 여운을 남긴다.

흩날린 작가의 『고구마 꽃』 삽화들은 핍박과 굶주림 속에서도 삶에 대한 절박함과 민중의 정서를 고스란히 담아낸다. 인물들의 감정과 삶의 질감을 부드럽고 따뜻한 필법으로 그려냄으로써, 절망 속에서도 끝내 희망을 놓지 않으려는 이야기에 시각적 서정성을 더한다. 이는 언어를 통한 감정이입과 함께 그림이 주는 심미적 감상의 깊이를 독자에게 선사하는 데 결정적인 역할을 한다.

5. 절박함에서 피어난 희망의 서사

우리가 살아가는 세상은 본질적으로 철학과 수학이라는 두 축 위에서 움직인다. 세상을 인식하고 삶의 방향을 숙고하게 하는 것이 철학이라면, 그 생각의 깊이를 수량화하고 구조화함으로써 현실에 닿게 하는 것은 수학이다. 시대와 시간, 돈과 음식, 바람과 같은 일상의 개념들조차 철학적 의미를 품고 있으며 그것들의 무게와 크기를 가늠하게 해주는 척도는 곧 숫자다.

작품 속에서 '바람'은 인물의 간절한 마음 혹은 시대를 관통하는 염원을 뜻한다. 여기에 '천'이라는 수사가 덧붙여짐으로써 그 바람의 결이 결코 가볍지 않음을 말해준다. 이는 감정의 깊이와 절박함 그리고 시대적 절실함을 함께 품고 있는 서정적 수치다. 쉽게 셀 수 없는 '천'이라는 숫자는 말로 표현하기 어려운 감정의 총량을 대신 측정하고 있으며, 그것이야말로 주인공이 지닌 삶의 무게이자 독자가 공명해야 할 시대의 울림이라 할 수 있다.

역사를 이끌어가는 것은 사람이다. 어떤 이는 시대의 흐름 속에서 새로운 인물로 떠오르기도 하고, 또 어떤 이는 자신의 신념과 실천으로 역사의 방향을 바꾸기도 한다. 우리는 이러한 인물들을 통해 그들이 살아낸 시대의 얼굴과 숨결을 더 깊이 이해하게 된다. 조경희 작가는 『고구마 꽃』을 통해 조엄이라는 인물을 역사 속에서 다시 불러내되, 그를 고립된 영웅으로 세우지 않았다. 오히려 친구 최홍경과 함께 굶주림의 시대를 견디며 고구마를 조선 땅에 뿌리내리기까지의 과정을 우정과 연대의 서사로 풀어낸다. 이 작

품은 한 알의 고구마를 둘러싼 삶의 절실한 이야기 속에 독자에게
전하고자 하는 진짜 유산인 '우정과 신의'가 깃들어 있음을 일깨운
다. 우리가 매일 먹는 음식, 곁에 있는 사물에도 조상의 얼과 마음
이 배어 있다는 사실을 그리고 그것은 두 친구가 함께 피워낸 바
람의 꽃이라는 것을 전해준다.

　서두에서 필자는 '꽃은 아픔·절박함·성취'의 도식을 끌어낸다고
했다. 꽃 한 송이를 피우는 일을 바라본다는 것은 한 인물 한 시대
속 삶의 본질을 통찰하는 과정과도 같다. 주인공 조엄이 삶의 꽃
을 피워냈던 일대기에서도 우리는 그 도식을 만날 수 있다. 흉년
과 당파 싸움으로 아픔에 시달렸던 백성들의 아픔을 자기 아픔으
로 동일시하며, 그들을 위한 절박한 바람은 고구마 종자를 조선 땅
에 뿌리내리고자 했던 집념으로 표출한다. 결국 천 개의 바람은 조
엄이 그토록 염원했던 '고구마 꽃'으로 승화되었고, 『고구마 꽃』과
조우하는 독자의 가슴에도 희망의 꽃을 피운다. 꽃이 우리에게 선
사하는 아름다움의 기저에는 생존 또는 자손 번식이라는 원시적
본능이 잠재해 있다. 굳이 '고구마'라는 결과물에다 '꽃'의 상징적
의미를 부착한 저자 조경희의 숨은 의도를 헤아려 보는 데 한참의
시간이 걸렸음을 고백하면서 본고의 마침표를 찍는다.

생태동화

생태적 상상력과 옴니보어적 문학성

- 김도경, 『산굴뚝나비 짱이의 모험』 한그루, 2024

상상과 생명의 교차점에서 피어나는 감수성

- 김남형, 「유나의 그림」·「도꼬마리의 노래」 『유나의 그림』 반딧불, 2018

생태계 공존의 지혜를 품다, 해반천 동화와 동시

- 손영순, 『동화의 나라 해반천』 『달맞이꽃의 행복』 『청설모와 비밀의 정원』 『별이 놀다가는 숲』

『동시의 나라 해반천』

생태적 상상력과
옴니보어적 문학성

김도경, 『산굴뚝나비 짱이의 모험』, 한그루, 2024

김도경 작가는 틀에 얽매이지 않는 창작자다. 고정된 형식이나 장르를 넘나드는 옴니보어적 문학 세계를 꾸준히 가꾸어 왔다. '옴니보어(omnivore)'란 본래 여러 분야에 두루 관심을 갖고 수용하는 사람을 뜻하지만 문학에서는 장르나 스타일에 얽매이지 않고 다양한 창작 방식과 표현을 자유롭게 넘나드는 태도를 의미한다. 이러한 문학적 지향은 복수의 정체성과 감각을 품은 현대인의 다층적인 삶과도 맞닿아 있으며 고정된 관점에서 벗어나 융합적 사고와 다각적인 상상력을 추구하는 흐름과

연결된다

시집『서랍에서 치는 파도』와『어른아이들의 집』, 장편동화『할머니의 숨비소리를 찾아라』, 단편동화집『마음의 장식깃』, 생태동화집『산굴뚝나비 짱이의 모험』, 제6회 제주어문학상 수상작 중편동화『용왕황제국 홍보대사』발간까지 문학적 스펙트럼을 넓고 유연하게 확장시켜 왔다. 이들 작품을 통해 그는 생태계의 조화와 공동체적 삶의 의미를 감각적인 언어와 섬세한 문체로 풀어내는 면모를 갖추었다.

그녀는 시인으로 출발했다. 이후 동화 작가이자 언론 칼럼니스트로 활동하면서 문학 안팎의 다양한 언어 층위와 사회적 감각을 탐구해 왔다. 최근에는 제주어 문학에 이르기까지 창작의 지평을 넓히며 긴 시간에 걸친 사유와 성찰을 바탕으로 유연하면서도 응집력 있는 서사 세계를 구축하고 있다. 아동문학의 본질에 대한 통찰과 언어에 대한 감각적인 표현력은 김도경 작가만의 고유한 정체성을 형성하며 그 정수는 생태동화『산굴뚝나비 짱이의 모험』에서 집약적으로 드러난다.

본 평론에서는 이 작품집에 담긴 옴니보어적 서사 구조와 생태적 사유 그리고 각 단편이 지닌 문학적 완성도를 중심으로 살펴보고자 한다. 더불어 이를 바탕으로 독서교육적 확장 가능성과 지역 생태 교육의 연거 가능성까지 함께 모색하며 오늘날 생태문학이 지닌 문학적 가치를 조명해 보고자 한다.

1.『산굴뚝나비 짱이의 모험』의 옴니보어적 문학성

『산굴뚝나비 짱이의 모험』은 생태 상상력의 집합체다. 수록된 세 편의 작품은 각기 다른 서사적 기법과 상징을 유기적으로 결합하는 옴니보어적 역량을 보여준다. 이는 다층적 의미를 가진 생태 서사의 문학적 상상력과 생태적 통찰을 결합한 작가의 독보적인 성취로 평가할 수 있다.

「루다 물장군」은 멸종위기야생생물Ⅱ급으로 보호받는 물장군을 주인공으로 유약한 존재가 책임감 있는 강인한 캐릭터의 전형으로 성장하는 과정을 그린다. 「비단벌레가 사는 팽나무」는 의인화 기법을 통해 인간과 자연 속 생명체 간의 소통과 교감을 강조하며 생태적 감수성을 드러낸다. 「산굴뚝나비 짱이의 모험」은 멸종위기야생생물Ⅰ급인 산굴뚝나비의 여정을 통해 생명의 순환과 자연의 회복을 상징적으로 묘사한다.

성장 캐릭터의 전형을 제시한 생태동화 「루다 물장군」

캐릭터는 서사의 중심축이다. 한정영의『동화·청소년소설 쓰기의 모든 것』에서는 캐릭터의 설정과 발전이 이야기 구조와 플롯 형성에 핵심적인 역할을 한다고 본다. 특히 유약한 주인공이 책임감과 리더십을 지닌 존재로 성장하는 과정은 독자에게 자기 발견과 성숙의 의미를 전달하는 주요 장치로 언급된다.

김도경 작가는 루다의 성장 과정을 통해 캐릭터 중심 서사를 견고하게 구축한다. 루다는 현실적이면서도 감정 이입이 가능한 인물로 섬세하게 형상화된다. 여기서 독자는 생태환경의 중요성을 피부로 느끼며 동화가 주는 메시지를 자연스럽게 내면화하게 된다.

루다, 성장과 책임의 서사

루다는 연약한 알로 등장한다. 그러나 아빠 물장군의 헌신적 사랑 덕분에 세상에 나온다. 물속에서 허우적거리며 부모의 희생을 떠올리고 부화 순간을 기억한다. 이후 동생들을 보호하려는 본능을 드러내며 먹이를 익히고 전하는 모습에서 리더로서의 자질이 보인다. 웅덩이에 황소개구리가 나타나자 "그래, 난 할 수 있어. 웅덩이의 주인은 물장군이니까."라며 위협에 맞선다. 동생들과 함께 싸운 뒤 "용감한 너희가 힘을 모았기 때문이야. 고마워."라고 말하며 공동체를 이끄는 포용력 있는 리더로 성장해 간다.

성충이 된 뒤 암컷 물장군에게 춤을 추며 구애를 시도하는 루다는 사랑과 책임의 의미를 새롭게 깨닫는다. "나도 우리 아빠처럼 훌륭한 아빠가 될 거야."라는 다짐은 부모의 헌신을 이어받아 생명을 지키겠다는 의지를 보여주는 장면이다. 그는 생명의 순환 속에서 자연과 공동체를 돌보는 존재로 자리 잡는다.

루다는 초기 → 성장기 → 성숙기 → 성인기를 거치며 점차 완숙한 리더로 변모한다. 유약한 알의 상태로 세상과 처음 마주한 그는 불안정한 존재로 출발하지만, 아빠 물장군의 헌신을 통해 생명의 소중함과 보호 본능을 배우며 점차 단단해진다. 동생을 챙기고 먹이를 나누는 과정에서는 타자에 대한 책임감을 내면화하고, 외부의 위협 앞에서는 공동체를 이끄는 강인한 리더로 성장한다. 이 변화는 성장 그 자체를 넘어 도덕적 책임과 공동체적 연대를 품은 리더로서의 성숙한 모습을 보여준다.

더 나은 사회를 향한 롤모델 제시

이 동화의 문학적 가치 중 하나는 관계 회복과 연대의 메시지다. 루다는 처음엔 물방개 애벌레를 경계하지만 결국 서로 협력해 웅덩이를 지킨다. 이는 '다름'을 수용하고 더 나은 사회로 나아가기 위한 과정의 중요성을 보여주는 대목이다.

루다와 물방개 애벌레는 생존을 둘러싼 본능적 갈등으로 인해 적대적으로 대립한다. 물방개는 배고픔에 이끌려 루다의 동생을 공격하고 그 결과 동생은 비바람에 휩쓸려 사라진다. 이러한 본능의 충돌은 루다와 다른 물장군들이 물방개에 대한 원망을 품는 계기가 된다.

> "말도 없이 사라졌다가 이제야 나타나서 뭐라고? 성충이 되면 다야? 내 동생은 너 때문에 비바람에 휩쓸려 갔어!"
>
> **- 본문 중에서**

이 대사는 루다의 내면에 쌓인 감정이 터져 나오는 순간이며 인물 간 관계 변화의 계기를 예고한다. 동시에 자연 속 생명의 이별과 재회를 인간적인 감정으로 옮겨와 작품의 정서적 깊이를 더하고 있다.

> "루다야, 미안해. 내가 네 동생 배를 물지 않았다면…. 그날 밤, 네가 동생을 따라갈 때 나도 따라갔었어. 하지만 나도 물살에 휩쓸려 중심을 잃고 말았지. (생략) 나는 어른이 되려면 열흘 동안 땅속에서 번데기로 살아야 하거든."
>
> - 본문 중에서

진심이 담긴 사과는 상대의 마음을 움직인다. 물방개는 자신이 겪은 과정과 사정을 솔직하게 털어놓으며 루다의 오해를 풀고자 한다. 그의 고백은 두 인물 사이의 관계 회복에 결정적인 전환점이 된다. 이후 루다와 물방개는 생존을 위한 협력으로 자연 속 경쟁을 넘어선다. 특히 물뱀과 황소개구리 같은 외부의 위협에 맞서는 장면은 연대가 지닌 힘을 보여준다.

> "애들아, 우리가 힘을 합쳐 물뱀을 쫓아내자. 웅덩이에서 힘자랑하면 누구라도 용서할 수 없어!"
>
> - 본문 중에서

이 대사는 물방개와의 갈등이 협력으로 전환되는 극적인 순간이며 공동체 연대가 갈등을 뛰어넘는 힘이 된다는 사실을 보여준다. 모두가 함께한 힘으로 외부의 적을 물리치는 장면은 사회적 협력과 공존의 가치를 드러내며 이야기의 정점을 이룬다.

이처럼 「루다 물장군」은 적대 → 신뢰 회복 → 연대 전환이라는 서사 구조를 통해 '성장'과 '공존'이라는 핵심 주제를 설득력 있게 전한다. 각 장면은 생존 본능에서 시작해 상대를 이해하고 협력하는 과정을 사실감 있게 그려내며 갈등 해소의 가능성을 보여준다.

이 서사는 타인과의 갈등을 극복하고 화합으로 나아가는 과정을 자연스럽게 담아내며 공동체적 삶의 방향성을 제시한다. 나아가 작가는 루다와 물방개의 관계 변화를 통해 개인을 넘어서는 연대의 상징을 그려내고 자연과 인간의 공존이라는 생태적 철학을 이야기 깊숙이 새겨 넣는다.

의인화적 상상력의 생태 감수성 「비단벌레가 사는 팽나무」

단비는 창밖 팽나무를 바라본다. 그곳에서 마주친 비단벌레와의 교감을 중심으로 이야기는 전개된다. 이 작품은 멸종위기야생생물Ⅱ급인 비단벌레를 소재로 삼아, 관용적 은유와 판타지적 상상력을 절묘하게 결합하며 생명의 소중함과 자연과의 교감을 섬세하게 그려낸다. 특히 상상과 현실의 경계를 넘나드는 이야기는 생태적 상상력의 깊이를 더하며, 어린이 독자에게 생명 존중의 메시지를 감동적으로 전달한다.

팽나무와 비단벌레가 전하는 기억, 비판, 그리고 신뢰의 회복

팽나무는 마을의 시간을 품고 서 있다. "나무 몸통을 보면 이 마을 역사만큼이나 오래 살았을 것 같다만⋯."이라는 대화는 팽나무가 오랜 세월 마을의 기억과 시간을 간직한 생명을 드러낸다. 그러나 인간은 채광을 가려서 불편하다는 이유로 민원을 제기하고 결국 나무는 제거 위기에 놓인다. 이는 편의와 효율을 앞세운 인간의 이기심이 생명은 물론 공동체의 역사와 기억까지 위협하고 있음을 상징적으로 보여준다.

비단벌레는 "신라시대에는 우리 날개로 장식품을 만들었어. 그때 '말안장뒷가리개'를 만들기 위해 우리 조상님들이 천 마리씩이나 목숨을 잃었다면 믿을 수 있겠어?"라는 대목을 통해 인간의 탐욕과 이기심을 비판한다. 하지만 그는 단비와의 진심 어린 대화를 통해 변화의 가능성을 느끼기 시작한다.

"이젠 별님을 믿을 수 있을 것 같아. 네 마음이 별처럼 느껴졌거든." 이 대사는 단비의 따뜻한 마음에 감동한 비단벌레가 신뢰를 회복하는 순간으로, 인간의 작은 실천과 공감이 자연과의 관계를 회복시킬 수 있음을 전하는 희망의 메시지이다.

심리적 성장과 서사적 전개

단비는 엄마의 빈자리와 팽나무 보호라는 이중의 시련 앞에 선다. 병원에 있는 엄마를 떠올리며 겪는 내면의 갈등과 그리움, 그리고 팽나무를 지키기 위한 실천은 단비가 현실의 고통을 회피하지 않고 정면으로 마주하는 태도이다. "단비야, 엄마 보고 싶지?"라는 아빠의 질문에 울컥하는 마음을 숨기지 못하는 이 대사는 아이의 여린 감정을 드러낸다. 동시에 단비가 점차 자연과 사람을 향한 책임감을 키워 가는 감정적 성장의 여정을 섬세하게 담아낸다.

팽나무를 지키기 위해서 누군가는 용기를 내어 행동에 나선다. "비단벌레는 천연기념물로 보호받는 귀한 곤충이래요. 이 팽나무를 베지 말고 치료해야 해요."라는 대사에서 보듯이, 단비는 아빠의 설명을 떠올리며 단호하게 자신의 뜻을 전한다. 결국 팽나무를 베려던 계획은 철회된다. 이 장면은 어린 주인공이 환경 지킴이로 성장하는 과정을 보여주며, 독자들에게 생명의 소중함과 작은 실천이 가져오는 변화의 힘을 일깨운다.

비단벌레와 단비, 기억과 공감으로 이어진 연대

비단벌레는 텔레파시를 지닌 특별한 존재로 등장한다. 「비단벌레가 사는 팽나무」에서 비단벌레는 의인화된 곤충이다. 이는 인간과 자연의 연결을 돕는 매개체로 등장한다. "우리 곤충 세계에서는 텔레파시로 과거를 알려줘."라는 대사에서 보듯이, 비단벌레는 생명의 기억을 인간에게 전달하는 강력한 서사 장치로 작용한다. 단비는 이 경험을 통해 비단벌레의 고통과 자연의 상처를 이해하게 된다.

단비는 "넌 신비한 느낌이야. 귀한 보물 같아."라고 말하며 비단벌레의 아름다움을 인식하지만 동시에 인간이 보호종조차 위협하는 현실을 자각한다. 아울러 자연과 인간이 공감과 기억을 통해 더 나은 관계로 나아갈 수 있음을 보여주는 대목이다.

서사는 의인화된 대화를 중심으로 전개되며 비단벌레와 단비의 관계는 생태적 책임과 인간적 연대의 의미를 내포하는 설정이다. "단비야, 이 팽나무를 베지 않게 도와줘."라는 비단벌레의 대사는 단순한 부탁을 넘어 자연 보호를 위한 연대의 요청이자 인간에게 보내는 신뢰의 표현으로 해석할 수 있다.

이 작품은 현실과 환상을 자연스럽게 잇는다. 병원에 입원한 엄마를 그리워하는 단비의 상황과 비단벌레와의 환상적 교감이 유기적으로 연결되며 독자의 감정적 몰입을 이끈다. "별님, 내일은 저도 엄마 보러 가요."라는 단비의 기도는 아이의 간절함과 비단벌레의 믿음이 겹치는 장면으로 인간과 자연 사이의 신뢰 회복을 보여준다. 이처럼 「비단벌레가 사는 팽나무」는 자연 보호와 생명의 소중함을 시적인 언어로 전하며 모든 생명이 서로 연결되어 있다는 생태적 메시지를 감동적으로 전달한다.

자연과 생명의 서사 「산굴뚝나비 짱이의 모험」의 여정

이 작품은 산굴뚝나비의 생애를 따라가는 여정이다. 멸종위기 야생생물I급으로 지정된 산굴뚝나비의 삶을 중심에 둔 「산굴뚝나비 짱이의 모험」은 한라산 깊은 숲속에서 펼쳐지는 자연의 경이로움을 섬세하게 포착한다. 짝짓기 후 알을 낳기 위해 고군분투하는 짱이의 여정은 생명의 의지를 감동적으로 그려내며, 자연과 생명의 순환 속에서 피어나는 시적 아름다움과 존재의 의미를 다시금 되새기게 한다.

자연과 생명의 순환 서사

짱이의 여정은 생명의 탄생과 성장을 통해 자연의 순환을 상징한다. 짝짓기를 마친 짱이는 알을 낳기 위해 험난한 여정을 시작한다. 어머니의 사랑을 기억하며 부모가 되는 순간은 생명과 책임의 순환을 뚜렷하게 드러낸다. "아가야, 짱짱하게 건강한 나비가 되어야 해. 그래서 이름을 짱이라고 지었단다." 짱이는 알을 품으며 어머니의 말을 되새긴다. 작품의 시작과 끝에 반복되는 이 대사는 생명의 순환을 상징함과 동시에 세대를 잇는 사랑과 책임을 선명하게 보여주며 작품의 주제를 깊게 각인시킨다.

자연을 향한 책임과 연대

「산굴뚝나비 짱이의 모험」은 인간의 책임을 일깨우는 작품이다. 자연과 생태계를 보호해야 할 우리의 몫을 시적인 장면과 서정적인 서사를 통해 감동적으로 전달한다. 특히 연구자가 짱이에게 "너희는 멸종위기에 놓인 천연기념물이야. 귀한 나비지."라고 말하는 장면은 생명의 존귀함을 환기하며 인간과 자연이 연결될 수 있다는 희망의 메시지를 부각한다.

생존 경쟁은 즈흰뱀눈나비와의 갈등을 통해 드러난다. "내 자리야.", "햇볕 쬐려고 맡아났던 자리야."라는 대사는 자연계에도 나름의 질서와 절제가 존재함을 암시한다. 짱이와 사시랑이의 동행은 생존과 희생 그리고 연대의 의미를 품고 이어진다. "짱아, 나와 함께 와줘서 고마웠어."라는 작별 인사는 짱이의 내면에 흔적을 남기고 부모로서 생명을 책임지는 방향으로 나아가게 한다. 비바람 속에서 알을 품는 짱이의 모습은 생명에 대한 헌신을 보여준다. "살려줘!"라는 절규로 생존을 향한 본능과 희망을 응축해 표현하는 등 이 작품은 곤충의 시선을 통해 자연 보호와 생명의 연대, 살아가려는 의지를 서사 속에 자연스럽게 녹여낸다.

김도경 작가는 세 방향성을 동시에 끌어냈다. 성장의 서사, 생명의 윤리, 그리고 자연과 인간의 공존이라는 주제를 유기적으로 풀어내며 이를 「산굴뚝나비 짱이의 모험」에서 완성한다. 「루다 물장군」은 유약한 존재가 책임 있는 리더로 성장하는 과정을 그리며 공동체적 연대를 강조한다. 「비단벌레가 사는 팽나무」는 인간과 자연의 교감을 통한 생태 감수성의 회복을 그린다. 「산굴뚝나비 짱이의 모험」은 헌신과 순환을 통해 생명의 지속 가능성을 시적으로 드러낸다. 이처럼 각기 다른 생명체의 시선을 빌린 세 작품은 생태적 상상력을 바탕으로 인간과 자연이 어떻게 함께 살아갈 수 있는지를 묵묵히 제안한다.

2. 멸종위기 생명, 생태계의 경고를 말하다

멸종위기 동물은 자연이 보내는 마지막 경고다. 동식물의 감소는 생태계 균형을 무너뜨리고 결국 인간의 삶에도 영향을 미친다. 김도경 작가의 동화는 이러한 환경 위기를 주요 갈등 요소로 삼으며 독자에게 자연과 인간의 공존 가능성을 질문한다.

「루다 물장군」에서는 중산간 마을의 개발과 농약 사용으로 웅덩이 생태계가 위협받는 과정을 그려 넣는다. "우리 중산간 마을만 해도 도시처럼 변했잖니?"라는 아빠 물장군의 말은 인간의 개발이 곤충 서식지를 어떻게 파괴하는지를 구체적으로 드러내는 대목이다.

「비단벌레가 사는 팽나무」에서도 비단벌레는 팽나무를 중심으로 다양한 생명과 조화롭게 살아가지만 인간의 편의를 중점에 둔 개발은 그 터전을 위협한다. "팽나무를 베겠다니까 화가 나."라는 대사는 생존의 공간이 사라지는 위기를 간접적으로 표현하는 장면이다.

또한 「산굴뚝나비 짱이의 모험」에서는 기후 변화가 중심 갈등으로 등장한다. "여긴 너무 더워."라는 짱이의 말은 한라산 생태계가 기후 변화로 인해 달라지고 있음을 보여준다. 선선한 기후를 좋아하는 산굴뚝나비에게 더운 기온은 생존 자체를 어렵게 하는 상황으로 환경문제로 위기에 처한 동식물들의 상황을 간접적으로 보여주고 있다.

이처럼 김도경의 생태동화는 곤충의 눈으로 자연을 다시 바라보게 한다. 위협받는 작은 생명체들의 시선을 통해 독자들은 인간 중심의 세계관을 넘어서 자연의 고유한 질서와 조화를 성찰하게 된다. 특히 개발과 기후 위기를 배경으로 생명 간의 연결성과 상호 의존성을 드러내며 자연은 단순한 배경이 아닌 살아 있는 존재로 등장한다. 이러한 서사는 어린이 독자에게 환경 문제를 감각적으로 체험하게 하고 나아가 생명을 지키기 위한 실천 의지와 생태적 감수성을 함양하도록 이끈다.

3. 김도경 작가 문체의 독특성

김도경 작가 특유의 시적 표현과 관용적 은유는 작품의 깊이를 더한다. 시적 표현(Poetic Expression)은 시적인 언어로 감정을 고조시키고 심미적 아름다움을 강조하는 문학적 기법이다. 관용적 은유(Idiomatic Metaphor)는 일상적이면서 상징적인 의미를 전달하는 관용적 표현을 통해 서사를 풍부하게 만드는 기법이다. 아래에 몇 가지 예시를 제시한다.

시적 표현(Poetic Expression)

"뒷골목 가로등 불빛에 팽나무가 거인처럼 보였다."

→ 팽나무는 어둠 속에서 고독과 보호, 경외의 감정을 환기하며 초월적 존재로 그려진다.

"비단벌레 넌, 신비한 느낌이야. 귀한 보물 같아."

→ 작은 곤충에 대한 경이와 존중이 담긴 시적 고백.

"이젠 별님을 믿을 수 있을 것 같아."

→ '별님'은 인간의 따뜻한 마음을 은유하며 작은 실천이 큰 희망이
  됨을 상징한다.

"창밖 팽나무가 잠자는 것처럼 보였다."

→ '잠'은 재생과 평온을 상징하며 자연과 인간의 친밀감을 담는다.

"번개가 번쩍 빛을 냈어요. 천둥소리가 산을 울렸어요."

→ 강렬한 자연의 이미지를 공감각적으로 묘사하며 긴장과 안정을
  함께 전달한다.

관용적 은유(Idiomatic Metaphor)

"옷을 여러 번 갈아입어야 해."

→ '옷을 바꿔 입다'는 표현은 변화와 성장을 의미하며 어린이의 정
  체성 발달을 내포한다.

"가슴이 철렁 내려앉았다.", "눈을 매섭게 떴다."

→ 감정의 변화와 결단의 순간을 강조하는 표현으로 아빠 물장군의
  의지를 드러낸다.

"발톱을 치켜세우고 덮칠 자세로 소리쳤습니다."

→ 공격을 앞둔 결연한 의지 묘사로 긴박한 장면의 긴장감을 전달
  한다.

"이 나무는 마을 역사만큼 오래된 것 같다."

→ 나무에 마을의 기억과 오랜 세월 동안 버텨온 제주인의 삶을 투
  영시키는 상징적 은유이다.

"마음에서도 빛이 나는 것 같았다."

→ 이타적 마음을 '빛'으로 형상화하여 감정의 깊이를 표현한다.

"기억 속의 목소리를 생각할 때마다 마음이 포근했어요."

→ 과거의 따뜻한 기억이 현재 정서에 안정과 위로를 주는 장면으로 어린 독자들의 감정을 환기하는 문장이다.

이처럼 김도경 작가는 시적이면서도 관용적인 언어를 적극적으로 구사하여 독특한 문체를 형성한다. 이러한 문체는 이야기의 서정적 깊이와 철학적 울림을 더해주며 어린이 독자에게도 자신을 돌아볼 수 있는 사유의 계기를 제공한다. 동시에 자연 보호와 생명의 가치를 성찰하게 하는 하나의 문학적 장치로 기능한다.

4. 독서지도 관점에서 접근한 생태동화 읽기

『산굴뚝나비 짱이의 도험』은 초등 고학년을 위한 생태동화집이다. 짧은 분량 속에 멸종위기 생물의 서식 환경과 생명의 존엄을 효과적으로 담아내며 어린이 독자들의 눈높이에 맞춘 감정 서사를 구축한다. 특히 「루다 물장군」은 캐릭터의 성장과 공동체의 의미를 서정적으로 풀어내었으며, 향후 장편 동화로의 확장 가능성도 엿보인다. 세 작품은 다양한 생명 요소를 중심에 두고, 자연과 인간의 상호작용을 성찰하는 구조로 설계되어 성인 독자나 가족 단위 독서에도 의미 있게 다가갈 수 있다. 하여 작품의 문학적·교육적 가능성을 바탕으로 『산굴뚝나비 짱이의 모험』을 '한우리 제주지부'와 '미디어제주'가 공동 진행하는 제주시민 독서 캠페인 '온

가족 맛있는 책 읽기'의 추천 도서로 추천하고자 한다.

　비고츠키의 근접발달영역(ZPD) 이론은 학습과 발달이 개인 내부의 능력만으로 이루어지는 것이 아니라 사회적 상호작용을 통해 촉진되고 확장된다는 점을 강조한다. ZPD는 아이가 혼자 힘으로는 해결하지 못하지만 어른이나 더 능숙한 또래의 도움을 받으면 수행할 수 있는 과제의 영역을 뜻한다. 이 영역은 아이가 스스로 할 수 있는 것과 전혀 할 수 없는 것 사이에 있으며 발달의 가능성이 열려 있는 공간, 즉 잠재된 공간이라고 할 수 있다. 아이는 적절한 지원과 안내를 받으며 이 영역에서 활동할 때 한 단계 높은 사고와 성장으로 나아갈 수 있다.

　이 이론에서 교사나 부모의 질문, 대화, 시범, 피드백 같은 사회적 상호작용은 매우 중요한 역할을 한다. 예를 들어 김도경의 생태동화를 읽은 뒤 "루다는 왜 동생들을 도우려 했을까." 같은 질문을 던지면 아이는 줄거리 이해를 넘어 책임과 연대의 가치를 생각하게 된다. 이러한 상호작용은 아이의 사고를 넓히고 생태 감수성을 기르는 데 도움을 준다. 이 과정에서 독서는 읽기에 그치지 않고 사고와 성찰을 이끄는 통로가 된다.

　다음 자료는 『산굴뚝나비 짱이의 모험』을 바탕으로 독서지도 관점에서 제안한 유형별 사고력 발문 예시이다. 이 발문들은 독서지도 상황에 따라 유연하게 활용될 수 있으며, 교사는 이를 적절히 응용하거나 새로운 질문으로 확장해 어린이들의 사고를 더욱 깊고 다양하게 자극할 수 있다. 다음 예시는 이러한 관점에서 필자가 분석해 정리한 것으로, 온 가족 독서 시간이나 독서지도사 또는

학교 교사의 주도 아래 이루어지는 독후 활동에서 대상 학년이나
상황에 맞게 조절하여 활용하였으면 한다.

[산굴뚝나비 짱이의 모험-독서지도 관점의 사고력 발문 예시]

명시적 사고력

- 한라산에서 곤충들이 잘 살기 위해 꼭 필요한 조건어는 어떤 것들
  이 있을까요?
- 루다는 자신이 사는 물속 환경을 지키기 위해 어떤 일을 했나요?
- 비단벌레, 단비, 그리고 팽나무는 서로에게 어떤 도움을 주었나요?
- 짱이는 알을 낳기 위해 어떤 길을 떠났고, 그 과정에서 어떤 힘든
  일을 겪었나요?
- 물방개는 루다에게 어떤 말을 했고, 그 말이 둘 사이에 어떤 변화
  를 가져왔나요?

추론적 사고력

- 루다가 보여준 행동 중에서 가장 기억에 남는 착한 마음이나 태도
  는 무엇인가요? 그렇게 생각한 이유도 함께 말해 보세요.
- 곤충들이 살고 있는 자연환경이 망가지는 이유에는 어떤 것들이 있
  을까요? 이야기 속 내용을 떠올리며 생각해 보세요.
- 비단벌레가 자기 몸에서 나오는 빛으로 생명을 지킨 장면은 우리
  에게 어떤 뜻을 알려주고 있을까요?
- 짱이가 바람과 비를 견디며 알을 지키려고 한 모습은 생명을 어떻

게 생각해야 하는지를 말해주고 있어요. 여러분은 그 장면을 보고 어떤 마음이 들었나요?

- 단비가 팽나무를 지키기 위해 용기를 낸 행동을 보면서, 우리도 자연을 위해 어떤 일을 할 수 있을지 생각해 보세요.

비판적 사고력

- 사람들이 하는 일이 자연에 어떤 영향을 줄 수 있는지 생각해 보세요. 그중에서 좋지 않은 영향은 어떤 게 있을까요?
- 사라질 위험에 놓인 동물이나 곤충을 지키기 위해 우리는 무엇을 할 수 있을까요? 또 나라에서는 어떤 약속이나 규칙을 만들어야 할까요?
- 한라산에 사는 동식물을 지키면서도 사람들이 탐방을 계속할 수 있는 방법에는 어떤 것이 있을까요?
- 자연을 지키는 것보다 건물을 짓거나 도로를 만드는 일이 더 중요하다고 생각하는 사람들이 있어요. 여러분은 어떻게 생각하나요?
- 자연을 보호하자고 만든 규칙이 잘 지켜지지 않는 경우도 있어요. 왜 그런 일이 생기고, 어떻게 하면 더 잘 지킬 수 있을까요?

창의적 독후 활동

- 루다나 짱이의 시점에서 새로운 이야기를 만들어 보세요.
  → 루다나 짱이가 되어 보세요! 주인공의 마음으로 새로운 모험이나 느낀 점을 담아 재미있는 이야기를 지어 보세요.
- 자신이 가진 '빛'(재능)으로 누군가를 도왔던 경험을 바탕으로 이

야기를 꾸며보세요.

→ 여러분 안에도 반짝이는 '빛'이 있어요! 누군가를 도와준 따뜻한 마음이나 재능을 떠올리며 짧은 이야기를 써 보세요.

- 한라산 생물을 소재로 상상일기를 써 보세요.

→ 한라산에 사는 곤충이나 동물이 되어 하루를 보낸다고 상상해 보세요. 어떤 친구를 만나고, 무슨 일이 있었나요? 즐거운 상상 일기를 써 보세요.

- 등장인물 중 한 명에게 공감과 응원의 마음을 담은 편지를 써 보세요.

→ 루다, 짱이, 단비, 물방개 중 한 명을 골라서 그 친구에게 하고 싶은 말을 편지로 써 보세요. "힘내!", "넌 정말 멋졌어!" 같은 마음을 담아 보세요.

- 작품 속 등장 소재(예: 비단벌레, 팽나무, 물장군 등)를 중심으로 나만의 생태동화를 써 보세요.

→ 이야기 속에 나온 동물이나 나무를 주인공으로 삼아 나만의 생태동화를 만들어 보세요. 자연과 친구가 되는 따뜻한 이야기로 꾸며도 좋아요!

이러한 발문 중심의 독서지도는 제주지역 생태교육 프로그램과 자연스럽게 연계될 수 있으며, 실제 학교 수업에서도 국어·과학·도덕·창의적 체험활동 등 교과와 통합하여 확장 적용이 가능하다. 나아가 지역의 생물 다양성과 환경 보호에 대한 감수성을 기르는 데 효과적일 뿐 아니라, 아동들이 지역 생태를 자기 삶의 문제로 인식하고 주체적으로 사고할 수 있도록 돕는 통합적 교육의 장이 될 수 있다.

5. 어린이 문학에 스민 생태적 상상력과 실천의 윤리

과학자들은 한목소리로 경고한다. 우리가 지금까지의 삶의 방식을 고수한다면 머지않아 기후 재앙과 생태계 붕괴라는 심각한 위기를 맞이할 것이라고. 인간 활동이 초래한 탄소 배출과 환경오염은 이미 수많은 동식물을 멸종의 길로 내몰고 있으며 해수면 상승과 극단적 기후 변화는 지구 전체의 생명을 위협하고 있다.

그럼에도 변화의 가능성은 여전히 남아 있다. 세계 곳곳에서 기후 위기를 막고 생태계를 지키기 위한 다양한 실천이 이어지고 있다. 재생에너지 개발, 해양 보호 구역 확대, 멸종위기 동물 보호를 위한 노력이 계속되고 있다. 이는 지속 가능한 삶을 향한 작은 걸음이라 할 수 있다. 무엇보다 중요한 것은 이런 변화가 거창한 구호에서 비롯되는 것이 아니라 우리 일상 속 선택에서 시작된다는 점이다. 우리가 이 문제를 외면하지 않고 함께 살아가는 삶을 선택할 때 미래는 분명 조금씩 달라질 것이다.

레이첼 카슨은 『침묵의 봄』에서 농약 사용의 위험을 알리며 인간과 자연의 관계를 다시 바라보게 했다. 인위쩐 여사는 『사막에는 숲이 있다』를 통해 사막을 푸른 땅으로 바꾼 이야기를 전하며 생태 회복의 가능성을 보여주었다. 두 책 모두 청소년을 비롯한 넓은 연령층에게 읽혀 왔지만 김도경 작가의 『산굴뚝나비 짱이의 모험』은 그보다 어린 독자들을 향해 쓰인 생태동화다. 대상 독자층은 물론 소재를 풀어가는 방식과 이야기의 결도 서로 다르다.

필자가 이 작품들을 함께 떠올리게 되는 이유는 모두가 환경이라는 커다란 주제를 품고 있기 때문이다. 각기 다른 자리에서 문학이라는 언어로 생태계의 소중함을 전하고 우리 삶의 태도에 질문을 던진다는 점에서 이들은 깊은 울림으로 이어진다. 김도경 작가는 어린이의 눈높이에서 환경 감수성과 삶의 태도를 자연스럽게 일깨워 준다. 표현 방식은 달라도 이들이 문학으로 전한 생명의 메시지는 사람들의 시선을 올바른 삶의 방향으로 이끌며 지구 환경을 함께 지켜내는 따뜻한 마음의 힘이 되어 준다.

김도경 작가 특유의 관용적·시적 문체는 동화라는 장르에 깊이를 더한다. 아울러 어린이 독자뿐 아니라 어른의 마음에도 잔잔한 여운을 남기게 하는『산굴뚝나비 짱이의 모험』은 생태동화가 지닌 문학적 힘을 온전히 보여주고 있다. 그녀는 이 책을 통해 생태적 상상력과 옴니보어적 문학성을 조화롭게 결합하며 어린이 독자의 마음에 환경을 생각하는 씨앗을 심는다. 그 씨앗은 언젠가 실천으로 자라나 지구를 위한 희망이 될 것이다. 그것이야말로 문학이 줄 수 있는 가장 깊고 따뜻한 선물이자 우리 모두가 함께 걸어가야 할 변화의 첫걸음이다.

상상과 생명의 교차점에서
피어나는 동화

김남형, 「유나의 그림」·「도꼬마리의 노래」, 『유나의 그림』, 반딧불, 2018

동화는 다양한 소재를 통해 어린이의 상상력과 감수성을 확장시키며, 그중에서도 자연을 소재로 한 문학적 환상성은 생명 존중의 가치를 내면화하는 데 중요한 역할을 한다. 이러한 경험을 통해 어린이 독자들은 자연을 단순한 배경이 아닌, 자신과 정서적으로 연결된 일부로 인식하게 되며 작은 생명에 대한 애정과 공감 능력을 키워나간다.

김남형 작가는 1992년《월간문학》동화 부문 신인 작품상을 받으며 등단했다. 작품집으로는 동화집『유나의 그림』외, 동요 작사「고

추잠자리」외 여러 편이 있다. 한국아동문학작가상, 대한민국아동예술인상, 송명호문학상, 한국아동출판대상, 한국인성교육문학상 등을 수상했다.

아동문학 평론가 故 송명호는 "동화 속 세계는 크게 판타지의 세계, 넌센스의 세계, 그리고 리얼리즘의 세계로 구분할 수 있다."고 언급한 바 있다. 이 구분에 따라 살펴볼 때, 김남형 단편 동화집 『유나의 그림』에 수록된 「유나의 그림」과 「도꼬마리의 노래」는 서로 다른 세계관의 방식으로 동심과 생명에 대한 감수성을 탐색하고 있다.

그중 「유나의 그림」은 순수한 판타지 세계를 통해 어린이의 상상력과 꿈을 펼쳐 보이는 작품이며, 「도꼬마리의 노래」는 판타지와 리얼리즘을 넘나드는 서사 속에서 소외된 생명에 대한 시선을 드러내며 작가 특유의 독창성을 보여준다. 본 평론에서는 이 두 작품을 중심으로 판타지 세계의 원초적 정서와 생명에 대한 문학적 감수성을 살펴보고자 한다.

1. 판타지 세계에 스며드는 원초적 정서 「유나의 그림」

「유나의 그림」은 자연과 친구가 된 유나의 순수한 상상력과 따뜻한 마음을 담은 판타지 동화이다. 유나는 밤마다 유치원 마당의 나무들이 요정이 되어 별들과 어울려 노는 비밀스러운 모습을 발견한다. 여름 방학 중 노랑나비를 구해준 인연으로 요정들의 세계에 초대된 유나는 밤의 요정들과 친구가 되어 나무 요정들과 함께

하늘을 날며 즐거운 시간을 보낸다.

가을이 오고 나무들이 잎을 떨구기 시작하자, 유나는 나무들이 추위할 것을 걱정하며 미술 시간에 나무들에게 옷을 입힌 그림을 그린다. 마침내 관리인 아저씨가 나무에 보온재를 둘러주는 모습을 보고 유나는 나무들이 따뜻하게 지낼 수 있게 되어 안심한다. 그날 밤 꿈속에서 유나는 요정들과 다시 만나 감사 인사를 받고, 그림 속에서 영원히 나무 요정들과 함께할 수 있다는 따뜻한 기쁨을 느낀다. 이처럼 유나의 상상 속 모험은 독자들의 다양한 감수성을 일깨우는 데 중요한 역할을 한다.

판타지 여행의 매력

에드워드 스펜서는 『아동문학의 판타지』에서 아동이 판타지 속에서 현실과 다른 차원을 경험하며 사고의 유연성을 기를 수 있다고 보았다. 현실 세계에서는 불가능한 경험을 상상 속에서 가능하게 함으로써, 아이들은 다양한 가능성과 대안을 탐색하고 사고의 경직성을 완화하게 된다. 특히 판타지 세계에서는 현실의 물리적 법칙이나 사회 규범이 적용되지 않기에 아이들은 규칙의 상대성과 다양한 시각을 자연스럽게 받아들이게 된다. 이러한 관점에서 볼 때, 「유나의 그림」은 환상적 요소를 활용하여 자연을 바라보는 열린 시각을 성공적으로 전달하고 있다.

예를 들어, "유나야, 너도 밤의 요정들과 친구가 되지 않을래?"라는 노랑나비의 초대는 일상에서 상상의 세계로 넘어가는 전환점을 마련한다. 작디작은 나비가 마법처럼 커지며 유나를 태우고 유치원 마당으로 날아가는 장면은 어린이 독자에게 경이로운 체험을 선사한다. 이러한 설정은 판타지 문학의 핵심인 '비현실적 세계의 구체화'와 '모험의 경험'을 통해 상상력을 자극하고 탐구 정신을 북돋운다. 또한 삽화는 텍스트와 결합해 이야기에 몰입을 더한다. 커다란 나비와 유나가 밤하늘을 배경으로 등장하는 장면은 시각적 상상력을 확장하며, 글을 넘어선 감각적 체험을 가능케 한다. 저학년 동화에서 삽화는 단순한 보조가 아니라 이야기의 감성을 입체적으로 구현하는 핵심 요소다.

더불어 유나는 요정들과 교감하며 나무의 변화에 관심을 기울이고 옷을 입혀주는 상상 속 행동을 통해 자연에 대한 애정과 돌봄의 감정을 키운다. "나무야, 왜 옷을 벗니?"라는 유나의 대사는 단순한 염려를 넘어 생명과의 교감을 나타낸다. 마지막에 자신이 그린 그림 속 요정들이 곁에 있다는 깨달음은 아이에게 상상력의 세계가 실재와 연결될 수 있다는 심리적 안정감을 부여한다. 결과적으로 「유나의 그림」은 판타지 요소를 통해 어린이의 감수성과 사고력을 풍부하게 확장하며 자연과 상상의 세계가 조화롭게 어우러진 문학적 가치라 본다.

작은 생명과의 교감을 통한 정서적 성장

「유나의 그림」에서 가장 두드러지는 주제는 작은 생명에 대한 존중과 따뜻한 마음의 나눔이다. 유나는 철수가 건넨 노랑나비를 조심스레 하늘로 날려보내며 "우리에게는 잠깐의 즐거움일지 몰라도 이 나비에게는 목숨이 걸린 일이잖아."라고 말한다. 이 장면은 생명을 잠깐 즐기는 장난감처럼 여기지 않고 저마다 소중한 이야기를 가진 존재로 바라보는 유나의 마음을 보여준다. 나비에게도 '가족과 친구'가 있다는 말은, 어린이 독자들에게 생명을 바라보는 다정한 시선을 자연스럽게 전해준다.

이와 함께 유나는 나무와 곤충에게도 마음을 건네며 말을 건다. 요정은 "유나야, 너는 착한 마음씨를 가졌기에 밤의 요정들이 널 초대하기로 했어."라고 말하며 유나의 다정함을 알아차린다. 이 장면은 상상력 속에서 유나가 자연과 친구가 되는 과정을 보여주며 어린이 독자들이 자연을 더 가깝게 느끼게 해 준다.

특히 요정들과 함께 나무에 옷을 입히는 장면은 유나가 마음속 걱정을 행동으로 옮기는 순간이다. "나무야, 염려 마. 비밀은 꼭 지킬게."라는 말은 유나가 나무에게 다정하게 말을 걸며 누군가를 아끼는 마음을 표현하는 장면이다. 작가는 이러한 상상의 장면을 곳곳에 녹여내며 '작은 존재도 소중하다.'는 감정을 자연스럽게 스며들게 한다. 아울러 유나의 이야기를 통해, 어린이들이 마음을 표현하고 나눌 줄 아는 따뜻한 사람이 되어가도록 다정하게 손을 잡아준다.

2. 소외된 생명에게 건네는 온기, 「도꼬마리의 노래」

「도꼬마리의 노래」는 유치원생 유나와 그녀의 특별한 자연에 대한 사랑 그리고 도꼬마리라는 작은 생명체를 향한 따뜻한 마음을 그려내고 있다. 유나가 밤을 무서워하지 않고 오히려 사랑하는 이유는 자연과 친밀한 관계를 맺고 있기 때문이다. 유나는 유치원 마당의 나무들에 이름을 붙이고 밤하늘의 별들을 친구처럼 여긴다. 특히 도꼬마리를 발견하고 친구인 하이디 나무를 통해 도꼬마리의 상처와 외로움을 알게 되면서 유나는 도꼬마리를 보호하고자 하는 마음을 갖게 된다. 이처럼 작가는 보잘것없고 흔히 '잡초'로 여겨지는 도꼬마리를 통해 사회적·생태적으로 소외되기 쉬운 존재들을 향한 따뜻한 시선을 담아내고 있다. 이러한 시선은 독자들에게도 작은 존재의 가치를 새롭게 바라보게 하고, 주변의 사소한 생명과 관계에도 관심과 존경을 기울이게 한다.

소외된 존재의 시선

유나는 하이디 나무를 통해 도꼬마리의 존재를 알게 된다. 유치원 꽃밭에서 아무도 관심을 두지 않던 도꼬마리는 공을 찾던 아이에게 밟혀 허리에 상처를 입고 울고 있었다. 이 이야기를 들은 유나는 안타까운 마음을 표현하며 이후 도꼬마리가 관리인에 의해 뽑혀 쓰레기장에 버려지자 깊은 연민을 느낀다. 결국 유나는 도꼬마리를 집으로 데려와 화분에 옮겨 심고, "이제 내가 너를 지켜줄 거야."라며 자신의 의지를 표현한다.

이 장면은 어른과 어린이의 시선 차이를 상징적으로 보여준다. 어른들은 도꼬마리를 쓸모없는 잡초로 여겨 제거하지만, 유나는 그 작은 존재에게도 마음을 기울이고 따뜻하게 품는다. 이는 어린이가 지닌 순수한 감정과 있는 그대로를 받아들이는 수용의 태도를 보여준다.

유나는 도꼬마리에게 "너는 외롭지 않니?"라고 말을 건네며 그를 마음을 나눌 수 있는 친구로 여긴다. 작가는 유나의 감정을 통해 독자들에게도 주변의 작고 소외된 존재들을 새롭게 바라보는 시선을 건넨다. 이러한 대리 경험은 어린이 독자들이 생명의 소중함을 자연스럽게 느끼게 하고, 소외된 생명에게도 마음을 나누는 따뜻한 감수성을 내면화하도록 이끈다.

서정성과 문학적 깊이

유나는 잠자리에 들기 전에 항상 도꼬마리의 화분을 보며 이야기한다. "도꼬마리야, 너는 외롭지 않니?" 이 대사는 유나가 도꼬마리와 감정적으로 깊이 교감하고 있음을 보여준다. 유나는 단순히 도꼬마리를 식물로 보는 것이 아니라 친구처럼 마음을 나누며 그가 느낄 외로움과 아픔에 공감한다. 이어 유나는 창밖을 바라보며 조용히 속삭인다. "별이 저렇게 반짝이는 건 도꼬마리를 위해서일까? 밤하늘도 네 친구야." 유나는 도꼬마리의 잎을 쓰다듬으며 또 말한다. "네 작은 잎사귀는 바람에 노래를 부르는 것 같아. 네 노래가 들려."라는 대사는 유나가 작은 생명체와 진실된 관계를 맺는 모습이다.

문학평론가 김승희는 『감수성의 문학, 생명의 문학』에서 문학이란 단순한 서사적 구조를 넘어, 독자가 주인공의 감정을 통해 자신의 감정적 반응을 일깨우고 깊이 있는 감수성을 키워나가는 과정이라고 설명한다. 특히 자연과 인간의 상호작용을 다루는 문학이 독자의 생명 감수성을 자극하는 중요한 역할을 한다고 강조했다. 이러한 관점에서 김남형 작가는 유나를 통해 시적인 대사와 서정적 묘사를 제시한다. 작가는 이러한 서정적 감수성을 통해 독자가 유나와 함께 자연의 숨결을 느끼고 생명 감수성을 확장하도록 함으로써 문학적 가치를 구현하고 있다. 또한 판타지와 리얼리티의 적절한 결합은 「도꼬마리의 노래」를 통해 건네고자 하는 메시지를 도식적이지 않은 방식으로 자연스럽게 몰입하게 만드는 중요한 요소로 작용한다.

3. 어린이의 상상력과 가족의 공감이 만나는 곳

김남형의 동화 「유나의 그림」과 「도꼬마리의 노래」는 저학년 어린이들이 자연 속 작은 생명체와 교감하며, 생명의 소중함과 대상에 대한 존중감을 내면화할 수 있는 작품이다. 이 동화는 온 가족이 함께 읽고 이야기 나누기에도 적합하여 어린이뿐만 아니라 부모에게도 따뜻하고 의미 있는 독서 경험을 제공한다. 가족이 함께 독서를 통해 자연과 생명에 대해 공감하고 감수성을 키워나가는 소중한 기회를 마련해 준다는 점에서 이 작품들의 가치는 더욱 빛난다.

상상과 자연 교감을 통한 뇌발달과 정서발달

「유나의 그림」에서 유나는 요정들을 만나며 자연을 단순한 관찰의 대상이 아닌 상상의 친구로 받아들이게 된다. "내년 여름이 되면 별나라 여행을 가자."는 약속은 유나가 자연 속 상상 세계에 발을 들이게 되는 상징적 장면이다. 이때 등장하는 백설 공주, 피노키오, 곰돌이 등의 익숙한 인물들은 전형적인 동화 속 캐릭터가 재창조되어 유나의 상상 세계를 한층 친근하고 다채롭게 만든다.

「도꼬마리의 노래」에서도 유나는 마당의 나무들에게 이름을 붙이며 상상의 대화를 이어간다. '백설 공주 나무', '비탈리스 할아버지 나무' 등은 유나의 감성적 명명 행위를 통해 단순한 식물을 고유한 존재로 받아들이게 한다. 특히 밤중 창밖에서 들려오는 목소리를 통해 도꼬마리의 사연을 듣게 되는 장면은, 유나가 자연 속 존재들과 감정을 나누는 상상력을 보여준다.

사르트르는 『상상계』에서 상상을 "부재하는 것을 현존하게 하는 활동"이라 설명하며 이를 통해 인간이 현실 너머의 가능성을 창출할 수 있다고 보았다. 이 관점에서 「유나의 그림」이나 「도꼬마리의 노래」는 아이들에게 현실의 한계를 넘어서는 감각을 제공한다. 존재하지 않는 세계를 떠올리고 그 안의 감정을 따라가며 독자 스스로 세계를 새롭게 구성하는 힘을 얻게 되는 것이다.

결국 김남형의 동화는 아이들이 자연과 세계를 더 풍성하고 생생하게 경험하도록 돕는다. 단순한 판타지를 넘어 상상을 통해 내면을 넓히고 삶의 감각을 확장하는 기회를 주는 문학으로서의 의미를 지닌다.

김남형 동화로 배우는 가족 독서

김남형의 동화는 자연 속 작은 존재들과의 교감을 통해 독자들에게 자연에 대한 따뜻한 시선을 길러준다. 특히 「유나의 그림」과 「도꼬마리의 노러」는 부모와 자녀가 함께 읽으며 감정을 나누기에 적합한 작품이다. 가족이 함께 동화를 읽고 이야기 나누는 경험은 자녀의 감수성과 독서 능력은 물론, 정서 발달에도 긍정적인 영향을 준다.

비고츠키의 이론에 따르면, 아동은 더 유능한 타자와의 상호작용을 통해 인지 능력을 확장해 나가며 이 과정에서 부모와 함께하는 독서 활동은 중요한 발달 자극이 된다. 예를 들어 "유나는 왜 밤의 요정들과 친구가 되었을까?", "도꼬마리를 왜 지켜주려 했을까?"와 같은 질문은 아이가 작품의 주제를 자기 감정과 연결해 깊이 있게 생각할 수 있도록 돕는다.

이러한 독서 대화는 자녀가 문학 속 세계를 자신의 언어로 이해하고 표현하는 기회를 제공하며 감정과 사고가 함께 자라는 기반이 된다. 결국 김남형의 두 동화는 문학을 통해 아이의 마음을 열고, 부모와 자녀가 함께 성장할 수 있는 따뜻한 다리를 놓아주는 의미 있는 작품이라 할 수 있다.

「유나의 그림」과 함께하는 따뜻한 교감

동화를 함께 읽은 후, 부모는 "유나는 왜 밤을 무서워하지 않았을까?", "요정들과 친구가 되었을 때 어떤 기분이었을까?"와 같은 질문으로 아이의 감정을 상상하고 표현하게 도울 수 있다. 이러한 대화는 아이가 두려움이나 감정을 자연스럽게 말하며 유나의 마음에 공감하는 계기가 된다.

읽은 내용을 실제 자연과 연결 짓는 활동도 유익하다. 예를 들어 밤 산책을 하며 "이 별들이 유나와 요정들을 지켜보는 것 같지 않니?", "이 나무도 밤이 되면 요정이 될까?"와 같은 질문은 자연에 대한 친밀감을 높이고 상상력을 자극한다.

또한 아이가 이야기 속 요정을 떠올리며 그림을 그리거나 이름을 붙이는 활동, 요정처럼 행동하며 나무나 꽃에게 말을 거는 놀이를 통해 자연과의 교감을 확장할 수 있다. "우리가 요정이라면 이 나무에게 어떤 이야기를 들려줄까?"와 같은 질문은 아이가 자연과 상상 속 대화를 나누는 특별한 경험을 하게 만든다.

유나가 나무에 옷을 입혀주는 장면을 바탕으로 아이와 함께 식물에 물을 주거나 화분을 보온해주는 활동도 가능하다. "우리, 식물도 따뜻하게 지낼 수 있도록 도와주자."는 말과 함께 돌봄을 실천하면서 아이는 생명에 대한 책임감을 자연스럽게 익히게 된다.

이처럼 김남형의 동화를 바탕으로 한 가족 독서 활동은 아이가 자연을 사랑하고 상상력을 키워가며 부모와 정서적으로 소통하는 소중한 시간을 만들어준다. 동화 속에서 배운 생명에 대한 애정과 보호의 태도는 일상의 작은 실천으로 이어질 수 있다.

「도꼬마리의 노래」에서 배우는 자연과 생명의 가치

먼저, 부모는 이야기를 읽고 나서 아이에게 "유나는 왜 도꼬마리를 지키고 싶어했을까?"와 같은 질문을 던지며 아이가 소외된 존재에 대한 연민과 책임감을 느끼게 한다. "너라면 도꼬마리를 어떻게 도와줄까?"와 같은 질문을 통해 아이가 도꼬마리의 상황을 자신의 시각에서 바라보고 공감할 수 있도록 돕는다. 또한 "유나는 왜 밤을 좋아했을까?", "하이디 나무는 왜 유나에게 도꼬마리 이야기를 전해줬을까?"와 같은 질문을 통해 유나의 마음과 행동을 자연스럽게 이해하게 하며, 부모와의 감정적 소통을 깊게 나눌 수 있다.

한편 아이와 함께 작은 화분에 도꼬마리나 다른 식물을 심어 기르는 활동을 통해 자연을 돌보는 마음을 기를 수 있다. 부모는 이때 "우리가 도꼬마리를 돌보는 것처럼 이 작은 생명도 우리 손길을 필요로 해."라고 이야기하며 아이가 스스로 책임감을 가지도록 돕는다. 아이는 직접 식물을 키우면서 책 속에서 느꼈던 도꼬마리와의 교감을 현실 속에서도 이어가며 작은 생명을 아끼는 마음을 경험하게 된다.

「도꼬마리의 노래」를 읽은 후에는 자연 속 작은 생명체에 대한 관심을 더 깊게 가질 수 있도록 일상에서 만난 작은 생명체를 기록해 보도록 한다. 산책 중 만난 작은 곤충이나 꽃들을 관찰하고,

그들의 모습을 글이나 그림으로 표현하게 한다. 부모는 "오늘 만난 작은 친구들은 어떤 모습이었어?"라고 질문하며 관찰한 생명체에 대한 생각과 감정을 기록하도록 돕는다. 이를 통해 아이는 자연에 대한 관심을 내면화하며 작은 생명도 소중하다는 가치를 느낄 수 있을 것이다.

마지막으로, 아이가 자연 속 작은 생명에게 이름을 붙이거나 자신만의 이야기를 상상해보도록 유도한다. 유나가 나무들에게 이름을 붙여준 것처럼, 아이도 정원이나 공원에서 발견한 식물이나 곤충에 이름을 붙이고 그들의 삶을 상상하며 자연과 친밀한 유대를 형성하게 한다. 아울러 부모는 도꼬마리가 유치원에서 제거될 뻔한 상황을 통해 자연 보호의 의미에 대해서도 대화를 나눌 수 있다.

4. 작은 생명을 어루만지는 상상

동화를 읽는 동안 나는 몇 번이나 책장을 덮고 잠시 멈춰 서야 했다. 아이가 손바닥에 올려놓은 도꼬마리를 바라보듯, 필자 역시 내가 가꾸고 있는 작은 꽃밭의 생명들에게 더 마음을 기울이게 되었다. 작년 여름, 자치회장이 너무 번졌다고 베어버린 분꽃이 안쓰러워 몰래 그 뿌리를 큰 화분에 옮겨 심고 조심스레 달래주며 주변 지인들에게 화분을 나눴던 기억이 문득 떠올랐다. 어쩌면 유나의 마음이 내 안에도 흐르고 있었던 건 아닐까 싶다. 그래서 더 깊이 공감하며 감상할 수 있었던 동화였다.

결론적으로 김남형의 두 작품은 어린이 독자들에게 자연과 생명의 가치를 섬세하게 일깨워 준다. 상상력과 정서적 경험을 통해 아이들은 뇌와 마음이 함께 자라는 독서의 여정을 걷는다. 문학을 읽는 아이는 단순히 줄거리를 따라가는 데 그치지 않고, 유나의 감정에 스며들며 자연과 교감하는 감각을 하나하나 체득해 나간다. 요정, 도꼬마리, 이름 붙여진 나무들과의 만남은 유나의 시선을 확장하며 그 여정을 따라가는 독자의 감수성도 자연스럽게 자라게 한다.

김남형 작가의 동화는 상상력의 즐거움뿐만 아니라 작은 생명을 바라볼 수 있는 시선을 키워준다. 아울러 온 가족이 소리내어 읽을 수 있는 동화적 요소가 많아 혼자 읽는 기쁨을 넘어 '함께 느끼는 기쁨'을 누릴 수 있는 책이다. 그의 동화는 더 이상 책 속에 머무르지 않고 아이의 눈으로 세계를 다시 바라보게 한다. 그리고 우리가 잊고 있던 감정의 감도를 다시 조율하게 한다. 그렇게 그의 작품은 자연을 품고 생명 감수성을 일깨우는 조용한 통로가 된다.

생태계 공존의 지혜를 품다,
해반천 동화와 동시

손영순, 『동화의 나라 해반천』, 『달맞이꽃의 행복』, 『청설모와 비밀의 정원』,
『별이 놀다가는 숲』, 『동시의 나라 해반천』

1. 자연친화적 성장 배경에서 이어지는 생태를 품은 삶

팬데믹의 위기는 역설적으로 꽃을 가꿀 수 있는 여백을 우리에게 선물했다. 꽃과 시詩가 교차하는 경계에서 하루하루를 살아가던 어느 날 우연히 손영순 작가의 동화작품들과 마주하게 되었다. 디지털 세계가 예기치 않게 연결해 준 이 인연은 자연과 어우러진 삶을 살아가게 하는 계기가 되었다. 그녀의 동화 속에는 표면적인 작품성을 넘어선 신선함이 서려 있었다. 그것은 뼛속 깊은 체험에서 우러나온 동심이 아니었을까. 그렇다. 손영순 작가의 삶으로 점철된 작품들은 오직 경험한 자만이 쓸 수 있는 동심의 본질을 꿰뚫고 있었다.

필자는 마침내 그녀와 직접 만나게 되었다. 그리고 해반천이라는 공간에서 생각지 못한 경이로움을 마주했다. 그녀가 거주하는 아파트는 40년이 넘은 오래된 건물이었지만, 시간의 층위를 거슬러 피어난 작은 생태 정원이자 삶과 자연이 한데 숨 쉬는 성소였다. 아파트 입구에 들어서자마자 코끝을 간지럽히는 꽃향기. 동마다 100평 정도의 길쭉한 화단에는 수많은 종의 꽃과 나무들이 형형색색 향연을 펼치고 있었다. 그곳의 모든 생명은 손영순 작가가 손수 가꾼 내적·외적 심연이 묻어 있는 자연과 공존하는 장소였다.

아파트를 조금만 벗어나면 만날 수 있는 해반천은 그녀의 삶을 이어주는 또 하나의 흐름이었다. 맑은 물소리와 바람결에 실려 오는 풀벌레 소리, 계절마다 변주하는 꽃길은 모두 그녀의 손길이 더해진 풍경이었다. 해반천은 그야말로 물과 바람, 새와 오리, 풀과 꽃, 숨어 있는 작은 생명들까지 어우러진 생태계였다. 자연 생태계의 동식물들과 하루를 살아내는 그녀의 그 모습은 한 편의 시였고 삶 자체였다.

이처럼 손영순 작가의 삶과 창작의 결정적 배경은 해반천이었다. 김해 도심을 가로지르는 이 하천은 2000년대 초까지 악취가 심했으나, 2004년 이후 생태하천 복원사업과 김해 시민의 관심 그리고 손영순 작가의 열정이 더해져 친환경 청정 하천으로 거듭났다. 그녀는 해반천에 노란 소국 다발을 직접 심으며 꽃길을 만들었고 꽃과 새, 물고기와 오리가 어우러진 그 공간을 매일같이 관찰하고 돌보며 살고 있다.

작가의 아파트 화단은 마치 작은 생태정원처럼 400여 종의 꽃과 나무가 계절마다 빛깔을 달리하며 숨을 쉬고 있다. 해반천과 그 화단은 그녀의 삶과 문학 그리고 자연과 나눔의 철학을 상징하는 공간이 되었다. 더없이 감사한 일은 손영순 작가가 손수 가꾼 꽃들이 그녀만의 기쁨에 머무르지 않았다는 것이다.

그녀는 전국 곳곳의 꽃을 가꾸려는 이들에게 씨앗과 묘목을 나눈다. 이후 필자는 손영순 작가와 함께 '꽃 나눔 캠페인'이라는 이름을 걸고, 지구 생태계를 위한 꽃 나눔 운동에 동참하게 되었다. 그 계기를 통해 제주해역을 건너온 국화, 쑥부쟁이, 칸나, 백합, 붓꽃 등 이루 다 말할 수 없는 다양한 꽃모들을 시댁 마당과 아파트의 작은 화단에 가꾸고 주변 지인들에게까지 나누는 기쁨을 누리고 있다. 이 경험은 반생을 살아오면서 한 번도 생각지 못했던 삶의 전환점이 되었으며 자연과의 진정한 교감을 체험하는 계기가 되었다. 꽃을 심고 타인과 나누며 자연의 순환 속에서 생명을 잇는 즐거움과 함께 생명을 소중히 가꾸는 책임감을 가지게 된 것이다.

이처럼 작가의 삶을 관통하며 작품으로 이어지는 일관된 주제는 바로 자연과 생태다. 그것을 가능하게 했던 배경에는 어릴 적 막내로 자라난 그녀의 마음 깊은 곳에 언제나 도도하게 흐르는 생명의 물줄기가 깃들어 있었기에 가능한 일인 것 같다. 어린 시절 꽃의 유혹에 이끌려 자리를 튼 나비의 날갯짓도 그냥 지나치지 않았고, 새 둥지의 알을 살며시 꺼내 자신의 품에서도 생명이 태어날 수 있는지 시도할 만큼 그녀의 호기심은 천진난만하면서도 경이로웠다. 물론 이런 기행은 어른들의 꾸지람을 사기도 했지만 동식물과의 무언의 교감을 통해 생명의 섭리를 일찍이 배웠다.

그녀는 부모님의 채소 재배와 꽃밭, 과수원 농사로 사시사철을 보내며 자연 속에서 살았다. 특히 염소와 닭이 한가족이던 그 삶 속에서 생명의 움직임을 온몸으로 느꼈다. 공부에는 큰 흥미가 없었으나 학교 도서관의 책을 거의 섭렵하다시피 읽었고, 아버지는 막내딸이 빌려오는 책들을 즐겁게 읽어주며 문식성 환경을 만들어주었다고 한다. 책을 통해 이야기 속 삶을 상상하고 몰입하는 경험이 그의 서정성에 좋은 양분이 되었다.

조용하고 묵묵하게 집안일과 농사를 해내던 어머니는 손영순 작가의 엉뚱하고 호기심 많은 행동에도 꾸지람보다는 포근한 시선을 주었다. 꿩알을 닭에게 몰래 품게 했다가 들킬까 조마조마해하며 화장실에 버린 사건처럼, 그녀의 상상과 모험심은 혼이 나면서도 존중받았다. 어머니의 잔잔한 지지와 포용력은 세상과 생명에 대한 따뜻한 시선을 심어주었고 그녀의 호기심과 상상력은 이후 작품 창작의 뿌리가 되었다.

이렇듯 손영순 작가의 삶은 자연의 숨결과 더불어 호흡해 온 시간들이었고, 그것은 곧 그녀의 문학으로 스며들었다. 삶의 구체적 경험을 통해 터득한 생명의 감각, 꽃과 풀, 새와 벌레에게서 배운 다정한 시선은 그녀의 작품 속에서 다시 피어나기 시작했다. 단지 자연을 배경으로 삼는 데 그치지 않고, 자연과 교감하며 생명의 언어로 써내려간 그녀의 동화와 동시는 어린이 독자들에게는 상상력과 감수성의 터전을, 어른 독자들에게는 회복과 성찰의 울림을 전한다. 이제 그녀의 대표 작품들을 통해 그 생태적 서사와 문학적 특징을 들여다보고자 한다.

2. 생태작가 손영순의 작품세계

손영순 작가는 경북 영덕 출신
으로 2010년 《새시대문학》에 동
화로 등단하였으며, 2016년에는
한국아동문학회에 등단하여 왕성
한 작품 활동을 하고 있다. 이후
그는 경남 아동문학 작가상, 소년
해양문학상, 경남교육감상, 행정
안전부 장관상, 경남 도지사상, 국
가보훈처장상, 한국아동문학회 오
늘의 작가상, 동심문학상 등을 수

상했다. 주요 작품으로는 생태동화집 『달맞이꽃의 행복』, 『동화의
나라 해반천』, 『청설모와 비밀의 정원』, 『별이 놀다가는 숲』, 생태
동시집 『동시의 나라 해반천』 등 대부분 동식물을 소재로 했다. 또
작가는 〈달맞이꽃〉, 〈해반천 속에는〉, 〈엄마와 바다〉 외 다수의 동
요를 작사했다. 여기에서는 동화, 동시, 동요 등 일부 작품의 주요
문장을 중심으로 문학적 가치를 살펴보고자 한다.

자연이 부르는 손짓, 생태동화

『달맞이꽃의 행복』에서는 작가의 어린 시절 자전적 요소들이
주를 이룬다. 특히 수록된 단편 중에 꽃밭의 정서가 담긴 「달맞이

꽃의 행복」과 「우물」은 어린 시절 아버지가 마당에 만들어놓은 우물과 꽃밭이 등장하는 자전적 요소의 한 대목이다. 실제로 어릴 적 작가의 아버지는 멀리 대구 시장까지 가서 손수 여러 종류의 꽃을 구해 와서 앞마당과 뒤뜰의 꽃밭 군락을 일구었다고 한다. 작가는 이렇게 아버지의 마당에서 키워나간 생태적 경험을 생생하게 작품에 투영하고 있다.

그날 저녁 연희의 아버지가 화단에 꽃구경을 나왔습니다.

"노란 꽃이 참 예쁘구나. 조금 전까지도 꽃이 피지 않았는데 언제 피었지?"

하시면서 달맞이꽃을 자세히 들여다보았습니다.

"와, 금방 꽃이 피네. 얘! 연희야, 이리 와 이 노란 꽃을 좀 봐! 꽃이 피는 것이 보이지?"

- 『달맞이꽃의 행복』, 「달맞이꽃의 행복」 중에서

작품 속 연희 아버지의 거친 손길에서 피어난 형형색색의 작고 연약한 생명체와 이를 반기는 인물의 손짓이 인상적으로 묘사되어 있다. 달맞이꽃이 피어나는 찰나의 순간을 포착하고 연희를 찾는 아버지의 부름에서 작가의 어린 시절 추억이 아로새겨진다. 기다림과 관찰로만 마주할 수 있는 이 순간을 함께하자는 작가의 손짓이 연희와 독자를 끌어들이고 있다. 꽃의 개화는 단순한 자연 현상을 넘어 생명과 시간을 잇는 조용한 시선과 손길로 승화되며 동화적 세계관과 삶의 순환을 담아낸다.

우리 집 우물 옆 울타리 아래에 꽃을 좋아하는 아버지가 백장미, 무궁화, 창포, 제비붓꽃, 백합, 작약, 달리아, 자주달개비, 채송화, 신경초들을 심어놓아서 동네에서 꽃집으로 이름난 집이에요. (중략)

"여기 와봐. 이상한 풀이 꽃밭에 있어. 건들면 움직인다." "정말? 어디에 그런 풀이 있어?"

재복이가 그때 처음 말을 했어요. "이걸 신경초라고 해. 재밌으면 언제든지 와서 건드려봐. 친구들한테는 말하지 말고, 오면 꽃도 밟고 신경초도 피곤하니까."

- 『달맞이꽃의 행복』, 「우물」 중에서

위 묘사를 보면 집 울타리 안에 얼마나 많은 꽃이 자라고 있는지 알 수 있다. 이는 풍경 묘사 이상의 의미를 내포하며, 작가가 자연과 인간의 관계를 어떻게 바라보고 작품 속에 녹여냈는지를 엿볼 수 있는 대목이다. 단편 「우물」은 작가의 고향 집 우물을 중심 배경으로 한다. 옆집에 전학 온 남학생과의 비밀 추억을 간직하며 애틋한 우정의 명장면을 그리고 있다. "여기 와봐. 이상한 풀이 꽃밭에 있어. 건들면 움직인다."라며 아버지로부터 습득한 꽃의 생태를 친구에게 설명하기도 한다. 이처럼 작가에게 마당 꽃밭과 우물 주

변은 작품의 주요 배경이자 애틋함으로 아로새겨진 추억의 장소라 할 수 있다. 아울러 자연과의 교감을 매개로 한 동심의 세계를 섬세하게 그려내며 독자들의 감수성을 자극한다.

자연지능을 키우는 통합적 독서활동

동요는 동심을 담은 노래이다. 디지털 세상 속에 살아가는 요즘 아이들에게 자연에 대한 감수성은 점점 옅어지고 있다. 자기중심적인 사고는 무디어진 이타성과 자연관을 불러오고 아이들이 살아가는 세계는 그만큼 더욱 협소해진다. 이러한 요즘 아이들에게 동요는 혼자만의 세계로 굳어진 마음을 부드럽게 어루만져주는 역할을 한다.

어른들은 동요를 흥얼거리며 어릴 적 회상을 하기도 한다. 순환과 반복이라는 자연의 순리는 동요의 운율과 간결한 곡조를 통해 인간의 본질적 감수성을 재생시킨다. 짧은 여운에 따르는 마음속 긴 파장은 인간을 곁으로 부르는 자연의 손짓이다. 아이와 양육자가 함께 부르는 동요 속에 흥이 살아나고 행복한 유대감을 느낄 수 있다.

여기에 하워드 가드너의『다중지능: 21세기를 위한 새로운 지능의 이해』에서 말하는 자연지능(Naturalistic Intelligence)을 연결하여 생각해 볼 수 있다. 자연지능은 자연환경과 생태계의 패턴을 인식하고 생물과 자연 현상 간의 관계를 이해하며 그 속에서 조화를 이루려는 능력을 뜻한다. 이러한 자연지능은 식물, 동물, 천체 등 자연의 요소들에 대한 관심과 민감성을 기초로 하며 인간이 자연과의 상호작용 속에서 감각과 지식을 확장하는 능력을 포함한다. 이러한 관점에서 보면 동요는 자연의 소리와 리듬을 통해 아이들의 감수성과 자연과의 교감을 일깨우는 역할을 한다고 볼 수 있다.

> 풀잎향기 싱그러운 초록 세상 여름달 / 이른새벽 눈을 떠 노란저고리 차려입고 / 생긋생긋 웃어요 빛난구슬 같아요 / 송송송 맺힌 이슬 눈부시게 반짝이고 / 해님께 부끄러워 저고리 접고 얼굴 가려요
>
> **- 『동시의 나라 해반천』, 「달맞이꽃」 전문**

손영순 작가는 생태환경을 주제로 동화뿐 아니라 동시, 동요 등으로 작품세계를 넓혀왔다. 〈달맞이꽃〉은 손영순 작사, 민병임 작곡으로 2020년 경남지역 예술인 작가 초대 교류전에서 발표한 동요다. 작곡가 민병임은 달맞이꽃의 행복하고 맑은 이미지를 박자와 음보에 녹여냈다. "이른 새벽 눈을 떠 노란저고리 차려입고" 싱그러운 여름날 이른 새벽녘의 상큼함을 떠올린다. "생긋생긋 웃어요 빛난 구슬 같아요" 동심 가득한 마음을 머금게 하는 노랫말이다. 달맞이꽃이 피는 새벽에 노란 꽃이 빛난 구슬처럼 활짝 피어나는

모습이 얼마나 고운지 시각적으로 즐거운 상상력을 발동시킨다. 동요를 듣는 동안 달맞이꽃이 피어나는 과정이 머릿속에 그려지는 시적 회화성을 경험할 수 있어서 독자를 즐겁게 한다. 작곡의 음률 또한 달맞이꽃이 피고 지는 순간들을 생생하게 담아냈다.

저학년 아이들에게는 그림이 없는 줄글의 묵독보다는 행동이나 이미지 등 입체적인 활동을 동반했을 때 사고력이 활성화된다. 이 시기는 구연이나 낭독 또는 노래 부르기 등 다양한 방식의 통합적 동기유발이 필요하다. 따라서 동화 『달맞이꽃의 행복』을 읽기 전에 우선 동요 〈달맞이꽃〉을 같이 부르면서 가족끼리 즐겁게 생각 열기를 해 보는 것도 재미있을 것이다. 그리고 달맞이꽃처럼 언제 가장 행복했는지 가족끼리 이야기를 나누어 보고, 동요 부르기와 함께 감상을 그림으로 그려보는 통합적 활동을 추천한다.

이러한 활동은 하워드 가드너가 제시한 자연지능을 자극하여 아이들이 노랫말과 자연의 이미지를 연결하고, 자연과의 교감을 통해 감수성을 더욱 깊이 경험할 수 있게 한다. 자연지능을 키우는 이 활동은 자연과 사람을 잇는 따뜻한 경험이 될 것이다.

손영순 작가의 작품에는 온 가족이 같이 즐길 수 있는 소재와 주제들이 대부분이다. 동화와 동요를 활용하여 가정에서 독서 전, 중, 후 활동을 해 보기에 안성맞춤이다.

맑고 맑은 해반천 속에는 파란 하늘이 숨어 있다 / 어리연꽃 꽃밭 속에도 파란 하늘이 숨어 있다 / 심술궂은 회오리바람 하늘을 지우

려 장난을 해도 / 해반천 속 파란 하늘은 모르는 척 숨어있다 // 해반
천 갈대숲 속에는 새끼 오리가 숨어 있다 / 어리연꽃 꽃밭 속에도 어
린 물닭이 숨어 있다 / 지나가던 개구쟁이들 입 모아 소리치며 겁을
주어도 / 엄마 품속 어린 새끼들 모르는 척 숨어 있다

- 『동시의 나라 해반천』, 「해반천 속에는」 전문

맑고 맑은 해반천 속에 파란 하늘이 숨어 있다는 이 동시는, 어
린 시선으로 자연을 바라보는 순수하고 따뜻한 마음을 담고 있다.
해반천은 흐르는 물줄기와 맑은 빛으로 아이들의 마음을 사로잡
는 장소다. 그 속에 비친 파란 하늘은 마치 숨바꼭질을 하듯 물속
에 숨어 있는 모습이다. 어리연꽃 꽃밭 속에도 파란 하늘이 숨어
있다는 표현은 작은 연잎 사이로 비치는 하늘빛을 발견하고 깜짝
놀라는 아이의 천진한 감정을 떠올리게 한다. 연꽃이 가득한 작은
연못을 바라보며 아이는 자연의 신비로움을 느끼고 그 속에 숨은
하늘을 찾아보는 놀이를 하고 있는 듯하다.

심술궂은 회오리바람이 하늘을 지우려 장난을 쳐도 해반천 속
파란 하늘은 모르는 척 여전히 그 자리를 지키고 있다. 이 얼마나
순수한가. 마치 아이의 마음처럼 깨끗하고, 시끄러운 바람에도 흔
들리지 않는 자연을 담고 있다. 물속에 숨어 있는 하늘은 쉽게 드
러나지 않지만 해반천의 잔잔한 물결과 어리연꽃 사이사이 하늘
빛은 여전히 맑게 반짝이고 있다.

2연으로 넘어가며 더 풍성해진다. 갈대숲 속에 숨어 있는 새끼
오리, 어리연꽃 꽃밭 속에 숨은 어린 물닭은 해반천이라는 공간을

더 생동감 넘치게 한다. 어린 시선으로 바라본 자연은 숨고 놀며 살아가는 생명들의 이야기로 가득 차 있다. 지나가는 개구쟁이들이 장난스레 소리를 지르고 겁을 주어도 엄마의 품에 안겨 있는 새끼들은 마치 세상의 소란을 모르는 듯 그 자리에 숨어 있다. 이 모습은 자연 속에서 느끼는 보호받음과 포근함 그리고 생명이 깃든 평화를 상징하는 듯하다. 이처럼 해반천은 어린 생명들이 숨 쉬고 자라는 생태계의 작은 우주로 그려진다.

이 동시(동요)는 김해 제27회 전국시립소년소녀합창제 위촉 곡으로 손영순 작가가 작사한 동요이기도 하다. 해반천과 자연, 그리고 동심의 순수함이 어우러진 시상이 손영순 작가의 해반천 사랑을 느낄 수 있게 한다. 이 가사는 허걸재 작곡가 외에도 오세균 작곡가, 백승태 작곡가 등 세 명의 작곡가가 각기 다르게 곡을 붙였을 만큼 해반천의 생태를 생생하게 그리고 있다.

의인화가 주는 자연지능의 흡입력

손영순 작가의 세심한 상상력은 작중 인물들을 의인화하여 자연스럽게 독자를 끌어당긴다. 해반천의 동식물들은 작품의 주인공이 되어 이야기를 이끈다. 특히 저학년과 중학년 초의 아이들에게 의인화는 작품 속으로 빠져들게 하는 중요한 장치가 된다. 동식물과 자연 친화적인 생태 모습은 아이들의 해맑은 동심의 속성과도 맞닿아 있기 때문이다.

"미안해요." 안절부절못하는 엄마 물닭을 보며

"지금 움직이면 더 위험하니 일단은 그냥 두고 밤에 이동합시다. 내가 좋은 자리 봐서 고정해 지을 테니까, 뱀이나 황소개구리 같은 천적도 피해야지요." (중략)

엄마 물닭은 새끼들을 지키고 아빠 물닭은 물풀이 우거진 숲속에서 열심히 새 보금자리를 만들고 있었어요.

- 『동화의 나라 해반천』, 「해반천 속에는」 중에서

"지금 움직이면 더 위험하니 일단은 그냥 두고 밤에 이동합시다. 내가 좋은 자리 봐서 고정해 지을 테니까, 뱀이나 황소개구리 같은 천적도 피해야지요." 물닭은 자신의 보금자리를 안전하게 짓는 일을 두고 자연스럽게 대화한다. 물닭은 물풀 위에 풀을 꺾어 집을 지어야 한단다. 왜일까. 비바람에 집이 떠내려가는 걸 막고 사람이나 짐승들 눈에 보이지 않게 꼭꼭 숨겨진 집을 짓기 위함이다. 아빠 물닭이 풀을 잘라 물고 오면 어미 물닭은 받아서 집 둥지를 엮으며 그들이 살 집을 몰래 짓는다. 평소에 물닭의 존재 자체를 인식하지 못한 독자들이 많을 것이다. 독자들은 이 동화를 읽으며 물닭이 어떻게 태어나는지 어떤 집에 사는지 서로 어떻게 감정을 교류하는지 알게 된다. 물닭의 세계를 경험하고 자연의 섬세한 원리를 깨닫게 되는 지점이다.

간밤에 붉은 목 거북이의 습격을 받았나 봅니다. 모두가 깊은 잠에 빠지자 그 틈을 타서 소리 없이 동생들을 잡아간 거죠. (중략) 엄마가 알을 품은 지 하루도 되지 않았는데 큰언니가 다급하게 외칩니다.

"엄마, 빨리 도망쳐! 엄마 등 위에⋯." 깜짝 놀란 엄마가 등 뒤를 돌아보는 순간 유혈목이가 엄마 쪽으로 다가오고 있었습니다. 엄마가 물속으로 풍덩 몸을 숨기며 외칩니다. "얘들아, 모두 여기를 피하자!"

엄마도 아빠도 유혈목이를 이기지 못합니다. 유혈목이는 뱀의 이름입니다.

- 『동화의 나라 해반천』, 「뿔논병아리」 중에서

"엄마, 빨리 도망쳐! 엄마 등 위에⋯." 다급해진 큰언니의 외침에 독자들의 마음도 함께 다급해진다. 손영순 작가의 작품들을 보면 인간과 동식물의 소통이 너무나 당연한 일이다. 동식물에도 감정이 있다는 의식 아래 독자를 자연물과의 대화의 장으로 초대한다.

의인화는 단순히 상상의 장치에 그치지 않는다. 이 장면에서도 우리는 하워드 가드너의 '자연지능'을 자연스럽게 체감할 수 있는 순간을 만난다. 아이들이 물닭, 연꽃, 물풀 같은 작은 생명체들의 이야기를 통해 자연의 감각을 깨우치고 자연과의 교감을 배우는 데 일조하고 있는 것이다. 이러한 동화적 상상은 아이들의 마음을 열고 생태감수성을 확장해 주는 좋은 기회가 된다.

생태계 공존의 지혜, 작은 실천의 힘

손영순 작가는 환경보호에도 앞장선다. 기후 변화는 동식물의

서식지와 개체군을 감소시키며 생
태계 보전을 위협한다. 특히 양서
류는 기후 변화에 취약하다. 꼬리
치레도롱뇽은 허파가 없으므로 조
금만 기온이 올라가도 타격을 입
을 수 있는 동물이다. 인간의 이기
심으로 인해 기후위기는 점점 심
각해지고 동식물의 서식 환경은
악화일로이다. 기후 변화를 멀찌
감치 낙관하는 시선에서, 자연의

위기가 인간의 위기로 이어지는 현실을 직시하는 위기의식이 필
요한 시점이지만 인간은 좀처럼 끄떡도 하지 않는다. 그러나 손영
순 작가처럼 실천적 환경 운동으로 사람들의 의식을 깨워주는 사
람들이 있다.

　지금은 별나라에서 지구환경의 변화를 기대하고 있는 故 고봉
선 작가가, 항파두성의 장수물에서 우연히 마주친 도롱뇽 알이 매
번 훼손되는 것을 목격한 이후로 매년 꾸준히 이들을 관찰해 왔다.
제주도롱뇽은 몇 안 되는 한국 고유종으로, 도롱뇽이 살고 있다는
건 청정지역이라는 의미이다. 이들이 멸종된다는 것은 질병 확산
과 지구 기후위기를 알려주는 경고등인 셈이라는 판단에서 관찰
일기를 쓰기 시작한 고봉선 작가.

　그녀는 도롱뇽 서식지가 파괴되어가고 있는 현실을 관찰하며
제주의 〈멸종위기 도롱뇽 보호〉 표지판 설치를 끌어냈고 환경보

호 의식을 독자들에게 일깨웠다. 해반천 손영순 작가 역시 꽃과 나무 심기, 나눔 운동과 멸종위기 꼬리치레도롱뇽 보호의 실천적 의지를 보여주고 있다. 이렇게 작은 노력 하나하나가 울림을 주어 우리의 마음을 움직이게 하는 것은 분명하다.

"꼬리치레도롱뇽 알이란다. 기다려보자." 저쪽 동굴 벽 물에 작은 알주머니가 조롱조롱 매달려 있었어요. 한참을 보는데 진짜 어미 꼬리치레도롱뇽이 나타났어. (중략) 알을 낳는 순간을 포착했어요. 감격의 순간이었답니다. 어떻게 물이 마르지도 않은 돌벽에 알을 붙이는지 신기하기만 했어요. 자세히 보니 눈이 선하고 예쁜 꼬리치레도롱뇽! (중략) 물이 흐르는 돌벽에 알을 낳아 붙이는 꼬리치레도롱뇽을 직접 보았어요. 시간 가는 줄 모르고 지켜보았죠. (중략) "그러자꾸나! 이렇게 먹이의 사슬은 서로 연결되어 또 다른 생명을 부르는구나. 자연은 참 오묘하지."

- 『청설모와 비밀의 정원』, 「동굴과 계곡의 생태탐험」 중에서

손영순 작가는 김해 서재골 샘물 아래에서 도롱뇽의 알을 보게 되었다. 그곳에서 토종 도롱뇽이 알 낳는 것을 보는 순간 그곳을 보호해야겠다고 결심했다. 그 뒤 지인들과 함께 도롱뇽 보호의 필요성을 설파하며 생태 보존을 위해 직접 나섰다. 이처럼 손영순 작가는 생태보호에 뜻을 모아 김해 서재골을 깨끗하게 가꾸는 일에 힘을 보탰다. 그 결과 서재골은 도민들이 안심하고 생수를 마실 수 있을 만큼 맑아졌고, 그 속에서 반딧불이와 멸종 위기종인 도롱뇽

이 함께 살아갈 수 있는 터전이 마련되었다. 그의 멸종위기 동물 보호에 대한 실천적 의지는 동화 속에도 고스란히 투영된다.

생태학자가 꿈인 주인공 현수는 어느 날 동물 탐험에서 꼬리치레도롱뇽을 만난다. "꼬리치레도롱뇽 알이란다. 기다려보자." 현수는 아빠와 함께 도롱뇽이 알 낳는 순간을 관찰하고 멸종위기 동물에 대한 관심을 갖게 된다. "그러자꾸나! 이렇게 먹이의 사슬은 서로 연결되어 또 다른 생명을 부르는구나. 자연은 참 오묘하지." 라고 말하는 아빠를 통해 생태계는 사람뿐 아니라 동식물이 함께 살아가며 서로 도움을 주고받는 세계임을 깨닫는다. 작가는 꼬리치레도롱뇽 보호를 위해 노력했던 체험을 기반으로 멸종위기 동물에 관한 관심의 필요성을 제기했다.

이 책을 읽는 독자라면 누구나 한 번쯤 생각할 것이다. 멸종위기에 처한 동물들은 어떤 것들이 있을까. 왜 멸종이 될까. 그렇다면 공존하는 방법은 무엇일까. 손영순 작가는 작품을 통해 독자들에게 끊임없이 생태계 공존에 대한 물음표를 던지고 있다.

3. 독자층의 경계를 허무는 자연생태 작가

손영순 작가의 동시집 『동시의 나라 해반천』의 해설은 쓴 문학평론가 김용섭은 "손 작가의 작품은 길이 보전되어야 할 동식물 백과사전입니다. 오롯이 한 지역의 자연을 소재로 이토록 집요하게 글을 엮어낼 수 있다는 것은 그만큼 지역 사랑의 열정이 각별함을 의미하는 것입니다. 유사한 소재를 동시, 동요, 동화 등 여러 장르의 패턴으로 다양하게 구사할 수 있는 능력, 그 언어의 연금술사적인 순발력이야말로 작가의 큰 자산입니다. 특히, 손 작가의 글을 가치 있게 승화시키는 요인은 고도의 문학적인 기대 효과보다는 '환경과 역사의 보전에 대한 내적 가치가 잘 부각되고 있기' 때문입니다. 이런 지역 사랑의 공감대적인 면면이 다른 동시집에 비해 크게 돋보이는 점입니다."라고 평했다.

그렇다. 손영순 작가는 보편적 동화와 동시를 쓰는 작가에 머무르지 않는다. 그녀는 지역 생태계의 숨결과 생명을 온몸으로 품어내는 창작자이자, 환경과 역사 보전을 몸소 실천하는 작가이다. 김용섭 평론가의 말처럼 손 작가의 작품은 문학적 성취를 넘어 '환경과 역사의 보전에 대한 내적 가치'를 설파하고 실천해 온 삶의 흔적 그 자체이다. 그녀의 글은 지역과 자연 사랑의 열정으로 엮인 생태 백과사전이며, 동화적 상상과 현실의 경계를 허무는 힘을 지니고 있다.

책 읽기에 익숙하지 않은 아이들은 책의 구성과 글씨체, 글자 크기, 삽화, 글밥 등 형식적인 요소에 큰 영향을 받는다. 이러한 점을 고려할 때, 손영순 작가의 작품은 초등학교 중학년 아이들이 주요 대상층이며 아울러 온 가족에게도 추천할 만하다. 여기서 한 가지 제안하고 싶은 것은『달맞이꽃의 행복』과『동화의 나라 해반천』을 그림책 시리즈로 재구성해 보는 것이다. 이 두 작품은 자연을 배경으로 한 생태적 소재들이 주를 이루고 있어, 그 배경을 생동감 있는 그림으로 담아낸다면 유아부터 어른까지 함께 읽을 수 있는 아름다운 생태 그림책으로 재탄생할 수 있을 것이다.

무엇보다 손영순 작가의 생태동화집과 동시집은 특정 학년층에만 국한되지 않고, 온 가족이 함께 읽고 이야기 나눌 수 있는 주제와 내용을 담고 있다. 각 단편을 가족끼리 소리 내어 윤독하며 생태계 공존의 마음을 키워나가는 시간을 가지기에 더할 나위 없이 적합한 작품들이다. 필자가 제주시민들을 대상으로 진행하고 있는 '온가족 맛있는 책읽기' 도서로도 이 작품들을 강력히 추천하고자 한다.

손영순 작가의 작품은 자연의 소리를 매개로 어린이 독자들에게 생명의 소중함을 일깨운다. 자연과 인간이 나누는 조용한 대화는 우리가 모두 생태계의 친구임을 일러주며, 건강한 지구가 나와 무관한 문제가 아니라는 깨달음을 전한다. 단지 도표나 그래프로 제시된 암울한 생태 위기만으로는 무감각해진 현대인들의 마음을 움직이기 어렵다. 오히려 누군가의 손길로 되살아난 작은 생명들이 주는 감동이야말로 진정한 변화의 열쇠가 되어줄 수 있다.

미국의 사상가 에머슨은 "자연을 사랑하는 사람은 유아기의 정신을 간직한 사람이며, 내부와 외부의 감각이 진실로 순응된 존재"라 했다. 실제로 자연을 제대로 볼 수 있는 어른은 많지 않다. 어른에게 자연은 관찰의 대상이지만, 아이는 그 안에서 감정의 스펙

트럼을 넓히고 상상력을 키운다.

　손영순 작가는 오늘도 아이처럼 자연을 바라본다. 꽃을 가꾸고 나누며 해반천의 작은 생명들과 소통해온 삶은 그녀의 작품에 고스란히 녹아 있다. 그녀의 생태적 체험은 배경이 아닌 서사의 본질로 작용한다. 이는 독자들의 자연지능을 자극하며 생태감수성을 끌어올리는, 손영순 작가의 문학적 역량이라 평할 수 있다.

반전의 효과로 그려낸
삶의 진정성

오 헨리의 반전의 미학, 「마지막 잎새」

문학에서 '반전'은 독자가 당연하게 받아들이던 것을 뒤집고 긴장감을 고조시키는 중요한 서사 기법이다. 반전이 나타나는 순간, 우리는 앞서 읽었던 모든 내용을 새롭게 바라보게 된다. 반전의 효과는 이야기 흐름의 변화에 그치지 않고, 작품이 담고 있는 메시지를 더욱 인상적으로 전달하는 역할을 한다. 마치 우리의 삶이 예측 가능한 흐름 속에서 갑작스러운 변화와 마주할 때 새로운 의미를 발견하는 것과 같다

오 헨리는 단편문학을 통해 반전의 미학을 가장 자연스럽고도 인간적으로 풀어낸 작가로 평가받는다. 그의 이야기에는 대부분 예상과 다른 결말이 기다리고 있다. 때로는 애틋한 감동을, 때로는 따뜻한 위트와 유머를, 때로는 쓸쓸한 여운을 남기며 독자들의 사고를 확장한다.

세계의 고전 단편소설들은 짧은 분량 속에서도 시대와 문화를

초월하는 보편적 가치를 담아낸다. 사건 전개 속에서도 인간의 본질을 탐구하는 깊은 통찰이 스며 있으며, 독자들은 다양한 해석을 시도할 수 있는 여지를 갖게 된다. 이는 독자들이 문학을 통해 삶과 인간에 대한 성찰을 자연스럽게 경험하도록 돕는다.

그중에서도 반전 기법을 통해 삶의 진정성을 섬세하게 그려낸 오 헨리의 작품들은 특히 청소년 독자들에게 깊은 공감을 불러일으키며, 스스로 삶의 의미를 되새기게 하는 내면화의 계기를 제공한다. 이 글에서는 그의 대표작 「마지막 잎새」를 중심으로 반전이라는 서사 기법이 어떻게 삶의 진정성을 드러내는지를 살펴보고, 이를 청소년 독서지도에 어떻게 적용할 수 있을지 구체적인 관점과 발문 예시를 통해 제시하고자 한다.

1. 오 헨리의 생애와 반전의 미학

오 헨리(본명: 윌리엄 시드니 포터)는 1862년 미국 노스캐롤라이나주에서 태어났다. 세 살 때 어머니를 폐결핵으로 잃었고 아버지마저 일찍 여의면서 숙부의 약방에서 성장했다. 어린 시절부터 문학적 감수성이 풍부했던 그는 스무 살 무렵 텍사스로 건너가 카우보이, 점원, 직공, 은행원 등 다양한 직업을 경험하며 사회의 여러 계층과 인간 군상을 직접 체험하였다. 이러한 경험들은 그의 작품 속 사실적이고 생동감 있는 인물들을 창조하는 데 중요한 자양분이 되었다.

25세에 17세 소녀 에이솔과 결혼하였으며, 그녀는 후에 그의 대표작 「크리스마스 선물」의 여주인공 델리의 모델이 되었다. 이후 그는 지방 신문사에 칼럼을 기고하며 본격적인 문필 활동을 시작했고, 곧 주간지를 창간하는 등 적극적으로 창작 활동에 매진했다. 그러나 은행 근무 시절 회계 부정 혐의로 기소되어 오하이오 교도소에서 3년간 복역하는 삶의 전환점을 맞았다. 이 시기 동안 그는 작품을 지속적으로 발표했으며, 우리가 '오 헨리'로 알고 있는 필명은 교도소 간수장의 이름에서 유래했다는 설과, 자신이 키우던 고양이의 별명 '건방진 헨리'에서 비롯되었다는 설이 존재한다. 출소 후 그는 『사백만』을 발표하며 문단의 주목을 받았고 이후 반전 기법의 대가로 널리 알려지게 되었다. 그의 대표작으로는 「크리스마스 선물」, 「마지막 잎새」, 「20년 후」 등이 있다.

반전(反轉, peripeteia) 기법은 이야기 전개 과정에서 독자가 예상하는 결말을 뒤집어 극적인 충격과 감동을 유발하는 서사적 장치이다. 이는 독자의 인식과 가치관을 재구성하도록 유도하는 역할을 한다.

이 기법의 기원은 고대 그리스 비극까지 거슬러 올라간다. 아리스토텔레스는 『시학』에서 '페리페테이아(peripeteia)' 개념을 통해 극적인 반전이 독자의 감정을 자극하는 핵심 요소임을 설명했다.

그는 주인공의 운명이 급변하는 순간, 관객이 강한 몰입감을 경험한다고 보았다. 이후 19세기 사실주의 문학이 발전하면서 반전 기법은 일반적 서사적 장치를 넘어 인간 심리와 사회적 모순을 드러내는 기법으로 발전했다.

이러한 '페리페테이아'는 표면적 이야기의 반전이 아니라 인물의 내면과 상황을 전복하는 전환점으로 작용하며, 문학 속 삶의 아이러니와 인간 조건의 본질을 고스란히 드러낸다. 프랑스의 사실주의 작가 모파상의「목걸이」에서도 반전 기법이 활용된다. 주인공 마틸드는 부유한 친구에게 빌린 다이아몬드 목걸이를 잃어버린 줄 알고 막대한 빚을 갚기 위해 십 년간 고생하지만, 결국 그 목걸이가 가짜였다는 사실이 밝혀진다. 이 반전은 인간의 허영심과 신분 상승 욕구가 얼마나 허무할 수 있는지를 극적으로 드러낸다.

러시아 대표 작가 도스토옙스키의「온순한 여인」에서도 강렬한 심리적 반전이 등장한다. 가부장적 권위를 행사하며 아내를 억압하던 남편은 아내가 극단적 선택을 한 후에서야 진정한 사랑의 의미를 깨닫는다. 이는 사랑과 권력 사이의 착각이 불러온 비극을 강조하며 인간의 내면 심리를 심층적으로 표출한다.

오 헨리는 이러한 반전 기법을 현대적인 감각으로 재해석하여 짧은 이야기 속에서도 반전의 미학을 극적으로 구현해냈다. 특히 그의 대표작 세 편에서는 반전을 통해 희망과 절망, 인간애와 아이러니가 교차하는 삶의 진정성을 조명하고 있다.

지금 평론의 중심에 놓인「마지막 잎새」외에도「크리스마스 선물」에서는 가난한 젊은 부부가 서로를 위해 가장 소중한 것을 내어주는 헌신을 보여주지만, 그 결과가 서로에게 무용지물이 된다는 역설적인 반전이 등장한다. 그러나 이 반전은 오히려 물질을 초월한 사랑과 헌신의 진정한 가치를 부각하며 독자에게 깊은 울림을 남긴다.

또 다른 작품인 「20년 후」에서는 오랜 친구와의 약속을 지키기 위해 찾아온 한 남자가 정작 그 친구에 의해 체포된다는 반전이 펼쳐진다. 이 장면은 세월이 사람을 변화시킬 수 있음을 보여주는 동시에, 한때 공유했던 우정의 흔적과 신뢰의 균열을 통해 인간 내면의 복잡성을 드러낸다.

이처럼 오 헨리가 사용한 반전 기법은 단지 결말의 놀라움에 그치지 않고, 독자의 예측을 뒤흔들며 기존의 사고 틀을 넘어서는 새로운 시각을 열어 준다. 특히 가치관이 형성되는 청소년기 독자들에게는 다층적인 인간 감정과 삶의 아이러니를 성찰할 수 있는 문학적 사유의 장을 제공한다는 점에서 그 의의가 크다.

2. 희생과 예술 그리고 희망의 잎새

어떤 이들은 삶의 의미를 예술에서 찾고 또 어떤 이들은 희망 속에서 발견한다. 때로는 한 사람의 작은 희생이 누군가에게 새로운 삶의 가능성을 열어주기도 한다. 오 헨리의 「마지막 잎새」는 작은 희생이 만들어낸 기적을 통해 예술과 삶, 그리고 희망의 의미를 되새기게 하는 작품이다. 베어먼은 평생 위대한 그림을 남기고 싶어 했으나 현실에서는 무명의 화가로 남아 있었다. 그런 그가 폭풍우 몰아치는 밤, 창밖의 담쟁이덩굴 벽에 마지막 잎새를 그린 것은 표면적 그림 이상의 의미를 가진다.

존시는 병마에 지쳐 삶을 포기하려 하며 "마지막 잎이 떨어지면 나도 가야 해."라고 말한다. 그녀에게 남아 있는 삶의 의지는 사라졌다. 그러나 베어먼이 그린 잎은 폭풍 속에서도 떨어지지 않았고, 다음 날 아침 창밖을 바라본 존시는 "어젯밤 폭풍이 그렇게 심했는데, 아직도 저 잎이 남아 있어."라며 놀란다. 결국 그녀는 잎을 통해 삶을 향한 새로운 의지를 다지게 된다.

그러나 이 이야기의 가장 중요한 특징은 오 헨리 특유의 반전에 있다. 독자는 존시가 '마지막 잎'을 보며 삶의 의욕을 되찾는 순간, 그 잎이 진짜라고 믿게 된다. 하지만 이야기의 끝에서 그것이 베어먼이 밤새 목숨을 걸고 그린 그림이라는 사실이 밝혀지는 순간, 독자는 충격과 감동을 동시에 느끼게 된다. 존시는 가짜 잎을 보며 다시 살아갈 용기를 얻었고, 반대로 베어먼은 진짜 생명을 걸어 그의 걸작품을 만들어냈다. 이 반전 구조는 이야기의 긴장감을 극대화하며 독자로 하여금 희생과 희망, 삶과 예술이 교차하는 순간을 가슴에 새기게 한다.

아울러 이 작품은 존시를 병상에서 일어나게 하는 것으로 끝나지 않는다. 베어먼 역시 마지막 잎새를 통해 자신의 예술혼을 불태울 기회를 얻었다는 점에서도 의미를 부여할 수 있다. 평생 동안 진정한 걸작을 꿈꿨던 그는 결국 자신의 생명을 걸그 존시를 위해 그림을 남겼고, 그것이야말로 그의 인생에서 가장 위대한 작품이 되었다. 폐렴에 걸려 세상을 떠났지만, 그의 마지막 작품은 누군가를 살리는 빛이 되었다. 그 빛은 세기가 지난 지금까지도 여전히 사람들의 가슴속에서 살아 희망의 잎새로 빛나고 있다.

「마지막 잎새」는 한 사람의 의지만으로는 살아갈 수 없는 세상의 일면을 이야기한다. 우리는 가끔 혼자만의 힘으로 버티기 어려운 순간을 맞이하는 존재이지만, 누군가의 작은 희생과 따뜻한 마음이 우리를 다시 일어서게 한다는 것을. 베어먼이 남긴 '마지막 잎새'는 절망의 끝자락에 놓인 이들에게 건네는 예술혼이며, 인간이 서로에게 기대며 함께 살아가야 함을 상징적으로 보여주는 걸작품이다.

3. 주변에서 피어오른 희망, '수'의 시선

우리는 흔히 소설을 읽을 때 주인공의 선택과 변화, 극적 전환에 집중한다. 오 헨리의 단편소설 「마지막 잎새」에서도 중심 서사는 폐렴에 걸려 삶을 포기하려는 존시와, 마지막 순간 생명을 붙들고 붓을 든 노화가 베어먼에게 쏠려 있다. 그러나 그 둘 사이에서 조용히 자리를 지키는 또 한 사람이 있다. 바로 존시의 친구 '수'다. 이 작품을 수의 이야기로 다시 읽을 때, 우리는 주변 인물이 지닌 삶의 무게와 연대의 가능성을 새롭게 발견하게 된다.

'수'는 표면적으로는 병든 친구를 돌보는 조연처럼 보이지만, 그 내면에는 깊은 윤리적 실천이 깃들어 있다. 그녀는 삶의 끈을 놓아버린 친구 곁에서 단단히 버티며 하루하루를 함께 살아낸다. 존시가 "담쟁이덩굴의 마지막 잎이 떨어지면 나도 죽을 거야."라고 말할 때, 수는 흔들림 없이 답한다.

"그런 바보 같은 생각은 집어치워, 존시."

이 짧은 말은 단순한 훈계가 아니라 절망에 맞서는 사랑의 외침이며, 끝까지 포기하지 않겠다는 다짐이다. 수는 병상 옆에서 차를 데우고, 그림을 그리고, 때로는 이야기로 분위기를 돌리며 친구의 일상과 감정을 끝까지 감싸안는다. 희망은 거창한 구호가 아니라 바로 이러한 일상의 손길 속에서 피어난다.

그녀는 또 이웃 화가 베어먼에게 간절히 말한다.

"그 아이는 자신이 마지막 잎이 떨어지면 죽는다고 믿고 있어요. 무슨 수를 써서라도 막아야 해요."

이 한마디는 수가 절망의 무게를 함께 나누겠다는 연대의 언어로 나아가고 있음을 보여준다. 결국 베어먼은 폭풍 속으로 나가 잎을 그리고, 수는 그 사실을 끝까지 밝히지 않은 채 조용히 친구 곁을 지킨다. 그녀는 이야기의 전면에 나서진 않지만, 그 누구보다 중심을 단단히 떠받치고 있는 존재다. 마지막 잎이 그려지기까지 수는 결코 멈추지 않았다.

이 작품을 읽으며 필자 역시 학창 시절의 기억으로 자주 되돌아가곤 한다. 교실 한쪽에는 언제나 주인공처럼 빛나는 아이들이 있었다. 발표를 잘하고, 인기가 많고, 교사의 기대를 한몸에 받는 존재들. 그러나 그늘진 자리에는 늘 조용히 앉아 있는 아이들도 있었다. 말없이 자신을 감추거나, 조손가정의 어두운 얼굴을 하고 있거나, 뚜렷한 이유 없이 따돌림을 당하던 아이들. 이상하게도 나의 시선은 늘 그런 아이들에게 머물렀다. 그리고 아무도 모르게 건넨 짧은 편지 한 장이나 친구 얼굴을 정성껏 그려준 스케치북 한 장이 훗날 "그때 정말 고마웠어. 많은 힘이 되었어."라는 말로 되돌아오기도 했다.

책 속에서도 주인공을 따라가다 보면 어느새 주변 인물들의 사연에 오래 머무르게 된다. 필자는 여고 시절 함께 소설 이야기를 나누던 친구가 있었다. 그 친구와는 주로 빛나는 주인공보다는 주변부에 선 소외된 인물들의 이야기에 더 마음을 기울였던 기억이 난다.

　오늘날 청소년을 지도하는 입장에서 그 시선은 더욱 절실하게 다가온다. 우리는 언제나 주인공이 될 수는 없다. 오히려 대부분의 사람들은 누군가의 곁을 지키는 '수'로 살아간다. 세상은 그런 이들에 의해 조용히 유지되고 관계는 그들 덕분에 무너지지 않는다. 이처럼 문학은 겉으로 드러나지 않더라도 누군가에게 힘이 되어주는 '단 한 사람'의 마음이 얼마나 소중한지를 말없이 일깨워주는 스승이다.

　「마지막 잎새」의 감동 또한 그 그림이 완성되기까지 곁에서 묵묵히 지켜낸 한 사람의 흔들림 없는 시선과 정성에 깃들어 있다. '수'의 이야기를 다시 읽는다는 것은 곧 우리 안의 '주변인'으로서의 정체성을 되돌아보고, 타인을 향한 섬세한 윤리의 감각을 되새기는 일이기도 하다.

4. 청소년의 사고력을 확장하는 발문

　오 헨리의 「마지막 잎새」를 독서지도에 적용한다면 중학교 1학년 이후의 청소년들에게 추천한다. 청소년기, 특히 중학생 시기는 발달학자 피아제의 이론 단계에서 형식적 조작기에 접어드는 시기이다. 이 시기에는 논리적 사고 능력이 확장되고 추상적인 개념을 이해하기 시작한다. 그래서 작품 속에 숨겨진 의미를 탐색하고 타인의 시각을 고려하며 다양한 해석을 시도하는 능력이 발달하는 시기이다. 따라서 「마지막 잎새」는 사고력을 확장하고 깊이 있는 성찰을 이끌어내는 청소년 단계의 독서 지도에 적합한 작품이다.

독서지도에서 발문發問은 학생들이 수동적인 감상자가 아닌 능동적인 사고자로 성장하는 데 중요한 역할을 한다. 학생들은 스스로 고민하고 친구들과 의견을 나누며 가치관을 형성해 나간다. 이러한 과정을 거치면서 비판적 사고력은 물론 삶의 다양한 측면을 통합적으로 바라보는 안목을 키워나간다.

「마지막 잎새」는 짧은 분량과 서정적인 전개를 갖추고 있어 청소년들에게 친숙하게 다가갈 수 있는 문학 작품이다. 특히 문학을 처음 깊이 있게 접하는 학생들에게 접근성이 높고 정서적 공감대를 형성하기에도 적절하다.

청소년들이 문학 작품을 읽을 때에는 인물의 감정 변화, 상징성, 서사 구조 등을 탐색하고 이를 자신의 직·간접적인 경험과 연결하여 내면화하는 과정이 중요하다. 이러한 독서 경험은 자기 성찰과 가치 탐색으로 이어질 수 있다. 아래의 발문은 친구와 생각을 나누는 토의 활동이나 자신 속의 또 다른 자아와 조용히 대화를 나누는 독서후 활동에 활용해 볼 수 있다.

주제 이해 발문

• 마지막 잎새가 의미하는 것은 무엇인가?

• 마지막 잎새에 담긴 베어먼의 희생이 의미하는 것은 무엇일까?

- 베어먼이 남긴 '마지막 잎새'는 그의 인생의 걸작이라 할 수 있을까?

- 오 헨리의 반전의 기법이 주는 문학적 가치는 무엇인가?

- 존시는 마지막 잎새가 베어먼의 작품임을 알았을 때 어떤 마음이었을까?

- 내가 만약 수였다면, 존시에게 어떤 말을 건넸을까?

사고력 확장 발문

- 힘들 때 삶에 용기와 희망을 준 존재는 누구였는가?
- 자신의 희생으로 타인에게 희망을 준 경험이 있는가?
- 내가 만약 베어먼의 입장이라면 존시를 위해 희생할 수 있을까?
- 실제로 누군가의 곁을 지킨 경험이 있는가?
- 「마지막 잎새」를 베어먼의 시점에서 다시 쓴다면 어떻게 달라질까?
- 수의 시선에서 본 「마지막 잎새」는 어떤 의미인가?
- 다른 작품 속에서도 '수'처럼 조용히 지켜내는 인물이 있다면 누구인가?
- 문학은 왜 사람들 마음을 이어주는 힘이 있을까?
- 이 작품을 바탕으로 예술은 인간의 삶에 어떤 영향을 줄 수 있을까?

5. 희망을 그린 붓끝, 삶을 버티는 잎새

문학은 삶을 바라보는 또 하나의 출발점이 된다. 문학작품을 청소년 독서지도 관점에서 접근했을 때 중요하게 여겨야 할 것은, 등장인물들의 관계와 선택을 따라가며 그들의 삶을 들여다보게 하고 그 과정을 통해 자신의 경험과 연결시키며 내면을 조금씩 넓혀가는 일이다.

오 헨리의 「마지막 잎새」는 그런 점에서 다시 한번 곱씹어볼 만한 작품이다. 짧은 이야기 속에 삶과 죽음, 절망과 희망, 예술과 사랑이 조용히 얽혀 있다. 독자는 그 안에서 다양한 감정과 해석의 여지를 발견하게 된다.

베어먼이 그린 '마지막 잎새'는 한 사람의 생명을 지켜낸 소중한 흔적이자 누군가의 삶을 지탱한 조용한 손길이다. 그것은 살아가는 이들에게 남겨질 가장 순수한 예술적 행위로, 지금 이 순간에도 많은 사람들의 마음을 다시 일으켜 세운다.

책을 덮고 나면 종종 이런 질문이 떠오른다. 만약 '존시'가 끝까지 마지막 잎이 그림이었다는 사실을 몰랐다면 그녀의 삶은 달라졌을까? 만약 '베어먼'이 마지막 순간까지 붓을 들지 않았다면 작은 창문 너머의 삶은 어떻게 흘러갔을까? 그리고 무엇보다 친구 '수'의 포기하지 않는 의지가 없었다면 과연 이 모든 일이 가능했을까?

희망을 그려낸 노화가의 붓끝, 삶을 버티게 한 한 장의 잎새. 그리고 그 잎새를 끝까지 바라보며 마음을 놓지 않았던 수의 존재. 어

쩌면 그것은 우리가 희망을 내려놓으려 할 때 조용히 우리를 지켜
보는 누군가의 따뜻한 시선일지도 모른다.

그리고 이 모든 과정은 잎이 떨어질 것이라는 독자의 예상을 자
연스럽게 뒤집으면서 반전의 미학으로 완성된다. 가장 어두운 순
간에 드러나는 빛처럼 이 반전은 삶의 복잡한 감정들을 품은 채 조
용히 고개를 들게 한다.

감정에 흔들리고 자주 길을 잃는 청소년들에게는 그런 시선이
더욱 절실하다. 그리고 그 관심을 받아들일 수 있는 열린 마음이
있다면, 삶은 여전히 따뜻한 온기를 품고 누군가를 위해 마음을 내
어줄 힘을 길러줄 것이다.

정원 밖의 사유,
삶과 죽음 사이

캐서린 맨스필드의 「가든파티」의 비판적 읽기

죽은 사람의 얼굴이 평온하면 우리는 그 삶이 충만했음을 짐작한다. 죽음이 반드시 슬픔만을 의미하는 것은 아니다. 잘 살아낸 사람은 떠나는 순간까지도 조용한 안식을 머금는다. 마치 "나, 괜찮아."라고 조용히 말하는 듯하다.

우리는 흔히 죽음을 회피하지만 외면한다고 해서 그것이 사라지는 것은 아니다. 죽음은 이별이자 남은 시간을 어떻게 살아야 할지 묻는 질문이다. 이별 앞에서 우리는 비로소 멈춰 서서 삶의 본질과 존재의 의미를 되새긴다.

니체는 '영원회귀'를 통해 묻는다.

"이 순간을 다시 반복해도 괜찮은가?"

그러나 죽음도 같은 질문을 던진다.

"지금, 진정으로 살고 있는가?"

청소년기는 삶과 죽음 그리고 사회적 모순에 대한 감수성을 키워가는 중요한 시기다. 이 시기에는 자신과 타인 그리고 세상에 대한 이해가 확장되며, 개인적 경험과 사회적 현실을 연결하는 과정이 이루어진다. 그러나 현실에서는 죽음에 대해 깊이 고민할 기회가 많지 않다. 우리는 죽음을 두려워하거나 애써 외면하며 삶을 어떻게 살아야 하는지에 대한 본질적 질문을 미루곤 한다. 하지만 문학은 이러한 고민을 함께 할 수 있도록 돕는다.

캐서린 맨스필드의 단편소설 「가든파티」는 청소년 독자들에게 삶과 죽음이라는 보편적인 주제를 통해 자신의 가치관을 점검하고, 사회적 모순과 인간 존재의 아이러니를 성찰할 기회를 제공한다. 또한 주인공 로라의 내면 변화를 따라가며, 일상 속에서 마주하는 도덕적 선택과 사회적 책임을 고민하는 계기를 마련한다.

1. 로라의 시선으로 본 삶의 모순과 깨달음

캐서린 맨스필드는 1888년 뉴질랜드에서 태어나 1911년 첫 단편집 『독일의 하숙에서』를 출간했다. 1921년 두 번째 소설집 『행복』을 발표했으며, 이듬해 생애 마지막 단편집 『가든파티』를 출간하여 평단의 극찬을 받았다. 그녀는 '의식의 흐름', '다중 시점' 등 실험적인 서사 기법을 활용하여 모더니즘 문학의 새로운 지평을 열었다는 평가를 받는다.

단편집 『가든파티』의 대표작인 「가든파티」는 삼인칭 제한적 시점으로 서술되며, 화자는 로라라는 특정 인물의 '의식의 흐름'에 집중하여 그녀의 심리적 여정을 따라간다. 독자는 로라의 생각과 감정을 통해 사건을 경험하며, 다른 인물들의 내면은 로라의 관찰을 통해 간접적으로 전달된다.

가든파티가 열리던 날 아침, 로라는 파티 준비로 분주한 집안 분위기 속에서 일꾼들과 교류하며 삶의 소소한 아름다움을 발견한다. 그러다 이웃 마차꾼의 갑작스러운 죽음 소식을 듣고 깊은 고민에 빠지지만, 가족들은 이를 대수롭지 않게 여기며 파티를 계속 진행한다. 처음에는 파티를 멈추어야 한다고 주장했던 로라도, 거울 속에서 모자를 쓴 자신의 모습이 아름답게 보이는 순간 점차 분위기에 휩쓸려 파티에 동화된다. 하지만 파티가 끝난 후 어머니의 심부름으로 마차꾼의 가족을 찾아간 로라는 그의 평온한 얼굴을 마주하며 삶과 죽음이 분리된 것이 아니라 서로 연결되어 있음을 깨닫는다.

작가는 공간적 대조를 통해 밝음과 어둠, 행복과 불행이 얼마나 가까이 공존하는지를 보여준다. 로라의 저택과 아랫마을은 물리적으로 가까운 거리지만, 정서적으로는 완전히 다른 세계처럼 묘사된다.

"오두막집들은 로라네 저택으로 이어지는 가파른 오르막길 아래쪽에 옹기종기 모여 있었다. 사이에 넓은 길이 나 있기는 했으나 결코 멀다고 할 수 없었다. 하지만 그 집들은 눈에 심히 거슬렸고 이 동네에 영 어울리지 않았다. 초콜릿색으로 칠해진 집들은 하나같이 작고 궁상맞았다. 뒤뜰에는 양배추 밑동과 병든 암탉과 토마토 깡통뿐이었다."

- 본문 중에서

"이윽고 사람들이 줄지어 도착했다. 악단이 연주를 시작했고, 이날을 위해 고용된 웨이터들이 집과 천막 사이를 바삐 오갔다. 어디를 보더라도 사람들이 짝지어 거닐고, 몸을 굽혀 꽃향기를 맡고, 서로 반갑게 인사하며 이곳저곳을 돌아다녔다. 어딘가로 날아가다 이날 오후 셰리던 저택의 정원에 찾아든 화사한 빛깔의 새들 같았다."

- 본문 중에서

첫 번째 인용문에서 작가는 초콜릿색으로 칠해진 작은 오두막 집들, 병든 암탉, 그리고 토마토 깡통 등을 묘사하며 아랫마을 주민들의 빈곤한 삶을 사실적으로 그려낸다. 이는 단순한 배경 묘사를 넘어 경제적 불평등이 만들어낸 현실을 생생히 전달한다. 이웃 간의 물리적 거리는 가까울지라도 정서적 거리는 극명하게 멀어져 있음을 보여준다.

반면 두 번째 인용문에서는 셰리던 저택의 정원에서 펼쳐지는 환희와 풍요로움을 그리고 있다. 악단의 연주, 화려한 꽃, 잘 차려입은 사람들이 만들어내는 생기 넘치는 장면은 마치 동화 속 한 장면처럼 묘사된다. 하지만 이곳의 밝고 찬란한 분위기는 아랫마을 주민들의 궁핍한 삶과 극명한 대조를 이루며, 계층 간의 단절과 모순을 강조한다. 화려한 새들처럼 정원을 채운 사람들의 모습은 찰나의 환희 속에서도 허무함과 현실적 냉소를 내포하고 있다. 작가는 이를 통해 이곳의 화려함과 파티 속 사람들의 행복이 누군가의 고통과 희생 위에 존재하는 것은 아닌지 독자에게 질문을 던진다.

이러한 대비는 현대 사회의 현실과도 깊게 맞닿아 있다.

세이브더칠드런의 보고에 따르면, 2024년 7월 기준 우크라이나 전쟁으로 인해 많은 민간인, 특히 아동들이 고통받고 있다. 무차별적 공격으로 인해 71명의 아동이 목숨을 잃거나 다쳤으며, 이는 전쟁의 비극이 여전히 많은 이들의 일상임을 상기시킨다. 한편 라스베이거스 관광청 자료에 따르면, 2022년 한 해 동안 이 도시를 방문한 관광객 수는 총 3,880만 명으로 전년 대비 약 20.5% 증가한 수치다. 이토 인해 라스베이거스 내 호텔 점유율은 평균 79%에 달하며, 이는 미국 전체 평균 객실 점유율인 63%를 크게 상회한다.

이처럼 한쪽에서는 전쟁과 빈곤 속에서 생존을 위해 하루하루를 버티는 사람들이 있는 반면, 다른 한쪽에서는 사치와 유흥을 즐기는 사람들이 존재한다. 이러한 극단적인 대비는 「가든파티」에서 묘사된 상류층과 하층민의 단절과도 유사하다. 셰리던가의 가든파티가 마차꾼의 죽음과 무관하게 화려하게 지속되었듯, 현대 사회에서도 일부는 전쟁과 불평등으로 고통받고 있음에도 불구하고 다른 일부는 소비와 향락을 통해 현실을 잊은 채 살아간다.

누군가는 삶을 지키기 위해 하루하루를 버티는 동안, 다른 누군가는 여행지에서 찍은 화려한 사진을 SNS에 공유하며 '행복'을 자랑한다. 이는 인간 사회가 지속적으로 겪어온 구조적 모순을 보여준다. 「가든파티」는 바로 이처럼 공존하는 삶의 아이러니를 독자에게 묻고 있다.

가난과 풍요, 어둠과 빛, 소외와 화려함은 서로를 밀어내는 듯하지만 결국 우리가 사는 세계는 이 두 가지가 양면을 이루며 존재한다. 전쟁과 소비 사회의 극단적 대비 속에서 우리는 「가든파티」의 메시지를 다시금 떠올릴 수 있다. 독자는 이 장면들을 통해 스스로에게 묻게 된다. 나는 누구의 시선으로 세상을 바라보고 있는가? 내가 누리는 이 풍요는 어디에서 비롯된 것인가?

2. 등장인물의 시각 차이를 통한 비판적 읽기

죽음을 대하는 태도

마차꾼 스콧의 죽음에 대한 등장인물들의 각기 다른 반응은 그들이 속한 계층적 위치와 세계관을 그대로 드러낸다. 이들의 시각 차이는 인간의 복잡한 내면과 삶의 모순에 대해 독자로 하여금 깊이 고민하게 만들며, 개인적·사회적 계층과 환경이 인간의 감정과 판단에 얼마나 큰 영향을 미치는지를 보여준다.

> (로라) "대문 바로 근처에서 사람이 죽었는데 가든 파티를 열 수 없어. (중략) 악단 소리가 그 불쌍한 여자에게 어떻게 들리겠어?"
>
> — 본문 중에서

> (조시) "어디서 사고가 날 때마다 음악을 멈춰야 한다면 삶이 얼마나 피곤하겠어?" (중략) "감상에 빠진다고 해서 그 주정뱅이 마차꾼이 다시 살아나지는 않아."
>
> — 본문 중에서

(셰리던 부인) "상식적으로 생각해보렴. 우리는 그 사건을 어쩌다 알게 됐을 뿐이야." (중략) "지금 너처럼 즐거운 분위기를 망치려 드는 거야말로 매정한 짓이야."

- 본문 중에서

로라는 스콧의 죽음을 그저 지나치지 않는다. 그녀는 이웃의 슬픔에 진심으로 공감하며 파티를 계속 진행하는 것이 부적절하다고 느낀다. "대문 바로 근처에서 사람이 죽었는데 가든파티를 열 수 없어."라는 그녀의 말은 인간적인 예의를 지키려는 깊은 윤리적 고민을 드러낸다. 이는 청소년들이 친구의 고통이나 어려움을 목격했을 때 느끼는 공감과도 연결된다. 괴롭힘을 당하는 친구를 보고 불편함을 느끼면서도, 다수의 무관심 속에서 자신이 무엇을 할 수 있을지 고민하는 상황과 닿아 있다. 로라는 이러한 공감을 행동으로 옮기려 하지만, 사회적 관습과 가족의 무관심 속에서 점차 자신의 목소리를 잃어가는 청소년의 모습과 닮아 있다.

조시는 죽음을 삶의 일부로 받아들이며, "어디서 사고가 날 때마다 음악을 멈춰야 한다면 삶이 얼마나 피곤하겠어?"라는 말로 냉소적인 태도를 드러낸다. 그는 감정적으로 휘둘리기보다는 실리를 중시하며, 파티를 멈추는 것이 비효율적이라고 판단한다. 이러한 태도는 오늘날 사회에서도 쉽게 찾아볼 수 있다. 사회적 불평등이나 타인의 고통을 목격하더라도 "세상은 원래 그런 거야."라며 무심히 지나치는 사람들과 유사하다. 조시는 개인이 해결할 수 없는 문제라 치부하며 자신의 안락한 일상을 유지하려 한다. 이는 현대인들에게도 낯설지 않은 태도일 것이다. 어려움에 처한 사람을 도와야 한다고 느끼면서도 "내가 나선다고 큰 변화가 생기진 않을 거야."라며 방관하는 모습들과도 연결된다.

셰리던 부인은 스콧의 죽음을 "우리가 어쩌다 알게 된 외부의 문제"로 간주하며 "지금 너처럼 즐거운 분위기를 망치려 드는 거야말로 매정한 짓"이라고 말한다. 그녀의 태도는 상류층의 특권적 시각을 대변한다. 그들은 타인의 고통을 단순한 불편함으로 여기며 자신과 무관한 문제로 치부한다. 이는 현대 사회에서 경제적 특권을 가진 이들이 빈곤층이나 사회적 약자들의 어려움을 '그들만의 문제'로 여기고 무관심하게 지나치는 태도와 맞닿아 있다.

이 세 인물의 시각 차이는 현대 사회에서 개인과 공동체의 태도에 대해 중요한 메시지를 전달한다. 로라처럼 상대에 대한 공감을 행동으로 옮기려 노력하는 사람, 조시처럼 문제를 개인의 책임으로 축소하며 무기력감을 느끼는 사람, 그리고 셰리던 부인처럼 특권적 위치에서 무관심한 태도를 보이는 사람 모두 오늘날 우리 주변에서 쉽게 찾아볼 수 있다. 청소년 독자들은 이를 통해 특정 상황에서 타인의 시각과 자신의 태도를 비교하고 비판적으로 성찰하는 기회를 얻는다.

선행에 대한 시각 차이

진정한 선행이란 상대방의 필요를 이해하고 그들이 스스로 존중받고 있다고 느낄 수 있는 방식으로 이루어져야 한다. 현대적 맥락에서 이는 매우 중요한 시사점을 제공한다. 봉사나 기부 활동은 수혜자의 존엄과 자존감을 존중하는 방식으로 이루어져야 한다는 것이다. 만약 도움을 주는 이가 상대방의 상황을 충분히 이해하지 못한 채 일방적으로 도움을 제공한다면, 이는 오히려 수혜자에게 부정적인 감정을 남길 수 있다. 작품 속 인물들의 행동은 선행의 의도를 둘러싼 상황에서도 서로 다른 시각을 보여준다.

(셰리던 부인) "우리 선물 바구니를 만들자. 그 불쌍한 여자에게 이 맛있는 음식을 보내는 거야. 어쨌든 애들에게 이것보다 좋은 간식거리가 어디 있겠어? 분명 그 여자도 이웃들을 계속 맞이해야 할 테니까 바로 내놓을 음식이 생기면 좋아할 거야."

- 본문 중에서

(로라) "하지만 엄마, 꼭 그래야 해요?"
로라가 물었다. 참 이상하게도 로라는 이번에도 자기 혼자만 생각이 다르다는 느낌을 받았다. "파티에서 남은 음식을 보낸다니. 그 불쌍한 여자가 과연 좋아할까?"

- 본문 중에서

셰리던 부인과 로라는 선행의 본질을 두고 서로 다른 태도를 보여준다. 셰리던 부인은 파티에서 남은 음식을 바구니에 담아 스콧의 가족에게 전달하자고 제안하며 겉으로는 배려와 동정심을 나타내는 듯 보인다. 그러나 그녀의 제안에는 자신의 특권적 위치와 체면을 유지하려는 이기적인 동기가 내포되어 있다. 그녀는 스콧의 가족을 '불쌍한 여자'로 단순화하여 바라보며 그들의 존엄성을 고려하지 않는다.

셰리던 부인이 '파티에서 남은 음식'을 강조한 점도 주목할 필요가 있다. 이는 그 음식을 보내는 행위가 진정으로 상대방을 위하는 것이라기보다는 자신의 잉여 자원을 처분하고자 하는 행위에 가까움을 암시한다. 그녀의 이러한 태도는 선행이 상대방의 상황이나 감정은 충분히 고려하지 않은 채, 자신의 만족과 체면을 우선시한 행동일 수 있음을 보여준다. 다시 말해 그녀에게 선행은 진정한 공감에서 비롯된 것이 아니라, 자신이 가진 풍요로움에서 조금을 떼어 줌으로써 '좋은 사람'으로 보이고자 하는 자기만족적인 차원에 머물러 있다.

반면 로라는 셰리던 부인의 이러한 접근에 의문을 품고 선행의 본질에 대해 고민한다. 그녀는 "그 불쌍한 여자가 과연 좋아할까?"라며, 음식 바구니를 보내는 행위가 스콧의 가족에게 위로가 될지, 아니면 오히려 그들을 모욕하는 결과를 초래하진 않을지 고려한다. 로라의 이러한 태도는 겉으로 드러나는 행위 자체보다는 그것이 받는 사람에게 어떤 의미를 지닐지에 초점을 맞추고 있다. 그녀는 선행이 주는 사람의 만족이 아니라 받는 사람의 입장에서 이해되고 존중받아야 한다고 생각한다.

셰리던 부인과 로라의 대조적인 태도는 독자들에게 선행의 본질에 대해 깊이 생각할 기회를 제시한다. 독자는 이를 통해 자신이 실천하는 선행의 진정성에 대해 생각해 볼 수 있다. "누구를 위한 선행인가?"라는 질문은 오늘날 우리 스스로에게도 던져야 할 중요한 물음이다.

3. 계층적 편견을 넘어 인간적 공감으로의 전환

「가든파티」는 계층적 편견이 인간적 공감으로 변모하는 과정을 섬세하게 묘사한다. 작가는 물리적으로 가까이 있지만 심리적으로 멀리 떨어져 있는 두 계층 간의 거리를 부각하며, 독자에게 중요한 문제의식을 제시한다. 아울러 오늘날에도 여전히 존재하는 암묵적 계층의 갈등과 상호 이해 부족의 문제를 비추며, 청소년 독자로 하여금 자신의 시각과 태도를 돌아보게 한다.

> "그 골목에는 빨래하는 아낙네들과 청소부들이 살았고, 구두 수선공 한 명, 집 앞에 작은 새장을 잔뜩 걸어 둔 남자가 한 명 살았다. 그곳 아이들은 우르르 떼를 지어 다녔다. 셰리던가 아이들은 그곳에 얼씬도 하지 말라는 말을 들으며 컸다. 그곳 사람들이 상스러운 말을 쓰고 병을 옮길지 모른다는 이유에서였다."
>
> - 본문 중에서

"그 방에 들어가니 죽은 마차꾼이 누워 있었다. (중략) 로라는 울지 않을 수 없었다. 게다가 방을 빠져나가려면 그에게 뭐라도 말해야 했다. 그녀는 결국 어린아이처럼 흐느꼈다. '이런 모자를 쓰고 와서 죄송해요.'"

- 본문 중에서

작품 속에서 상류층과 하층민은 물리적으로는 가까운 거리에 존재하지만 정서적으로는 깊은 단절 속에 놓여 있다. 첫 번째 제시문에서 드러나는 상류층의 시각은 하층민에 대한 거리감과 편견을 고스란히 보여준다. 셰리던가 아이들은 하층민의 삶을 위험하고 상스러운 것으로 간주하며 그들과의 접촉을 금기시한다. "병을 옮길지 모른다."는 표현은 건강에 대한 단순한 우려를 넘어 하층민을 타자화하는 상류층의 태도를 상징적으로 드러낸다. 이러한 편견은 이웃이라는 관계를 부정하고 그들을 멀리 두려는 의도로 이어진다.

두 번째 제시문에서 로라는 마차꾼 스콧의 죽음 앞에서 인간적 공감을 경험한다. 죽은 스콧을 마주한 순간 로라는 처음으로 하층민의 삶과 고통을 진지하게 바라본다. "이런 모자를 쓰고 와서 죄송해요."라는 로라의 말은 자신의 특권적 위치에 대한 자각과 부끄러움을 드러낸다. 그녀는 그 순간 자신과 타인 사이에 세워졌던 벽을 허물고 인간 대 인간으로서의 연결을 느낀다. 이는 계층적 경계를 해체하고 모든 인간이 죽음이라는 평등한 조건 앞에 놓여 있음을 느끼게 하는 장면이기도 하다.

사실 자신과 타인 사이에 선을 긋고 벽을 세우는 건 인간의 본성입니다. 하지만 나와 너는 다르다고 구분 짓는 경계 행위의 끝은 어디이며, 거기에서 무엇이 남을 수 있을까요? 개인의 고통도, 사회의 아픔과 괴로움도 그 해결을 위한 첫 단계는 '보는 것'에서 시작합니다. 여기가 모든 이해의 출발점입니다. 우리는 많은 부분에서 서로 다를 수 있지만, 인간이기에 분명히 '같은 아픔'을 가지고 있습니다. 우리가 주의를 기울여 바라봐야 하는 것은 '차이'가 아니라 '같음'입니다.

- 한동일, 『믿는 인간에 대하여』(흐름출판) 중에서

한동일의 글처럼, 인간은 본성적으로 자신과 타인 사이에 선을 긋고 경계를 세우려 한다. 하지만 이러한 경계 행위는 결국 사람들 사이의 '같음'을 가리는 장벽이 된다. 「가든파티」는 이러한 경계가 얼마나 허약하고 부질없는지를 보여준다. 상류층과 하층민은 '다른 사람들'처럼 보이지만 본질적으로는 같은 고통과 아픔을 공유하는 존재들이다. 로라가 마차꾼의 고요한 죽음을 마주하며 느꼈던 순간은, 그녀가 그 '같음'을 처음으로 이해한 장면이다.

청소년들의 학교생활에서도 이러한 경계와 단절은 쉽게 발견된다. 같은 학교에 다니고 같은 교실에서 수업을 받으며 물리적으로 가까이 있지만, 친구들 사이에 드리운 보이지 않는 벽은 종종 심리적 거리를 만들어낸다. 인기 있는 그룹과 그렇지 않은 그룹, 학업 성취도가 높은 학생과 그렇지 않은 학생, 경제적으로 여유로운 가정의 학생과 그렇지 않은 학생 사이의 차이는 쉽게 서로를 단절시킨다. 이런 경계는 무심코 던진 한마디 말, 혹은 서로 다른 환경에 대한 무관심에서 비롯된다.

일례로 경제적 여유가 있는 친구가 새로 산 최신 스마트폰을 자랑하며 그것이 모두의 일상이라 믿을 때, 그렇지 않은 친구는 자신의 상황을 숨기고 고립감을 느낄 수 있다. 이는 겉으로 드러나지 않을지라도 친구들 사이에 심리적 거리를 만들어낸다. 그러나 이러한 벽은 때로는 아주 작은 관심과 이해의 행동으로 허물어질 수 있다. 만약 그 친구가 스마트폰 이야기를 멈추고 다른 친구가 관심을 가질 수 있는 공통의 주제를 찾으려 노력한다면, '다름'에 기반한 거리는 '같음'에 기초한 연결로 바뀔 수 있다.

공감은 차이를 부정하는 것이 아니다. 오히려 그 차이를 존중하며, 그 안에서 우리가 인간으로서 공유할 수 있는 '같음'을 발견하는 과정이다. 청소년들이 학교라는 공간에서 서로 경계를 허물어가려 노력하는 모습은「가든파티」에서 로라가 스콧의 죽음을 통해 계층적 경계를 넘어서는 과정과 닮아 있다. 친구들 사이의 경제적 격차, 학업 성취도, 혹은 인기의 차이는 무시할 수 없는 현실이다. 그럼에도 이를 극복하기 위해 서로를 이해하려 노력할 때, 공감은 우리의 시선을 '차이'에서 '같음'으로 바꿀 수 있다. 그리고 이는 모든 연결의 출발점이 될 것이다.

4. 하층민의 반응을 통한 문학적 가치

캐서린 맨스필드의「가든파티」는 상류층과 하층민의 상반된 태도와 시각을 통해 사회적 계층 간의 차이를 섬세하게 드러낸 작품이다. 특히 하층민의 태도는 작품 속에서 중요한 의미를 지니며, 그들의 반응과 행동은 상류층 인물들과 뚜렷한 대조를 이룬다.

로라가 마차꾼 스콧의 집에 도착했을 때 마차꾼의 가족은 슬픔 속에서도 로라를 차갑게 대하지 않는다. 로라를 차분히 응대하며 집 안으로 안내한다. 특히 "아가씨, 전혀 무서워하실 것 없어요." 라는 말은 상대방의 불편함을 배려하는 따뜻한 태도를 드러낸다. 그녀는 로라의 상류층 배경을 의식하면서도 그녀를 부끄럽게 하거나 모욕하려 하지 않는다. 오히려 로라가 가지고 온 바구니를 존중하며 받아들이는 모습에서 하층민들이 지닌 인간적 품격과 배려심이 드러난다.

스콧 가족의 이러한 태도는 상류층이 보여주는 이기적이고 무책임한 태도를 더욱 선명하게 부각시킨다. 로라의 어머니 셰리던 부인은 파티에서 남은 음식을 보내는 것으로 자신의 선의를 드러내려 하지만, 이는 사실상 하층민의 감정을 고려하지 않은 채 자신의 체면을 유지하기 위한 행동일 뿐이다. 반면 하층민들은 로라가 어색한 마음으로 찾아왔을 때조차 이를 비난하거나 경계하지 않고 그녀의 존재를 존중하는 태도를 보인다.

그들의 태도는 인간의 존엄성이 물질적 조건에 의해 결정되지 않음을 강하게 상기시키며, 로라와 독자들에게 진정한 인간다움과 배려의 의미를 일깨운다. 아울러 자신들의 삶을 초라하게 보지 않으며, 슬픔 속에서도 타인을 배려하고 존중하는 태도를 유지함으로써 상류층이 보여주지 못한 진정한 인간적 가치를 구현한다. 이는 상류층의 무관심과 가식적인 배려를 비판하는 장치로 작용하며, 그들의 존엄성과 배려심은 계층 간의 경계를 허물고 인간다운 삶의 본질이 무엇인지 다시 한번 돌아보게 만든다.

"아주 깊은 잠에 빠져서, 두 사람과는 멀리, 아주 멀리 떨어져 있는 젊은 남자가 그곳에 누워 있다. 아, 이토록 아득하고 평온한 모습이라니, … 그는 경이롭고 아름다웠다."

- 본문 중에서

스콧의 죽음은 로라에게 커다란 충격이었지만, 동시에 일상적인 가치와 인식의 무게를 새롭게 보게 하는 계기가 되었다. 그녀는 죽음 앞에서 "무서울 줄 알았던" 느낌 대신 평온하고 경이로운 감정을 마주하며, 자신이 속했던 상류층의 표면적이고 허영적인 가치를 의문시하기 시작한다. 죽음이라는 불가항력적인 사건은 로라가 자신이 살아왔던 삶의 질서와 규칙을 비판적으로 바라보게 만들었고, 이를 통해 인간 존재의 근본적인 의미를 성찰하는 단계로 나아가게 했다.

로라는 스콧의 죽음을 목격하면서 삶이 단순히 선악, 행복과 불행, 부와 가난으로 나뉠 수 없다는 사실을 직감적으로 이해한다. 그녀의 말, "인생… 인생이란 게"는 짧지만 강렬한 문구로 인생의 복잡성과 모순을 함축하고 있다. 이 말은 인생이 하나의 정의로 고정될 수 없고 서로 다른 삶의 양상과 경험들이 뒤엉켜 있음을 시사한다. 이는 자신의 가치관을 중심에 두고 세상을 바라보려는 셰리던 부인이나 로라의 형제들과는 뚜렷한 대비를 이룬다.

양귀자의 소설『모순』의 "인생은 탐구하면서 살아가는 것이 아니라 살아가면서 탐구하는 것이다."라는 말처럼, 로라 역시 자신의 경험을 통해 인생에 대해 고민하고 탐구하는 과정을 겪고 있다. 그녀의 이러한 깨달음은 인생이란 하나의 정답이 아니라 끊임없이 질문하고 고민하며 살아가는 과정임을 보여준다.

이처럼 스콧의 죽음은 로라에게 상류층과 하층민의 경계를 초월한 인간의 보편적 운명을 상기시킨다. 그는 「가든파티」의 화려함과 무관한 곳에서 고요히 누워 있으며, 로라는 그의 죽음을 통해 계층적 구분이 삶과 죽음이라는 근본적인 문제 앞에서는 아무런 의미가 없음을 깨닫는다. 스콧의 죽음을 통해 로라는 삶의 밝은 면뿐만 아니라 어두운 면을 처음으로 진지하게 바라보게 된다. 이러한 경험은 인간의 복잡한 감정과 상황에 대해 성찰하는 어른으로 성장할 가능성을 열어준다.

5. 로라의 깨달음과 한계가 지닌 문학적 여운

캐서린 맨스필드는 「가든파티」에서 '의식의 흐름'과 같은 모더니즘적 서사 기법을 활용하여 로라의 내면을 섬세하게 그려냈다. 로라가 마주한 깨달음은 짧고 순간적이지만 그녀의 삶에 깊은 흔적을 남긴다. 그러나 작품은 이러한 깨달음이 곧바로 완전한 변화를 가져오지 못하며, 현실 속에서 머뭇거리는 모습을 동시에 보여준다. 이는 로라의 성찰이 감정적인 차원에 머물러 있음을 암시하며, 개인의 생각만으로는 사회적 제약을 넘어설 수 없다는 한계점을 드러낸다.

그럼에도 로라의 경험은 독자들에게 깊은 여운을 남긴다. 그녀의 깨달음이 행동으로 직접 이어지지는 않지만, 삶과 죽음, 사회적 구조에 대한 인식이 변하는 과정은 의미 있는 변화로 볼 수 있다. 특히 청소년기 독자들은 로라의 성장 과정과 갈등을 통해 자신이 속한 사회적 환경과 도덕적 선택을 다시 바라보는 기회를 갖게 된다.

청소년기는 자아를 탐색하고 세상을 이해하며 타인과의 관계를 고민하는 중요한 시기다. 이 과정에서 개인적 신념과 사회적 현실이 충돌하는 경험을 하게 된다. 로라 역시 가든파티와 이웃의 죽음이라는 상반된 상황 속에서 자신의 감정과 가족의 기대 사이에서 갈등한다. 그녀는 공감과 책임을 느끼지만 행동으로 옮기는 데까지는 이르지 못한다. 이러한 모습은 현실에서 청소년들이 맞닥뜨리는 도덕적 딜레마와 유사하다. 독자들은 로라를 통해 자신이 마주한 선택의 문제를 다시 생각해볼 수 있다.

「가든파티」가 오랜 시간 사랑받는 이유는 인간의 내면과 사회적 맥락을 균형 있게 조망하며 독자들에게 깊이 있는 질문을 던지기 때문이다. 캐서린 맨스필드의 '의식의 흐름' 기법은 주인공 로라의 감정과 변화를 생생하게 드러내며, 독자들이 그녀의 여정을 자신의 삶과 연결해 바라볼 수 있도록 돕는다. 로라의 여정은 마무리된 듯 보이지만 여전히 열린 상태로 남아 있다.

이 열린 결말은 독자들에게 삶을 다시 구성하고 스스로의 선택을 성찰할 기회를 준다. 로라의 여정이 끝나지 않았듯 독자들 또한 삶의 다양한 순간에서 '공감'과 '책임'이라는 질문과 마주하게 될 것이다. 문학은 질문을 던지는 역할을 하며 비판적 읽기를 통해 우리는 그 질문을 더욱 깊이 만날 수 있다. 이 작품이 던진 질문은 성장 서사의 틀을 넘어, 독자 개개인이 마주할 삶의 선택과 연결되며 계속 이어질 것이다.

제주설화

김통정 설화 재구성 성장소설
독서지도 전·중·후 활동을 통한 주체성 내재화
- 박미윤의 「특별한 하루」를 중심으로 이문열의 『우리들의 일그러진 영웅』 비교 독서

돌하르방의 맥脈을 짚다
- 장영주의 「돌하르방 설화」를 중심으로

김통정 설화 재구성 성장소설
독서지도 전·중·후 활동을 통한 주체성 내재화

박미윤의 「특별한 하루」를 중심으로
이문열의 『우리들의 일그러진 영웅』 비교 독서

　　　　　　　　　　　가을 항파두리. 지금은 별이 된 봉선 시인이 함께 떠오르는 마을 고성리. 언젠가 그녀와 함께 김통정을 만나러 걸었던 길가에는 참빗살나무들이 붉게 물들어 줄지어 서 있었다. 바스러지는 잎들은 오래된 상처를 품은 듯했고 곁의 억새는 바람에 흔들리면서도 묵묵히 자리를 지키고 있었다. 그 모습이 사람을 닮아 보였다. 사라졌지만 잊히지 않았고, 무너졌지만 끝내 꺾이지 않았던 한 사람의 의지가 조용히 되살아나는 듯했다. 항몽 유적지에서 마주한 김통정 장군의 설화는 지금도 이 땅 어딘가에서 우리를 기다리고 있는 것 같다.

　설화는 기억이다. 그 기억을 되새기는 일은 오늘의 나를 다정히 돌아보게 한다. 이 글은 김통정의 이야기를 중심에 두고 재구성한 성장소설과 현대소설을 비교하며 작품 속 인물들의 삶과 선택을 함께 읽어본 중학교 1학년 수업의 한 장면에서 비롯되었다.

김통정은 역사에서 설화로 옮겨졌지만 그가 끝내 지키고자 했던 마음은 제주인의 세월 속에 되새김되며 살아 있다.

『고려사』와 『고려사절요』에 기록된 김통정의 항몽 투쟁은 그가 반란군의 수장이기 이전에 공동체의 마지막 지킴이였음을 보여준다. 진도 함락 이후 탐라로의 이주는 패배가 아니라 저항의 연장이었고 고려 조정의 회유에도 응하지 않은 채 산속에서 생을 마감한 그의 죽음은 주체적 신념의 절정으로 읽힌다. 역사는 그를 패배자라 적었지만 그 이면에는 시대와 권력에 굴복하지 않은 주체의 서사가 깃들어 있다. 김통정은 설화와 문학 속에서 다시 태어나며 자기결정과 저항의 상징으로 오늘에까지 이어진다.

이처럼 설화 속 김통정은 한 사람의 서사를 넘어 그를 잊지 않으려 했던 제주인의 염원이 빚어낸 상징이 되었다. 그의 삶을 오늘의 이야기들과 연결해보는 활동은 청소년들에게 자기 존재를 되묻는 뜻깊은 시간이 된다.

이번 평론집 『순수로 잇다』에서는 설화 텍스트와 현대 문학을 아우르며 구성한 읽기 전·중·후 활동의 수업 사례를 중심으로 한다. 전통 설화인 김통정 이야기를 출발점으로 삼고 박미윤의 성장소설 「특별한 하루」를 중심으로, 이문열의 『우리들의 일그러진 영웅』을 비교 독서함으로써 서로 다른 시대와 형식 속에서 문학의 주제를 발견하고 그 가치를 내면화하는 과정을 살펴보고자 한다. 다음 계절에 펴낼 평론집 『바람에 발효된 섬의 사유』에는 역사적 인물이 설화적 인물로 전승되는 과정과 지역 작가들의 재구성 설화를 분석한 글이 실릴 예정이다. 또한 다매체 텍스트와의 비교 독서를 통해 확장된 독서 경험을 담은 평론도 함께 수록된다.

1. 『특별한 하루』, 디지털 시대의 보이지 않는 괴롭힘을 드러내다

오늘날의 교실은 책상과 칠판을 넘어서 또 다른 세계와 연결된 복합적 공간이다. 아이들은 학교 안에서뿐 아니라 휴대폰 속 SNS 채팅방과 온라인 커뮤니티에서도 관계를 맺고 상처를 입는다. 이른바 '보이지 않는 왕따'라 불리는 현상은 말로 드러나지 않지만 서서히 누군가를 고립시키고 따돌림의 방식은 디지털 영역에서 더욱 정교해진다. 누군가의 말투나 프로필 사진 하나만으로 조롱이 시작되고 익명 계정을 통한 무차별적 평가가 이어진다. 아이들은 이를 알면서도 종종 묵인하거나 동조하고 관계 안에서 자신의 위치를 지키기 위해 타인을 밀어내는 데 무감각해지기도 한다. 문제는 그것이 점점 '당연한 일'로 여겨진다는 데 있다.

학교폭력 예방교육이나 인성 프로그램이 반복되어도 아이들 내면에 '왜 그래야 하는가.'에 대한 자발적 성찰이 없다면 그 변화는 오래가지 못한다. 그래서 우리는 정답을 알려주는 지침서보다 질문을 던져주는 문학을 통해 아이들 스스로 생각하고 감정을 움직이게 하는 접근이 필요하다.

문학은 옳고 그름을 가르치기보다 낯선 이야기 속에서 '자기 자신'을 발견하게 하고 다양한 인물의 태도를 자기 내면에 비추어 생각하게 한다. 박미윤의 「특별한 하루」는 바로 그런 문학적 경험을 선사하는 작품이다. 이 소설은 중학교에 갓 입학한 진혁이라는 인물이 겪는 작은 일탈과 깨달음을 중심으로 아이들 사이에 벌어지는 왕따의 구조를 조명하고 주체적 성장을 그려낸 설화적 상상력의 성장소설이다.

2. 읽기 전 활동, 이야기로 들어가는 문을 열다

우선 이 작품을 수업하기 전에 읽기 전 활동을 진행했다. 문학 수업에서 읽기 전 활동은 학습자에게 텍스트와의 정서적·인지적 연결고리를 마련해주는 중요한 단계다. 특히 성장소설이나 설화와 같은 서사 텍스트를 읽기 전에 학생들이 자신의 삶의 경험이나 사회적 인식을 자연스럽게 떠올려보게 하는 과정은 독서의 몰입도와 이해도를 크게 높여준다. 이는 루이스 로젠블랫의 '반응 중심 이론'에서 강조하는 바와도 맞닿는다. 독자는 수동적으로 의미를 받아들이는 존재가 아니라, 자신의 배경지식과 감정, 삶의 문맥 속에서 텍스트와 상호작용하며 의미를 구성하는 존재다. 따라서 읽기 전 활동은 이 상호작용의 출발점이 된다.

박미윤의 「특별한 하루」를 읽기 전에 학생들에게 "우리 반에 겉도는 친구는 없는가.", "단톡방에서 누군가를 소외시키는 말을 본 적이 있는가."와 같은 질문을 던졌다. 사이버 공간에서의 왕따 경험, 은근한 배제, 집단 동조 압력 등 일상 속에서 마주한 장면들을 함께 이야기 나누게 하면서, 학생들이 자신의 경험을 바탕으로 이야기의 배경을 자연스럽게 상상하고 작품에 대한 호기심을 가질 수 있도록 했다.

김통정 장군의 이야기 자료 역시, 읽기 전에는 "나는 어떤 상황에서 침묵했었는가.", "옳다고 생각했지만 따르지 못했던 적이 있었는가." 같은 질문을 통해 학생들 스스로의 태도와 판단을 되짚어보게 했다.

여기서 중요한 것은 교사가 정답을 제시하기보다 질문을 열어두고 다양한 목소리가 교실 안에 머물 수 있도록 하는 것이다. 이러한 질문은 읽기 후 활동에서 다시 돌아와 해석의 기준이 되기도 하며 작품 속 인물과 자신을 연결 짓는 다리 역할을 하기도 한다.

이처럼 읽기 전 활동은 작품의 내용을 미리 분석하거나 지식 전달에 집중하는 것이 아니라, 작품과 연결될 수 있는 삶의 장면들을 미리 환기시켜 문학적 관심을 이끌어내는 데 그 의의가 있다. 무엇보다 교사는 설명을 앞세우기보다 질문을 열어두고 다양한 응답이 머무를 수 있는 기다림의 시간을 주는 것이 중요하다.

3. '읽기 중 활동'으로 작품 이해를 넓히는 문해의 힘

'읽기 중 활동'은 텍스트와 만날 준비를 돕는다. 독자는 이 활동을 통해 활성화한 배경지식을 바탕으로 중요한 내용을 미리 선택하고 이를 적절한 방식으로 조직하는 전략을 읽는 중에 적극적으로 사용한다. 실제 독서는 독자의 머릿속에서 이루어지는 지적 활동이기 때문에 읽기 전이나 읽은 후 활동은 주변의 도움을 받기 수월하다. 하지만 읽는 중 활동은 상대적으로 외부의 도움을 받기 어렵다.

능숙한 독자일수록 읽는 중에 중요한 부분에 밑줄을 긋거나 핵심 내용, 질문거리, 느낌을 메모하면서 읽는 전략을 자연스럽게 활용한다. 이처럼 읽기 중 활동은 학생들이 스스로 책을 읽으며 친구들과 토의하기 전에 작품의 핵심을 파악하고 자신의 생각을 정리하도록 돕는 과정이다.

독서 문해의 수준은 학생마다 다르기 때문에 같은 소그룹 안에서도 읽기 중 활동을 위한 과제 제시는 조금씩 달라질 수 있다. 따라서 읽기 전 활동에서 다룬 배경지식을 바탕으로 구체적인 주제나 관련 자료를 스스로 찾아보게 하면 이후 토의에 자연스럽게 참여할 수 있는 기반이 된다.

박미윤의 「특별한 하루」를 읽을 때는 학교에서 겪는 소외나 따돌림 문제를 다룬 실제 기사와 영상 자료를 함께 살펴보게 했으며, 그와 관련된 개인적 경험이나 생각을 메모 형식으로 간단히 정리해 오도록 했다.

김통정의 이야기를 다룬 경우에는 단순한 사실 확인을 넘어서 설화로서 김통정이 지니는 상징성과 시대 배경을 중심으로 질문을 던지고 조사해보는 활동을 진행했다.

또한 『우리들의 일그러진 영웅』은 이전 수업에서 충분히 다루었기 때문에 자유당 정권 말기의 권위주의적 질서와 침묵의 분위기를 다시 한번 환기시킨 후, 교실 안에서 벌어지는 따돌림 상황에서 주인공 '나'의 행동과 유사한 사례를 떠올려보는 활동을 제시했다.

이처럼 읽기 중 활동은 단지 줄거리를 따라가는 독서가 아니라 이야기의 구조와 주제를 개인의 경험이나 사회적 현실, 시대적 맥락과 연결해 미리 사고를 확장해보는 과정이다.

학생들은 박미윤의 「특별한 하루」와 김통정 설화, 이문열의 작품에 나타난 서로 다른 시대 배경을 비교하며 우리 사회의 역사적 맥락을 미리 생각해 오기로 했다.

4. 읽은 후 독서 - 주제토의 및 비교독서 활동을 통한 가치 내재화 활동

책을 읽은 후의 활동은 독서 과정에서 매우 중요한 단계다. 사회구성주의 독서 능력 발달 이론을 제시한 비고츠키는 인간의 인지 발달이 타인과의 상호작용 속에서 이루어진다고 보았다. 그는 학습이 먼저 사회적 관계 안에서 일어나고, 이후 개인 내면의 인지 구조로 전환된다고 보았는데 이는 읽은 후 활동의 본질과도 맞닿아 있다.

학생들은 텍스트를 혼자 읽는 과정에서 얻은 의미를 가족 또는 친구들과 나누고 토론하면서 더 깊이 있는 사고로 나아가며 이를 통해 사고 수준이 한 단계 상승한다.

능숙한 독자는 책을 읽고 난 후 텍스트의 주제나 핵심 쟁점에 대해 더 깊이 성찰하는 시간을 갖는다. 이러한 성찰은 텍스트의 내용을 단지 기억하는 데서 그치지 않고, 자신의 기존 배경지식과 개인적 경험 그리고 사회이면의 경험을 융합하며 새로운 상황에 적용하는 데까지 나아간다. 즉, 읽은 후 활동은 학습 결과를 강화하는 인지적 정리 과정이며 이때 친구들과의 협의나 토론은 새로운 이해의 창을 열어준다.

　독서는 단일한 행위가 아니라 읽기 전, 읽는 중, 읽은 후의 단계마다 서로 다른 지적 과정이 유기적으로 연결되는 활동이다. 특히 읽은 후 활동에서는 먼저 내용을 정확히 이해했는지를 확인하는 명시적 질문을 통해 작품의 흐름을 점검하고, 이어서 중심 주제에 대한 자신의 의견을 말로 정리해보게 함으로써 사고를 구체화하고 정돈할 수 있도록 한다. 이 과정에서 학생들은 단순한 감상이 아니라 사회적 맥락 속에서 문제를 바라보는 시야를 키운다. 타인의 입장과 경험을 통해 자신의 사고를 확장하며 청소년기 윤리적 성장을 기대할 수 있다.

　도덕성 발달 이론을 제시한 로렌스 콜버그는 아동과 청소년이 도덕적 딜레마에 대해 토론하는 과정에서 타인의 시선을 의식하며 더 높은 수준의 도덕 판단을 하려는 경향이 나타난다고 보았다. 특히 청소년기에는 토의의 의견과 비교하면서 자신의 판단 근거를 점검하려는 경험을 종종 한다. 그 과정에서 스스로 발표한 내용을 자신의 내면 규범으로 인정하며 좀 더 나은 가치관을 정립하게 된다. 콜버그는 청소년기의 이러한 경향이 도덕성 발달에 긍정적인 영향을 미친다고 설명하였다. 이 이론은 독서 수업에 적용할 때 문해력과 도덕 판단력의 기반을 마련하는 이론적 근거가 된다. 특히 독서지도사가 도덕적 혹은 사회적 문제의식을 다룰 때 학생 개인의 삶과 연결된 열린 질문을 활용하면 가치 내면화의 효과를 높일 수 있다. 이는 학습자가 자신의 경험을 바탕으로 다양한 관점을 탐색하고 토의 과정을 통해 도덕적 사고 수준이 더욱 심화되도록 돕는 데 유용한 전략이다. 필자 역시 중고등부 수업을 장기적으로 지도하며 이와 같은 접근이 학생들의 사고'확장과 태도 변화에 긍정적인 영향을 주는 과정을 여러 차례 느낀 바 있다.

박미윤의「특별한 하루」는 중학교 교복을 입은 지 한 계절을 넘긴, 아직 정체성이 여물지 않은 아이들과의 수업이었다. 이 시기 학생들은 친구들 사이에서 자기 자리를 찾느라 눈에 띄지 않게 긴장을 감추고 있었다. 수업 중 로맨스 장면이 나오면 얼굴을 붉히는 아이도 있었고, 감정 조절이 안 되어 친구에게 다짜고짜 화를 내는 경우도 있다. 한 남학생은 키가 크고 체격이 좋아서 "야, 너 이따 좀 보자."는 식의 싸움 도전을 받기도 했다고 학교 교실의 상황을 털어놓기도 했다. 이처럼 풋풋한 남학교 교실은 보이지 않는 기싸움으로 팽팽한 분위기를 실감할 수 있었다. 무엇보다 학생들은 눈빛과 몸짓으로 서열을 가늠하고 침묵으로 동조하거나 소외를 만들어내기도 했다. 이러한 수업 경험을 통해 학생들은「특별한 하루」가 담고 있는 이야기와 분위기에 깊이 공감하며 작품에 큰 흥미를 보였다.

> 경주는 소위 말하는 반에서 왕따입니다. 존재감이 없는 학생입니다.
> (중략)
> "누구세요?" 나는 내 앞에 서 있는 남자에게 물었습니다. "허어, 요놈 봐라. 맹랑하구나, 그래, 나는 김통정 장군이다. 너는 누구냐?"
> (중략)

나는 경주에게 진을 얘기하기로 큰마음 먹었습니다. 이렇게 결정하기까지 고민이 많았습니다. 경주와 대화한다면 패거리에서 떨궈질지도 모를 일이기 때문입니다. (중략) 나는 쏟아지는 욕들을 지그시 쳐다보다가 밑에 답글을 달았습니다. (중략) 어디에선가 긴통정 장군의 껄껄 웃는 웃음소리가 들리는 것만 같았습니다.

- 박미윤의 김통정 설화 성장소설 「특별한 하루」 본문 중에서

박미윤의 「특별한 하루」는 중학교에 갓 입학한 진혁이라는 인물을 중심으로 전개되는 성장 서사다. 진혁은 겉보기에는 친구들과 잘 어울리는 학생이지간 실제로는 따돌림을 당하는 경주를 은근히 외면하는 무리에 속해 있다.

그러던 어느 날 진혁은 꿈속에서 김통정 장군을 만나게 된다. 장군의 굳건하고 흔들림 없는 태도는 진혁에게 낯선 울림으로 남고 이후 그의 내면에 작은 변화의 씨앗이 싹튼다. 꿈에서 깨어난 진혁은 경주에게 말을 건네고 싶지만 친구들의 시선을 의식하며 잠시 망설인다. 그러나 결국 조심스럽게 먼저 말을 건네며 한 걸음을 내딛고 단체 대화방에서 경주를 험담하는 메시지가 오갈 때는 주저 없이 반대 의견을 남긴다. 이 과정에서 진혁은 자신도 모르게 김통정 장군의 주체적인 태도를 닮아가고 있음을 느낀다. "어디선가 김통정 장군의 껄껄 웃는 소리가 들리는 것만 같았다."는 대사는 진혁이 자신의 작은 실천을 통해 변화의 순간을 받아들이는 장면이다.

작가는 이러한 현실을 직접적으로 고발하기보다 김통정 설화를 활용한 액자식 구성을 통해 독자가 자연스럽게 자기 성찰의 여지를 갖도록 유도한다. 김통정은 이 소설에서 주체적 선택을 일깨우는 상징으로 기능하며 독자는 진혁의 내면 변화 과정을 따라가면서 자신이 처한 윤리적 상황을 되돌아보게 된다. 처음에는 무심코 방관자의 위치에 있었던 진혁이 점차 자기 목소리에 귀를 기울이며 선택을 바꾸어가는 서사는 청소년기의 복잡한 감정과 관계 속에서도 주체적 결단이 가능하다는 메시지를 전한다.

김통정은 제주 설화 속에서 공동체를 위해 끝까지 싸운 인물로 남아 있다. 작품 속 진혁은 그 정신을 꿈이라는 상징적 공간을 통해 내면화한다. 누군가를 따돌리는 현실의 불의 앞에서 침묵하지 않고 용기 있게 행동하는 그의 선택은 친구들의 눈총을 받을 수도 있는 일이었지만 주체적 존재로 거듭나는 첫 걸음이었다.

이 수업에서는 기본적인 내용 독해 활동과 주제 이해 활동을 마친 후, 학생들이 진혁, 경주, 친구들의 입장을 나누어 각자의 역할로 토론에 참여하도록 구성하였다. 큰 주제는 "누군가를 외면하는 침묵은 왜 오래 남는가."였다.

이 과정에서 학생들은 최근 함께 읽은 이문열의 『우리들의 일그러진 영웅』을 떠올리며 비교 독서를 시도하였다. 이 작품은 자유당 정권 말기의 권위주의와 사회 부조리를 반영하고 있으며, 특히 권력이 개인이나 집단에 어떤 영향을 끼치는지를 학교라는 공간을 통해 상징적으로 드러낸다.

작품은 서울에서 전학 온 '나'가 시골 초등학교 반장 엄석대가 장악한 교실에 들어가면서 시작된다. 질서 정연해 보이는 교실 안에는 보이지 않는 위계와 강압이 존재하고 아이들은 석대의 눈치를 보며 누구도 그에 맞서지 못한다. '나'는 처음에는 저항하다가 포기하고 석대의 질서에 편승하게 된다. 점차 그 안의 부당함을 감지하게 되었고 결국 전학 온 새 선생님의 개입과 함께 침묵을 깨게 된다. 그러나 결국 어른이 된 '나'는 그 시절 자신의 침묵과 동조가 남긴 흔적과 부당한 질서의 편승에서 자유롭지 못하다.

반면 박미윤의 「특별한 하루」의 진혁은 경주라는 친구를 외면하는 무리에 속해 있었으나, 꿈속에서 만난 김통정 장군을 통해 주체적 결단의 중요성을 깨닫고 자신의 선택을 바꾸어 간다. 그는 친구들의 시선과 집단의 암묵적 압력 속에서도 경주에게 먼저 말을 건네고, 단체 채팅방에서의 험담에 반대 의견을 남기며 작은 용기를 실천한다.

두 작품은 모두 권력과 침묵의 문제를 다루고 있으나 주인공의 내면 변화와 실천의 양상에서 차이를 보인다. 학생들은 이 두 인물의 선택을 비교하며 청소년기 자기결정과 윤리적 판단의 중요성에 대해 토의하는 시간을 가졌다.

- 침묵도 가해일 수 있을까?
- 말하지 않는 것도 누군가를 돕지 못하는 일일까?
- 우리가 현실에서 '진혁'이나 '나'의 상황에 놓인다면 어떤 선택을 할 수 있을까?
- 진혁은 어떻게 친구들의 시선을 넘어서 경주에게 다가설 수 있었을까?

- 엄석대의 질서에 편승한 '나'는 왜 끝내 침묵했을까?
- 김통정은 왜 진혁의 꿈에 나타났을까?
- 두 이야기 속 권력은 각각 어떤 시대를 반영하고 있을까?

이러한 발문은 학생들이 문학 속 인물과 상황을 자신의 삶과 연결해 생각해보게 하는 힘을 지닌다. 학생들은 단순히 사건을 요약하거나 정답을 찾는 데 그치지 않고 침묵의 책임이나 집단 속 개인의 선택, 윤리적 실천의 의미에 대해 스스로 질문하며 내면의 감정을 자각하게 된다. 특히 진혁처럼 용기를 내어 변화를 선택하는 인물과의 비교는 현실의 인간관계 속에서 자신의 태도를 되짚어 보는 계기가 된다. 한편『우리들의 일그러진 영웅』속 '나'는 부당함을 감지하면서도 결국 권력에 편승하며 침묵을 선택한다. 그가 어른이 되어서도 과거의 자기 행동에서 자유롭지 못한 모습은 자기반성과 윤리적 책임의 무게를 더욱 또렷하게 보여준다.

학생들은 이 두 인물의 선택을 비교하며 "어떤 침묵은 왜 오래 남는가."라는 질문에 다가가게 되고, 자신이 마주한 일상의 갈등이나 선택의 순간들을 다시 성찰하게 된다. 나아가 김통정과 같은 역사적 인물을 상징적으로 바라보는 경험은 시대를 넘어 이어지는 주체적 신념의 의미를 사유하게 하며, 문학적 감수성과 도덕적 판단력을 함께 확장하는 과정으로 이어진다. 이와 같이 독서 후 토의 활동은 작품 속 상황을 자신의 삶에 비추어보게 하고 도덕적 가치관을 되돌아보며 내면화하는 계기를 제공한다.

5. 주체성의 씨앗, 문학 속에서 피어나다

김통정 설화를 재구성한 성장소설 「특별한 하루」는 삼별초 항쟁의 역사적 배경을 품은 김통정의 주체성을 오늘날 청소년의 내면에 비추어낸다. 한편 이문열의 『우리들의 일그러진 영웅』은 자유당 정권 말기의 폭압과 독재를 교실이라는 소우주에 투영해 주체성에 대한 깊은 물음을 던진다. 이 두 작품 속 인물들은 각기 다른 시대와 배경에 놓여 있지만 공통적으로 주체적 선택의 갈림길 앞에서 망설이고 때로는 침묵하거나 동조하는 모습을 보인다. 이러한 모습은 청소년만의 문제가 아니라 기성세대 또한 겪고 있는 인간 보편의 군상이기도 하다.

수업을 통해 학생들은 "과거의 상징이 오늘날 우리에게 어떤 의미로 살아 있는가."라는 질문을 자연스럽게 품게 되었다. 특히 서로 다른 두 텍스트를 비교하며 공통된 주제를 찾아내고 각자의 언어로 다시 설명해보는 과정에서 아이들은 진지했다. 문학이 던지는 물음과 인물의 내면 변화는 중학교 1학년이라는, 마음에 상처도 많고 변화도 많은 시기의 학생들에게 작지만 단단한 울림으로 다가왔다. 교실 안의 위계와 눈치, 침묵과 외면 속에서도 스스로를 지키고 타인을 존중하는 길이 있다는 사실을 문학은 조용히 전해주었다.

이번 수업에서는 토의 발문이나 글쓰기 활동을 모두 담지는 못했지만, 분명한 것은 문학을 함께 읽고 생각을 나누는 시간 속에서 학생들의 생각이 한 뼘 자라고 있다는 점이다. 문학은 그렇게 우리가 어디로 가야 할지를 비춰주는 거울이 되어준다. 그리고 청소년기에 이처럼 조심스럽게 심긴 깨달음은 오랜 시간이 지나도 잊히지 않는 '주체성의 씨앗'이 되어 마음속에 남을 것이다.

또한 이 수업 흐름 속에서 학생들은 '설화는 옛이야기'라는 고정관념에서 벗어나, 하나의 이야기 안에 담긴 상징성과 가치를 시대를 넘어 다시 읽고 재해석할 수 있다는 점을 자연스럽게 받아들였다. 전통과 현대, 서사와 경험 사이를 넘나들며 질문을 던지고 자신의 입장을 표현하는 과정을 통해 사고의 유연성도 함께 확장되었다. 이는 독서가 단순한 정보 이해를 넘어 텍스트 간 연결과 의미의 재구성을 이끄는 문학교육의 본질적인 성과임을 보여주는 자리였다.

이 수업과 비교독서의 흐름을 따라가며 평론가로서 필자는 한 가지 확신을 갖게 되었다. 문학은 단지 글로 쓰인 이야기가 아니라 타인의 삶을 비추는 거울이며 우리의 존재를 질문하는 사유의 공간이라는 것이다. 김통정 설화에서 비롯된 '주체적 선택'의 상징은 박미윤의 성장소설 속 진혁을 통해 오늘의 청소년에게 닿았고, 이문열의 작품과의 비교는 시대와 맥락을 넘어 윤리적 결단의 본질을 성찰하게 했다. 독서 수업이란 이처럼 질문을 던지고 기다리는 일이다. 아이들은 문학 속 타인을 만나며 자기 안의 미세한 울림을 감지하고 그것을 삶 속의 실천으로 연결할 줄 아는 존재다. 문학은 여전히 살아 있으며 그 언어는 교실 안에서 다시 말을 걸고 있다. 결국 주체성은 거창한 선언이 아니라 작은 선택의 반복 속에서 자라나는 것이며 문학은 그 씨앗을 심는 조용한 손길임을 다시금 확인한다.

돌하르방의 맥脈을 짚다

장영주의 「돌하르방 설화」를 중심으로

　　　　　　　　　　　개모밀덩굴이 연분홍빛으로 물든 날이었다. 제주시 북촌리에 자리한 돌하르방 공원에는 도내외에 흩어져 있던 돌하르방들이 한자리에 모여 전시되어 있었다. 공원 입구에서는 몇몇 사람들이 작업에 몰두하고 있었고 그들은 돌 틈에 둘러앉아 말없이 각자의 일에 집중하고 있었다.

　갓 대학생쯤 되어 보이는 한 여학생이 돌을 다듬다 말고 조용히 눈인사를 건넨다. 어딘가 익숙한 풍경이었다. 문득 여고 시절 정밀 묘사를 위해 돌멩이와 씨름하던 시간이 떠올랐다. 왜 하필 돌멩이를 택했을까. 지천에 널려 손쉽게 주울 수 있어서였을까. 아니면 어딘가 사람 얼굴을 닮은 형상이 흥미로워서였을까. 선명한 건 4B 연필의 온기를 따라 몰입하던 그 순간들뿐이다. 완성된 소묘를 바라보며 "오, 네가 돌멩이를 살려줬구나." 하시던 선생님의 말이 되살아난다.

사람들은 돌하르방을 제작 중인 듯했다. 돌을 다듬는 작업자들은 땅속에서 꺼낸 돌덩이를 깨고, 다듬고, 조각하는 과정을 반복하고 있었다. 이처럼 제주의 돌은 그림의 소재가 되기도 하고 밭담과 산담을 이루며 조형물로 새롭게 가치를 지니기도 한다. 장영주 작가에게 돌은 민중의 삶을 비추는 설화의 매개이자 민간의 세계를 이해하는 하나의 시금석이 된다. 그렇다. 누군가의 부름 속에서 원석은 다시 깨어난다. 돌은 그저 존재하는 것이 아니라 삶의 목소리를 품고 기억과 상상 속에서 또 하나의 존재가 되어간다.

1. 『돌하르방』, 걷고 기록하는 민속문학

장영주 작가의 최근작 『돌하르방』을 읽으며 그동안 깊이 들여다보지 못했던 돌하르방의 의미를 새삼 되새기게 되었다. 40여 년간 동화를 창작해온 그는 꾸준한 관심과 애정을 바탕으로 돌하르방에 대한 취재와 기록을 이어왔고 그 가치를 널리 알리는 데 헌신해왔다. 그의 글쓰기는 늘 말보다 발이 앞서는 실천이었고 현장을 딛는 행위 그 자체였다. 제주 곳곳을 누비며 이어온 채록 작업 중에서도 돌하르방 탐구는 그가 가장 깊이 천착해온 분야 중 하나다. 제1회 돌 문화 해설사 양성 프로그램의 강사로 활동하며 본격적으로 '돌 문화'에 눈을 뜬 그는, 언론에 방영된 영상 자료와 지역 신문에 연재한 탐방기를 바탕으로 이번 책을 엮어냈다.

『돌하르방』은 크게 두 축으로 구성된다. 하나는 제주 3읍성을 지키던 옛 돌하르방 48기를 추적·탐방한 자료 편이며, 다른 하나는 언론에 연재했던 생생한 현장 기록을 담은 기사 편이다. 전자는 교육적·문화사적 가치를 지닌 정리물로서, 각 돌하르방의 위치, 번호, 이동 경로까지 체계적으로 정리하여 후속 연구나 교육 자료로도 손색이 없다.

특히 제주목성, 대정현성, 정의현성으로 나뉘는 3읍성 돌하르방에 관한 자료는 제주의 방어 체계와 민속 신앙, 그리고 '돌이 병사의 역할을 했던' 구조를 조명한다. 본래 각 읍성에는 12기씩 총 36기의 돌하르방이 존재했으며, 이 가운데 제주목성에 세워졌던 24기 중 21기는 현재도 제주시 곳곳에 남아 있다. 2기는 서울 국립민속박물관 입구로 옮겨졌고, 나머지 1기는 끝내 행방을 알 수 없다.

이 '사라진 한 기'의 돌하르방에 대해 깊은 염려를 드러낸다. 그의 시선에서 그것은 제주인의 정체성과 삶의 흔적이 응축된 실물 자료이며 공동체 기억의 일부다. 이 잃어버린 1기의 돌하르방을 되찾기 위한 사회적 관심과 공공의 노력을 제안하며, 문화유산은 언제든 소멸의 경계에 놓일 수 있음을 경고한다.

이처럼 『돌하르방』은 사라져가는 것들에 대한 기억을 되새기게 하며 민중 문화의 회복을 향한 하나의 문학적 기획으로 읽힌다. 문학의 저변에는 언제나 현장을 딛는 발걸음과 기억을 붙들어두려는 치열한 기록 의지가 놓여 있다. 사라진 돌하르방을 향한 그의 시선은 어쩌면 오늘날 우리가 잃어가고 있는 또 다른 문화적 표정을 되찾으려는 물음일지도 모른다.

이국에 선 돌하르방, 그 문화적 기행의 의미

『돌하르방』의 후반부에 해당하는 언론 보도 자료 편은 장소에 따라 세 갈래로 구성된다. 해외로 나간 돌하르방, 제주 본섬을 떠난 돌하르방, 그리고 본섬에서 다른 섬으로 옮겨간 돌하르방이 그것이다. 공간 이동을 통한 전이의 구조를 드러낸 점에서 이 구성은 매우 주목할 만하다. 특히 '해외로 나간 돌하르방' 편은 자매결연 도시 간 교차 설치 방식과 함께 장영주 작가가 직접 발로 뛰며 수집한 생생한 기행 기록이 더해져 그 문화적 의미를 풍부하게 한다.

독일, 미국, 일본, 중국, 파라과이, 벨기에, 러시아, 캐나다, 몽골 등 세계 각지로 퍼져나간 돌하르방은 문화적 조형물의 확장이다. 장영주 작가는 이국의 땅에 뿌리내린 돌하르방들을 따라가며 각국의 도시 풍경과 설화를 곁들여 기록한다. 현지 주민과 관광객의 반응, 언론 보도, 조형물의 설치 맥락 등을 두루 담아낸 이 기록은 문화 상호교류의 풍경을 그려낸 보고서에 가깝다.

제주 본섬에서 다른 섬으로 건너간 여섯 기의 돌하르방 역시 그 이동 경위와 새로운 정착지의 문화적 맥락을 함께 풀어낸다. 그곳에 돌하르방이 존재한다는 사실 하나만으로도 제주의 정체성이 또 다른 지역성과 연결되는 지점이 생긴다. 특별한 세 곳을 중심으로 정리된 '본섬을 나간' 편은, 문화적 수용과 변형의 흔적이 서려 있는 것이다.

무엇보다 인상 깊은 것은 그의 집요한 현장 탐방이다. 코로나19 팬데믹 이전까지 네 개국을 직접 방문했고, 나머지 지역은 상황이 정리되는 대로 계속해서 찾아갈 계획이라고 한다. "돌하르방의 해외편 구성을 보며 많은 생각을 하게 되었다."는 어느 독자의 말처럼, 이국의 거리 한복판에 홀로 서 있는 돌하르방은 그 자체로 낯선 타향살이의 삶을 품어주고 지켜주는 존재처럼 다가온다. 타국에서 살아가는 제주인을 묵묵히 지켜보는 수호신이자, 떠나온 고향을 대신해 마음의 중심을 지탱해주고 있다.

제주를 떠나 이국에 뿌리내린 돌하르방은 민족의 정체성과 선조들의 삶의 기억을 품은 하나의 얼굴로 우리 앞에 서 있다. 낯선 나라에서 마주하는 우리 전통의 형상은 문득 반가움과 뿌듯함을 안겨준다. 타국에서의 생활이 얼마나 외롭고 헛헛할지 떠올려보면, 말없이 서 있는 돌하르방 하나만으로도 마음 한켠이 든든해 지고 마치 먼 타향에서 동족을 만난 듯한 위안이 스며들 것이다.

이처럼 『돌하르방』 속 해외편은 문화유산이 국경을 넘으며 마주하는 낯섦과 감동 그리고 그 이면에 깃든 작가의 발품과 마음까지 오롯이 담아낸다. 이주한 돌을 통해 다시 고향을 돌아보게 만들고 제주라는 땅에서 태어나 세계로 퍼져나간 돌하르방에 고유한 정체성을 부여하며 문화적 타자성과의 연결을 시도한다. 이처럼 그는 돌을 통해 이야기를 건네는 '돌의 사절단'을 만들어낸 셈이다.

마스크를 쓴 돌하르방, 시대를 품은 얼굴

일부 돌하르방에는 마스크가 씌워져 있었다. 그 낯선 풍경은 보는 이의 마음을 절로 숙연하게 한다. 우리는 언제까지 마스크를 써야 할까. 코로나19 팬데믹 당시 누구도 그 끝을 예측할 수 없었다. 오죽했으면 묵묵히 자리를 지켜온 돌하르방에게까지 마스크를 씌웠을까.

장영주 작가는 『돌하르방』에서 "제주 3읍성을 지켰던 돌하르방에게까지 마스크를 씌우는 현실 앞에서, 이제는 돌하르방이 코로나 수칙을 전하는 존재가 되었다."고 말한다. 그는 각 장소에 방역 지침과 함께 돌하르방의 역사와 설화를 알리는 안내문을 함께 두자고 제안하기도 했다.

그가 덧붙인 코로나 수칙들은 언젠가 팬데믹의 시대상이 희미해질 무렵 다시금 우리의 기억을 소환하게 될지도 모른다. 이는 돌하르방이라는 매개를 통해 시간의 한 자락을 붙들고자 하는 시도의 연장선이다. 돌은 움직이지 않지만 그 위에 새겨지는 흔적들은 시대의 움직임을 고스란히 품고 있다. 마스크를 쓴 돌하르방 앞에선 우리는 자연스레 묻게 된다. 우리는 왜 예기치 못한 팬데믹을 겪어야 했을까. 무엇이 삶의 패턴을 바꾸고, 비대면의 일상을 강요했을까. '돌'이 건네는 말 없는 질문이 오히려 더 깊게 다가온다.

어쩌면 사람이 아닌 돌하르방이 마스크를 쓰고 있는 모습에서 우리는 더 큰 연민을 느끼는지도 모른다. 그 형상 앞에서 문득 생각이 많아진다. 코로나의 시간을 지나며 우리는 많은 것을 돌아보게 되었다. 무엇을 잃었고 무엇을 새겨야 할까. 돌하르방의 무언無言은 질문을 던지고 있는 것 같다. 그 시절 우리는 서로를 지켜내는 공동체였는가.

'돌로 만든 할아버지'라는 뜻의 '돌하르방'이라는 명칭은 본래 아이들 사이에서 입에서 입으로 불리던 별칭이었다. 故 김영돈 민속학자 등 전문가들이 이 이름에 주목하여 학술적으로 정리했고, 1971년 제주민속자료 제2호로 지정되며 오늘날의 공식 명칭으로 자리 잡았다고 작가는 전한다. 민간의 호명에서 공식 명칭으로 이행된 과정은, 돌하르방이라는 존재가 얼마나 오랫동안 제주의 문화와 삶 속에서 살아 있었는지를 방증한다.

『돌하르방』에서 특히 눈길을 끄는 대목은 두 가지 고전 기록이다. 첫째는 1980년 《제주신문》에 연재된 '제주 3읍성 돌하르방 설화', 둘째는 1991년 간행된 『민족전래동화 6권』에 수록된 '목석원 전설 - 갑돌이의 일생'이다. 작가가 창작한 두 이야기는 각기 다른 형식으로 씌어졌지만 공통적으로 설화 속에 깃든 시대 맥락을 되살리려 한다.

특히 '마스크를 쓴 돌하르방'이라는 이미지에 민속과 현대의 팬데믹 현실이 포개지면서 전통과 현재가 충돌하고 겹쳐지는 공간을 새롭게 기록한다. 돌하르방은 이로써 더 이상 과거의 유산만이 아니라 시대를 품고 가치를 발산하는 현재성으로 확장된다. 이처럼 『돌하르방』은 팬데믹을 지나온 우리 모두의 상처와 기억을 반영하는 문화적 거울이기도 하다.

2. 경계를 세우는 마음, 돌로 만든 정신

장영주 작가에게 돌하르방은 시간과 공간을 견디며 살아 있는 기억을 품은 존재다. 국내외를 막론하고 돌하르방이 있는 곳이라면 주저 없이 현장을 찾는 그의 실천은, '돌'이라는 물성을 통해 삶과 민속 그리고 기억의 결을 되살리려는 집요한 문학적 자세의 발현이라 할 수 있다.

이러한 탐방과 기록의 흐름은 2017년 『설문대할망』, 2020년 『제주목성을 떠난 돌하르방』 그리고 10여 권에 이르는 전자책 출간으로 이어졌으며, 그 중심에는 늘 민중의 목소리를 품은 설화가 놓여 있다. 본고에서는 1980년 《제주신문》에 연재된 「돌하르방 설화」를 중심으로 문학적·문화적 가치를 살펴보고자 한다.

돌은 정신적 수호자로서의 상징물

'돌하르방'이라는 명칭은 단순히 '돌로 만든 할아버지'라는 뜻을 넘어서, 공동체의 경계와 기억 그리고 신성한 수호의 뜻으로 기능해왔다. 「돌하르방 설화」는 이러한 내용이 어떻게 형성되고 어떠한 집단적 바람을 품고 있는지를 극적으로 보여주는 서사다. 다음은 그 서사의 한 대목이다.

"그렇다. 돌로 하여금 성을 지키게 함이로다."
성을 지키는 것이야 당연히 병사가 해야 마땅하며 또한 그래야 튼튼한 법인데, 한갓 돌로 하여금 성을 지키게 한다는 생각을 제주 목사는 하고 있었습니다.

- 장영주, 「돌하르방 설화」 본문 중에서

상징이란 단순히 드러나는 이미지가 아니라 그 이미지가 환기하는 정서와 문화적 기억이 복합적으로 결합된 표현 양식이다. 그것은 종종 집단 무의식의 형태로 나타나며 특정 공동체의 정서와 관념을 압축해 드러낸다.

이종철은 그의 저서 『한국의 장승』(민속원, 2009)에서 제주의 돌하르방은 성문을 수호하는 지킴이의 특징이 두드러지는 반면, 몽골의 석인상은 위대한 조상을 기리는 기념물로 무덤 유적의 일부라는 점에서 차이를 보인다고 설명한다. 그는 이 비교를 통해 돌하르방의 '지킴이'로서의 역할을 강조한다.

장영주 작가의 돌하르방 설화에서도 이 수호적 성격은 더욱 부각된다. "그렇다. 돌로 하여금 성을 지키게 함이로다."라는 목사의 발상은 단순한 기이함을 넘어선다. 오히려 이는 지역사회가 돌에 부여한 상징적 메타포이며, 수호신에 대한 집단적 믿음의 발현이다. 이는 병사가 지키는 물리적 성보다 더 강인한 보호를 제공하는 존재이다. 공동체의 기강과 안녕, 나아가 평화를 지켜줄 상징물로서의 돌, 그것이 필요했던 것이다. 이때 돌은 지역민의 집단적 열망과 신념을 응축한 신성한 형상으로 거듭난다.

기(器)보다 도(道)의 상징성 부각

돌하르방은 형태와 표정을 넘어선 '마음의 형상'이며 제주의 사람들과 공동체가 품은 의식이다. 「돌하르방 설화」는 바로 이 '기器'보다 '도道' 곧 정신과 이치의 중요성을 일깨운다. 돌을 잘 다듬는 기술보다 그 돌에 마음을 불어넣을 수 있는 사람이 필요하다는 설화 속 목사의 꿈은, 이 조형물에 깃든 윤리적 긴장을 표출하는 장면이다. 다음은 그 서사의 핵심 구절이다.

목사는 백성을 위한다는 게 어리석은 정신병자가 되었고, 백성을 위하여 일한다는 게 백성들의 손가락질을 받고 보니 기운이 하나도 없어 드러눕고 말았습니다.

'허허, 당장 일어나 일을 해야 할 게 아니더냐? 나라의 국록을 먹는 사람이 그렇게 나약해서야 어찌 백성들의 기강을 바르게 세울 것이며, 그런 허약한 정신을 가지고서야 어찌 나라를 튼튼히 지킨단 말인가? 일어나 기운을 차려라. 다시 돌을 다듬어라. 그 돌은 천하제일 석수장이의 힘으로 안 되느니라. 그는 기는 있되 마음이 없기 때문이니라. 돌을 마음으로 다듬는 사람을 찾아라. 그로 하여금 돌사람을 만들게 하라. 살아 움직이며 생각하는 힘과 지혜를 가진 돌사람을 만들게 하라.'

- 장영주, 「돌하르방 설화」 본문 중에서

설화 속 목사가 꿈에서 듣는 '목소리'는 오랜 시간 제주 공동체가 돌하르방에 기대어온 내면의 요청인 것 같다. 그 집단적 바람이 목사의 무의식 속에서 형상화된 것이다. 무의식에서 발현된다는 것은 그만큼 공동체 내부에 간절하게 각인된 감정이자 기억이라는 뜻이다. 우리는 때때로 의식적으로는 외면하던 진실이 무의식의 틈에서 모습을 드러내는 순간을 마주하게 된다. 이는 프로이트의 말처럼 억압된 욕망이나 기억이 상징의 형태로 표면에 떠오르는 심리적 작용으로도 읽을 수 있다. 이 꿈의 '목소리'는 바로 그런 심층적 감정의 반영이며 돌하르방은 그러한 감정의 그릇이다.

여기서 '기器'는 돌하르방의 외형적 기술, 즉 조각된 형상을 뜻한다면, '도道'는 그 형상에 깃들여야 할 마음의 태도이자 공동체의 염원이 담긴 내면의 이치를 의미한다. 장영주 작가는 "기는 있으되 마음이 없기 대문이니라."는 구절을 통해, 아무리 정교한 솜씨를 지닌 석공일지라도 지역민의 마음과 바람이 깃들지 않은 돌하르방은 진정한 의미를 갖기 어렵다고 말한다. 그가 강조하는 것은 기술 이전의 태도, 형상 이면의 정념이다.

따라서 "마음으로 돌을 다듬을 수 있는 사람을 찾아라."는 명령은 기술보다 윤리, 형상보다 진심, 곧 기보다 도의 상징성을 요청하는 서사적 전환점이다. 이 설화는 돌하르방을 '정신의 형상'으로 이해해야 함을 일깨운다. 결국 돌하르방은 누가 어떤 마음으로 만들었는가에 따라 그냥 돌덩이에 머물 수도 있고, 공동체의 기원을 수호하는 존재가 될 수도 있다.

힘과 지혜를 가진 신적 존재

현길언은 그의 저서 『제주문화론』(탐라목석원, 2001)에서 제주돌문화는 불모의 자연과 싸움을 통하여 삶의 지혜를 획득하여온 제주 사람의 삶의 역사가 그대로 나타나 있다고 보았다. 그 본질은 삶의 치열성과 진지함, 성취된 생활양식의 질박성에 있으며 돌같이 순박하면서도 견고한 것이라 할 수 있다. 그렇다. 제주는 육지와 떨어진 섬이다. 그 고립성은 지리적 조건을 넘어 삶의 방식과 신앙 구조, 나아가 집단적 상상력까지도 독자적인 형태로 형성해왔다. 척박한 자연환경과 외부로부터의 단절은 제주 사람들에게 강인한 생존의지를 요구했고 동시에 보이지 않는 힘에 대한 의지, 곧 신적 존재에 대한 신앙을 절실히 만들어냈다. 「돌하르방 설화」는 이러한 섬 사람들의 심성을 반영하듯, 돌을 '생각하고 움직이는 존재'로 승화시킨다.

장영주 작가는 꿈에서 깨어난 목사의 입을 빌려 '살아 움직이며 생각하는 힘과 지혜를 가진 돌사람'을 만들라는 명을 내리게 한다. 이는 한 개인의 꿈 너머에 있는 공동체가 오래도록 품어온 염원의 형상으로 드러나는 순간이다. 목사가 들은 목소리는 환상이 아니라 무의식 깊은 곳에서 떠오른 공동체의 내면적 요청일 것이다.

이 장면에서 돌사람은 섬 주민들이 상상해낸 신적 존재의 형상이다. 그리고 그 존재는 힘에 더해 지혜를 갖춘 존재여야 한다. 제주의 자연은 오래도록 척박했고 외세의 침입은 깊은 상처를 남겼다. 그 속에서 사람들은 마음을 기댈 수 있는 정신적 존재를 필요로 했다. 누구도 쉽게 대항할 수 없는 힘, 위기의 순간에 길을 안내할 수 있는 지혜가 필요했던 것이다. 그러한 공동체의 염원을 돌하르방이라는 형상에 담아낸다.

이 장면에 담긴 것은 분명하다. 돌하르방은 경계를 지키는 존재에서 나아가, 고립된 섬살이 속에서 태어난 방어의 신화이며 인

270

간적인 신성을 구현하기 위한 것이다. 작가는 돌하르방을 통해 제주인의 삶을 응축시킨다. 그리고 그 형상이 오늘의 독자들에게도 여전히 유효한 지혜의 표상으로 다가오기를 바란다.

외적·내적 영역을 구분 짓는 경계

경계는 공동체가 자기 존재를 지키기 위해 설정한 문화적·심리적 구분선이기도 하다. 「돌하르방 설화」에서 돌하르방은 '경계'의 역할을 품고 있는 존재로도 등장한다.

> "목사의 명을 받은 3읍 석수장이는 밤낮으로 돌을 다듬었습니다.
> '그렇도다. 바로 저 모습이로다. 옹중석이로다.'
> 목사는 기분이 좋았습니다. 비록 크기는 모두 달랐지만 얼굴 표정이며 생각하는 모습이 모두 같게 잘 만들었기 때문입니다.
> '저 돌 사람을 3읍성 입구에 세워라, 저것으로 하여금 경계를 그으라.'
> 목사는 돌사람을 세워 그곳이 성내임을 표시하였습니다."
>
> - 장영주, 「돌하르방 설화」 본문 중에서

여기서 돌하르방이 갖는 경계는 안과 밖을 구분하는 물리적 경계만이 아니라 정서적 공간의 분할을 포함한다. 즉 외적 침입으로부터 공동체를 보호하려는 목적과 내면의 질서와 안정을 유지하려는 염원이 함께 담겨있다. "저것으로 하여금 경계를 그으라."라고 한 설정은, 외래인이 성문 앞에 도달했을 때 이곳이 성내임을 알리는 '공간적 징표'인 동시에, 성안 사람들의 평화를 지키기 위한 '정신적 경계'로서의 기능을 부여한 것이다.

　제주의 삶은 외세와 자연이라는 이중의 압박 속에서 유지되어 왔다. 이러한 현실적 시련은 곧 내면적 평화를 간절히 바라는 마음으로 이어지고, 돌하르방은 그 경계에 세워져 이 둘 사이를 매개하는 존재로 자리한다. 따라서 돌하르방은 섬의 외부와 내부, 이질성과 동질성, 위협과 안전, 현실과 이상 사이에 서 있는 수호자이자 경계의 조율자라 할 수 있다.

　이처럼 「돌하르방 설화」는 제주의 돌에 의미를 부여하고 생명을 불어넣는 상상에서 출발한다. 아울러 하찮게 여겨질 수 있는 돌에 정신적 수호자로서의 가치를 부여하며, 따뜻한 마음과 윤리적 의지를 지닌 존재, 곧 도道를 통해 거듭나야 함을 강조한다. 나아가 돌하르방을 힘과 지혜를 겸비한 신적 존재로 설정함으로써, 공동체의 평화를 지키고 외세의 침입은 물론 내부의 혼란까지 통제할 수 있는 외적·내적 경계의 표상으로 제시한다.

　「돌하르방 설화」는 무생물인 돌이 '돌하르방'이라는 민중적 표본으로 거듭나는 의미화의 과정을 정교하게 구성하며, 이 과정 속에 제주의 지역성과 공동체 의식, 신화적 상상력을 촘촘히 녹여낸다. 이 작품은 민중의 바람과 집단 무의식이 어떻게 하나의 형상에 투영되고 전승되는지를 보여주는 문학적 시도라 볼 수 있다.

3. 사라진 얼굴, 되찾아야 할 기억

장영주 작가는 오랜 세월에 걸쳐 돌과 함께한 여정을 돌아보며, 돌문화 해설사 양성 프로그램의 강사로 참여한 경험이 본격적으로 돌 문화에 눈뜨는 계기가 되었다고 회고한다. 그의 활동은 언론사의 특집 영상과 《제주신문》 연재 기사 등을 통해 대중에게 알려졌고, 이를 바탕으로 돌하르방 관련 저서를 펴내며 꾸준한 작업을 이어왔다.

여러 권의 책을 집필하는 과정에서 일부 내용이 반복되거나 문장이 거칠게 남은 부분도 있으나, 그 한계를 상쇄하고도 남을 만큼 그의 기록과 자료 축적은 방대하고 주목할 만하다. 돌하르방은 마을마다 돌하르방의 조형적 특징이 다르게 존재하며 일정한 기본 모형이 있다고 말한다. 그러나 관광 상품화의 과정에서 이러한 고유한 특성은 무시되고 천편일률적인 형상으로 제작되는 현실에 대한 아쉬움을 토로한다. 물론 시대의 흐름 속에서 외형의 변형은 불가피할 수 있다. 그러나 상품으로 제작되는 돌하르방에도 그 진실된 가치가 투영되기를 바란다.

설화 속에서도 반복해서 말하듯, 돌하르방은 몸과 마음이 아름다운 사람이 정성과 혼을 담아 빚어야 한다는 것이 그의 당부이다. 하여 진정성을 지닌 석수장들이 그러한 돌을 다듬을 수 있도록 표준화된 자료 제작과 제도적 뒷받침의 필요성을 강조한다. 아울러 돌하르방을 민중의 삶을 담은 살아 있는 상징물로 지켜내기 위한 설화연구가로서의 실천적 제안을 아래와 같이 남긴다.

제주목성은 길이가 13km다. 이를 10분의 1로 축소하면 1.3km의 모형이 생길 것이다. 여기에 동서남문을 옛 모형을 짓고 S자 문 밖 길에 돌하르방 4기씩 두 군데 세우는데 그 크기는 원형대로, 모양도 원형대로 했으면 한다. 모형 제주목성 내에 설문대할망상을 높이 49m로 세웠으면 한다.

설문대할망의 키는 설화에 의하면 한라산을 베개 삼아 관탈섬에 발을 걸치고 잠을 잤다 하니 한라산과 관탈섬과의 거리가 49km로 이를 100의 1로 축소하면 49m가 되는 것이다. 이는 미국 자유 여신상의 키 높이보다 3m가 높음이니 이 또한 명물이 될 게 아닌가. 거기다 센서를 달아 출입할 때마다 설문대할망 노래가 자동 생성된다면 금상첨화리라.

탐라 본연의 제주목성과 탐라 본연의 돌하르방과 탐라를 창조한 설문대할망상이 한데 어우러져 탐라 선인의 생활 모습과 의식주를 한꺼번에 수용할 수 있는 디즈니랜드를 벤치마킹하면 좋을 것이다.

- 장영주 작가의 제안

여기에 더해 '한라에서 백두까지'라는 구절을 실현하려는 제안도 내놓는다. 한라산의 돌하르방 한 쌍을 백두산에 세우고, 그에 응답하듯 북한에서 백두산 호랑이 조각을 세운다면, 성을 내포하는 '통일 돌하르방' 프로젝트가 될 것이다. 이는 남북의 화해와 민족 동질가로서의 상상력과 문화기획자의 시야가 결합된 결과물이며, 민속문화의 보존과 재창조를 위한 실천적 구상이라 볼 수 있다.

장영주 작가는 이처럼 문화의 형상뿐 아니라 그 배후의 가치까지 지키려 노력한다. 특히 돌하르방이 원래의 자리를 벗어나 흩어져 있는 현실을 안타까워하며, 각 석상 원위치를 비정하고 일련번호를 부여해 역사적·교육적 자료로 활용할 수 있도록 체계를 정비하고자 한다. 이는 그 돌에 깃든 공동체의 시간과 기억을 복원하고자 하는 노력이라 볼 수 있다.

그러나 그가 남긴 여정에는 아직 끝나지 않은 질문이 남아 있다. 바로 사라진 돌하르방 1기에 대한 것이다. 200년 가까이 제주성을 지키던 그 돌하르방은 어디로 갔을까. 누가, 언제, 어떤 이유로 옮겼는지 아직 아무도 알지 못한다. 하여 작가는 "잃어버린 돌하르방을 부디 잊지 않기를" 간절히 바란다. 그것은 우리가 무엇을 지키고자 하는지, 또 무엇을 잃어버린 채 살아가고 있는지를 되묻는 질문이기도 하다. 이 애절한 메시지를 되새기다 보면, 불현듯 이무자 시인의 시 「사람을 찾습니다」가 떠오른다.

누구의 애절하고 간절한 / 소망 앞에 불을 밝히고 계시는지요 / 애타게 기다리는 나를 잊으셨나요 // 잃어버린 돌하르방을 찾아주세요 // 뭉텅한 코에 부리부리한 눈 / 머리에 벙거지를 쓰고 현무암 옷을 입고 있습니다 // 이런 분을 보셨나요, 보호하고 계신가요, / 제발 연락 좀 주세요

- 이무자, 「사람을 찾습니다」 부분

이무자 시인의 「사람을 찾습니다」는 실종된 누군가를 찾는 간절한 호소로 시작된다. 시 속에서 반복되는 "잃어버린 돌하르방을

찾아주세요", "제발 연락 좀 주세요"와 같은 절박한 문장은 기억의 상실과 존재의 부재에 대한 깊은 애도이자 공동체적 요청으로 읽힌다. 뭉텅한 코, 부리부리한 눈, 벙거지를 쓴 머리, 현무암 옷…. 잃어버린 돌하르방 한 기는 제주 공동체가 잃어버린 정체성일 수도 있다. 그 한 기를 다시 찾는 일은 곧 우리가 외면해 온 전통과 기억, 그리고 마음의 경계를 되찾는 여정이다.

돌은 말이 없지만 오래된 시간을 품은 존재다. 바람이 스치고 계절이 물러가도 묵묵히 그 자리를 지키며 누군가의 발걸음을 기다려온 존재. 장영주 작가가 오랜 세월 돌과 함께 걸어온 이유도 어쩌면 그 침묵 속에 깃든 이야기들을 듣기 위해서였는지 모른다.

마을 어귀, 성문 앞, 이국의 거리 한편에 서 있는 돌하르방은 그저 돌이 아니다. 그것은 공동체의 얼굴이며, 흩어진 기억을 붙들고 서 있는 한 시대의 초상이다. 누군가는 그 돌 앞에서 길을 묻고 또 누군가는 잃어버린 무언가를 되찾는다. 그러니 사라진 한 기의 돌하르방을 찾는 일은, 단지 한 점의 유산을 복원하는 것을 넘어 잊히지 않기를 바라는 어떤 마음을 되살리는 일이다.

기억은 종종 사라지지만 누군가의 발걸음이 닿는 곳에서 다시 피어난다. 그렇게 제주의 돌은 오늘도 우리 삶의 경계에서 말없이 그 시간을 지켜보고 있다.

제주어 시와 시조

모자_{母子}가 엮은 제주어 감정 동시집 - 김신자 동시집 읽기와 독서지도 확장성

- 김신자 글, 강성구 그림, 『잘도 아끔다이』, 한그루, 2025

양전형 작가가 남긴 제주어 시학과 제주어 문학의 미래

- 양전형, 『허천바레당 푸더진다』, 『게무로사 못살리카』, 『굴메』, 『제주어 용례사전』, 『목심』

제주어에 발효된 서정과 서사성_자연의 결, 제주어의 결

- 김정숙, 『섬의 레음은 수평선 아래 있다』, 한그루, 2023

모자母子가 엮은 제주어 감정 동시집
- 김신자 동시집 읽기와 독서지도 확장성

김신자 글, 강성구 그림, 『잘도 아꼽다이』, 한그루, 2025

세상에서 가장 오래된 대화는 어머니와 자식 사이에서 시작된다. 말이 없어도 통하고 떨어져 있어도 마음이 닿는 그 끈은 누구도 대신할 수 없다. 김신자 시인의 시집에는 바로 그 특별한 숨결이 배어 있다. 대학생 아들이 엄마의 정신세계 속으로 조심스레 걸어 들어와 그 마음을 함께 읽어준다는 것은 얼마나 귀하고 아름다운 일인가. 『잘도 아꼽다이』는 엄마와 아들이 손을 맞잡고 빚어낸 제주어 감정 단어 찾기 동시집이다. 시인은 아이들과 함께한 수업에서 마주한 동심의 세계를 제주어의 감각으로 형상화했고 아들은 그 감정이 지닌 색채를 그림으로 담아냈다. 서로의 마음을 주고받으며 완성한 이 동시집 속에는 두 사람이 나눈 진지한 눈빛과 웃음이 고스란히 스며 있다. 시와 그림은 서로 다른 길에서 출발했지만 독자의 마음속에서는 한 폭의 풍경화처럼 함께 번져간다.

김신자 시인은 2001년《제주시조》지상 백일장에 당선된 뒤 2004년《열린 시학》으로 등단했다. 제주대학교 국어교육과 박사과정을 수료하며 제주어 속 감정 표현을 연구했고 시집『당산봉 꽃몸살』, 『난바르』,『용수리, 슬지 않는 산호초 기억 같은』,『콜비에 썼던 문장은 돌아오지 않는다』등을 펴냈다. 또한 제주어 원문 수필집『그릇제

도 매기독닥』,『보리밥 곤밥 반지기밥』으로 글맛과 말맛을 함께 살려냈으며 최근에는『잘도 아꼽다이』를 통해 어린이 문학 속에도 제주어의 숨결을 따뜻하게 불어넣었다.

이 동시집의 중심에는 '감정을 조절하며 올바르게 표현하는 법'에 대한 성찰과 이를 품은 동심의 시적 발상이 내재되어 있다. 시인은 서문에서 "자신의 감정을 제대로 알고 표현하는 것이 좋은 관계로 이어진다."라며 아이들의 감정 상태를 제주어로 표현해보게 하고 스스로 성찰할 수 있도록 다양한 상황을 시적으로 형상화한다. 이 동시집은 '들싹들싹, 울칵울칵, 붕당붕당, 춤막춤막, 오망오망' 등 다섯 챕터로 구성되어 있으며 일상과 존재, 환경과 생태, 관계와 사랑 등 폭넓은 주제 속 동심을 생동감 있게 그려냈다.

『잘도 아꼽다이』에 실린 동시들은 모두 제주어로 병기되어 어린이 독자들이 특별한 언어의 결을 직접 느낄 수 있게 한다. 제주어에는 표준어로는 온전히 담기 어려운 감정의 빛깔이 있다. '아꼽다이'라는 말만 해도 귀여움과 사랑스러움이 함께 깃들어 있으며 그 속에는 제주 사람들의 삶과 기억이 고스란히 스며 있다. 여기에 엄마 김신자 시인의 시와 아들 강성구 학생의 그림이 어우러져 모자의 시정詩情을 완성했다. 그림과 언어가 함께 자라는 이 감성 동시집은 어린이에게는 마음을 표현하는 길을, 어른에게는 말의 뿌리와 온기를 새롭게 일깨운다.

1. 그림과 동시가 빚어낸 감정의 결

김신자 시인의 동시는 아이의 시선과 말투를 빌려 마음의 깊은 결을 드러내고, 강성구 학생의 그림은 그 결 위에 빛과 온기를 더한다. 시 속 울음과 웃음, 호기심과 사유는 그림 속 색과 선을 만나 더욱 입체적인 표정을 갖게 된다. 「눈물」의 서운함과 억울함, 「비염」의 웃음 속 사색, 「연두색 마술사」의 다름 속 같음은 그림과 언어가 서로의 숨결을 이어받으며 독자 앞에 선다. 이 만남 속에서 우리는 단어와 색채가 맞물려 만들어내는 정서의 층위를 느끼고, 그 층위가 우리 마음 깊숙이 스며드는 순간을 경험하게 된다. (동시집에 삽입된 그림들은 원래 채색되어 있으나 흑백인쇄로 인해 무채색으로 표현되었다.)

감정의 홍수를 건너는 아이의 말 - 「눈물」

내 마음 / 몰라줄 따 / 자꾸자꾸 나온다 / 내 마음 / 알아주면 / 서
운하고 억울한 게 더 / 많이 많이 나온다

- 「눈물」 전문

나 ᄆ심 / 몰라줄 때 / 자꼬자꼬 나온다 / 나 ᄆ심 / 알아주민 / 을
큰ᄒ고 메푼 게 더 / 하영 하영 나온다

- 「눈물」 전문

마음은 참 묘하다. 알아주지 않으면 서운해서 자꾸 밖으로 새
어 나오고 알아주면 또 이상하게 더 많은 서운함이 고개를 든다. 강
성구의 그림에서 또르르 내리는 눈물방울이 그걸 말해주고 있다.
아이들은 더 그런 것 같다. 속상한 일을 아무도 몰라주면 눈물이
그렁그렁 맺히고 알아주면 그 눈물이 단번에 넘쳐 훌쩍이게 된다.

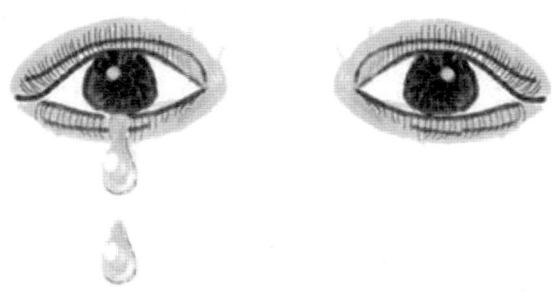

강성구 그림, 김신자 동시 〈눈물〉

김신자 시인의 「눈물」은 이런 마음의 결을 짧고 간결한 시심 속에 선명하게 새겨 놓는다. 특히 주목할 것은 제주어 표현이다. '내 마음'이 아니라 '나 ᄆᆞ심'이라 할 때, 그 울림은 머리보다 가슴에서, 가슴보다 몸속 깊은 데서 먼저 치밀어 올라오는 듯하다. 숨결에 실린 채 가슴을 울리고 목울대를 건드린 뒤, 결국 터져 나와 세상에 닿는 그 순간까지 감정의 온기를 잃지 않는다.

동시 속 마음은 '자꾸자꾸', '많이 많이'라는 반복어로 숨김없이 쏟아지고, 제주어 버전에서는 '자꼬자꼬', '하영 하영'이 그 자리를 채운다. '하영'은 양이 많다는 뜻이지만 울음이나 서운함이 한꺼번에 터져 나오는 순간의 숨가쁨을 함께 담는다. 아이가 울다 울다 숨을 몰아쉬듯, 이 말에는 표준어보다 훨씬 살아 있는 리듬과 온기가 배어 있다. 그래서 소리 내어 감상하다 보면 저도 모르게 마음이 소리로 변하는 경험을 하게 된다.

마지막 구절의 "을큰ᄒᆞ고 메푼"은 제주 감정어 가운데서도 특별하다. '을큰ᄒᆞ다'는 서운한 마음을, '메푸다'는 억울한 속내를 가리킨다. 시인은 이 두 감정을 나란히 두어 복잡하게 뒤섞인 속마음을 하나의 덩어리처럼 형상화한다. 심리학에서 말하는 '감정의 홍수 상태'가 바로 여기에 해당한다. 강력한 부정적 감정이 한꺼번에 몰려와 마음의 균형이 무너진 상태에서, 타자의 공감과 인정을 받는 순간은 '안전 신호'가 되어 감정의 방향을 바꾼다. 그 신호가 닿으면 억눌린 감정은 울음이나 한숨으로 한꺼번에 방출되고, 이후 심박과 호흡이 안정되며 평형 상태로 돌아간다.

「눈물」은 바로 이 과정을 시적 결로 압축한다. 울음은 아이 마음 깊은 곳에 사랑받고 싶은 마음, 이해받고 싶은 욕구, 알아주길 바라는 간절함을 품고 있다. 그리고 그 마음을 알아주는 순간, 차곡차곡 쌓여 있던 감정이 와르르 무너져 해소점에 다다른다. 시는 그 해소의 순간을 포착해, 울음이 단순한 슬픔이 아니라 관계 속에서 비로소 풀리는 마음의 결이라는 사실을 선명하게 보여준다. 이처럼 감정의 홍수는 알아주기 → 방출 → 회복이라는 순환으로 마무리되며 「눈물」은 이 전 과정을 짧은 시 속에 압축해 울음의 해소점을 생생하게 보여주고 있다.

특히 동시라는 장르적 특성이 여기서 중요한 문학적 장치로 작동한다. 동시는 아이의 시선과 말투를 빌려 세상을 바라보기에 감정의 홍수를 복잡한 개념이 아니라 단순하고 반복적인 언어로 순화해 표현할 수 있다. 반복어, 의성어·의태어, 그리고 제주어 특유의 구어 감각은 아이의 심리를 독자의 청각과 호흡 속에 그대로 이식하는 통로가 된다. 이러한 장치는 독자가 시를 읽으며 단순히 '이해'하는 것을 넘어 아이와 함께 숨을 몰아쉬고 울음을 토해내는 체험으로까지 확장할 수 있다.

콧구멍 철학자의 웃음과 눈물

풀어도 풀어도 / 줄줄이 나오는 콧물 / 먹은 물이 다 / 콧속으로 들어갔나 / 내 작은 코 / 훌쩍훌쩍 서럽게 / 큰소리로 우는 소리

- 「비염」 전문

283

풀어도 풀어도 / 줄줄이 나오는 콧물 / 먹은 물이 믄 / 콧소곱이 들
어가신가 / 나 죽은 코 / 홀짝홀짝 설룹게 / 큰소리로 우는 소리

– 「비염」 전문

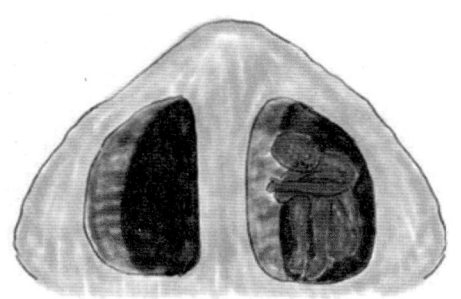

강성구 그림, 김신자 동시 〈비염〉

사실 이 시는 무엇보다 강성구의 그림이 먼저 말을 건다. 첫 시
선은 혼자 웃음을 터뜨리게 하는 커다란 콧구멍이다. 그러나 그 속
을 들여다보면 웅크린 꼬마 철학자가 기다리고 있다. 이번에는 웃
음이 아니라 사유의 미소가 번진다. 엄마의 감성과 아들 강성구의
감성이 맞닿아 탄생한 이 '콧구멍 철학'은 어쩌면 이렇게도 위트 있
고 익살스러운가. 웃음을 거쳐 사유로 향하는 길목에서 필자는 바
슐라르의 『공간의 시학』과 닮은 점을 발견하게 된다. 그 작은 방은
은신처이자 둥지이며 숨의 가장 깊은 코너에서 피어나는 사유의
씨앗이다. 아이는 웃음을 보고 철학자는 고독을 본다. 그리고 우
리는 그 둘을 동시에 본다.

그때 시 속에서 작은 사유의 울음소리가 스민다. "먹은 물이 믄

/ 콧소곱이 들어가신가" - 먹은 물이 다 콧속으로 들어가 버렸나 하는 동심의 궁금증이다. 짧은 문장 속에 아이의 감각적 관찰과 웃픈 현실이 함께 있다. 콧속은 이제 콧물의 저수지이자 눈물의 하류이며, 꼬마 철학자의 작은 서재처럼 보인다. 이 지점에서 어린이 독자들은 무한한 상상의 나래를 펼칠 것이다. 아, 세상을 보는 '두 눈' 속에는 어떤 생각이 숨어 있을까. 꼭 다문 '입' 속에는 어떤 비밀을 감추고 있을까. 그림은 이런 질문으로 아이들의 상상력을 넓히고 그 상상은 다시 동시의 언어와 맞물려 또 다른 세계를 연다. 이처럼 그림 속 코는 은밀한 비밀창고처럼 울음과 웃음을 동시에 쌓아 둔다. '훌쩍훌쩍 설룹게' 울다가도 그 방 안의 꼬마 철학자가 "겐디 너미 웃기지 안흐우꽈?" 하고 중얼거릴 것만 같다.

강성구의 그림은 이처럼 사소한 신체 공간마저 이야기의 무대로 만들어버리는 놀라운 감각을 보여준다. 그의 시선은 동심의 장난기와 철학적 깊이를 한 화면에 공존시키고, 김신자 시인은 위트 있는 언어 감각으로 동심의 문학을 마음껏 펼친다. 웃음과 눈물이 오가는 그 은신처 속에서 우리는 그림과 시가 만나 탄생하는 새로운 문학적 가치를 엿보게 된다.

연두색 마술사의 반전 - 「연두색 마술사」

못생긴 검은 콩 한 알 심고 / 찌그러진 누런 콩 한 알 심고 / 하얀 콩도 한 알 심었는데 / 땅속에서 눈 뜨고 나올 땐 / 모두 예쁘고 연노란

새싹이다 / 땅속엔 신기한 / 연두색 마술사가 사나 봐

- 「연두색 마술사」 전문

 못생긴 검은 콩 흔 방올 싱그고 / 멜라지고 누렁흔 콩 흔 방올 싱그
고 / 혜양흔 콩도 흔 방올 싱거신디 / 땅 소곱이서 눈 텅 나올 땐 / ᄆ
딱 곱닥ᄒ고 연노란 새싹이다 / 땅 소곱엔 신기한 / 연두색 마술사가
사는 셍이여

- 「연두색 마술사」 전문

강성구 그림, 김신자 동시 〈연두색 마술사〉

 「연두색 마술사」의 그림 장면은 참 귀엽다. 못생기고 찌그러진
콩들이 차례로 등장하지만, 마치 알콩달콩 봄맞이를 준비하는 가
족 같다. 그림 속 표정 때문인지, 아니면 시 속 말씨 때문인지, 그
풍경은 따뜻하게 다가온다. 마치 아이가 작은 손바닥에 콩을 하나
씩 올려놓고 살펴보는 모습 같다. 콩마다 모양이 달라 신기해하면
서도 고개를 갸웃거리기도 할 것이다.

그러나 처음 장면을 넘어서자 이어지는 내용에서의 반전을 만난다. 이는 독자가 처음에 품었던 인상이나 예상을 뒤집는다. 아울러 못생기고 찌그러진 콩이라는 출발점은 이미 후에 펼쳐질 변화의 대비를 극대화한다. 이 '낮춤'과 '올림'의 구조는 결과적으로 생명의 변화와 성장을 아이의 눈으로 생각해 보게 한다. 어린이의 눈으로 보면 오히려 이 반전은 단순하다. 각각의 다름 속에서 같음을 이해하는 것이다.

마지막 두 행에 나오는 '연두색 마술사'는 특히 마음에 남는다. 땅속은 보이지 않지만 그 안에서는 분명 무언가가 일어나고 있다. 아이의 눈에는 그것이 마술사로 비쳤을 것이다. 콩을 깨우고 싹을 틔우고 모두에게 똑같이 연둣빛 옷을 입혀 주는 그 손길에는 햇빛과 물, 흙, 온도를 녹여내는 자연의 기적과 울림이 숨어 있다. 시인은 이 장면을 봄맞이 작업으로 의미화하며, 봄의 흙냄새 속에 조그맣게 숨 쉬는 마술사의 손놀림처럼 그려낸다.

이처럼 「연두색 마술사」는 생명의 시작이 다름이 아니라 같음에서 비롯된다는 보편적인 진리를 전한다. 못생긴 콩도, 누런 콩도, 하얀 콩도 결국 같은 빛깔의 새싹으로 올라온다. 제주어 원문에서 새싹을 묘사한 "문뜨 곱닥ᄒ고"라는 말은 '몹시 예쁘고 아름답다'는 뜻을 품으며, 그 안에 보는 순간의 설렘과 오래 간직하고 싶은 사랑스러움이 함께 스며 있다. 그래서 이 시를 감상하는 독자들은 콩 하나를 심고 땅속에서 연둣빛 옷을 입은 마술사가 세상 위로 올라오기를 손꼽아 기다리게 될 것이다.

위 동시 세 편이 보여주는 동심의 세계는 그림과 언어의 상호작용과 관계 속에서의 감정의 해소와 회복으로 이어진다. 아울러 강성구 학생의 그림은 김신자 시인의 동시와 맞물려 언어의 결을 시각적으로 확장하고 그 제주어의 울림은 감정을 한층 더 생생하게 만든다. 결국 이 모자母子의 여정 속에서 독자는 말과 색, 웃음과 눈물, 다름과 같음이 서로를 비추며 만들어내는 정서의 층위를 체험하게 된다.

2. 뒤척이는 지구, 숨 쉬는 바다
- 제주어 동시로 만나는 생명의 목소리

김신자 시인의 「열대야」, 「경고」, 「제주 바당」은 제주어 동시의 말맛과 동심의 시선을 통해 지구와 자연을 살아 있는 존재로 불러낸다. 한여름 밤의 '뒤척뒤척'은 단순한 더위의 풍경을 넘어 기후 위기 속 지구의 몸부림으로 확장되고, 이어지는 「경고」에서는 그 지구가 스스로의 목소리로 분노를 선언한다. 반면 「제주 바당」의 '출랑출랑'은 바다가 숨 쉬고 깨어 있는 생명임을 알려주며 섬과 사람을 지켜주는 든든한 친구로 그려진다. 세 편 모두 반복어, 의성·의태어, 그리고 제주어 특유의 리듬을 문학적 장치로 삼아 아이의 감각과 상상 속에 생명의 목소리를 새겨 넣는다. 그 목소리는 단지 시 속에 머물지 않고 우리 모두가 지켜야 할 관계와 책임의 자리로 독자를 부른다.

뒤척이는 지구의 여름밤 - 「열대야」

우리 집 안방 / 엄마 아빠 뒤척뒤척 / 아파트 자가용 밑 / 고양이가 뒤척뒤척 / 할머니네 돌담 사이 / 쥐며느리도 뒤척뒤척 / 저지리 곶자왈 / 새들도 뒤척뒤척 / 모두가 노곤하게 꼴딱 샌 밤

- 「열대야」 전문

우리 집 안구들 / 어멍 아방 뒤척뒤척 / 아파트 자가용 아래 / 고넹이가 뒤척뒤척 / 할무니네 올담 수이 / 중이메누리도 뒤척뒤척 / 저지리 곶자왈 / 생이덜토 뒤척뒤척 / 몬덜 눼곤ᄒ

- 「열대야」 전문

최근의 여름은 정말 후끈후끈했다. 대낮 거리는 사우나처럼 뜨겁고 밤은 단잠을 방해하는 지독한 장난꾸러기 같다. 창문을 열어도 바람은 들어오지 않고 더운 공기가 훅 하고 이불처럼 무겁게 덮여 온다. 그럴 때면 동시 속의 '뒤척뒤척'이 필자의 방에서도 피할 수 없는 현실이 된다.

며칠 전, 도서관 뒷동산에서 열대야에 지친 고양이를 보았다. 평소에는 경쾌하게 "야옹" 하고 애교를 부리며 꼬리를 흔들던 녀석이 그날은 축 늘어져, 동시 속 아파트 자가용 밑 고양이처럼 숨만 고르고 있었다. 그 모습이 어찌나 마음을 아리게 했는지 모른다. 말도 못 하는 이 녀석이 얼마나 더울까. 열대야의 피해는 비단 동물만이 아니다. 매일 물을 주는데도 불구하고, 손바닥만 한 꽃

밭의 국화잎사귀들이 힘이 빠져 흐물흐물 고통을 받고 있었다. 마치 할머니네 돌담 사이의 쥐며느리처럼 더위를 견디느라 버티고 있는 듯했다.

동시 속 저지리 곶자왈의 새들도 같은 처지다. 실제 하늘의 새들 역시 이 더위에 날갯짓이 무겁다. 아이들은 그 모습을 보고 "새들도 뒤척뒤척하는 거야?" 하고 묻는다. 그렇다. 이 한여름에는 사람도 고양이도 꽃도 새도 모두가 '뒤척뒤척'이다. 그 뒤척임 속에서 화자는 조용히 일깨운다. 지구가 열이 나면 사람만이 아니라 함께 사는 모든 생명이 힘들어진다는 사실을. 이 뒤척뒤척은 우리가 사는 섬에만 국한된 이야기가 아니다. 나라를 넘어 전 세계가 함께 몸을 뒤척이고 있다. 그리고 여기서 시인은 다음 시편의 제목을 미리 내민다. 「경고」. 짧고 날카로운 이 한 단어는 이미 결심을 품고 있다. '더 이상 못 참겠다'는 선언과 숲과 바다와 하늘이 한목소리로 외치는 절박함을 미리 예고하고 있다.

지구가 화난 날 - 「경고」

더 이상 참을 수가 없다 / 세 들어 사는 너희들이 / 숲을 무너뜨리고 / 물을 오염시키고 / 쓰레기를 마구 버리니 / 아무리 봐주려고 해도 / 더 이상은 못 참겠다 / 불볕더위야 엄청 더워라! / 지진아 무너뜨려라! / 홍수야 다 휩쓸어버려라! / 아이고, 어떡해 / 지구가 정말 화났나 봐

- 「경고」 전문

더 이상 못 춤으켜 / 세 들엉 사는 너네덜이 / 숨풀을 멜라불고 / 물을 오염시키고 / 씨레기를 들구 데껴부난 / 아멩 봐주젱 ᄒ여도 / 더 이상은 못 춤으켜 / ᄀᆞ랑벳더우야 삭삭 더와불라! / 지진아 멜싸 불라! / 홍수야 ᄆᆞᆫ 끗엉 가 불라! / 아이고, 어떵ᄒ코 / 지구가 춤말 부에난 생이여게

- 「경고」 전문

「열대야」가 우리에게 보여준 것은 한여름 밤의 뒤척임이 단지 더위 때문만은 아니라는 사실이다. 그 뒤에는 기후 변화와 맞물린 지구의 위기가 있다. 최근 뉴스 속에는 지중해와 북미, 동남아에서 이어지는 폭염과 산불, 빠르게 녹아내리는 빙하와 높아지는 바닷물 이야기가 자주 등장한다. 바다의 온도가 오르면서 폭염과 열대야가 길어지고 숲과 바다의 생명이 위태로워지고 결국 모든 존재의 삶이 흔들린다고 전문가들은 말한다.

이렇게 지구의 '뒤척뒤척'이 오래 이어지면 이야기는 달라진다. 김신자 시인은 「열대야」에서 가만히 말을 풀어놓다가 「경고」에서 분명한 뜻을 전한다. 표준어 "더 이상 참을 수가 없다"와 제주어 "더 이상 못 춤으켜"는 그 뜻이 단호하면서도 담백하게 다가온다.

불볕더위와 지진, 홍수까지 등장해 자연이 스스로 반격을 준비하는 모습은 동화 속 마법 주문처럼 보인다. 하지만 그 속뜻은 결코 가볍지 않다. 아이들이 이 동시를 읽으면 단순히 무더위를 묘사한 시구에서 웃음을 느끼다가도 지구가 화를 낸다는 표현에서

문득 멈칫하게 된다. 친근한 어투와 간단한 표현 속에 지구를 하나의 살아 있는 존재로 느끼게 되고 환경이 아프면 우리 삶도 함께 아프다는 사실을 깨닫는다. 시는 이렇게 아이들의 마음속에 지구와 친구가 되는 상상을 심어주고 작은 실천의 필요성을 자연스럽게 일깨운다.

「열대야」가 무더위 속에서 서로를 보듬는 연대를 보여줬다면 「경고」는 그 연대가 무너질 때의 무서운 결말을 예고한다. 위트와 동심을 입은 채 시인은 점점 목소리를 높이며 독자를 깨우는 자리로 이끈다. 마지막 "아이고, 어떡해 / 지구가 정말 화났나 봐"와 "아이고, 어떵ᄒ코 / 지구가 춤말 부에난 생이여게"는 한숨처럼 들리지만 그 안에는 늦기 전에 행동하라는 부름이 담겨 있다. 웃으며 읽던 독자는 이 대목에서 발걸음을 멈춘다. 이제 열대야의 '뒤척뒤척'은 단순한 잠자리의 몸부림이 아니라 지구가 몸을 비틀며 보내는 마지막 메시지일지 모른다.

최근 무더운 여름밤이 이어지다 보니, 이 동시들을 읽으며 더 깊이 감정이입하게 된다. 아이들은 「열대야」와 「경고」를 함께 감상하며 지금의 기후 상황이 단순한 날씨 변화가 아니라 지구가 보내는 경고임을 깨닫는다. 독서지도 관점에서 학생들에게 접근한다면 먼저 교사가 표준어와 제주어 버전을 나란히 들려주어 말의 어감 차이와 지역 언어의 매력을 자연스럽게 느끼도록 안내할 수 있다. 이후 아이들은 '화난 지구'와 '웃는 지구'의 모습을 자유롭게 그려 보고 동시 속에서 가장 마음에 남는 구절을 골라 그 이유를 나누며 서로의 생각을 확장해 나갈 수 있다.

또한 "지구가 화났다"는 표현이 담고 있는 의미를 함께 풀어 보고, 우리 주변에서 나타나는 다양한 지구의 경고 사례를 나눈다. 활동을 마친 뒤에는 오늘 읽은 시를 바탕으로 '지구에게 보내는 편지'를 쓰거나, 지구가 웃는 얼굴로 돌아가기 위해 자신이 할 수 있는 일을 그림과 글로 표현해 본다. 이어 '지구를 지키는 하루 약속' 벽보를 만들어 각자의 약속을 적고, 한 달 동안 실천하며 서로를 격려하는 과정도 마련한다. 이렇게 활동을 이어가면 아이들은 지구를 하나의 살아 있는 친구로 느끼게 되고, 환경을 지키려는 책임감과 실천 의지가 마음속에서 차곡차곡 자라날 것이다.

「열대야」와 「경고」가 보여준 것은 분명하다. 먼저 우리는 무더운 밤의 '뒤척뒤척'에서 지구가 보내는 신호를 인식하고, 이어지는 '더 이상 못 참겠다'는 목소리에서 기후위기의 절박한 경고를 듣는다. 그러나 희망은 있다. 시의 다음 자리에 놓이는 것은 여전히 우리를 품고 있는 바다, 그리고 그 품 안에서 다시 살아갈 수 있다는 것이다. 이제 시선은 제주 바다로 옮겨진다. 살아 있는 바다와 마주할 때 우리는 더욱 깊이 기후위기의 환경문제와 맞닥뜨리게 된다. 그만큼 바다는 우리 존재의 한계를 일깨우고, 지켜야 할 생명의 경계를 선명히 보여준다.

깨어 있는 바다의 약속 - 「제주 바당」

엄마, 바다도 살아 있는 거야? // 그럼, 출렁출렁 / 파도로 숨쉬며 사는 거지 // 그런데 왜 바다는 잠 안 자? // 바다가 잠들면 큰일 나 / 잠

들어 버리면 / 누가 제주 섬을 훔쳐갈지 몰라

- 「제주 바다」 전문

어무니, 바당도 살아 이신 거? // 기여게, 출랑출랑 / 파도로 숨쉬멍
사는 거주 // 겐디 무사 바당은 좀 안 자? // 바당이 좀들민 큰일 나 /
좀들어 불민 / 누게가 제주 섬을 훔쳐갈지 몰라

- 「제주 바당」 전문

　「열대야」와 「경고」가 보여준 것은 기후위기 앞에서 우리가 반
드시 거쳐야 하는 두 단계였다. 먼저 한여름 밤의 '뒤척뒤척' 속에
서 지구가 보내는 신호를 인식하고, 이어지는 '더 이상 못 참겠다'
는 목소리에서 절박한 경고를 듣는다. 그리고 시선은 마지막 단계
로 향한다. 여전히 우리를 품어주는 존재, 지구와 다시 손을 맞잡
게 하는 희망이다. 김신자 시인의 「제주 바당」이 바로 그 자리에서
펼쳐진다.

　"어무니, 바당도 살아 이신 거?" 시는 아이의 아꼬운 질문에서
출발한다. 바다가 숨 쉬고 논다는 사실을 받아들이며, 그 역시 살
아 있는 존재가 아니냐고 묻는 아이의 목소리는 지구와의 관계를
회복하는 첫걸음이다. 이에 대한 어머니의 대답은 푸근한 제주어
입말로 전해진다. "기여게, 출랑출랑 / 놀로 숨쉬멍 사는 거주." '출
랑출랑'이라는 의성·의태어는 물결의 움직임을 시각과 청각으로
동시에 전하며, 자연에 생명을 부여하는 물활론적 상상력을 품고
있다.

아이는 이어 "겐디 무사 바당은 좀 안 자?"라고 묻는다. 살아 있는 존재라면 잠드 자야 한다는 순수한 호기심 속에는, 존재의 리듬과 세계의 이치를 탐색하는 동심의 철학이 담겨 있다. 어머니의 답은 익살스럽지만 깊다. "바당이 좀들민 큰일 나 / 좀들어 불민 / 누게가 제주 섬을 훔쳐갈지 몰라." 바다는 깨어 있어야 섬을 지킬 수 있다는 말은 곧 자연의 깨어 있음이 건강한 지구 환경의 지속 가능성을 담보한다는 은유다.

이처럼 「제주 바당」은 자연과 인간이 서로를 지켜주며 관계를 회복하는 장면을 동심의 은유로 형상화한다. 「열대야」의 '뒤척뒤척'과 「경고」의 절박한 외침을 지나, 우리는 살아 있는 바다를 친구처럼 부르며 희망의 자리에 함께하고자 한다. 김신자 시인은 ① 인식(뒤척이는 지구) → ② 경고(지구가 화난 날) → ③ 희망(깨어 있는 바다의 약속)이라는 3단계 흐름 속에서, 바다가 더 이상 배경이 아니라 함께 숨 쉬고 깨어 있는 동반자로 다가오게 한다. 이때 독자는 지구를 지키는 일이 곧 우리 자신을 지키며 함께 사는 일임을 자연스럽게 깨닫게 된다.

3. 가족의 설렘과 사랑 속에 표현되는 제주어 뉘앙스

가족의 설렘과 사랑은 일상의 평범한 순간에서도 따뜻하게 피어난다. 김신자 시인의 동시 「봄소풍」, 「나강셍이」, 「마!」에는 그러한 순간이 제주어의 말맛과 억양 속에 고스란히 스며 있다. 봄날 꽃과 함께 설레는 가족의 발걸음, 손자 손녀를 향한 할머니의 애정 어린 부름, 억양 하나로 감정의 온도가 달라지는 짧은 호칭어 '마'까지, 시인은 일상의 언어를 빛과 온기로 물들인다. 세 편의 작품은 제주어가 지닌 뉘앙스가 어떻게 사랑과 설렘의 정서를 한층 풍부하게 만드는지를 보여주며, 동시에 언어가 곧 마음의 풍경이 되는 문학적 경험을 선사한다.

봄빛 속 가족, 꽃이 된 발걸음 - 「봄소풍」

> 엄마는 진달래 구두 신고 / 아빠는 수선화 모자 쓰고 / 언니는 벚꽃 원피스 입고 / 나는 머리에 민들레꽃 브로치 꽂고 / 봄소풍 간다 / 온 식구 다 설레어 꽃이 되었다
>
> — 「봄소풍」 전문

> 어멍은 선달래고장 구두 신고 / 아방은 물마농꼿 모제 쓰고 / 성은 벚꼿 원피스 입고 / 나는 머리에 쓴부루게꼿 브로치 꽂고 / 봄소풍 간다 / 온 식솔 몬 복삭거리멍 꼿이 뒈엇다
>
> — 「봄소풍」 전문

봄은 마치 오래 기다린 소풍 같다. 햇살이 들판 위로 부드럽게 번지고 꽃잎 사이로 살짝 스치는 바람이 웃음을 몰고 온다. 풀 냄새에 묻은 흙 향기까지 모두가 환한 초대장이 되어 손짓한다. 전날 밤, 잠시 짐을 내려놓은 채 설레는 기다림 속에 들었던 심장 소리를 누구나 기억할 것이다. 가방 속에 도시락과 간식을 곱게 챙

기고, 아침에 입을 옷을 미리 걸어두는 그 분주한 순간부터 이미 소풍은 시작된다. 한자어 '소풍逍風'이 말해주듯, 바람을 따라 거니는 여유와 해방이 봄 속에 가득 스민다. 김신자 시인의 동시 「봄소풍」도 바로 그 바람 속에서 꽃과 웃음, 발걸음이 한꺼번에 터져 오르며 읽는 이의 마음까지 흩날리는 꽃잎처럼 설레게 한다.

강성구 학생이 그린 그림 속에는 노란 모자의 아버지, 긴 머리의 어머니, 벚꽃 무늬 원피스의 언니, 민들레 브로치를 꽂은 아이가 나란히 서 있다. 화면 속 인물들은 마치 한 송이 꽃다발처럼 서로 봄빛깔을 나누며 서 있다. 시와 그림이 만나면서 「봄소풍」의 '소풍'은 가족을 하나로 무는 봄빛으로 번져간다. 독자는 시를 통해 언어로, 그림을 통해 색과 표정으로 그 느낌을 바라보게 된다. 계절과 가족이 함께 만든 꽃밭 같은 순간이 아이의 웃음처럼 은근히 번진다.

마지막 행 "온 식솔 다 복삭거리멍 꽃이 뒈엇다"는 그 순간을 더욱 생생하게 완성한다. '복삭거리멍'이라는 제주어에는 발걸음의 가벼움과 마음의 들뜸이 함께 담겨, 봄바람에 실려 노는 아이의 숨소리까지 들려오는 듯하다. 그 웃음과 발걸음이 흩날리는 꽃잎처럼 독자 가슴에 오래 머물며 동심으로 감정언어의 문을 열고 있다.

밥맛이 되는 할머니의 부름 - 「나강셍이」

할머니 집에 가면 / 언제나 듣는 말 / "아이고 나강셍이" / 밥 많이 먹어라 / 그래야 키가 쑥쑥 큰다 / "아이고 착한 나강셍이" / 어디서

든 밥 먹을 때 / 할머니 목소리 떠오르면 / 밥맛이 좋다

- 「나강셍이」 전문

할무니 집이 가믄 / 느량 듣는 말 / "아이고 나강셍이" / 밥 하영 먹
으라이 / 경혜사 지레가 쑥쑥 큰다 / "아이고 착흔 나강셍이" / 아무
디서고 밥 먹을 때 / 할무니 목소리 터올르민 / 밥맛이 좋다

- 「나강셍이」 전문

이 시에서 전해지는 할머니의 사랑은 애틋함을 넘어선다. 자식
을 다 키운 뒤 손자 손녀를 바라보는 마음에는 세월이 길러낸 너
그러움과 내리사랑의 깊이가 함께 깃들어 있다. "아이고 나강셍이"
라는 부름은 '내 새끼야'에 가까운 애칭으로, 정말 귀여운 강아지
를 부르듯 살가운 정을 담아 건네는 말이다. 손녀가 밥을 먹는 모
습이 그저 이쁘고, "밥 하영 먹으라이"라는 말 속에는 더 많이 먹어
키가 쑥쑥 크길 바라는 마음이 숨겨져 있다.

할머니는 무조건 먹이고 싶은 마음, 무조건 잘 자라게 하고 싶
은 마음을 숨김 없이 드러낸다. 표면적으로는 "밥 하영 먹으라이,
경혜사 지레가 쑥쑥 큰다"는 말이지만, 그 속에는 세월 속에서 곱
게 발효된 사랑의 결이 있다. 시적 화자는 이 목소리 속에서 어린
시절 할머니에게 받았던 온기를 다시 만난다. 어머니의 강인함 속
에서 미처 다 누리지 못했던, 조건 없이 감싸주는 표면적 사랑을
할머니는 아낌없이 내어준다. "아이고 착흔 나강셍이"라는 부름에
는 손녀를 너무 애지중지하며 품에 꼭 안아주는 듯한 정서가 절절

히 배어 있고, 그 소리는 하루의 밥맛이 되고 삶의 힘이 된다.

사랑을 증폭시키는 한 음절, '마!'

'마!'는 / 할머니가 나에게 / 뭐든지 줄 때 하는 말 - / 마! 이거 먹어 보라 / 먹기 싫다고 고집부리면 / '마!'가 조금 길어진다 - / 마게! 이 거 맛있는 거야 / '마!'라는 말은 / 나를 흐뭇하게 바라보며 / 아주 사 랑한다는 말

- 「마!」 전문

'마!'는 / 할무니가 나신디 / 아무거나 줄 때 곧는 말 - / 마, 이거 먹 어 보라 / 먹기 실프덴 굴툭부리민 / '마!'가 흐끔 질어진다 - / '마게!' 이거 맛존 거여게 / '다!'라는 말은 / 나를 암푸룻ᄒ게 붸려보멍 / 잘 도 ᄉ랑ᄒ다는 말

- 「마!」 전문

이 동시는 제주어 '마'라는 짧은 호칭어가 억양과 길이에 따라 어떻게 다른 뉘앙스를 가지게 되는지를 위트 있게 보여준다. 제주 어에서 '마'는 상대방에게 뭔가를 건넬 때 쓰는 말이며, 말하는 이 의 감정과 상황이 고스란히 실린다. 시 속에서 할머니 역시 무언 가를 건네며 짧게 "마!" 하고 부른다. 이 짧고 단단한 '마'에는 반가 움과 관심이 담겨 있으며, 마치 "자, 받아" 하고 손을 내미는 듯 경 쾌하다. 그런데 먹기 싫다고 고집을 부리면 그 '마'가 길어져 "마

게!"가 된다. 여기에는 부드러운 설득과 약간의 애교 섞인 타이름이 스며 있고, 제주어의 첨사 '게'가 덧붙여지며 억양이 변하게 된다. 이는 할머니의 간절함이 한층 더 깊어진 설득의 마음을 전하게 된다.

시인은 이러한 변화를 점진적으로 배열한다. 짧은 부름에서 '마게'로 길어진 억양과 부름, 그리고 마지막에 이르는 '아주 사랑한다는 말'까지 점층적으로 확장되는 구조가 돋보인다. 짧은 한 음절이 이렇게 의미를 넓혀가는 과정 속에서 제주어의 살아 있는 말맛과 정서의 깊이가 드러난다. 아울러 "암푸룻ᄒ게 붸려보멍"이라는 표현은 '흐뭇하게 바라보며'라는 뜻으로, 시 속 할머니가 온몸으로 사랑을 전하는 애틋함을 품고 있음을 보여준다. 이처럼 동시 속 '마'는 손자 손녀를 향한 내리사랑의 언어이자, 억양의 변화만으로 감정의 농도를 섬세하게 전할 수 있는 제주어의 특성을 잘 드러낸다. 그 결과 '마!'라는 짧은 부름은 사랑이 점차 증폭되는 장치로 작용하고, 이러한 점진적 확장은 독자를 시 속 정서로 끌어들인다.

「봄소풍」의 계절과 가족의 설렘 → 「나강셍이」의 세월이 빚은 내리사랑 → 「마!」의 억양으로 증폭되는 애정. 세 작품은 각각 제주어의 발걸음·애칭·호칭어 속에 깃든 말맛과 정서를 드러내며, 일상의 사소한 순간에서 가족의 사랑을 발견하고 이를 제주어 고유의 뉘앙스로 살아 숨 쉬게 한다. 시인은 발음과 억양, 의미의 미묘한 결을 통해 관계의 온도를 표현하고, 그림과 어우러진 시적 장면 속에 독자가 체감할 수 있는 따뜻한 정서를 완성한다. 이처럼 제주어는 사랑과 설렘, 세대 간 유대의 풍경을 비추는 문학적 거울로 자리매김한다.

4. 제주어 감각으로 여는 긍정 언어와 생명 존중 독서수업

김신자 시인의『잘도 아꼽다이』는 감정을 찾아가는 여정을 품은 동시집이다. 「칭찬」에서의 기꺼운 인정, 「잘도 아꼽다이」에서의 넘치는 감탄처럼, 시 속 장면들은 감정을 솔직하게 꺼내고 따뜻하게 건네는 법을 가르쳐 준다. 표준어와 제주어가 나란히 놓이며 어감이 만들어내는 온기와 울림을 자연스럽게 느끼게 하고 그 속에서 말이 곧 마음이 된다는 사실을 깨닫게 한다. 이런 점에서 이 시집은 감정 수업의 자료로서 훌륭한 동시집이 된다.

서로의 다름을 칭찬으로 잇는 우정의 시 -「칭찬」

풀잎에 앉은 달팽이와 / 처마 밑 강아지가 / 서로 칭찬을 해 준다 // 너는 집을 이고 다니니 / 언제든지 떠날 수 있어 좋겠다 // 너는 사람들에게 사랑을 받고 / 인정을 받으니 참 좋겠다 // 좋은 말만 하는 사이 / 둘은 다정한 친구가 되었다

-「칭찬」 전문

풀섭에 앚인 돌벵이영 / 처마 아래 강셍이가 / 서로 칭찬을 ᄒᆞ여 준다 // 는 집을 지연 뎅기난 / 아무제고 떠날 수 이선 좋으켜 // 는 사

름덜신디 ᄉ랑을 받곡 / 인정을 받으난 춤 좋으켜 // 좋은 말만 ᄒ는 ᄉ이 / 둘은 가근ᄒ 친구가 돼엇다

- 「칭찬」 전문

「칭찬」은 달팽이와 강아지가 서로의 장점을 발견하고 기꺼이 인정하는 이야기다. 달팽이는 집을 이고 다녀 언제든 떠날 수 있는 자유를, 강아지는 사람들에게 사랑과 인정을 받는 행복을 가진다. 서로의 다름을 비교하거나 부러워하는 데서 그치지 않고, 장점만을 골라 말로 건네는 순간 우정은 단단해진다. "너는…"으로 시작하는 반복 구절이 대화의 리듬을 만들고, 마지막 한 줄에서 정서가 결실을 맺으며 관계가 완성된다. 달팽이의 집은 자립과 이동의 자유를, 강아지의 사랑받는 모습은 사회적 유대를 상징하며, 시적 화자는 이를 통해 언어가 감정을 바꾸고 관계를 깊게 할 수 있음을 보여준다.

『잘도 아꼽다이』에 실린 대부분의 동시들은 다양한 독서 활동으로 자연스럽게 확장될 수 있다. 온 가족이 모였을 때, 친구와 함께하는 교실에서, 또는 도서관에서 서로 낭송하고 감상하며 즐길 수 있는 동시집이다. 「칭찬」을 예로 들면, 먼저 표준어와 제주어 버전을 차례로 낭독해 본다. "너는 집을 이고 다니니 언제든지 떠날 수 있어 좋겠다"와 "는 집을 지연 뎅기난 아무제고 떠날 수 이선 좋으켜"처럼 뜻은 같아도 어감이 전하는 온기와 울림이 다름을 느끼게 한다. 전개 단계에서는 '너는 ○○해서 좋겠다'라는 문장틀을 활용해 친구의 장점을 찾아 제주어로 표현해 본다. 비교나 비판 대

302

신 칭찬을 주고받으며 말의 힘을 체험하는 시간이다. 마무리 단계에서는 "좋은 말만 ㅎ는 ㅅ이 둘은 가근ㅎ 친구가 돼엇다"라는 구절을 함께 읽고, 오늘 가장 마음에 남은 칭찬을 나눈다. 이후 칭찬하기 게임, 칭찬 편지 쓰기, 칭찬 일기 쓰기 등으로 활동을 확장할 수 있으며, 하루 한 번 꼭 칭찬하기처럼 일상에서 실천할 약속을 세워 긍정적인 언어 습관이 생활 속에 스며들게 한다.

'아꼽다이'로 엮는 반복과 변주의 감정표현 놀이 - 「잘도 아꼽다이」

야들야들 처마밭에 채소들이 아주 귀여워 // 히쭉히쭉 웃는 얼굴 어린 아기 아주 귀여워 // 살금살금 피어나는 수선화꽃 아주 귀여워 // 들썩들썩 춤을 추는 우리 동생 아주 귀여워 // 가만가만 보다 보면 / 세상은 귀여운 게 너무 많아 // 주렁주렁 노랗게 익어가는 귤 아주 귀여워 // 부리나케 학교 가는 내 친구 아주 귀여워 // 스북수북 솔잎 위에 하얀 눈 아주 귀여워 // 반짝반짝 밤하늘에 달과 별이 누구누구 비추나 // 가만가만 보다 보면 / 세상은 귀여운 게 너무 많아

– 「아주 귀여워」 전문

어랑어랑 우영팟긔 ㅅ키덜이 잘도 아꼽다이 // 헤삭헤삭 웃는 양지 물애기 잘도 아꼽다이 // 슬짝슬짝 피어나는 물마농고장 잘도 아꼽다이 // 둘싹둘싹 춤을 추는 우리 아시 잘도 아꼽다이 // ㄱ만ㄱ만 보당 보민 / 시상은 아꼬운 게 잘도 하다 // 주랑주랑 노리롱ㅎ게 익어가는 귤 잘도 아꼽다이 // 와랑와랑 흑교 가는 나 친구 잘도 아꼽다이 //

솜빡솜빡 솔썹 우티 헤양ᄒᆞᆫ 눈 잘도 아꼽다이 // 펠롱펠롱 밤하늘에 둘광 벨이 누게누게 비추나 // ᄀᆞ만ᄀᆞ만 보당 보민 / 시상은 아꼬운 게 잘도 하다

— 「잘도 아꼽다이」 전문

「잘도 아꼽다이」를 활용한 독서 활동은 루이즈 로젠블랫의 '독자반응이론'이 말하는 것처럼, 문학이 텍스트와 독자 사이의 상호작용 속에서 의미를 만들어 가는 과정을 그대로 보여준다. 표준어와 제주어 버전을 번갈아 읽으며 '귀여워'와 '아꼽다이'처럼 뜻은 같아도 어감이 주는 온기와 친밀감의 차이를 비교하고, 시 속 사물이나 장면을 그림으로 표현하거나 자신이 느낀 '귀여움'을 담아 새로운 장면을 덧붙여 보는 활동은 독자가 작품과 대화하는 시간이다.

여기서 교사는 "너희가 생각하는 아꼽다이(귀여운 것)는 무엇이니?", "그걸 어떻게 표현하면 더 재미있을까?"와 같은 질문을 던질 수 있다. 예를 들어, '아꼽다이' 자리에 각자 고른 제주어 감각어를 넣어 시의 한 연을 새로 만들거나, 친구와 짝을 지어 서로의 '귀여운 장면'을 묘사하는 놀이를 진행한다. 또 후렴구를 살려 '우리 반 아꼽다이 송'을 만드는 활동은 말맛과 억양을 자연스럽게 익히게 하며, 제주어의 억양과 표준어 어감을 비교하는 언어 실험으로도 이어진다.

여기에 더해, 시에 등장하는 사물(수선화, 귤, 달, 별 등)을 제시어로 삼아 '귀여움 사전'을 만드는 활동도 가능하다. 각 사물마다 '왜 아꼽다이인지' 짧게 적고 그림을 곁들여 반 전체의 공책으로 묶으면,

생활 속 언어와 감정 표현이 한눈에 보인다. 또 제주어 의성어·의태어 카드('펠롱펠롱', '솜빡솜빡' 등)를 섞어 뽑아 즉석에서 문장을 만드는 '감각어 이어 말하기' 게임은 어휘력과 순간 표현력을 동시에 길러준다.

특히 원작 동시를 낭독한 뒤 이를 자신의 경험과 언어로 변주하는 패러디는 단순한 이해를 넘어 작품의 정서와 구조를 자기화하는 능동적 독서 경험이 된다. 더불어 「잘도 아꼽다이」의 후렴 "가만가만 보당 보민 시상은 아꼬운 게 잘도 하다"처럼 아동문학에 자주 쓰이는 반복구조는 언어 습득과 기억 강화에 효과적이다. 이러한 패턴은 아이들이 동일한 구조 안에 자신만의 단어와 경험을 자연스럽게 끼워 넣는 패러디를 쉽게 하도록 돕고, 시의 리듬을 몸으로 익히며 어휘와 감각어를 확장하게 한다. 결국 이런 활동은 작품을 단순히 감상하는 데서 그치지 않고, 창의적 재창작의 장으로 확장해 언어 감수성과 창의성을 함께 길러준다.

아울러 제주어 어휘의 사용은 시의 감수성을 한층 높인다. '아꼽다이'는 귀여움의 정도와 대상에 따라 미묘하게 달라지는 온도를 지니며, '우영팟'(텃밭), '펠롱펠롱'(반짝반짝) 같은 말은 표준어 번역으로 대체할 수 없는 질감을 전한다. 이러한 언어는 화자의 감정뿐 아니라 그 감정이 뿌리내린 생활 환경과 공동체의 풍경을 함께 불러온다. 또한 의태어·의성어의 리듬감은 시의 '귀여움'을 생생한 체험으로 만든다. '혀삭혀삭', '솜빡솜빡'과 같은 소리는 시각과 청각을 동시에 자극하며, 읽는 이의 몸에 작은 울림을 남긴다. 이처럼 감각어가 빚어낸 리듬은 시의 주제와 정서를 물결처럼 펴뜨린다. 이러한 언어적 특성과 감각적 요소를 실제 독서 수업에서 활용하기 위해 설명한 내용을 이해하기 쉽게 아래 예시표를 제시한다.

「잘도 아꼽다이」 독서 활동 예시표

활동명	독서 활동 방법	기대 효과
표준어·제주어 어감 비교 낭독	'귀여워'와 '아꼽다이' 등 같은 뜻의 표현을 번갈아 낭독하고 온기·친밀감 차이를 토의	언어 감수성 향상, 지역어의 정서 체험
나만의 아꼽다이 시 만들기	'아꼽다이' 자리에 각자 선택한 제주어 감각어를 넣어 한 연 창작-패러디 활동	어휘 확장, 창의적 변주 경험
짝과 귀여운 장면 묘사하기	친구와 짝을 지어 서로의 '귀여운 순간'을 묘사 - 친구의 귀여운 부분 칭찬	관찰력·표현력 향상, 공감 능력 발달
우리 친구들 아꼽다이 송 제작	후렴구 "가만가만 보당 보민…"을 변형해 노래로 만들기	억양·리듬 습득, 언어 놀이 경험
귀여움 사전 만들기	시 속 사물을 제시어로 삼아 '왜 아꼽다이인지' 짧게 적고 그림 그리기 - 강성구 그림 패러디 활동	생활 속 언어·감정 표현력 강화
감각어 이어 말하기 게임	'펠롱펠롱', '솜빡솜빡' 등 제주어 의성·의태어 카드 뽑아 즉석 문장 만들기	순간 표현력·어휘력 향상

※ 이 표는 독서지도 관점에서의 예시이며, 수업 상황과 학습자의 연령과 수준에 따라 활동을 확장하거나 변형·축소할 수 있다. 각 활동은 교사의 의도와 대상 특성에 맞춰 자유롭게 변주 가능하다.

『잘도 아꼽다이』의 작품들을 중심으로 한 독서 활동은 아이들이 언어를 통해 서로의 마음을 열고 관계를 가꾸는 경험으로 확장된다. 평소 잘 쓰지 않던 제주어의 어감을 오가며 말맛과 억양을 몸으로 익히는 과정은 언어 감수성을 넓히고, 반복과 변주의 놀이 속에서 창의적 재구성을 가능하게 하며 사고력을 한층 유연하게 한다. 감정 표현을 중심으로 한 동시 문학은 교실 안에 머물지 않고 일상 속 작은 칭찬과 따뜻한 말로 이어져, 아이들의 생각과 마음을 함께 키워즈는 힘이 된다.

5. 말과 색이 빚어낸 감정의 풍경
- 『잘도 아꼽다이』의 문학성과 독서 지도 확장성의 울림

제주어는 참 아꼽다. 동시라는 그릇에 담기면 그 온기가 한층 깊어진다. 주변을 귀하게 바라보는 힘은 동심에서 나온다. 동심은 세계를 있는 그대로 받아들이면서 그 안에서 기쁨과 슬픔, 경이로움을 스스로 길러내는 힘이다. 문학이론에서 말하는 '유희적 상상력'과 '감정이입'이 여기에 겹친다. 김신자 시인은 이 감도를 놓치지 않고 아이들이 품은 감정을 제주어의 결에 맞춰 끌어 올린다.

여기에 강성구 학생의 그림이 자연스럽게 더해진다. 고려대학교 신소재공학부에 재학 중인 그는 엄마가 열어놓은 동심의 세계에 시가 품은 숨결을 색과 형태로 풀어낸다. 그림은 시 속 감정을 눈으로 느낄 수 있는 풍경으로 바꾸어 독자가 언어와 이미지를 함께 만나게 한다. 모자 사이의 정서는 이 과정을 거치며 피어나고 그 온기는 독자에게까지 번진다. 시와 그림이 서로 북돋우며 만든 이 '감정 단어 찾기 풍경화' 속에서 한 가족의 마음결이 세대를 넘어 이어진다.

이 동시집의 세계는 크게 세 갈래로 흐른다. 첫째, 가족과 세대의 유대 속에서 자라는 사랑과 설렘의 언어다. 김신자 시인의 작품 속 가족은 서로의 삶과 마음을 부드럽게 잇는 그물망이다. 할머니의 부름, 부모와 함께한 소풍, 형제자매의 웃음 속에서 제주어는 감정을 가장 섬세하게 드러내는 매개가 된다. 가정에서 경험한 애정 어린 말과 몸짓은 아이의 정체성과 관계 맺기 방식에 깊이 스민다.

둘째, 기후위기와 생명의 목소리를 아이의 시선과 제주어 감각으로 담아낸 생태적 상상력이다. 「열대야」, 「경고」, 「제주 바당」에서는 시선이 가족을 넘어 지구와 바다로 향한다. 자연은 배경이 아니라 대화하는 존재다. 제주어 의성·의태어는 파도와 바람, 생물의 움직임에 생명력을 더하고, 독자는 그 소리를 읽는 순간 자연을 감각적으로 경험한다. 이러한 상상력은 인간과 자연을 연결하고 나아가 환경윤리에 다가가는 문학적 구현이다.

셋째, 반복과 변주를 통한 긍정 언어의 실천과 확장이다. 「칭찬」, 「잘도 아꼽다이」 속 반복구와 후렴은 단순한 언어놀이를 넘어 감정 표현의 틀을 만든다. 이는 비고츠키가 말한 '언어의 사회적 기원'과 닿아 있다. 아이들은 반복되는 문장틀 속에서 단어를 바꾸어 넣으며 언어를 관계의 도구로 익힌다. 제주어의 구수한 억양과 감각어는 감정을 표준어보다 더 진하게 전하고, 변주는 그 감정을 다시 살아나게 한다.

이 세 갈래는 서로 맞물려 순환한다. 가족의 언어는 자연과 세계로 확장되고 그 애정은 다시 긍정 언어의 실천으로 돌아온다. 『잘도 아꼽다이』는 이렇게 관계·환경·언어가 하나의 생태계를 이루는 장을 보여준다. 독서지도 관점에서도 이 동시집은 감정 표현과 언어 감수성을 함께 길러주는 좋은 매개가 된다. 표준어와 제주어를 나란히 읽으며 말의 온도와 결을 느끼고 반복 구조와 감각어는 낭송과 놀이로 이어져 언어가 관계를 가꾸는 힘이 된다는 것을 제시해 주고 있다.

제주어의 숨결과 동심의 상상력이 만나 피어난 동시집 『잘도 아꼽다이』는 독자가 자기 안의 감정을 찬찬히 들여다보고 다듬으며 스며들게 한다. 그렇게 마음속에 놓인 이 작은 시의 다리는 세월이 흘러도 사라지지 않고 사람과 사람, 마음과 마음을 다정하게 이어줄 것이다.

양전형 작가가 남긴 제주어 시학과
제주어 문학의 미래

양전형, 『허천바레당 푸더진다』, 『게무로사 못살리카』, 『굴메』, 『제주어 용례사전』, 『목심』

        프랑스 시인 폴 발레리는 '시는 생각하는 방식이 아니라 존재하는 방식'이라고 했다. 이는 시가 단순히 사유의 결과물이 아니라 존재 그 자체에서 우러나는 것임을 의미한다. 다시 말해 시는 머리로 짜내는 것이 아니라 몸과 마음 전체로 살아내는 삶의 한 형식인 것이다. 그것은 언어 이전에 몸으로 느끼는 감각이며 존재가 스스로를 드러내는 숨결이다.

    양전형 작가의 시는 언제나 삶 가까운 자리에서 피어난다. 그는 시를 '쓰는' 사람이라기보다 삶 그 자체를 시처럼 살아내는 사람이다. 젊은 시절부터 메모지를 신체의 일부처럼 지니고 다녔고 일상은 물론 술집이나 여행길, 심지어 꿈속에서도 메모지를 꺼내었다. 그는 단 한 번도 그 손을 놓아본 적이 없었고 그래서 행복했다고 한다. 시를 쓴다는 것은 곧 살아가는 순간을 받아 적는 일이었고, 그렇게 옮겨 적은 삶은 30여 년 동안 자유시를 중심으로 자신만의 시세계를 확고히 구축해왔다.

그의 대표 시집으로는 『사랑은 소리가 나지 않는다』, 『바람아 사랑밭 가자』, 『하늘레기』, 『길에 사는 민들레』, 『나는 둘이다』, 『도두봉 달꽃』, 『동사형 그리움』, 『꽃도 웁니다』 등이 있으며, 이 가운데 『나는 둘이다』로 제5호 제주문학상을 수상하였다. 더불어 그는 제주어를 언어와 시의 장으로 끌어들인 선구자이기도 하다. 제주어 시집 『허천바레당 푸더진다』로 '2015 제주시 One City One Book 작가'에 선정되었으며, 이후 『게무로사 못살리카』, 『굴메』 등 제주어 시집을 꾸준히 펴냈다. 아울러 그는 최초의 제주어 장편소설 『목심』을 발표하고 표준어판까지 출간하며 문학사적 전환을 일궈냈다. 그의 문학 작품을 용례로 『제주어 용례사전』 전질(Ⅰ·Ⅱ·Ⅲ·Ⅳ)을 저술함으로써 제주어 보존과 문학적 확장에 크게 기여했다. 이 외에도 가곡, 동요, 대중가요 등 다양한 곡의 노랫말을 지은 작사가로서의 발자취 또한 남기고 있다. 이처럼 그의 시와 언어적 실천은 삶과 예술, 일상과 공동체의 경계를 넘나들며 깊고도 넓은 자취를 남기고 있다.

시적 장치를 능숙하게 구사하면서도 그 안에 일관되게 흐르는 시인의 고유한 색채는 독자로 하여금 시집을 다시 펼치게 만드는 힘이 된다. 특히 양전형 작가의 시적 대상은 외부 세계에 머무르지 않고 자아의 내부로부터 자주 출발한다. 시인은 자아의 유한성을 무한한 내면의 우주로 확장해 보이며 우리가 지닌 시적 인식의 층위가 얼마나 넓고 깊은지를 깨닫게 한다.

평론가 김병택은 『동사형 그리움』을 해설하며 "자아의 대상화와 대상의 자아화가 서로 교차하면서도 시종일관 뚜렷한 모습을 유지하는 시는 흔하지 않다."며, 양전형 작가의 독창적인 시작詩作 방법을 주목했다. 실제로 그의 시는 의인과 의물을 유연하게 넘나들면서도 관조적 감정의 중심을 놓치지 않는다. 몽환적이지 않으면서도 몽환적인 느낌이랄까. 경계를 허무는 힘, 즉 현실과 상상, 자아와 타자, 이성과 감정 사이를 매끄럽게 넘나드는 시선은 독자를 시 속의 세계로 은근히 끌어당긴다. 그 자유로운 생각의 흐름은 제주어라는 언어의 몸을 만나면서 또 다른 결로 확장된다.

그가 써온 제주어 시편들을 들여다보면, 표준어 자유시에서 느껴지는 관조의 세계와는 또 다른 정서와 색채가 드러난다. 제주어 시에서는 입말의 리듬과 구어적 감각이 살아 있어 지역 정체성에 뿌리를 둔 시편들과 함께 입말의 독특한 어조로 펼쳐내는 익살스러운 시도 적지 않다. 마치 제주어를 몸에 척척 감고 살아가는 사람처럼, 뱃속의 말로 사고하고 느

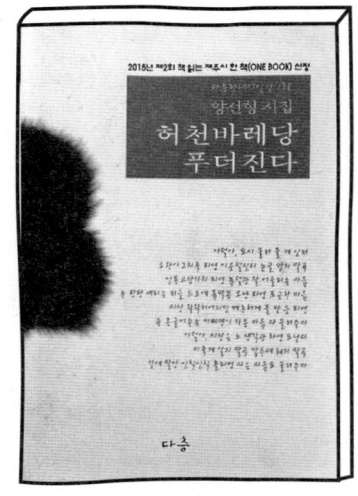

끼는 시인의 서정적 기질이 제주어 시 속에서 자연스레 드러난다.

그래서일까. 작품을 읽다 보면 때로는 깊은 성찰의 순간에도 문득 웃음이 새어 나오는 지점이 있다. 제주어 특유의 말맛이 주는 생동감도 있지만, 무엇보다 시인의 천연한 감각과 내면의 유머가 시 구 곳곳에 스며 있기 때문이다. 시

인의 언어는 삶의 뉘앙스와 웃음의 틈새를 함께 끌어들인다. 이로써 그의 제주어 시는 단순한 언어 복원이 아니라 언어의 뿌리를 통해 존재를 새롭게 들여다보게 하는 시적 공간으로 확장된다.

또한 각각의 시편마다 한 폭의 그림이 펼쳐지는 듯하다. 자연스럽게 하나의 이야기가 머릿속에 스며들고 독자들은 저마다의 삶에 감정이 포개지는 경험을 하게 된다. 이는 말과 삶이 겹쳐진 시인 특유의 색조에서 비롯된 힘일 것이다. 그의 세 권의 제주어 시집은 언뜻 보면 독립적인 시편들처럼 보이지만 서로 연결되는 정서적 알고리즘의 심상적 구조를 감지하게 한다. 특히 작가의 초기 모색기부터 삶의 무게를 품은 장년기에 이르기까지 각 시집에는 존재의 밀도와 감각의 온도가 묻어난다.

양전형 작가의 제주어 시편은 공동체의 기억과 일상의 말맛, 역사와 상처, 그리고 존재의 근원에 이르기까지 폭넓은 감각과 정서의 결을 품고 있다. 따라서 본 장에서는 양전형 작가의 제주어 시집 세 권을 구분하거나 책 제목을 일일이 표기하지 않았다. 지면상 이번 평론집『순수純水로 잇다』에는 ① 삶의 체온이 박힌 말맛 ② 사랑과 통증까지만 실었으며, 이어지는 ③ 역사의 서정 ④ 존재와 사유는 다음 계절에 펴내는『바람에 발효된 섬의 사유』에 수록할 예정이다. 각각의 주제는 서로 분리된 것이 아니라 유기적으로 연결되며, 제주어가 지닌 말의 결을 통해 시인의 철학과 감정 그리고 문학적 태도를 드러내는 핵심 축을 형성한다.

1. 삶의 체온이 박힌 말맛

문득 가장 오래된 그 이름이 가슴 깊이 울린다. 어머니는 언제나 등을 내어주던 사람이었다. 자식의 그림자가 머물 공간을 먼저 내어주고 말보다 먼저 마음이 움직이던 사람, 너무 가까이 있어 오히려 온전히 바라보지 못했던 존재, 부르면 부를수록 목울대에 걸려 쉽게 나오지 않는 그 이름. 그 이름을 따라가다 보면 생의 끝자락에서도 성인이 된 둘째 딸을 걱정하며 등을 쓸어주던 어머니의 손길이 아릿하게 떠오른다. 걱정스레 건네던 말들, 때로는 꾸짖던 목소리까지 생전의 눈빛과 함께 다시금 마음속을 맴돈다.

> 가난도 익으민 먹을 만 ᄒ는 법 / 노랑ᄒ게 익은 감저 범벅이 / 나 허깃징을 실피 먹어치우던 날 / 비포장질 구둠에 눈 끔짝끔짝 ᄒ고 파도 / 밧담 메마꼿은 웃는 입 주랑주랑이라나신디 // 나 입으로 배 채우곡 웃으시단 어멍 / 나 이제 배 안 고픈 줄 알아신디사 / 당신이 흩쳐뒨 간 ᄆ음 ᄒ 줄기가 / 우영팟 에염 폭낭 아래 ᄀ득 피어나수다 / 웃는 입 메마꼿으로 주랑주랑이우다
>
> - 「어멍 웃음」 전문

「어멍 웃음」은 가난 속에서도 사랑을 잃지 않았던 어머니의 존재를 고구마 범벅 한 그릇과 밧담 너머의 웃음으로 떠올리며 풀어낸 회상의 시다. 시인은 "가난도 익으면 먹을 만하다"는 말로 시작해, 가난마저 삶의 일부로 받아들이는 체념 섞인 긍정의 지혜를 건

낸다. 노랗게 익은 고구마 범벅은 그 시절 허기를 달래주던 유일한 음식이자 따뜻한 기억의 중심에 놓인 상징이다.

허기진 몸으로 실컷 먹었던 어느 날, 비포장길 먼지에 눈을 슴벅이면서도 밭담 너머 어머니의 마음은 웃음으로 피어나 있었다. 자신의 허기를 내색하지 않은 채 자식의 포만에 미소 짓던 그 얼굴. 그 웃음은 오래도록 마음 한 줄기 되어 남겨졌고, 세월이 흘러 텃밭 옆 팽나무 아래 메마꽃으로 되살아나 화자의 내면에 주렁주렁 달린다. 시인은 밥상 위의 음식, 먼지를 머금은 풍경, 그리고 어머니의 웃음을 감각적으로 길어 올리며 삶의 소소한 장면 속에 새겨진 사랑과 그리움을 담담히 전한다. 이제 화자는 그 웃음을 떠올릴 때마다 오래전 밥상 너머의 따뜻한 시선을 함께 기억하며 한없이 그립고도 고마운 이름으로 어머니를 다시 불러낸다.

그렇다, 어머니는 늘 다음이 먼저 움직이는 사람이다. 필자 역시 이국땅에서 자취하는 대학생 막내를 둔 어머니로서 그 마음이 절절히 와닿는다. 먹을 것이 넘쳐나는 시대임에도, 어머니인 나는 그저 김이 모락모락 피어나는 밥 한 그릇을 지어 먹이고 싶은 마음뿐이다. 그 마음은 시적 화자의 어머니가 "배 안 고픈 줄 알아신디사"라며 웃음을 지었던 순간과 다르지 않다.

아들아 어멍 눈 보라 / 느네덜이 느량 들러퀴곡 / 꿈볼 때나 아플 때나 / 너르고 크게 / 느네덜 시상 몬 쿰어안앗던 / 어멍 그 눈 보라 // 느네덜 다 풀고 뜨로 나가난 / 그 눈 텅 비연 / 마 들고 절 우는 소리

남세 / ㅊㅊ 족아지멍 멜라져 감세

「어멍 눈」에서는 어머니의 마음이 눈빛으로 옮겨진다. 시인은
"아들아 네 어미의 눈을 보아라"는 직설적인 부름으로 시작해서 그
눈 속에 깃든 사랑과 희생의 시간을 되돌아보게 한다. 자식들이 마
냥 뛰놀고 꿈을 꾸던 시절, 어머니의 눈은 넓고 크며 세상의 모든
기쁨과 슬픔을 감싸안고 있었다. 그것은 자식을 품던 사랑의 공간
이자 침묵 속에서 모든 것을 견뎌낸 시선이었다. 그러나 자식들이
모두 둥지를 떠난 지금, 점차 작아지고 허물어져 가는 그 눈빛은
사랑의 자리를 내어준 뒤 홀로 남은 존재의 쓸쓸함을 고스란히 드
러낸다. 시인은 그 눈을 통해 말없이 모든 것을 내어주던 어머니
의 삶을 묵묵히 읽어낸다.

필자는 왠지 "마 들고 절 우는 소리 남세 / ㅊㅊ 족아지멍 멜라
져 감세"라는 대목이 겹쳐 들린다. "장마가 지고 바닷물결 소리 나
잖으냐, 차츰 작아지며 허물어져 가잖으냐"라는 구절을 읽는 순간,
어딘가에서 여전히 둘째 딸을 바라보고 계실 어머니의 시선이 가
슴 깊숙이 와닿는다.

정월 ㅂ름 ㄱ 지나고 / ㅍ딱ㅍ딱 ㄴ린 눈 다 녹은 낮후제 / 물 멕이
레 나온 송애기 오꼿 / 세경바레단 잃어 분 작산 머굴쳉이 임제 / 냇
창에서만 이레 화륵 저레 화륵 // 송애기는 으상으상 걸어그네 / 먹
어볼 커 퍼쩍 엇인 놈이 마당에 들언 / 빙삭빙삭ㅎ는 매줏고장 바리

316

멍 눈만 끄막끄막 / 으시레기 에염에 앉앗던 장독은 / 줌막줌막ᄒᆞ단 야개기만 자웃자웃 // 봄이 서귀포에서 와랑와랑 왐젠ᄒᆞ난 / 하니ᄇ름은 정체 읏이 주왁주왁 / 보리왓은 좀쫌ᄒᆞᆫ냥 새썹만 미쭉미쭉

- 「초봄」 전문

정월 보름이 지나고 눈이 다 녹은 초봄 어느 날, 송아지를 물 먹이러 나왔다가 주인이 잠깐 한눈을 판 사이 그만 송아지를 잃어버리고 만다. 작가는 이 순간을 익살스럽게 포착해 한 폭의 그림 같은 풍경을 펼쳐 보인다. 남의 마당에 슬그머니 들어가 눈만 끔벅이는 송아지, 그 모습을 보고 놀라 고개를 갸웃거리는 수탉. 아, 얼마나 평화롭고 아름다운 봄날인가.

시인의 언어는 살아 움직인다. "빙삭빙삭ᄒᆞ는 매줏고장 바리멍 눈만 끄막끄막" 하는 송아지의 당황한 눈빛은 공감각적으로 마음에 와닿는다. "봄이 서귀포에서 와랑와랑 왐젠ᄒᆞ난"-제주말이 어쩜 이렇게 예쁠 수가 있을까. 와랑와랑, 어디선가 한꺼번에 몰려오는 듯한 기세를 품은 말. 봄이 서귀포에서 건너와 이곳저곳 꽃과 싹들의 소식을 톡톡 터뜨리는 것 같다.

송아지가 여기저기 기웃거리는 모습을 담아낸 '주왁주왁', '미

쪽미쪽' 같은 의태어도 참 감칠맛 난다. '줌막줌막', '으상으상', '와 랑와랑'처럼 입에 올리기만 해도 감각이 살아나는 소리들이다. 누 군가의 체온이 배어 있고, 세월의 입과 손을 거쳐 다듬어진 제주의 살냄새 나는 언어들이다.

이 시는 단지 봄의 정경을 묘사하는 데 그치지 않고 제주어가 지닌 말맛의 감각성과 공동체의 정서를 생기 있게 되살려낸다. 이 처럼 풍경과 언어가 맞물릴 때 지역어는 하나의 정서적 풍경으로 확장된다.

> 웨질 멧 미터 기여간게 / 하늘더레 / 웨로움도 진 질이네 / ᄒ명 붉은 입 ᄒ나 올안게 // ᄎᄎ 말이 하지는 / 우리 집 줄장미 / 무덕무 ·덕 / 인생이, ᄉ랑이, / 세월이 어떵ᄒ고 저떵ᄒ고 // 우잣담 안에 돌 아온 나는 / 통쉐로 ᄃᄃ이 / 입 ᄒ가신디 // 우리 집 줄장미, / 올담 바껏더레 / 뒷산디 ᄀᆮ고픈 듯 / 불쑥불쑥 말 ᄀᆮ는 입 / 올 봄인 더 한 입
>
> **- 「우리집 줄장미」 전문**

작년 봄, 줄장미 한 그루가 내 일상에 말을 걸기 시작했다. 불 과 일 미터 남짓하던 줄기는 올해 두 배는 족히 자라 담장을 타고 여기저기 뻗어 올랐다. 줄기도 이파리도 성질이 급해 보였지만 해 를 넘기고 나니 오히려 더 단단하게 무르익은 듯하다. 그래서일까. 양전형 작가의 「우리집 줄장미」를 감상하고 나니 "그렇지, 그렇지." 연신 고개를 끄덕이며 우리 집 줄장미를 유심히 바라보게 된다.

장미는 햇살을 먹고 바람을 견디며 제 키를 키워왔다. "ᄎᄎ 말

이 하지는 / 우리집 줄장미." 말없이 쑥쑥 자라나는 줄장미를 보고 있자니 문득, 얼마나 외로웠으면 저리도 무덕무덕 자라났을까 싶다. 오른쪽 왼쪽으로 줄기를 내밀며 식솔처럼 하나둘 피어나는 몽우리들, 나도 좀 보아달라는 듯 붉게 차오르는 그 꽃들이 곧 말이고 사랑이고 세월이리라.

"든든이 입 중가신디", 때로는 입을 다물고 살아가려 해도 그렇지 못한 것이 인생이다. 지나던 이가 길을 멈추고 꽃 앞에서 수다를 떠는가 하면, 때론 마음속에 감춰두었던 불편한 속내도 불쑥불쑥 튀어나온다. 줄장미는 그렇게 말을 건네고, "울담 바껏더레" 이웃의 손을 슬며시 잡는다.

봄이 되자, 우리 집 줄장미도 또 한 입 말을 피워냈다. 그 붉은 입 속에는 '무덕무덕', '든든이', '중가신디', '불쑥불쑥' 같은 제주말이 살아 숨 쉰다. 제주의 말맛 하나하나에는 우리네 삶이 고스란히 스며 있고, 그 삶은 울타리를 넘어 오가는 이웃에게까지 따스한 웃음을 건넨다. 그렇게 말을 피워내며 영글어가는 줄장미는, 제주어가 지닌 정서적 뉘앙스를 통해 일상과 서정을 엮어내는 양전형 작가의 시적 태도와 삶의 언어로 가족과 공동체를 잇고자 하는 따뜻한 문학적 윤리를 은연중에 드러낸다.

「어멍 웃음」과 「어멍 눈」이 전하는 모성의 체온, 「초봄」에 담긴 풍경의 입말들처럼, 「우리집 줄장미」 또한 생활과 감정, 시간의 결까지 언어로 되살려낸다. 줄장미가 자라듯 제주어도 삶의 벽을 타고 피어나는 것 같다. 이 시는 그 현재성에서 '살아 있는 언어'로서의 제주어 시학에 작고 단단한 줄기 하나를 더해준다.

2. 사랑과 통증

사랑니를 뽑은 날, 나는 비로소 사랑의 본모습을 마주했다. 그런데 뽑아낸 그 자리에서 뜻밖의 일이 생겼다. 하얀 뼈가 자라나고 있었던 것이다. 결국 나는 솟아오른 뼈 깎는 아픔을 남모르게 감내해야 했다. 그러나 그 고통은 육체에만 머물지 않았다. 마음 어딘가에 오래도록 잠복해 있던 감정이 함께 솟구쳐 올랐다. 사랑과 통증

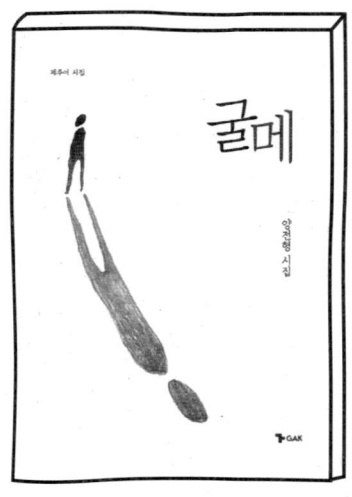

은 떼려야 뗄 수 없는 서로 맞물린 관계임을 그제야 실감했다. 사랑니를 뺀 자리에 또 다른 사랑이 자라고 그 아픔을 다시 도려내야 하듯 사랑도 어쩌면 그런 것이 아닐까.

숭ᄒ게 돋아난 두린 때 덧니는 / 세끗이 아프게꼬롬 매날 ᄂ리씰언 / ᄆᄎᆷ내 치열을 맞촨 ᄒᄂᆷ역 ᄆᆫ ᄒ는디 // 철들언 ᄉᆞ랑을 알명사라 / 말째에 돋은 니빨 / 지픈 속슬 캉캄ᄒᆫ 디 쏙쏙 똘룰 때부터 / 나 안에 박히던 이녁추룩 / 춤 아픈 일이란게 // 씨믄 씰수록 알리고 헐리만 짚어갓네 / 요ᄉᆞ이 멧 날 둥굴어신디 / 의사도 씰디웃다네 / 이녁아, / 경헨 말이주 / 나 오널 ᄉᆞ랑니 다 빠시네 //

- 「ᄉᆞ랑니」 전문

「ᄉ랑니」는 말 그대로의 사랑니의 통증에서 출발하지만, 그 이면에는 성장과 사랑, 관계의 고통이 겹쳐진 삶의 은유가 담겨 있다. 시는 유년기의 덧니에서 시작해 "세끗이 아프게꼬롬 매날 ᄂ리썰언"이라는 표현처럼 어린 시절의 날카롭고 오래된 생채기를 되짚는다. 하지만 곧 시적 화자 시선은 마지막으로 돋아난 사랑니로 옮겨가며 성숙기의 사랑과 내면의 흔들림으로 전환된다.

"나 안에 박히던 이녁추룩 / 촘 아픈 일이란게"는 그 사랑이 얼마나 깊고 오래도록 마음속에 박혀 있었는지를 절절히 드러내는 고백이다. 시적 화자는 사랑니의 통증을 통해 자신의 내면에 자리 잡은 어떤 존재, 곧 '이녁(너)'을 떠올린다. 그 사랑은 어느 날 불쑥 '쏙쏙 뚫어' 들어와 결국 가슴 깊은 곳에 아프게 박힌 감정이다.

"이녁아, 경헨 말이주 나 오널 ᄉ랑니 다 빠시네"라는 마지막 고백은, 아픔을 동반한 관계와 그 안에 박혀 있던 감정이 마침내 절정에 이른 순간처럼 느껴진다. 사랑니를 다 뽑았다는 건, 오래도록 남아 있던 상처를 마침내 제거했다는 뜻일까. 그래서 이제는 홀가분하다는 걸까. 아니면 그만큼 상처가 컸다는 반증일까. 알 듯 말 듯한 이 지점에서 독자는 문득 카타르시스를 경험하게 된다.

양전형 작가는 「사랑니」 외에도 '사랑'을 주제로 한 많은 시를 남겼다. 그리움의 대상은 단지 이성이 아니라, 때로는 놓을 수 없는 어떤 존재, 멀어져간 풍경, 그리고 시 그 자체이기도 하다. 이렇듯 일상에서 시적 은유를 펼쳐내는 그의 시편들에서 독자는 저마다의 결핍과 묘한 정화의 감정을 경험하게 된다.

하늘광 땅 ᄉ이 ᄂ 싯저 / 하늘을 들러 올린 ᄂ 싯저 / ᄂ 아팡 눅거
나 엎더지민 / 하늘광 땅이 / 다대여지카부덴 금착금착 ᄒᄂ네 // ᄂ
두령청이 어디 가 불영 엇어지민 / 시상 멜싸져부ᄂ네 / ᄂ가 셔사 /
하늘광 땅 ᄉ이 / 꼿덜도 빙삭빙삭 곱들락이 피ᄂ네

- 「각시야」 전문

시인이 아내를 부르는 '각시야'라는 첫마디부터 이 시는 이미 다
정한 사랑의 온기를 품고 있다. 시적 화자에게 아내는 세상의 중
심이며 하늘과 땅을 잇는 존재다. "하늘광 땅 ᄉ이 ᄂ 싯저"라는 구
절처럼 아내는 두 세계를 연결해주는 버팀목 같은 사람이다. 아내
가 아파 눕거나 쓰러지면 하늘과 땅이 맞부딪칠까 봐 세상이 덜컥
놀라버릴 만큼, 그녀의 존재는 이 세상 전체의 무게를 쥐고 있는
듯하다.

아내가 잠시라도 보이지 않으면 '시상 멜싸져부ᄂ네'라며 세상
이 무너져버린다고 할 정도로 시적 화자의 마음엔 아내가 삶의 전
부처럼 자리하고 있다. 그러기에 "ᄂ가 셔사/ 하늘광 땅 ᄉ이/ 꼿
덜도 빙삭빙삭 곱들락이 피ᄂ네"라는 구절은 참 따뜻하고도 눈물
겹다. 당신이 있어야 비로소 꽃들도 웃고, 계절도 온전해지고, 세
상도 살아 숨 쉰다는 그런 고백이 이 시 안에 곱게 피어 있다.

메마꼿 피영 싱싱홀 때 / 벌 나비덜 모도와들엇당 / 낮후제 소드라
가민 다덜 가 부ᄂ네 / (생략) // 세월이 우릴 거려밀려 불어도 / ᄉ
방에서 눈꿀덜 ᄒ게 안 살아시난 뒷저 / 저싱줌이 밤보단 더 재게 돌

려 와도 / 나산 짐에 / 동네 질이나 ᄒ 번 더 돌아방 글라 // 우리 ᄆ
음 잘 아는 메마꼿 / 즘쫍ᄒ엿당 / 이ᄌ 붐직 ᄒᆯ 때 또시 필 거여 / 우
리 ᄆ음ᄀ찌 싱싱ᄒ게 필 거여

- 오라리 메마꼿 22 「각시신디」 부분

각시에 대한 사랑은 「오라리 메마꼿-각시신디」에서도 그대로
전해진다. 세월이 우리를 밀쳐내고 등을 돌린다 해도 우리 둘이면
된다. 아무리 힘겨운 날이 와도 서로를 놓지 않겠다는 시인의 의
지가 담겨 있다. 가장 가까운 벗으로서의 부부, 나이를 먹어도 변
치 않는 그 마음을 메마꼿에 빗대어 되새긴다.

각신 지레 족안 / 나신디 돌아질 땐 발치기를 들주마는예 / (생략) //
참말, / 초ᄒ를 약속 ᄒ나 ᄀ득 키왕 / 온 시상에 뿌리는 ᄇ름돌 ᄀᆯ으
고양 / 설한풍에도 구짝 피어낭 / 향기 나곡 청초ᄒ 수선화 닮아마씸

- 「각시」 부분

여기에서 작가는 작고 여린 듯 보이는 아내를, 삶의 구석구석
을 든든히 채우는 존재로 노래한다. "참말, 초ᄒ를 약속 ᄒ나 ᄀ득
키왕 / 온 시상에 뿌리는 ᄇ름돌 ᄀᆯ으고양"처럼 아내가 품은 마음
하나가 온 세상을 환히 밝힌다고 말한다. 뿐만 아니라 "설한풍에
도 구짝 피어낭 / 향기 나곡 청초ᄒ 수선화 닮아마씸"에서도 매서
운 바람 속에서도 꼿꼿이 피어나는 아내의 강인함과 맑은 마음이
전해진다. 이처럼 작가는 여러 시편들에서 아내를 보듬는 말을 풀

어넣는다. 아내에 대한 눈물겹도록 고운 사랑과 존경을 아낌없이 건네는 풍경이다.

3. 소리내어 감상하는 제주어 시

글을 맺으며 아쉬움이 남는다. 『허천바레당 푸더진다』, 『게무로사 못살리카』, 『굴메』 등 양전형의 제주어 시집에는 삶과 언어, 감정과 내면의 성찰를 두루 아우르는 시편들이 풍성하게 담겨 있지만 지면의 제약 탓에 그 일부만을 소개할 수밖에 없었다는 점이 못내 아쉽다. 그래서 더욱 독자들에게 권하고 싶다. 제주의 말로 제주의 삶과 존재론적 생의 물결을 담아낸 이 시집들을 직접 소장하고 때때로 소리 내어 음미해 보시기를.

언어학에서도 구술 언어의 특성과 낭독의 감각적 효과는 꾸준히 강조되어 왔다. 특히 지역어 시는 발화의 억양과 말의 결을 통해 그 땅의 정서와 감정, 역사와 기억을 더욱 생생하게 드러낸다. 낭독은 시가 본디 가졌던 구체성과 정서성을 회복하는 행위이며 지역의 말과 문화를 감각적으로 복원하는 방법이기도 하다.

특히 제주어 시는 눈으로만 읽는 데 그치지 않고 입으로 소리 내어 읊조릴 때 비로소 그 진가를 발휘한다. '입말'로 태어나고 쓰여진 언어는 발화되면서 그 리듬과 숨결, 말맛과 정서를 완성해낸다. 이는 단순한 시 감상의 차원을 넘어 제주어가 '살아 있는 언어'로 기능하기 위한 필수 조건이다. 필자처럼 부부가, 혹은 연인끼리 또는 독서모임에서 함께 제주어 시를 낭독하며 그 어감과 정서를 공유하는 일은 제주어를 감각의 언어로 되살리는 소중한 걸음이 된다.

아울러 고정국 시인이《허천바레당 푸더진다》의 해설에서 언급했듯, 양전형의 시는 단지 농경사회의 기억에 머무르지 않는다. 그의 제주어 시는 과거의 삶을 품으면서도 오늘의 감정과 언어의 존재론적 현재성을 함께 빚어낸다. 바로 그 지점에서 그의 시는 고유한 힘을 얻고 제주어 문학은 회복의 가능성을 품는다. 그리고 그 가능성은 시를 입에 올려 읊조리는 작은 실천 속에서 더욱 깊이 우리 삶 속에 뿌리내릴 것이다.

4. 양전형 작가가 남긴 제주어 문학의 미래

지역문학은 사라지는 말들을 되살리는 가장 생명력 있는 그릇이다. 그 땅의 말과 풍습, 그리고 삶의 이야기가 스며 있는 정서의 기록이다. 말과 이야기를 통해 우리는 서로의 기억을 나누고 세대 간에 삶의 온기를 전하며 살아간다. 하지만 세상이 빠르게 변해가는 오늘, 지역의 말은 점점 우리 일상에서 멀어지고 있다. 그만큼 그 소중함은 갈수록 더 분명해진다.

특히 제주어는 유네스코가 지

정한 '소멸위기 언어'다. 오늘날 제주어는 청소년뿐 아니라 어른들에게도 낯선 말이 되었다. 제주 안에서도 세대 간 말의 단절은 점점 깊어지고 있다. 제주어를 되살리는 일은 이제 일부의 몫이 아니다. 문학과 교육 기관, 지역 공동체가 함께 마음을 모아야 하며, 그 중심에서 지역 문학인의 역할은 더욱 중요해지고 있다.

양전형 작가가 남긴 제주어 문학은 '살아 있는 말의 보고寶庫'이자 '삶의 기억을 잇는 언어 지도'로 의미를 더한다. 『제주어 용례사전』, 장편소설 『목심』, 그리고 제주어로 쓰인 세 권의 시집들은 모두 어머니의 무릎에서 들은 입말을 문학으로 길어낸 따뜻한 실천이었다. 오래된 말들이 시가 되고 이야기가 되어 다시 사람들 곁으로 돌아왔다.

그중 『제주어 용례사전』은 현존하는 제주어 사전 속 제주말 대부분을 약 7,600개의 예문 속에 시인의 문장으로 채워 담은 특별한 사전이다. 제주어의 숨결과 정서를 고스란히 담아낸 이 사전은 단순한 어휘 목록이 아니라 말맛이 살아 숨 쉬는 문학의 숲이다. 제주의 바람과 웃음, 기쁨과 슬픔, 정情과 한恨이 응축된 이 말들에는 삶의 결이 고스란히 묻어 있다. 이는 어떤 언어학적 분류보다 생생한 제주어의 문학적 재현이자 제주 문학의 호재好材이다.

이러한 가치를 지닌 『제주어 용례사전』은 훗날 제주어문학의 백미로 오래 기억될 것이다. 아울러 말과 문학이 만난 자리에서 태어난 언어예술의 정수라 할 것이다.

최초의 제주어 장편소설 『목심』은 제주어 문학 실천의 또 하나의 중심이었다. 1960년대부터 현재, 나아가 기술문명에 대한 경고와 존재의 회귀를 상상한 '십년뱅' 서사까지 제주어로 풀어냈다는 점은 주목할 만하다. 이는 제주어가 단지 과거의 말이 아니라 오늘의 이야기와 삶의 깊이를 품을 수 있는 살아 있는 언어임을 보여준다. 양전형 작가의 이러한 시도는 제주어의 현재성과 미래 가능성을 입증한 문학적 실천이며, 언어와 삶을 잇는 창작의 길을 고민하는 젊은 작가들에게도 깊은 울림을 전한다.

시집 『허천바레당 푸더진다』, 『게무로사 못살리카』, 『굴메』에 담긴 시편들 또한 제주의 말과 마음, 삶의 풍경을 따뜻한 시선으로 품고 있다. 그리고 많은 작품이 가곡, 동요, 대중가요로 작곡되어 사람들의 입에서 자연스럽게 불리고 있기도 하다. 이는 제주어 문학이 지역성과 장르의 경계를 넘어 감성과 감각을 잇는 살아 있는 문학으로 자리하고 있음을 보여준다.

양전형 작가의 창발적 역량은 소멸 위기의 제주어에 대한 관심을 드높였을 뿐만 아니라, 제도권 내 제주어 활용 교육과 제주어로 창작하는 이들에게도 든든한 자양분이 되는 길을 열어주었다. 문학과 기록을 통섭한 그의 헌신은 지역문학의 가능성을 넓히는 따뜻한 여정이며 미래를 향해 나아가는 발화이다.

제주어에 발효된 서정과 서사성
- 자연의 결, 제주어의 결

김정숙, 『섬의 레음은 수평선 아래 있다』, 한그루, 2023

　　　　　　　　　　시대가 바뀌면서 삶도 변하고 문
학도 변한다. 천년의 혈통을 이어오는 시조 역시 그렇다. 기본 맥
을 유지하면서도 다양한 양상으로 옷을 갈아입으며 그 안에서 시
조 미학을 추구한다. 김정숙 시인의 세 번째 시조집 『섬의 레음은
수평선 아래에 있다』는 제주의 말과 소리로 접근한 시조 절제미節
制美를 보여준다.

　이 시조집 표제에서 '수평선'은 제주인의 삶을 포용하는 문학적
상상력의 무한한 세계로 가늠할 수 있다. 하여 제주 사람들의 삶
인 '섬의 레음'으로 표출된 시조들은 변방으로 인한 한계성이나 아
픔에 머무르지 않는다. 가난한 삶을 살았으면서도 그 삶에는 '레음'
이라는 음계에서 전혀 다른 상상의 바닷속을 더듬게 한다. 대부분
시편에는 제주 정서를 포용하는 맑음, 희망, 사랑 등의 음률이 깔
려 있다. 이처럼 김정숙 시인의 인식세계는 그 대상의 참모습을 긍

정적으로 조감하려는 시대정신에 바탕을 두고 있다.

이 시집의 발문을 쓴 강덕환 시인은, 지역작가라면 그 지역의 언어로 그 지역민의 정서를 표현하는 숙명적인 존재임을 잊어서는 안 된다는 점을 강조했다. 2009년 《매일신문》 신춘문예로 등단한 김정숙 시인은 『나도 바람꽃』, 『나뭇잎 비문』, 제주어 시조집 『섬의 레음은 수평선 아래에 있다』를 펴내며 그 과제를 풀어냈다.

시를 쓰는 사람들에게 있어서 '언어적 체험'이라는 것은 뼛속 깊은 자신의 정체성이며 소속된 지역민의 정체성이다. 시인은 뱃속에 잉태되던 순간부터 들어오던 말, 고향의 정체성과 지난한 삶의 흔적, 목젖까지 밀려오는 시대의 아픔 등 제주 사람들만의 독특한 정서를 담아냈다.

김정숙 시인은 시조 형식의 다양성을 추구하면서 내용면에서도 문학적 상상력의 깊이를 가하여 현대시조의 미래지향적 방향성을 제시한다. 특히 제주 정서의 밝은 측면과 폭넓은 세계관으로 시대 의식을 표출해 낸 이번 시조집에서 시조 장르가 한층 진화해가는 일면을 뚜렷하게 보여주고 있다.

김정숙의 제주어 시조집에 대한 평론 「제주어에 발효된 서정과 서사성」은 반복과 압축의 시적 환기와 음악성, 자연의 결과 제주어의 결, 제주어 시조의 폭과 깊이라는 세 갈래 주제로 구성되어 있다. 이 가운데 이번 평론집『순수純水로 잇다』에는 지면상 "자연의 결, 제주어의 결" 편만을 수록하였다. 나머지 편은 다음 계절에 출간될『바람에 발효된 섬의 서사』에 실릴 예정이다.

자연의 결, 제주어의 결

자연의 결과 제주어의 결은 맞닿아 있다. 제주의 자연은 영겁의 시간을 돌아 짙푸른 서정의 옷을 입었다. 섬과 제주인의 운명은 바람을 타고 혼류하여 독특한 하나의 세계를 이룬다. 북받쳐 오르는 삶의 순간과 포효하는 파도의 야성은 일상을 넘어선 정신세계를 이루고 제주만의 결을 창조했다.

돌과 바람의 섬. 제주인의 터전이었던 빌레밭과 바닷바람에 실려든 독특한 언어는 제주인의 뱃속에서 본능이 되었다. 그러나 제주어는 서서히 이별을 예고하는 것 같다. 우리가 기억하지 않고 상용하려는 시도가 없다면 제주의 정체성이 소멸할 것이라는 우려도 없지 않다. 그래서일까. 시조로, 노래로, 시로 발효되어 표현되는 서정적 문학 장르를 만날 때면 '제주어'를 더 깊이 헤아리게 된다.

마침 봄의 행간에 생명을 불어넣으며 다가온 김정숙의 제주어 시조집 속 시인의 시조들은 수면 아래 잠겨 있던 제주의 이모저모를 색다른 어감으로 표출한다. 시인만의 간접 문답법을 활용한 수법, 초록동색草綠同色으로 배열한 사설시조의 시적 환기, 수미상관 구조, 동음이의어를 통한 강조 등 다양한 작법과 내용 면에서도 풍부한 문학적 영감을 투영한다. 이번 독서평론의 핵심은 잊혀가는 제주어를 발효시킨 시조 작품을 통해 제주 정체성의 진실한 내면을 들여다보는 데 있다.

1. 우주 속의 제주

시조는 운율과 이미지의 결합으로 독자들 곁에 스며드는 문학이다. 김 시인은 한발 더 나아가 관념적 음성을 대입하여 우주 속의 나, 그리고 제주의 정체성을 공감각적으로 전달하고자 시도했다. 작품「ㆍ」에서는 우주의 첫 씨앗이 터트린 관념어 "ㆍ"를 시적 소재로 활용했다. 영국의 문예비평가 리처즈(L.A.Richards, 1893-1979)는 시적 관념어란 "추상적이며 구체적이요. 그리고 일반적이며 특수한데 그것을 통해 무엇을 말하기 위해서가 아니라 그것들의 효과들이 우리의 마음속에서 결합하여 하나의 조리 있는 전체로서의 느낌과 태도를 형성하며 특이한 의지의 해방을 가져온다."고 정의했다. 생활언어인 'ㆍ'가 사랑의 언어로서 전수되고 자연의 소리가 인간에게 체화되어 영원성을 띠는 것은 시적 관념어의 효과와 어울림에 절묘히 부합한다.

우주가 우주 밖으로 쏘아올린 씨 한 톨이 / 반 쯤 핀 꽃잎처럼 입을 열어 ㆍㆍㆍ / 지구를 백 일쯤 돌아 처음으로 터트리는 소리 // 할머니가 ㆍㆍㆍ 하면 / 아기가 ㆍㆍㆍ / ㆍ가 옹알이 되고 옹알이는 말이 되어 / 할머니 나 사이에는 오래 ㆍ가 살았네 // 두 팔 벌려 안아주던

331

설문대할망 품의 소리 / '아'니 '오'니 하다가 휘파람처럼 날아간 소
리 / 우주가 태어날 때마다 여전히 ㅇㅇ는 들려

- 「ㅇ」 전문

관념어 "ㅇ"는 김정숙 시인이 시적 영감을 형상화한 감각언어
이다. 여기에 인간의 음성 "ㅇ"를 대입하며, 이로 인한 반응이나 해
석에 대한 궁리를 요구하지 않는다. 그냥 마음속에 융합融合된 하
나의 덩어리 자체로 독자들의 상상력을 자극한다. "우주가 우주 밖
으로 쏘아 올린 씨 한 톨이"의 시구에서 불현듯 어느 영상이 떠오
른다. 민들레 씨앗이 우주 어디론가 흩날리다가 한반도에 살포시
내려앉았다. 이 한 톨의 씨앗이 제주섬 모퉁이에 점 하나를 찍는
다. 백일쯤 지났을까. 어느 날 "ㅇ ㅇ ㅇ" 하며 꽃봉오리를 터트렸
다. 이처럼 여느 독자들도 나름의 상想이 스치지 않을까.

시인은 우주에 도착한 씨앗 한 톨이 봉오리 단계를 거쳐 반쯤
핀 꽃잎이 되어가는 과정을 형상화하며 백일 맞은 '아이'의 음성에
대입시킨다. 어떤 의도나 섞임도 없이 한 잎 한 잎 펴져 가는 꽃잎
의 순리처럼, 아이가 처음 터트리는 음성은 순수純粹 그 자체이다.
우주의 소리 "ㅇ"는 단순한 놀라움이나 기쁨의 음성이 아니라, 영
적인 새로운 삶으로 눈뜨는 자아의 음성으로 다가오기도 하고 하
나의 형상으로 비치기도 한다.

중장에서는 우주의 첫 씨앗 "ㅇ"가 옹알이 "ㅇ ㅇ ㅇ"가 되고, 음
성결합체인 "언어"를 배우는 과정에서 우주의 소리 "ㅇ" 하나면 통
하는 할머니의 사랑을 그렸다. "할머니와 나 사이에는" 여기 등장

하는 할머니는 손녀와의 관계 외에도 설화나 민간신앙에 등장하는 '할망'의 의미를 추론할 수 있다. 설문대할망, 설맹디할망, 영등할망, 세명주할망 등등 제주인의 역사적 아픔과 자연환경은 이들의 정신세계를 지켜줄 설화와 신앙을 창조하게 하였다. 하여 할머니와 나 사이에 오래오래 'ᄋᆞ'가 살았다는 것은, 그만큼 제주인의 삶에서 '할망'의 존재가 불가피한 대상이었음을 피력하고 있다.

"'아'니 '오'니 하다가 휘파람처럼 날아간 소리"라는 시구에서 시인은 '아래아'의 존재가 우리 곁을 떠나고 있음을 예고한다. 그런데도 우주가 태어날 때마다 여전히 'ᄋᆞ ᄋᆞ'는 들린다며, 아래아 'ᄋᆞ'는 우리의 정신세계를 지배하고 있는 불가피한 언어임을 강조한다. 아울러 제주인들은 두 팔 벌려 안아 주는 설문대할망의 품의 소리를 들으며 살아왔다고 한다. 여기서 시인은 제주인의 안위와 마음을 지켜주는 중심을 '설문대할망'으로 상정하는 제주인들의 시선을 내포시키고 있다. 이어지는 작품 「설문대할망」 중에서도 그 존재성이 표출된다.

2. 창조 신화에 투영된 '여성의 힘'

"제주섬의 흙은 설문대할망의 '살'이며, 제주섬의 물은 설문대할망의 '피'이며, 제주섬의 돌은 설문대할망의 '뼈'다." 이 문장은 제주 시인 김순이가 재구성한 「설문대할망」 신화의 마지막 구절이다. 이처럼 설문대할망을 모티프로 한 문학작품들은 창조의 상징성을 중심에 두고 재현되곤 한다. 김정숙 시인의 시조 「설문대할망」 역시 그러한 전통을 따르면서도, 설문대할망을 단지 신화적 과거의 존재로만 그리지 않고 오늘을 살아가는 제주인의 삶과 바람 속에 소환해낸다.

> 어젯밤 다녀가셨나 / 쏟아놓은 꽃잎 자국 // 말라 말라 ᄒ다 건들지 말라 건들ᄇ름 / 해도 해도 너미햇주 한 많은 하늬ᄇ름 / 눈 왁왁 코 왁왁 살아시네 흙ᄇ름 / 뱅기로 배로 새치기 새치기 샛ᄇ름 / 이녁 것도 아니멍 이래착 저래착 궁둥잇ᄇ름 / 눈도 안 오는디 칼칼ᄒ는 칼ᄇ름 / 느영 나영 모다들민 벨 거 어신 씬ᄇ름 / 도리뱅뱅 감장 돌당 메다쳐부는 회오리ᄇ름 / 쌍둥이 건물 트멍이 맹글아 논 황소ᄇ름 / 저슬들어 왐쩽 갈갈 부는 갈ᄇ름 / 속상ᄒ영 줌 못 잘 땐 밤새낭 눈물ᄇ름 / 치맛은 무슨 맛산디 슬짝 슬짝 치맛ᄇ름 / 비 오젱 ᄒ민 마ᄑ름 / 비 ᄆᆯ앙왐쩽 흘레ᄇ름 / 눈 비 오민 눈비ᄇ름 / 문 트멍으로 문ᄇ름 / 금착 금착 헛ᄇ름 / 가나오나 주는 거 어시 미운 꽃샘ᄇ름 / 똠 나는 디 산들ᄇ름 / 바당이고 땅이고 대박나 줌써 영등ᄇ름 / 일년 삼백 예순 다섯 잘 날 어신 바당ᄇ름 // 단숨에 섬을 빙 돌아 / 꽃바람을 피우고

- 「설문대할망」 전문

이 시조는 사설시조의 자유로운 형식미와 구어적 말맛을 잘 살린 작품이다. 잦은 반복과 감탄사, 제주어 어휘의 구체성은 일상어에 뿌리내린 시조 문법의 확장을 보여주며, 설문대할망이라는 존재를 더욱 생동감 있게 현실에 불러온다. 초장 "어젯밤 다녀가

셨나 / 쏟아놓은 꽃잎 자국"은 자연의 창조적 행위에 시인의 상상
력이 덧입혀진 인상적인 시구이다. 설문대할망이 시적 주체로서
등장하는 이 시에서 '꽃잎 자국'은 단지 지나간 흔적이 아니라 봄
을 창조하는 신적 손길의 증거로 기능한다. 이는 제주도의 봄, 곧
한라산 자락에 붉게 터지는 철쭉과 진달래의 물결 그 분홍빛 신단
을 상기시키며 독자의 감각을 깨운다.

　이처럼 김정숙 시인의 「설문대할망」은 설화 속 존재를 현대적
상상력으로 되살려, 꽃잎을 뿌리는 창조신의 형상과 일상 언어의
시적 충돌을 통해 신화의 현재성을 감각적으로 드러낸다. 또한 "샛
ㅂ름, 칼ㅂ름, 갈ㅂ름" 등 제주인의 다양한 삶의 형상에 리듬을 조
율하며 날씨와 감정을 겹치듯 엮어낸 중장은 마치 제주어로 풀어
낸 자연예보이자 감정일지처럼 읽힌다. 설문대할망은 그 속에서
살아 있는 바람이자 흙이 되며 오늘을 사는 이의 마음을 어루만지
는 존재로 다시 태어난다. 마치 굿거리장단처럼 리듬과 율격을 갖
추며 시조 전반에 음악성을 드리우는 것 같다.

　"말라말라 ᄒ다 건들지 말라 건들ㅂ름 / 해도 해도 너미햇주 한
많은 하늬ㅂ름 / 치맛은 무슨 맛산디 슬짝 슬짝 치맛ㅂ름…" 제주
인이 살아가며 부시럭대는 소리다. 여기 제주어들을 가만 음미해
보면 애원하기도 하고, 한탄하기도 하며 때론 익살스럽게 제주말
의 맛을 드러내며 폭로하기도 한다. 시인이 제시한 바람은 시인만
의 시적 은유어로 재해석된 바람을 내포하기도 했다. 이를 통해 중
장의 사설들을 읊조리는 독자들은 제주의 뿌리를 좀 더 새로운 시
각으로 바라보게 될 것이다.

하필 왜 바당ᄇᆞ름에서 마침표를 찍었을까. 시인은 "일 년 삼백 예순 다섯 잘 날 어신 바당ᄇᆞ름"에서 사설의 방점을 찍었다. '바당ᄇᆞ름'은 제주인의 삶을 아우르는 바람이다. 잠시 독자 입장으로 반문해 봤다. 만약 통상적인 'ᄇᆞ름'에서 머물렀다면, 시적 울림 없이 단지 제주어를 이해하는 기표記標 단계에 머무르지 않았을까. 시인은 사설 마지막 지점에 이를 대입하면서 제주인의 애환을 들여다보고 있는 존재가 설문대할망임을 환기한다. 제주어 'ᄇᆞ름'은 표준어 '바람'이다. 이 시조의 '바람'은 공기의 흐름인 일차적 어휘를 소재로 했지만, 제주인의 애환과 그들이 소망하는 내면의 '바람'이 함의되어 있다. 따라서 시어 'ᄇᆞ름'은 인간의 정서와 자연, 언어가 평등한 동반자적 위치에 있음을 강조하는 화자의 시의식으로 읽힌다.

이 시조에서 '설문대할망'의 존재는 창조 신화의 문법인 초월적 존재와 능력을 다 드러내지는 않는다. 고대 모계 중심 사회에서는 생명을 잉태하는 여성의 능력이 신성시되었다. 이는 대지의 생산성과 결부되어 고대인으로 하여금 천지창조의 근원을 여성 신의 모습으로 형상화하는 정신적 배경이 되었다. 하여 설문대할망은 제주 '바람'을 만들어낸 주체이면서도 어떤 상황에서도 희망의 끈을 놓지 않았던 제주 여성들의 의지, 제주인의 삶을 품어내는 "여성의 힘"을 내포하고 있다. 여성성이 보살피는 인간의 삼라만상을 통해 설문대할망을 제주의 질긴 생명력의 원천으로 보는 작가의 시선이 엿보인다.

종장에서는 섬을 한 바퀴 휘돌면서 제주인의 바람 소리를 듣고 온 설문대할망. "꽃바람을 피우고"라는 시구로 여운을 남긴다. 여기서 '꽃 / 바람'은 중장 사설에서 나열되었던 삶의 바람과 대비된다. '꽃'은 제주의 갖가지 바람을 포용하는 희망을 상징한다. 꽃을 피워내는 과정을 보면 '아픔과 절박함 그리고 성취'라는 도식을 그려낼 수 있다. 자기 생명을 피우기 위해 아픔을 겪고, 절박한 몸부림을 치고 나서야 봉오리를 터트리는 것은 우리 인간사에도 적용되는 보편적 진리가 아닐까. 이런 관점에서 봤을 때 설문대할망의 "꽃바람을 피우고"의 꽃은 아픔과 절박함을 내재한 제주인의 삶으로 유추할 수 있다. 하여 설문대할망이 꽃바람을 피우는 행위는 제주인의 아픔과 절박함을 포용하고 나아가 희망까지도 제시하는 함축된 기의記意로 해석될 수 있다.

3. 제주인의 마음 고향, 신당神堂

서정적 문학 양식에서는 소재의 다양성을 추구하며 우주의 심오한 형상을 이미지화하는 특징이 있다. 김정숙 시인은 여기서 한 발 나아가 평면적인 전가를 뛰어넘는 현대적 맥박으로 접근하고 있다. 작품 「프러포즈」와 「ᄒ다ᄒ다」는 독창적인 화법과 감각적 전개 방법으로 언어적 유희를 부각하며 우리의 주의를 끌고 있다.

　　태초부터 우리가 당신 사이였나요 / 신이 머무르는 공간을 당이라 하고 / 원초적 당의 주인은 신이었으니까요 // 할망당은 할망신 / 하르방당은 하르방신 / 어떤 사람 어떤 시간이 당신으로 맺어져 / 제주

섬 은밀한 곳곳 푸르른 이끼처럼 // 길은 끊어져도 / 생이 남아 있다면 / 당을 위한 신의 마음 신을 품은 당의 마음 / 하가리 할망당 앞에서 / 우리 당신 할래요

- 「프러포즈」 전문

제주의 민속 신앙은 대부분 무속에 뿌리를 둔다. 신과 인간을 중개하는 심방을 통해 굿을 하거나, 신당에 가서 심방 없이 기원하는 형식으로 실현된다. 제주 마을에는 대부분 할망당이 하나씩 있으며 하르방당까지 있는 마을도 있다. 민간신앙에서 제주 여성들은 주로 매월 초하루, 보름에 마을의 신당을 찾아가 집안의 안위를 희구했었다.

중장 "제주 섬 은밀한 곳곳 푸르른 이끼처럼"에서 당堂은 인간의 마음을 신神에 전달하고자 하는 중개仲介의 장소로, 주로 할망당, 하르방당은 자연이 살아 숨 쉬는 신성한 장소에 자리 잡고 있다. 이처럼 제주인의 삶을 읽어주고 지켜주는 신을 모신 신당을 제시한 중장을 기준으로, 초장 "태초부터 우리가 당신 사이였나요"라는 문제 제기와 종장 "우리 당신 할래요?"라는 프러포즈는 수미상관 구조로 주제를 환기한다.

시인은 부부나 상대를 일컫는 '당신當身'과 할망당 하르방당 등 신당에 모신 신을 의미하는 '당신堂神' 등 동음이의어를 대비하여 묘한 설렘을 안겨준다. 제주인의 마음 고향. 제주 여인들은 그곳에 가야 마음이 편했다. 언제나 가고 싶은 곳, 보고 싶은 당신, 매일 불러도 또 부르고 싶은 당신…. 얼마나 절실했으면 당신堂神과

당신當身의 중의적 표현을 동시 수용하게 했을까. 숭배의 대상이었던 당신堂神을 인간의 속생활로 끌어와 연모의 대상으로 치환한 감각과 기교에 마음이 동할 따름이다. 시인은 감히 다가갈 수 없는 대상에게 프러포즈의 행위를 설정하여 제주인의 열망과 의지가 깊음을 표명하고 있다. 이처럼 제주의 할망당, 하르방당은 일부 마을 할머니들에 의해 이어져 오고 있으며, 작품 「ᄒ다ᄒ다」에서 치성드리는 기도의 실제를 만날 수 있다.

> 수백만 송이송이 귤꽃 터지는 오월 / 사나흘 밤낮 공들여 다섯 꽃잎 펼치고 / 가운데 느란 점 하나에 온갖 치성 들이는 봄 // ᄒ다 ᄒ다 어느 한 잎도 아프지 말게 해줍써 / ᄒ다 ᄒ다 눈 맞은 사름 만낭 시집 장게 보내 줍써 / 비 ᄇᄅᆞᆷ 맞당도 남앙 곱게 익게 해줍써
>
> - 「ᄒ다 ᄒ다」 전문

「ᄒ다 ᄒ다」는 귤 농사를 통한 생명의 순환을 인간의 삶과 연결하고 있다. 제주어 'ᄒ다'는 제발, 부디, 어떤 일이 있더라도 등 기원의 마음이 내포되어 있다. 시인은 오월, 귤꽃, 귤이 맺히는 과정에서 소재를 찾는다. 나아가 밭농사의 치성을 자식 농사의 치성으로 확장하며 시의식을 집약시킨다.

수백만 송이 귤꽃 터지는 계절 오월, 그 꽃잎이 터지기 전까지의 농부는 "사나흘 밤낮 공들여" 다섯 꽃잎을 피워냈다. 다섯 꽃잎이 펴지기까지 할망당, 하르방당을 찾아가 치성드리는 모습이 상상된다. "가운데 노란 점 하나에 온갖 치성 들이는 봄" 귤열매가 맺

힐 때까지 '봄'이라는 한 계절을 바쳐 치성을 드릴 만큼 밭농사를 위한 기도는 삶의 필연적 의식이다. 어느 한 잎도 아프지 말게 하며, 비바람에도 곱게 익게 해 달라고 농사를 위해 빌고 또 비는 것이 제주 여인들의 섬세한 신앙이었다.

그런데 시적 전개 과정을 보면 갑자기 '기도의 대상'이 바뀐다. "ᄒ다 ᄒ다 눈 맞은 사름 만낭 시집 장게 보내 줍써"는, 작품 전반적인 소재 밭농사에 대해 치성드렸던 장면에서 자식 농사로 전환시켰다. 자식 농사에 치성드리지 않는 부모가 어디 있으랴. 제발 아프지 않기를, 비바람에 휘둘리지 않기를, 사랑의 짝을 만날 수 있기를 기도하고 또 기도하는 것이 부모의 마음이다. 시인은 마치 "뉘라서 어머니의 깊이를 제대로 그려낼 수 있을까요."라며 딱 '한 행'의 시구로 일침을 놓았다. 아울러 자식의 인륜지대사를 위해 신당神堂에서 기도했던 제주 어머니들의 견고한 갈망을 함축하고 있다.

4. 돌과 바람 그리고 삶

제주인은 돌에서 태어나 돌에서 죽는다는 말도 있다. 울담에서 태어나서 밭담에서 일을 하다가 산담으로 돌아간다는 말이다. 넘쳐나는 돌을 파내고 농부의 땀이 밴 후에야 양식을 내주었던 땅. 이처럼 제주인은 척박한 농경 생활을 하기도 했지만 이로 인해 강인한 정신력과 다양한 지혜를 얻기도 했다. 집에는 울담, 우영담, 올렛담을 쌓았고, 밭에는 밭담, 산소에는 산담을 쌓았다.

이름을 부르는 순간 돌은 그렇게 존재했다 // (중략) // 돌 위에 돌 /
돌 아래 돌 / 돌 옆에 돌 / 몇만 년 // 같은 돌 하나 없어 같은 삶도 하
나 없어

- 「현무암 일가」 부분

시적 화자는 "이름을 부르는 순간 돌은 그렇게 존재했다"고 한
다. 그렇다. 돌을 바라보며 그 안에 역사의 흔적을 찾아내고, "크
면 왕돌 왕석 / 양손으로 들면 담돌"이라며 의미를 부여한다. 이처
럼 제주의 돌은 누군가에게는 산담이 되고 누군가에게는 밭담이
되었다.

"돌 위에 돌 / 돌 아래 돌 / 돌 옆에서 돌 / 몇만 년'이라는 단순
한 나열처럼 보이는 시구이다. 그러나 가만히 음미해 보면 제주를
지켜왔던 인고의 세월이 잔잔히 연상된다. 오랜 시간 변하지 않고
그 자리를 지켜온 돌은 시간 연속성 속에 늘 존재하고 있음을 말
하는 것 같다. "같은 돌 하나 없어 같은 삶 하나 없어" 제주인은 돌
이 너무 많아 곤욕을 치르기도 했다. 그러나 세월을 보내면서 얻
어낸 지혜의 손길은 제주의 삶을 단단하게 해 줬다. 경계의 역할
을 해 주는가 하던 때론 바람의 통로로, 때론 위험으로부터 보호했
다. 아울러 "같은 삶 하나 없어"라는 마지막 시구는 제주의 자연을
품고 살아가는 사람들 역시 저마다의 자리에서 제주를 지켜내고
있음을 강조하고 있다.

제주인의 강인한 정신세계를 내어준 자연은 '돌'과 '바람'이다.
이어지는 「게무로사 별곡」과 「설문대할망」에서 바람의 존재를 시

적으로 형상화하여, 자연으로 인한 삶의 뿌리를 들여다보게 한다.

ㅂ름 ㅂ름 해도 게무로사 섬 놀아나크냐 / (중략) // 공출 / 간섭 /
눈독에도 / 고망고망 지킨 삶 / (중략) / 아버진 역경의 오지랖을 건
너왔다 하셨네

- 「게무로사 별곡」 부분

제주어 '게무로사'는 '아무런들, 그렇게 한들' 등 강한 의지의 뜻
이 내포되어 있다. "ㅂ름, ㅂ름 해도 게무로사 섬 놀아나크냐"는 아
무리 거센 바람의 역경에도 이를 이겨내는 제주인의 강인한 정신
을 강조하는 시구이다. "공출 / 간섭 / 눈독에도 / 고망고망 지킨
삶" 제주의 삶은 척박했다. 빌레밭의 돌무덤을 파내며 거센 비바
람과 눈물 바람으로 만들어낸 농산물을 '공출'이라는 미명하에 본
국에 착취당하며 살아야 했다. 이처럼 쓰라린 역사적 배경을 안고
서도 제주를 지키며 살아온 사람들. "아버진 역경의 오지랖을 건
너왔다 하셨네"라는 시구에서 제주인이 겪은 아픔과 고난이 얼마
나 컸을지 감지할 수 있다.

제주의 바람은 끝이 없다. 태평양과 대륙의 갈등일까. 수시로
제주 곳곳을 누빈다. 바다며 산이며 밭이며 필자가 매일 만나는 열
평 남짓 손바닥 꽃밭까지 여지없이 불어대며 자신의 존재를 포기
하지 않는다. 모가지가 가녀린 꽃모들이 시도 때도 없이 휘몰아치
는 바람살에 버텨내는 걸 보면 거센 바람에 맞섰으나 동시에 순응
했던 제주인과 동일시된 모습을 보여준다.

말라 말라 ᄒ다 건들지 말라 건들ᄇᆞ름 / 해도 해도 너미햇주 한 많은
하늬ᄇᆞ름 / 눈 왁왁 코 왁왁 살아시녜 흙ᄇᆞ름 / (중략) / 가나오나 주
는 거 어시 기운 꽃샘ᄇᆞ름 / 똠 나는 디 산들ᄇᆞ름 / 바당이고 땅이고
대박나 줍써 영등ᄇᆞ름 / 일 년 삼백 예순 다섯 잘 날 어신 바당ᄇᆞ름

- 「설문대할망」 부분

시인의 표현처럼 가끔은 미운 꽃샘바람으로 왔다가, 때론 해도
해도 너무한 한 많은 하늬바람으로 오기도 한다. 허허벌판이었던
바람코지 빌레밭이나 바닷바람은 또 얼마나 거세었을까. 김 시인
은 위에 분석한 「설문대할망」 작품에서 무려 스물한 가지의 바람
을 토로한다. 여기에는 제주 자연에서 불어오는 '바람'과 삶에서 만
나는 '은유의 바람'을 섞어 사설로 풀어낸다. 그만큼 '바람'은 제주
내면에 일체화되는 존재임을 강조한다.

가끔은 나에게서 가벼워지고 싶었다 / 나도 모르는 올레 길에 놀멍
쉬멍 걸으멍 / 멍으로 다져진 땅에 발을 올려놓는다 // 바다며 돌이
며 바당이멍 돌이멍 / 숲이며 숲이멍 비오면 비 맞으멍 / 바람엔 ᄇᆞ
름 맞으멍 바쁠 때는 일 ᄒ멍 // 다툴 땐 ᄃᆞ투멍 화 날 팬 용심내멍 /
기쁠 땐 지ᄭᅡ지멍 말할 땐 말ᄀᆞ르멍 / 슬플 땐 눈물 흘치멍 가고 올
땐 가멍 오멍 // 산다 산다는 게 멍 드는 일이었네 / 부랴부랴 ᄃᆞ르멍
ᄃᆞ르멍 바쁨을 누렸네 / 검푸른 부종을 이젠 쓰다듬어야 하겠네

- 「멍」 전문

작품 「멍」은 제주인의 지난한 삶을 바라보면서, 현재를 살아가는 우리의 내면을 담담히 들여다보게 한다. 제주어 '멍'은 '~하면서, 하며' 표준어 '멍'은 '퍼렇게 맺힌 자국, 상처' 등 전혀 다른 의미이다. 시인은 동음이의어를 활용해서 표면적 의미와 함의적 의미를 혼용하는가 하면, 표준어와 제주어의 나열한 작법으로 시의식을 집약한다.

시인은 가끔 가벼워지고 싶어서 놀면서 쉬면서 올레길을 걷는다고 했다. 그리고 "멍으로 다져진 땅에 발을 올려놓는다"고 했다. 여기서 '멍으로 다져진 땅'은 중의적 해설을 요하는 시구이다. 제주어 '멍'을 표준어로 바꾸면 놀면서, 쉬면서, 걸으면서 다져진 땅이라는 표면적 의미이다. 아울러 자연환경과 역사의 소용돌이 속에 시퍼렇게 멍이 밴 땅이며, 제주의 상처를 함의하고 있다.

시적 화자는 산다는 것은 멍드는 일이라고 한다. 그럼에도 불구하고 "부랴부랴 ᄃ르멍 ᄃ르멍 바쁨을 누렸네" 여기 '누렸다'는 의미에는 '즐겼다'라는 의미가 내포되어 있다. 이는 척박한 환경과 바쁨의 생활마저도 이겨내려는 제주인의 모습을 긍정적으로 바라보는 시인의 시선이 담겨 있다. 아울러 "검푸른 부종을 이젠 쓰다듬어야 하겠네"라는 시구는 우리를 생각에 잠기게 한다. 제주인의 상처를 품으며 치유의 손길을 내미는 위로의 메시지로 다가오기도 하고, 제안의 목소리로 들리기도 한다. 제주의 뿌리를 제대로 이해하고 감싸안으며 소중한 제주를 함께 품어가자는 의지로 다가오기도 한다.

작품 「멍」은 현재를 사는 우리들에게도 따뜻한 위로를 건네준다. 평서문임에도 마치 문답 형식이 내포된 것 같은 착각, 시적 화자는 묵직하고 진솔한 달투로 상담자와 내담자의 역할을 다해 주는 것 같다. 산다는 것은 무엇인가. 멍드는 일이었다. 그럼에도 불구하고 우리에게는 행복을 누릴 권리가 있다. "검푸른 부종을 이젠 쓰다듬어야 하겠네" 다툴 때 슬플 때 화날 때 하루의 일과를 하루에 끝내지 못할 때, 쳇바퀴 돌 듯 살아갈 때…. 마치 오늘을 고생한 나를 쓰다듬어 주는 것 같다.

결국 이 작품은 제주 자연의 결과 제주어의 결을 융합融合하며 제주인의 상처를 시조로 치유해 주고 있다. 아울러 바쁜 일상을 사는 인간사의 상처와 고통에 공감하며 이들에게 치유와 극복의 희망을 제시해 준다.

자연의 숨결을 담은 제주

제주인의 삶에서 자연을 떠난 삶이란 존재하지 않는다. 땅은 척박했으며 강한 바람은 이들의 삶을 송두리째 삼키기 일쑤였다. 홀로 떨어진 섬. 제주는 이로 인한 역사의 소용돌이에 휘몰렸으며 예측하지 못하는 자연을 거스를 수 없는 운명이었다. 이에 맞서 이겨내려는 제주인의 의지는 수많은 설화와 신당神堂을 만들어 냈다. 이 지점을 꿰뚫어 시인 특유의 감각을 집약한 김정숙. 그녀의 깊은 통찰력은 이번 시조집에 제주인이 살아왔던 진면모를 여실히 드러낸다.

미국 초월주의 사상가 에머슨은 '인간의 내면세계를 탐구하여,

인간의 감정과 경험을 표현하고 독자들에게 공감과 영감을 주는 존재'가 시인이라고 했다. 그렇다. 김정숙 시인은 제주어에 발효된 시조 작품을 통해 제주인의 공감을 끌어냈으며, 제주를 새로운 시각으로 바라볼 수 있게 했다. 설문대할망을 제주 '여성의 힘'과 연결하는가 하면, 돌과 바람을 이겨냈던 정신과 지혜 그리고 제주인의 마음을 지탱해 준 신화와 민간 신앙을 형상화하여 제주 감수성에 젖어 들게 했다. 이처럼 김정숙 시인은 어느 한 세계에 안주하지 않고 끝까지 긴장의 국면을 유지하며 군더더기 없이 깊고 오묘한 시조 미학을 펼쳐내고 있다.

온가족 맛있는 책 읽기

온가족 맛있는 책 읽기_어떻게 시작되었나?

가족독서 생활화 캠페인- 온가족 맛있는 책 읽기 · 1

가정문식성 환경_문해력의 씨앗

가족독서 생활화 캠페인-온가족 맛있는 책 읽기 · 2

과정의 기쁨_가족독서의 힘

가족독서 생활화 캠페인-온가족 맛있는 책 읽기 · 3

온가족 맛있는 책 읽기
어떻게 시작되었나?

가족독서 생활화 캠페인-온가족 맛있는 책 읽기 · 1

시작의 맥락

'온가족 맛있는 책 읽기' 캠페인은 2021년 봄, 가족이 함께 책을 읽는 문화를 널리 나누기 위해 출발했다. 한우리제주지역센터와 인터넷 신문《미디어제주》가 공동으로 출발한 이 캠페인은 (사)한우리독서문화운동본부의 '자녀와 함께 하루 30분 책 읽기' 운동을 기반으로 했다. 이후 비대면 시대가 열리면서 줌 화상 플랫폼을 활용한 온라인 화면 행사로 전환되었다. 이는 책을 가족의 일상 속에 자연스럽게 스며들게 하여 '함께 읽는' 문식성 환경의 소중함을 나누고자 했다. 이렇게 시작된 여정은 가족이 한자리에 모여 책을 읽고 이야기를 나누는 따뜻한 시간으로 이어졌고, 책이 마음과 마음을 잇는 다리가 되어줄 수 있음을 함께 느끼는 귀한 경험이 되었다.

(사)한우리독서문화운동본부에서는

　(사)한우리독서문화운동본부는 1989년 여름, "책 읽는 사람들이 세상을 이끈다"는 믿음에서 출발했다. 김형석, 김태길, 최창규, 박완서, 이청준, 김우창, 박철원 등 여러 학자와 작가들이 함께 힘을 보태 창립에 뜻을 모았고, 1990년에는 '국민필독서 선정위원회'를 구성해 국민들에게 꼭 권하고 싶은 책들을 선정하며 독서운동의 물꼬를 텄다. 이 단체는 "책을 통해 사람과 사회가 함께 성장한다"는 철학 아래, '자녀와 함께 하루 30분 책 읽기' 캠페인을 비롯해 한우리 봉사단, 독서올림피아드, 초등학교 독서릴레이, CEO독서아카데미, 지자체 아카데미 등 다양한 프로그램을 운영하며 책 읽기가 삶 가까이 다가갈 수 있도록 힘써왔다. 현재는 ㈜한우리 열린교육의 김희선 회장을 중심으로 전국 5,000여 명의 한우리 독서

2024년 8월 6일 '온가족 맛있는 책 읽기-기적의 책 읽기 시간'

지도사들과 함께 그 뜻을 이어오고 있다.

사회가 이끄는 독서캠페인에서 '온가족 맛있는 책 읽기'로

2006년 「독서문화진흥법」이 제정된 이후 학교, 공공도서관과 지역도서관을 중심으로 도서 보급과 다양한 독서 프로그램이 운영되어 왔고, YMCA와 국민독서문화진흥회, 작은도서관을 비롯한 여러 단체들도 독서운동에 앞장서 왔다. 이러한 노력 덕분에 우리 사회의 독서문화는 어느 정도 성장해 왔지만, 최근 들어 책을 읽는 사람은 오히려 줄어드는 추세다.

디지털 미디어의 발달과 경제 불안, 생활환경의 변화 같은 다양한 요인들이 영향을 끼치고 있지만, 무엇보다도 독서문화는 제도나 정책만으로는 정착되기 어렵다는 점을 다시금 확인하게 된다. 이러한 흐름 속에서 필자는 가족과 함께하는 독서의 가치를 다시 살리고 싶다는 마음으로 '온가족 맛있는 책 읽기' 캠페인을 기획하게 되었다.

처음에는 제주시민을 대상으로 기조강의를 열었고, 이후 부산과 대전, 전북, 구미 등 여러 지역의 학부모들과 화상으로 만나며 가족 독서의 의미와 필요성에 대해 나누는 자리가 이어졌다. 기조강의에서는 책을 함께 읽는 일의 즐거움과 가정문식성 환경의 중요성에 대해 이야기했고, 이어진 '기적의 책 읽기' 시간에는 가족들이 한 화면에 둘러앉아 책장을 넘기는 소리와 표정을 주고받는 따뜻한 시간을 가졌다.

모니터 한 화면에 펼쳐지는 참여가족의 연대와 함께, 가족이라는 공동체 안에서도 서로 마음을 잇는 매개가 되었다. 읽기의 씨앗은 집안 구석구석에 자리를 틔우며, 일상의 언어와 눈빛 속에서 천천히 자라났다. 이 캠페인의 마음은 '책을 읽자'는 데에만 있는 것이 아니라, 책 읽기를 가족의 생활 속에 자연스럽게 스며들게 하려는 데 있다.

부모와 자녀가 함께 책을 읽고 그 이야기로 대화를 나누며 생각을 공유하는 그 과정은 어느덧 삶의 일부가 된다. 부모의 독서 태도는 가정 안의 말투와 분위기를 따뜻하게 만들고, 아이에게는 독서력(문해력)뿐 아니라 삶의 태도 전반에 긍정적인 영향을 미치게 된다.

함께 읽는 문화, 기대하는 마음

요즘 아이들은 짧고 빠른 정보에 익숙해져 있어 긴 글을 차분히 읽는 일이 점점 낯설어지고 있다. 하지만 정보가 많아질수록 텍스트를 제대로 읽고 스스로 판단하며 깊이 생각하는 힘이 더욱 필요해졌다. 문학 속 다양한 인물들의 삶을 따라가다 보면 어느새 자기 삶을 돌아보게 되고 생각하는 힘도 함께 깊어진다.

읽기를 통해 자라나는 문해력은 문자나 영상 등 다양한 매체를 이해하는 데에 바탕이 되고, 이 힘은 결국 더 나은 사회 참여로 이어진다. 교육학자들은 리터러시 수준이 높은 사회일수록 시민의 자존감과 공동체 의식이 높다고 이야기한다. 그래서 디지털 시대일수록 천천히 읽고 깊이 생각하는 습관이 더욱 중요해지고 있다.

책 읽기는 지식을 얻는 데 그치지 않고 삶의 태도를 기르고 사람 사이의 마음을 잇는 문화적 실천이 된다. 가족이라는 가장 작은 공동체 안에서 부모와 아이가 함께 책을 읽고, 생각을 나누며, 서로의 마음을 어루만지는 그 시간은 그 자체로 따뜻한 교육이 된다. 그렇게 독서는 삶이 되고 사랑이 된다. 우리는 모든 아이들이 책 속에서 자신만의 행복을 찾고 저마다의 개성과 가능성을 마음껏 펼치길 바란다. 서로를 존중하고 배려하는 마음이 살아 있는 사회 그리고 책을 통해 함께 생각하고 함께 자라는 공동체를 그려본다.

가정문식성 환경
문해력의 씨앗

가족독서 생활화 캠페인-온가족 맛있는 책 읽기 · 2

왜, 가정문식성 환경인가

앞마당 능소화가 모든 일에 과정이 있음을 전해준다. 능소화의 여린 가지를 잘라 흙에 묻고 한참 후에 땅을 살짝 열어보니 하얀 뿌리가 보이기 시작했다. 하얀 뿌리를 만났을 때의 감동. 솜털 같은 새로운 조직이 나의 도움을 받아 자라간다는 것이 너무나 기뻤다. 땅속에서 절멸한 줄만 알았던 이 줄기가 표토表土를 뚫고 서서히 초록 쌍떡잎을 피워낸 것이다. 작년 여름 꺾꽂이 이후 변화무쌍한 사계절을 거치면서 어느새 능소화에 대한 애정이 싹트기 시작했다. 기쁨에는 언제나 시작점이 있으며 과정의 환원임을 생각하게 했다. 지난해에 이어 올여름 '온가족 맛있는 책 읽기'에 함께한 가족들처럼 말이다. 올해 온가족 맛있는 책 읽기에 참여했던 가정들은 이제 한 계절을 보내면서 문해력의 씨앗인 가정문식성의 영토를 넓히고 있다.

부모는 아이들이 처음 만나는 교사일 뿐만 아니라 독서 태도와 습관을 만드는 가장 중요한 역할을 한다. 초기에 형성된 독서에 대한 이미지는 가정에서 출발한다. 가정에서의 문식성 환경과 이후 만나게 되는 교육 현장에서의 문식성 환경을 거치며 아이들은 독서 능력을 기른다. 문식성 환경(literacy environment)이란 읽기에 중요하게 작용하는 것들의 총칭이다. 가정문식성은 가정생활에서 자연스럽게 이루어지는 읽기, 쓰기, 대화하기, 읽은 것에 대해 이야기 나누기, 부모가 읽고 말하는 행위, 듣기, 읽을거리 등을 포괄한다. 즉, 이는 가정에서 읽기를 촉진하는 모든 문해 환경을 의미한다. 가정문식성 환경이 풍부한 아이들은 책 읽기의 즐거움을 자연스럽게 느끼고, 이후 다양한 교육 환경에서도 시기에 맞는 독서 능력을 효과적으로 발휘하는 경우가 많다.

공영방송인 EBS 〈당신의 문해력〉에서 우리나라 성인들의 실

2024년 8월 8일 '온가족 맛있는 책 읽기-기적의 책 읽기 시간'

와우 한우리도
온가족 맛있는 책 읽기
2022

한우리독서토론논술 제주지부 | 미디어제주

질적인 문해 능력은 OECD국가에 비해 심각할 정도로 낮다는 내용을 발표했다. 그리고 중학생 2,400명 대상의 문해력 테스트에서도 27%가 수준 미달이며, 10명 중 1명만이 자기주도학습이 가능하다는 발표를 했다. 그만큼 우리나라는 성인만이 아니라 학업과정에서의 학생들 역시 실질적인 문해력이 낮다는 이야기이다. 문해력은 학교생활에서의 실질적인 학업활동을 할 수 있는 힘으로 학습 자존감을 키워주는 바탕이 된다.

문해의 과정은 생각보다 깊다. 글을 읽고 해석하는 단계를 넘어 작가의 의도나 그 안에 숨은 다양한 주제를 유추할 수 있으며, 자기 삶과 사회 이면의 다양한 상황까지도 연결하여 생각하고 표현할 수 있는 넓은 영역을 아우른다. 앞서도 강조했지만 가정에서의 문식성 환경은 이러한 문해력의 터전이 되며, 이후 학교 교육 현장에 잘 적응할 수 있는 '학습 자존감'을 형성하는 원천으로 작용한다.

학습 자존감이 높은 아이들은 10여 년 이상의 공통교육과정 기간 동안 자신감 있게 학교생활을 한다. 이 과정에서 자신이 스스로 계획하여 학습할 힘, 자기 주도성이 길러진다. 이후 대학입학의 다양한 평가전형, 사회 진출에 있어서도 영향력을 발휘한다. 이러한 문해력의 핵심은 독서력이다. 독서력은 곧 읽기능력, 독서능력이라고도 할 수 있다.

그렇다면 독서력을 어떻게 키울 것인가? 독서력의 기저는 독서습관이다. 책 읽는 습관이 어떻게 형성되었느냐가 관건이다. 결국 가정문식성 환경은 문해력을 확장해 주는 기반이 된다. '온가족 맛있는 책 읽기'가 필요한 이유다.

왜 '가족'인가? 읽기의 습관, 가족이 만드는 기적

우리는 무의식적으로 좋은 것이든 나쁜 것이든 주변 환경에 영향을 받는다. 우리가 자신의 가치를 명확하게 알수록 외부 영향에 대한 면역력도 더 높아진다. 모든 변화는 혼자서 하기보다 함께할 때 더욱 쉽게 이룰 수 있다. 생각하는 힘도 그렇다. 혼자 생각할 때보다 책을 같이 읽고 생각을 나눌 때의 효과는 이루 달할 수 없다.

발달 심리학자 비고츠키는 근접 발달 영역을 자극해 꺼내 주는 '비계설정'을 중요시한다. 여기서 비계(飛階·scaffolding)는 도움을 받는 영역을 뜻한다. 아이가 주변 사람들과 상호작용하면서 도움을 받는다면 아직 발달하지는 않았지만, 가능성 있는 근접 발달 영역(잠재력)을 꺼내 주어서 아이들의 학습된 현재의 영역을 더 넓혀 줄 수 있다는 이론이다.

비고츠키 이론을 가족 독서에 확장해 보자면 '가족 독서'를 통해 아이들의 독서습관을 건강하게 형성할 수 있다. 습관이란 누가 시키지 않아도 저절로 이루어지는 상태를 말한다. 독서습관은 가정 내 독서문화에서 출발하는 바, 온 가족이 책을 읽고 한자리에 모여 실천할 수 있는 아래의 몇 가지 방법을 제안한다.

- 매월 가족 독서 회의: 가족 구성원 독서 생활 지침 의논, 가족 행사 및 기타
- 하루 30분 자녀와 책 읽기: 주 3회 이상 함께 하기 - 시간, 요일, 장소 함께 정하기

- 책 발자국 남기기: 가족이 읽은 책 한 줄 느낌, 가족이 읽은 책 제목
- 매월 가족 독서 토의: 가족이 같은 책을 읽고 감상과 주제 나누기
- 매년 가족 독서 여행: 여행하며 독서 나누기, 함께 돌아보기, 계획하기
- 독서 공간 만들기: 집안 곳곳에 책 있는 환경, 몰입 독서를 위한 아늑한 공간 만들기
- 도서관 및 서점 나들이: 책과 함께하는 문화 생활 즐기기
- 책 선물 및 소장의 기쁨 주기: '나만의 책'에 대한 특별한 가치를 부여하기

온 가족이 같은 책을 읽고 정서적·인지적으로 상호작용하는 것만으로도 아이의 잠재력을 끌어올리는 훌륭한 비계가 될 수 있다. 중요한 것은 부모의 일방적인 지도가 아니라, 가족 구성원 모두가 주체적으로 참여하는 가족 독서 토의를 통해 함께 생각하고 느끼는 과정이다. 이러한 가정 문식성 활동은 단지 문해력 향상에 그치지 않고 가족만의 특별한 정서적 교감을 형성하며, 아이의 언어적 성장을 촉진하는 든든한 밑거름이 되어 준다.

왜 '맛'인가? 책 읽어주는 부모가 만드는 맛있는 시간

책은 생각의 집이다. 우리가 매일 밥을 챙겨 먹듯 마음의 건강을 위해서도 책을 읽는 시간이 필요하다. '식구食口'라는 말은 밥을 함께 먹는 사람, 곧 마음을 나누는 사람을 뜻한다. 아직 세계관이

자리 잡지 않은 아이에게는 식구가 필요하다. 함께 밥을 먹고 책을 읽으며 살아가는 가족이 곧 자라나는 힘이 된다. 이때 형성되는 독서습관은 아이의 삶을 받쳐 주는 든든한 기반이 된다.

필자는 '책이 맛있다'는 말을 포괄적으로 정의하고 싶다. 이 말은 단지 재미있다는 뜻을 넘어 책이 주는 힘과 기쁨, 그리고 삶을 바라보는 태도를 담고 있다. 그러나 실제로 책을 읽으며 즐거움을 느끼는 아이는 많지 않다. 요즘 아이들은 시간에 쫓기고 독서는 종종 숙제로 받아들여진다. 그 인식은 대부분 부모의 태도에서 비롯된다. 부모가 책을 어떻게 대하느냐에 따라 아이가 책을 대하는 인식에도 영향을 미치기 때문이다. 하여 온 가족이 함께 읽는 시간을 자주 마련함으로써 저도 모르게 그 시간을 즐기는 기쁨을 안겨

주자는 것이다. 그 경험이 다시 책을 찾게 하고 책은 아이 곁에 맛있게 머무는 존재가 된다.

그러려면 독서가 부담이 아니라 생활의 일부가 되어야 한다. 책을 억지로 읽게 되면 흥미는 쉽게 사라진다. 책이 익숙하게 놓여 있고, 편안한 시간에 가족과 함께 읽는 분위기가 자연스럽게 형성되어야 한다. 책을 만나는 즐거운 추억이 많을수록 아이는 더 자주 책을 찾는다.

그 시작은 '읽어주기'다. 부모가 책을 읽어줄 때 아이는 그 목소리 안에서 책을 받아들인다. 부모의 눈빛과 말투, 책장을 넘기는 손길은 책에 대한 감정을 만든다. 아이는 그렇게 책을 좋아하게 되고, 말에 귀 기울이는 힘도 함께 자란다. 학교에서는 교사와 친구의 말을 듣고 사회에 나가면 여러 사람의 말을 듣는다. 듣는 힘은 살아가는 데 꼭 필요한 능력이다. 책을 읽어주는 일은 그 능력을 키우는 가장 좋은 방식 중 하나다.

독서지도 강의를 할 때 수강생들이 자주 묻는 질문 중 하나가 "책을 몇 살까지 읽어줘야 하나요?"이다. 나는 막내가 중학교 1학년이 될 때까지 책을 읽어줬다. 막내는 공부나 독서에 특별한 재능을 보인 적은 없지만 읽어달라고 하면 언제나 기꺼이 읽어주곤 했다.

막내가 6학년쯤 되었던 어느 날, 필자에게 감당하기 힘든 일이 생겼다. 막내의 인사도 받을 기력 없이 퇴근 후 소파에 털썩 주저앉았다. 마치 삶의 의욕을 다 잃은 듯 막막하게 있었다. 그때 막내는 나의 분위기를 이해했는지 평소처럼 장난을 치지 않고 다가왔다. 그리고 "엄마, 『이름 짓기 좋아하는 할머니』 읽어줄까?"라고 말했다. 그러고는 책장에서 그 그림책을 찾아 엄마가 들려주던 억양으로 차분히 읽어주었다.

그 순간 눈물이 주르륵 흘렀다. 막내가 책을 읽어주는 소리에 세상 시름이 스르르 풀리는 듯했다. 막내의 조곤조곤한 음성을 들으며 잠시나마 마음이 놓였다. 사람마다 행복의 의미는 다르겠지만, 그날을 떠올릴 때면 독서지도사의 삶을 살아온 나에게 가장 큰 보답이 주어진 순간이 아니었나 싶다.

만약 어릴 때부터 책을 읽어주는 경험이 없었다면 막내는 그런 따뜻한 지혜를 발휘하지 못했을 것이다. 필자는 그것이 부모의 책 읽어주기 문식성 속에서 자란 아이만이 보여줄 수 있는 사랑의 표현이라고 생각한다.

그래서 나는 '학부모'들에게 아이가 읽어달라고 할 때까지 책을 읽어주라고 다양한 이론적 배경을 덧붙이며 진심을 다해 권장한다. 사실 그때까지만 해도 막내는 내가 지도하는 다른 친구들에 비해 독서력이 낮아 내심 엄마로서 조바심이 없지 않았다. 하지만 시간이 흐르며 고등학생, 대학생이 되어가는 과정에서 막내는 스스로 책을 찾고 책으로 외로움을 달래며 책을 통해 엄마와 소통하는 아이로 성장했다.

기다리는 것은 조금 힘들 수 있지만 '책 읽는'이라는 기쁨을 물려주기 위해서는 아이에게 책을 들려주어야 한다. 많이 읽기보다는 한 권의 책을 같이 읽고 또 스스로 재독했을 때 책이 맛있어진다.

책이 맛있어지려면 정독의 힘을 길러야 한다. 정독을 하면 아는 것이 하나씩 늘어나는 힘이 되고 생각할 거리가 생긴다. 이런

과정을 통해 아이들은 자연스럽게 자기 생각을 말하고 싶어 한다. 이때 책이 재미있어지고 책이 좋다는 감정이 생긴다. 밥이 맛있는 것처럼 책도 그렇게 맛있게 마음속에 스며들어야 한다.

어떻게 읽을 것인가? 책 한 권을 깊이 있게 만나는 법

필자가 강의 현장에서 만난 부모들의 공통점은 자녀에게 책을 많이 그리고 빠르게 읽히는 데 집중한다는 점이다. 책을 꼭꼭 씹어 읽기보다는 양과 속도에 무게를 두는 경우가 많다. 그러나 생각 없이 읽는 것은 씹지 않고 음식을 삼키는 것과 같다. 밥을 급하게 먹으면 소화가 안 되고 체한다. 책도 마찬가지다.

또 하나의 문제는 아이의 발달과 정서 수준을 충분히 고려하지 않고 독서 수준을 성급히 끌어올리려는 시도다. 저학년 아이에게 정보 중심의 만화책을 반복해서 읽게 하거나 이른 시기에 성숙한 주제의 문학이나 비문학을 강요하는 경우도 있다. 문학보다 정도를 우선시하고 학년을 뛰어넘는 독서 이력을 자랑처럼 여기는 분위기 속에서는 독서의 본래 즐거움이 희미해지기 쉽다.

그러나 독서는 지식을 넘어서 삶을 이해하는 과정이다. 문학작품은 인물과 사건을 통해 사람을 배우고 관계를 익히게 하며 정서적 성장을 돕는다. 아이의 나이에 맞는 이야기 속에서 자연스럽게 공감하고 생각하는 경험이 쌓일 때 독서는 단지 읽는 행위를 넘어 인생을 함께 배우는 길이 된다. 그렇게 쌓인 내공은 아이를 더 깊은 책으로 이끄는 힘이 되기도 한다.

무턱대고 읽는 독서는 내용을 곱씹어 생각할 기회를 앗아간다 친구나 가족과 함께 공통주제를 나누는 기쁨도 놓치게 된다. 우리는 여기서 "열 권의 책을 읽는 것보다 한 권의 책을 열 사람이 함께 읽으며 생각을 나누는 것이 더 낫다."는 말을 되새겨볼 필요가 있다. 열 권의 책을 혼자 읽는 것은 지식의 양을 넓히는 일이지만 한 권의 책을 열 사람이 읽고 토의하는 것은 이해의 깊이를 더하는 일이다. 혼자 읽으면 해석이 개인의 시각에 머물지만 여러 사람이 각자의 경험과 가치관을 나누면 생각의 폭이 넓어지고 집단지성이 작동해 입체적 사고력이 생겨난다. 서로 다른 의견과 질문을 마주하며 비판적 사고와 자기 성찰이 촉진된다. 이 말은 독서의 양보다 책을 통해 나누는 대화와 생각의 깊이가 중요하다는 점을 일깨워준다.

에머슨은 "같은 책을 읽었다는 것은 사람과 사람 사이를 이어주는 끈이다."라고 했다. 한 권의 책을 중심으로 친구나 가족이 생각을 꺼내고 나누며 서로의 이해를 넓히는 경험은 사람 사이를 묶는 중요한 연결이 된다. 그 과정에서 아이들은 소통의 힘, 다양한 관점을 받아들이는 힘, 스스로 바라보는 힘, 함께 협력하는 태도를 자연스럽게 배워간다.

필자는 한 권의 책을 세 번 정독할 것을 권장한다. 첫 번째는 편안하게 읽는 단계다. 이야기 흐름을 따라가며 책과 자연스럽게 친해지는 시간이다. 두 번째는 질문을 품고 읽는 단계다. 작가는 어떤 사람일까. 이 책을 왜 쓰게 되었을까. 무엇을 전하고 싶었을까. 책을 읽기 전에 표지 그림을 보며 내용을 추측해보거나 작가에 대해 미리 알아보는 활동도 도움이 된다.

세 번째는 소리 내어 읽는 단계다. 목소리를 내어 정독하면 앞선 두 번의 읽기에서는 놓쳤던 의미나 감정이 새롭게 다가올 수 있다. 이 과정은 읽기 유창성과 함께 말하기와 듣기 능력을 기르는 데에도 도움이 된다. 특히 읽기에 익숙해진 아이들은 소리 내어 읽기를 넘어서 주인공의 행동이나 작가가 숨겨놓은 상징을 추론하며 묵독으로 감상의 폭을 넓혀간다.

정독은 한 권을 읽더라도 내용을 깊이 이해하고 공감하며 읽는 습관을 말한다. 초등학교 시기는 올바른 독서습관이 형성되는 중요한 시기이므로 이때 책을 제대로 읽는 연습을 해두는 것이 무엇보다 중요하다. 세 번 읽기가 어렵다면 두 번 이상 정독한 뒤 생각을 꺼내는 활동으로 이어가는 방법도 좋다.

같은 책을 읽은 친구나 가족과 함께 주제에 대해 이야기하고 자신의 경험이나 다른 상황에 연결해 표현해보는 독후 활동은 독서의 의미를 더 깊이 새기게 한다. 이 과정 속에서 생각은 자라고 감정은 나눠지며 책은 삶과 연결된다. 부모도 같은 책을 함께 읽고 인물의 마음에 공감하며 자녀와 대화를 나눠보면 책을 매개로 한 친밀감과 읽기의 기쁨을 함께 누릴 수 있을 것이다.

문해력, 지혜의 나무

'온가족 맛있는 책읽기'를 통한 가정문식성 환경 개선은 결국 아이들의 문해력 씨앗이 된다. 왜 '가족'이어야 하는가. 가족은 가장 안전하고 편안하게 이야기를 나눌 수 있는 공동체이다. 왜 '맛있는'이어야 하는가. 맛있는 음식처럼 책 읽기도 즐겁고 기다려지는 경험이 될 때 독서습관으로 받아들인다. '어떻게 읽어야' 하는가. 다독보다는 정독으로, 억지로 강요하는 대신 소리내어 읽고 가족과 눈빛을 나누며 함께 책 속 이야기로 빠져드는 경험이 필요하다.

문해력은 단지 해석에서의 역량이 아니다. 그것은 아이들의 자존감을 키워주고 학교생활을 자기주도적으로 이끌 수 있는 힘이 된다. 목표의식을 품게 하고 깊이 생각하는 사고력을 길러 당당한 사회인으로 성장하는 밑거름이 된다. 더 나아가 세상을 넓은 시선으로 바라보게 하며 타인의 생각과 마음을 이해하는 통로가 된다. 결국 가정에서 싹튼 문해력의 씨앗은 평생을 살아가는 '지혜의 나무'로 자라난다.

과정의 기쁨
가족독서의 힘

가족독서 생활화 캠페인-온가족 맛있는 책 읽기 • 3

되어가는 존재 - 함께하는 독서

발달 이론가들은 흔히 인간은 '되어가는 존재'라고 말한다. '되어 간다'라는 것은 뭔가 '이루어 간다'라는 뜻이다. 그런 점에서 과정의 소산은 자기 극복과 나름의 성취다. 끊임없는 도전과 시련 속에 정체된 자아를 내던져 새로운 나를 찾아가는 과정이다. 인간의 발달 단계에서 독서는 새로운 세계에서 자아를 변모시켜 가는 소리 없는 진통의 과정을 제공한다. 낯설고 어려울수록 진통은 거세다. 하지만 이를 극복했을 때 기쁨을 만난다. 바로 작가가 그린 진정한 세계를 만나는 것이다. 독서력은 인내력, 어휘력, 이해력, 상상력, 비판력, 공감능력 등 무수한 힘을 필요로 한다. 그 힘을 키우는 과정 또한 쉽지 않다. 그 여정을 과연 자녀 혼자 걷게 해도 될까. 자녀에게 독서문화를 물려주고 싶다면 부모들은 이제 응답해야 한다. 나는 함께할 준비가 되어 있는가.

'온가족 맛있는 책 읽기'는 가정과 소그룹에서 가족과 함께하는 온라인 방법론을 취했다. 필자의 인생 전체를 아우르며 체득한 독서의 가치를 온라인으로 전달하는 것이 처음에는 어쩐지 투박하고 섬세하지 못했다. 하지만 회를 거듭할수록 익숙해지고 스크린의 심리적 거리는 좁혀졌다. 자녀에게 독서라는 문화적 유산을 물려주고픈 부모의 마음이 온라인을 타고 이어졌다. 자녀들 또한 새로운 접근에 흥미를 느끼게 되었다.

독서문화를 가정까지 확대하기 위해서는 독서라는 행위가 즐거워야 한다. 읽기의 즐거움이 가족 구성원들의 정서적 교감에 기반해야 하는 이유는 이것이 장기적인 체화의 과정이기 때문이다. 정보의 입출력을 위한 일차원적 독서에만 머무른다면 양서 중심의 독서가 아닌 신문과 잡지(만화, 동영상)가 그 자리를 대체하는 현

2024년 8월 9일 '온가족 맛있는 책 읽기-기적의 책 읽기 시간'

상이 더욱 가속화될 것이다. 긴 호흡을 요구하는 한 권의 책이 외면당하는 세태가 안타까울수록 가정 안에서 더욱 책을 붙들어야 한다. 특히 독서를 디지털 매체들과의 경쟁선 상에서 이해하기보다는 다양한 형식의 콘텐츠 간 협력 관계로 이해하는 것이 바람직하다.

함께의 기쁨 - 책으로 연결된 가족들

가족 독서 문화는 아이의 문해력과 정서 발달뿐 아니라 가족 구성원 간의 유대감을 깊게 해주는 중요한 매개이다. 특히 자녀가 어릴수록 책을 함께 읽는 경험은 언어의 습득을 넘어서 삶의 태도와 사고의 방향을 형성하는 데 결정적인 역할을 한다. 최근에는 '가족문식성(Family Literacy)'이라는 개념 아래, 부모와 자녀가 함께 책을 읽고 대화하며 지식과 감정을 공유하는 방식이 더욱 주목받고 있다.

'온가족 맛있는 책 읽기' 캠페인은 이러한 가족 중심 독서의 가치를 실천으로 옮기기 위한 독서문화운동으로, 올해로 4년째(2024년 기준)를 맞았다. 일주일이라는 짧은 행사 기간이지간 참여 가족들의 이야기를 들어보면 그 변화의 여운은 예상보다 깊고 길다.

독서지도사로 활동 중인 현미영 선생은 이번 캠페인을 통해 가족 안팎에서 중요한 변화를 체감했다고 말한다. 평소 책을 잘 읽지 않던 61세 남편이 매일 한 권씩 동화책을 펼쳐 읽기 시작했고, 그 모습을 통해 자신의 회원 아이들에게도 좋은 본보기를 보여줄 수 있었다고 전했다. 무엇보다도 감동적인 순간은, 그 남편(김보홍)이 캠페인 4년째가 되던 해 장편소설 『나미야 잡화점의 기적』, 『파친코』, 『불편한 편의점』 등 비로소 성인 소설들을 읽어낸 일이었다. 유치부 그림책에서 시작한 독서가 이제는 성인독서를 하며 가족과 돈독한 책 이야기로 삶이 확장되었다. 매일 아침 아내가 골라주는 책을 들고 출근하는 모습은 책 읽기의 기쁨을 생활 속에서 실천하는 사례로 남았다. 현미영 독서지도사는 또 자신의 80대 친정 어머님께 그림책을 읽어드리는 '책 읽기 봉사'를 하게 되었다고 덧붙였다.

이러한 감동은 비단 한 사람의 이야기만은 아니다. 이 행사에 참여한 미선 엄마는 아이들의 권유로 가족회의를 열게 되었고, 책을 함께 읽고 토론하는 시간이 서로의 마음을 엮는 중요한 순간임을 깨달았다고 한다. 강의를 통해 "같은 책을 함께 읽고 나누는 경험이 백 번의 독서만큼 값지다."는 사실을 실감하며, 앞으로도 가족끼리 책을 통해 대화하는 시간을 지속하기로 했다.

선우 엄마는 아이들이 처음에는 반신반의하며 참여했지만 시간이 지날수록 책에 몰입하는 모습을 보며 "참여하길 잘했다."고 느꼈다. 가족회의를 통해 함께 책을 읽고 이야기 나누는 시간이 일상 속 작은 약속처럼 자리 잡기 시작했다.

한 5학년 학생은 강의를 들으며 오랜만에 도서관에 가고 싶어져 직접 다녀왔다고 했다. 동생 역시 책에 흥미를 갖게 되었고, 프로그램이 끝난 뒤에도 가족이 함께 5~10분씩 더 책을 읽는 시간을 갖게 되었다. 그 결과 동생은 형을 쫓아다니며 책 내용을 줄줄 이어 말하곤 한다고 했다.

현지 엄마는 아이가 던진 "엄마, 왜 제목이 온가족 맛있는 책 읽기인 줄 알아요?"라는 한마디에서 중요한 깨달음을 얻었다고 한다. 그동안 책을 가르치듯 읽히고 있었음을 돌아보게 되었고, 이제는 책 읽는 시간이 식탁에 둘러앉아 함께 식사하는 것처럼 따뜻하고 즐거운 순간이 되기를 바란다고 말했다.

지호 엄마는 책의 중요성을 알고 있으면서도 아이에게 "읽으라"고만 할 뿐, 함께 읽는다는 생각은 하지 못했다고 고백했다. 이번 프로그램을 통해 아이들과 함께 책을 고르고 다투고 웃으며 토론하는 과정을 겪으며, 짧은 시간이었지만 큰 변화를 경험했다고 한다.

채원 엄마는 가족이 함께 책을 읽고 토론하는 시간을 오랫동안 마음속으로는 그려왔지만 실천하지 못했다고 한다. 이번 참여를 계기로 하루 20분씩 가족이 함께 책을 읽고 이야기를 나누는 습관이 자리 잡기 시작했다.

정희 엄마는 '세 번 읽기'의 중요성과 가족문식성 환경의 핵심을 깨달을 수 있었고, 특히 아빠 역할에 대해 생각하게 된 남편의 변화를 통해 깊은 감동을 받았다. 아이들과 함께 집중해서 책을 읽는 새로운 장면들을 만들어준 캠페인과 선생님들에게 감사의 마음을 전했다.

능소화의 흡착뿌리처럼 마음을 잇는 가족 독서의 힘

필자가 관찰 기록을 하며 가꾸던 꺾꽂이 능소화는 사계를 지나 가을을 맞으며 흡착 뿌리를 만들어냈다. 이 뿌리는 자기 몸을 지탱하는 역할을 하며 스스로를 버티는 힘이 된다. 그 힘으로 능소

2024년 전주지역 '온가족 맛있는 척 읽기' 기조강의

화는 수많은 쌍떡잎을 피워냈고 줄기는 하늘을 향해 힘차게 뻗어 올랐다.

'온가족 맛있는 책 읽기' 캠페인에서 가족 구성원들이 서로를 북돋아주며 함께 자라나는 모습도 이와 닮았다. 누군가의 따뜻한 말 한마디가 힘이 되었고 함께 읽은 책 한 권이 대화의 문을 열었다.

미국의 문학평론가 오빌 프레스콧은 "저절로 책을 좋아하게 되는 아이는 거의 없다. 누군가는 아이를 매혹적인 이야기의 세계로 끌어들여야 한다."고 했다. 이는 독서의 중요성을 일깨우며 부모나 어른 먼저 책의 즐거움을 보여줄 책임을 강조한다. 결국 우리는 함께 읽는 기쁨 속에서 아이가 책 속으로 자연스럽게 스며들 수 있도록 손을 내밀어야 한다.

'온가족 맛있는 책 읽기'는 책을 읽는 행위를 넘어서 가족이 서로에게 기대고 마음을 열 수 있도록 돕는 하나의 삶의 시간이다. 소리 내어 읽고 눈빛을 나누며 함께 책장을 넘기는 그 순간 속에서 아이는 책을 통해 사랑을 배우고 어른은 아이를 통해 다시 이야기를 발견한다.

능소화의 흡착뿌리가 벽에 단단히 붙어 쌍떡잎을 피워낸다. '온가족 맛있는 책읽기' 캠페인은 가족 안에 깊이 스며들어 관계를 단단히 붙잡아 준다. 이 뿌리가 벽을 타고 오르며 새로운 줄기와 꽃을 키워내듯 캠페인은 가족 구성원 간의 마음을 잇고 대화를 자라게 한다. 함께 읽고 나누는 책의 순간들은 세대와 세대를 이어주고 지역과 지역을 이어주는 사랑의 줄기로 뻗어 나간다. 그리고 오랜 시간 지나도 쉽게 지워지지 않는 유대와 추억을 남긴다. 이렇게 뿌리내린 가족 독서의 힘은 가정이라는 토양 위에서 오래도록 자라 더 큰 이야기와 성장을 가능하게 하는 꽃을 피운다. 이 캠페인이 가족 안에 이어짐과 성장의 힘이 되기를 바란다. 함께 읽은 한 권의 책이 오래도록 마음속에 머물며 삶을 떠받치는 쌍떡잎처럼 피어나기를 소망한다.

참고문헌

참고문헌

가스통 바슐라르, 곽광수 옮김, 『공간의 시학』 개정판, 동문선 문예신서, 2023.

고정국, 『고개 숙인 날들의 기록』, 미래문화사, 1996.

광령리사무소 편, 『광령약사』, 광령리사무소, 1990.

권영애, 『그 아이만의 단 한 사람』, 아름다운사람들, 2016.

김동윤, 『4·3의 진실과 문학』, 각, 2003.

김동현, 『사랑의 서사는 늘 새롭다』, 한그루, 2024.

김승희, 『감수성의 문학, 생명의 문학』, 문학과지성사, 2003.

김용규, 『어제보다 조금 더 깊이 걸었습니다』, 디플롯, 2025.

김용옥, 『우린 너무 몰랐다』, 통나무, 2023.

김재용·김동윤, 『4·3항쟁과 탈식민화의 문학』, 소명출판, 2024.

김현, 『전체에 대한 통찰』, 나남출판, 1994.

노경수, 『생태환경과 아동문학』, 청동거울, 2023.

데이비드 브룩스, 이경식 옮김, 『사람을 안다는 것』, 웅진지식하우스, 2024.

도로시 버틀러, 『쿠슐라와 그림책 이야기』, 보림, 2003.

랄프 왈도 에머슨, 강형심 옮김, 『세상의 중심에 너 홀로 서라』, 씽크뱅크, 2016.

레이첼 카슨, 김은령 옮김, 『침묵의 봄』, 을유문화사, 2011.

로버트 그린, 안현모 옮김, 『인간 본성의 법칙』, 위즈덤하우스, 2019.

루시 어윈, 『철학하는 고양이』, 아날로그, 2022.

루이스 세풀베다, 송병선 옮김, 『연애소설을 읽는 노인』, 열린책들, 2000.

릭 루빈, 정지현 옮김, 『창조적 행위』, 코쿤북스, 2023.

마르쿠스 아우렐리우스, 정천구 옮김, 『명상록』, 돌베개, 2015.

마이클 폴란, 김명남 옮김, 『욕망의 식물학』, 사이언스북스, 2003.

매리언 울프, 전병근 옮김, 『다시, 책으로』, 어크로스, 2019.

매리언 울프, 이희수 옮김, 『책 읽는 뇌』, 살림, 2009.

박종무, 『모든 생명은 서로 돕는다』, 책읽는곰, 2019.

발타자르 그라시안 김경희 옮김, 『사람을 얻는 지혜』, 민음사, 2015.

벤 마이켈슨, 정미영 옮김, 『스피릿베어』, 양철북, 2008.

선안나, 『천의 얼굴을 가진 아동문학』, 청동거울, 2007.

신영복, 『감옥으로부터의 사색』, 돌베개, 1988.

아리스토텔레스, 손명현 옮김, 『시학』, 문예출판사, 2009.

앙리 프레데릭 아미엘, 이희영 옮김, 『아미엘의 일기』, 동서문화사, 2003.

양현길, 『단단한 행복』, 푸른숲, 2025.

에드워드 스펜서, 오숙은 옮김, 『아동문학의 판타지』, 심설당, 2002.

에머슨, 서동석 옮김, 『자연』, 은행나무, 2014.

왕가리 마타이, 이수영 옮김, 『지구를 가꾼다는 것에 대하여』, 민음사, 2012.

윤구병, 『흙을 밟으며 살다』, 후머니스트, 2010.

이미애, 『사막에 숲이 있다』, 서해문집, 2006.

이민규, 『생각의 각도: 멈추고 향유하는 웰라이프 심리학』, 끌리는책, 2021.

이성무, 『문익점과 정천익』, 자음과모음, 2009.

장 그르니에, 『섬』, 김화영 옮김, 민음사, 2021.

전우익, 『혼자만 잘 살믄 무슨 재민겨』, 현암사, 2017.

존 캐그·조너선 반 벨, 이다희 옮김, 『일터의 소로』, 푸른숲, 2024.

케이트 콜린스, 『정원의 철학자』, 다산초당, 2023.

탐라목석원 편, 『제주문화론』, 탐라목석원, 2001.

프리초프 카프라, 긴 용정 옮김, 『생명의 그물』, 범양사, 2022.

한국학중앙연구원 편, 『디지털 제주 문화대전』, 한국학중앙연구원, 2007.

허영선, 『제주 4·3을 묻는 너에게』, 서해문집, 2018.

헨리 데이비드 소로 강승영 옮김, 『월든』, 은행나무, 2011.

황선열, 『동화의 숲을 거닐다』, 도서출판 아시아, 2012.

송미아

제주에서 태어나 생명력 넘치는 바다를 바라보며 자랐다. 제주대학교 국어 국문학과에서 석사 과정을 마쳤으며, 30여 년간 한우리 제주지부를 이끌며 '온가족 맛있는 책읽기' 시민 독서캠페인을 주도하고 독서지도 연구에 힘써 왔다. 『소년문학』을 통해 아동문학 평론으로 등단했다. 서귀포신문사 제주 어문학상, 한국아동문학회 오늘의 작가상(평론), 제주시조시인협회 시조반 일장 차상 등을 수상했다. 저서로 詩가 있는 관찰일기 『꼬마철학자』, 평론집 『양전형 작가_문학과 기록 사이, 제주어를 통섭하다』, 공저 『그리운 표선 반 사장 길 따라』 등의 전자책이 있다.

순수純粹로
잇다

2025년 8월 29일 초판 1쇄 발행

엮은이 송미아 **펴낸이** 김영훈 **편집장** 김지희 **디자인** 김영훈 **편집부** 이은아, 부건영
펴낸곳 한그루 **출판등록** 제651-2008-000003호 **주소** 제주특별자치도 제주시 복지로1길 21
전화 064-723-7580 **전송** 064-753-7580 **전자우편** onetreebook@daum.net **누리방** onetreebook.com

ISBN 979-11-6867-230-7 (03810)

값 22,000원

이 책의 본문은 친환경 종이를 사용했습니다.